KB134352

오로지 하다

2

이드 한 장편소설

오로지하다 2

초판 1쇄 인쇄일 | 2020년 07월 20일
초판 1쇄 발행일 | 2020년 07월 24일

지은이 | 이드한
펴낸이 | 박성면
펴낸곳 | (주)동아

출판등록 | 제406-2007-000071호
주소 | 경기도 파주시 문발로 115, 세종출판벤처타운 201-A호
전화 | (031)8071-5201
팩스 | (031)8071-5204
E-mail | bear6370@hanmail.net

정가 | 10,800원

ISBN 979-11-6302-364-7 (04810)
       979-11-6302-362-3 (set)

오로지 하다

2

이드한 장편소설

DONGAROMANCESTORY

CONTENTS

10. 열아홉, 열일곱

저 사람들이 지금 뭐 하자는 거야.

카페 주인이 두 남자를 수상한 눈으로 살폈다. 벌써 15분째였다. 두 남자가 주문할 생각도 하지 않고 테이블만 차지하고 앉아 있은 지가. 고민 끝에 그녀는 그들에게 다가갔다.

"주문과 계산은 카운터에서 해 주셔야 하는데요."

예의를 차려 빙그레 웃는 그녀를 남자들이 힐끗 바라봤다.

"커피 두 잔 주세요. 얼음 있는 거로."

둘 중 나이가 조금 더 있어 보이는 남자가 말했다. 카페 주인은 입술을 안으로 말아 물었다. 오늘도 일진이 나쁠 모양이었다. '주문은 카운터에서 해야 한다고요.' 속으로 구시렁댄 그녀는 어쩔 수 없다는 듯 몸을 돌려 걸었다.

달그락―.

찻잔 받침과 테이블이 부딪치는 소리가 두 남자 사이의 불편한 침묵을 깼다. 검은색 모자를 벗은 남자는 주머니에서 명함을 한 장 꺼내 테이블 위에 올려놨다. 태평은 손 하나 까딱하지 않고 눈으로만 그 명함을 살폈다. 철물점 대표라는 남자의 이름이 보였다.

……김동우.

남자의 얼굴을 응시했다. 마스크를 쓰지 않은 얼굴이 앳돼 보였다. 아니, 낯이 익다고 해야 할까. 깨끗하고 흰 피부와 연한 갈색 눈동자가 익숙했다. 태평의 무심한 시선을 받아 내기가 힘들었는지 김동우가 먼저 입을 열었다.

"만나서 반갑다고 하기는 좀 그렇고. 내가 나이가 많으니까 편하게 말할게."

"……."

"학생을 놀라게 할 생각은 아니었어. 로지 얼굴을 제대로 보고 싶어서 여기까지 따라온 거야. 우리 로지하고 사귀고 있는 사이야? 지난번에도 학생 집으로 들어가던데. 아, 그때 벨을 눌러서 미안했어. 두 집 중에 어느 집으로 로지가 들어갔는지 몰라서 알아내려다가. 그건 그렇고, 로지 몸은 좀 어때? 혹시 어디가 많이 안 좋아? 납골당에서 쓰러졌었잖아. 그때도 학생을 봤었는데."

두서없는 문장을 중얼거리며 김동우는 콧잔등에 맺힌 땀을 닦았다.

로지를 진심으로 걱정하는 듯한 그의 태도에 태평의 얼굴이 부쩍 어두워졌다.

"당신이 로지 아버지라는 걸 내가 어떻게 믿어."

"그건 사실이야. 내가 왜 그런 거짓말을 학생한테 하겠어. 재희하고, 아니, 로지 엄마하고 내가 고등학교 선후배 사이였어. 워낙 어렸을 때부터 알던 사이라 남매처럼 지냈었는데."

김동우는 그가 로지의 어머니와 각별한 사이였다는 것부터 설명했다. 그들은 전교생이 서른 명도 안 되는 작은 고등학교에 다녔다고 했다. 로지의 어머니와 김동우는 친구보다는 가깝고 연인이라기에는 조금 먼 사이로 지내고 있었는데, 오제근이 나타나면서 둘의 관계에 금이 가기 시작했다고.

"재희가 그 선생을 좋아한다고 했을 때 진짜 벼락을 맞은 심정이었어. 화가 나서 서른 살이 훌쩍 넘은 아저씨가 뭐가 좋냐고 따져 물었지. 재희는, 서울 사람이라 좋다고 했어. 말투도 다정하고 옷도 잘 입어서 멋있다고. 그 기집애가 그때 서울만 가면 다 성공하는 줄 알고 이상한 바람만 잔뜩 들어서."

불안정하게 떨리는 음성으로 그는 말을 이어 갔다.

"다행히 오제근은 재희한테 별 관심이 없었어. 그래서 안심하고 있었는데 내가 내 무덤을 판 거야. 그 일만 아니었으면 재희한테 아무 일도 없었을 텐데."

학교 수업만 끝나면 할 일이 없었던 그는 친구들과 모여 종종 술을 마셨다고 했다. 그날도 소주를 잔뜩 마시고 집으로 돌아가는 길이었는데, 우연히 로지의 어머니와 오제근이 함께 있는 모습을 봤다고 했다.

"속이 뒤집히더라고. 재희가 그 선생을 보면서 히죽히죽 웃는 게 그렇게 꼴 보기 싫었어. 그래서 둘이 무슨 이야기를 하나 엿들었지."

하던 말을 멈춘 김동우는 허탈한 웃음을 터트렸다. 미간을 구긴 채 웃는 그의 얼굴에 짙은 그림자가 드리워졌다.

"그 오제근이 말이야. 촌구석에서 선생으로 일하던 그 사람이 무슨 수학상 어쩌고저쩌고를 받을 거라고 허세를 부리더라고. 나는 솔직히 그런 상이 있는 줄도 몰랐지만 고등학교 수학 선생이 받을 상이 아니라는 건 알았지. 남자 새끼들은 다 똑같잖아? 좋아하는 여자한테 잘 보이려고 말도 안 되는 뻥카를 치는 건? 안 그래?"

동의를 얻고자 물은 김동우의 질문에 태평은 무표정을 유지했다. 딸뻘인 남학생에게 무시당한 게 민망했는지 김동우는 테이블로 시선을 끌어 내렸다.

"웃기지 말라고 소리쳤어. 꼴랑 학교 선생 주제에 그런 대단한 상을 니가 받을 수 있을 거 같냐고 욕을 했지. 그런 상은 우리나라 대학교수도 못 받는다고. 그랬더니 오제근 얼굴이 무슨 가면을 벗은 사람처럼 달라지더라고."

눈가가 붉어진 그는 멍한 표정으로 입을 열었다.

"그, 뭐지? 머리카락이 뱀인 괴물. 우리 아들이 보는 동화책에 나오던데. 눈이 마주치면 사람이 돌로 변한다는 괴물 있잖아. 오제근이 그 괴물 같았어. 표정이 없는 사람이었는데 두 눈이 쭉 찢어지더니 갑자기 막 웃더라고. 술이 다 깰 만큼 무서웠어. 오줌까지 지릴 뻔했으니까. 그때 내 오장육부가 나한테 소리치더라고. 저 새끼는 사람을 죽이고도 눈 하나 까딱하지 않을 새끼다. 저런 새끼의 자존심을 밟아 뭉갰으니 넌 이제 죽은 목숨이라고."

그날 이후로 김동우는 오제근을 피해 다녔고, 오제근은 제대로 눈길 한번 주지 않던 로지의 어머니와 부쩍 가깝게 지냈다고 했다.

"오제근이 재희한테 간하고 쓸개를 다 빼 줬어. 비싸다는 시디플레이어도 주고 매일 꽃도 꺾어다 주고, 주말이면 시내로 나가서 데이트도 하고. 그러다 보니 마을에 소문이 좍악 퍼졌지. 재희하고 수학 선생하고 정분이 났다고."

잠시 말을 멈춘 김동우는 커피만 연거푸 마셨다. 그의 목소리가 끊기자 카페를 찾은 손님들이 테이크아웃 커피를 주문하는 소리가 들렸다. 요란했던 소음은 사람들이 카페 밖으로 나가며 잦아들었다. 고요해진 공기를 김동우의 젖은 목소리가 다시 갈랐다.

"그런데, 나한테도 자존심이라는 게 있잖아? 10년 넘게 좋아해 온 재희를 뺏긴 내 마음은 또 어땠겠어. 학생도 내 마음 이해하지? 우리 로지 좋아하잖아. 만약 로지가 학생 말고 딴 남자를 좋다고 해 봐. 돌겠어, 안 돌겠어? 재희가 그 선생 집을 밤이고, 낮이고 찾아간다는데 내 마음이 어땠겠냐고! 그래서 재희네 집으로 찾아갔지. 술 한잔하자고. 미친놈처럼 소리쳤어. 너하고 나하고 같이 보낸 시간이 얼마인데 날 이렇게 버리냐고. 그러다가 나도, 재희도 있는 대로 취한 거야. 재희가 먼저 쓰러져 자길래 이불을 좀 덮어 주려고 했는데……."

이어진 김동우의 우는 목소리에 태평의 시야가 까맣게 먹혔다. 보이는 거라고는 로지의 하얀 얼굴밖에 없었다.

"이런, 씨발."

태평은 들고 있던 컵을 내동댕이쳤다. 플라스틱 물컵이 요란한 소리를 내며 바닥에 떨어졌다. 바닥에 쏟아진 물처럼 김동우는 테이블 위로 무너져 내렸다.

"그래, 나는 쓰레기야. 재활용도 안 되는 쓰레기라고. 재희가 너무 좋아서 그랬어. 그렇게라도 재희를 가지면 나한테 돌아올 줄 알았다고. 남자와 여자가 몸을 섞으면 마음도 따라올 거라고 생각했는데."

김동우는 두 손으로 제 얼굴을 감싸며 흐느꼈다. 상체를 숙인 그의 등 너머로 안절부절못하는 카페 주인이 보였다. 태평의 가슴은 사막이라도 된 것처럼 버석하게 말라 갔다. 타는 듯한 가슴을 무엇으로든 식혀야 했다. 얼음을 입에 쏟아 넣고 와그작, 씹었다. 그 소리에 김동우가 다시 상체를 세웠다.

"불행인지 다행인지 재희는 아무것도 기억하지 못했어. 나도 모른 척했지. 그러다 보니 잊었어. 다 잊고 살고 있었는데 어느 날 재희하고 가끔 연락하던 이장님이 날 찾아왔어. 재희 딸이 유명한 그림 대회에서 1등을 해서 인터넷 기사에 나왔다는 거야. 그런데 이상하게도 그 애가 동우 너하고 많이 닮았다면서."

기사에 뜬 로지의 사진을 본 김동우는 크게 충격을 받아 서울로 달려갔다고 했다.

"재희를 보니까 더 확실하게 느껴지더라고. 로지가 내 딸이라는 게. 그래서 재희한테 그때 일을 고백했어. 재희는, 자기는 기억이 나지 않는다고 한참을 울었어. 다 지난 일이니 그냥 잊어버리고 싶다면서. 그렇지만 나는 아니었어. 재희를 만나니까 다시 옛 감정이 솟더라고. 로지가 진짜로 내 딸이었으면 좋겠다는 생각도 들면서. 그래서 유전자 검사인지, 친자 검사인지를 해 보자고 했지."

로지의 어머니는 펄쩍 뛰었다고 했다. 로지는 오제근의 딸이 확실하니 그런 무서운 소리는 하지 말라면서.

"싫다고 도망가는 재희를 붙잡았어. 검사를 안 받으면 오제근을 찾아가서 직접 말하겠다고 협박했지. 재희는 마지못해서 검사를 받았어. 그러면서도 당당했지. 아마 검사 결과로 나를 포기시킬 수 있다고 생각했을 거야. 그런데……"

태평은 자신의 뺨에 손을 올렸다. 손가락 사이로 눈꺼풀이 느리게 내려앉는 게 느껴졌다. 의자에 앉아 있었는데 허공에 떠 있는 기분이었다. 온 세상이 어지럽게 뱅뱅 돌았다. 로지에게 생물학적인 아버지가 따로 있다니.

"그래서요? 이제 와서 로지 앞에 왜 나타난 건데요. 무슨 좋은 꼴을 보려고?"

태평은 물음 끝에 이를 사리물었다. 욕을 지껄이고 싶은 걸 참기 위해서였다. 로지가 이 사실을 알면 어떻게 될지 상상하는 것만으로도 온몸에 피가 말랐다. 뱁새는 절대 몰라야 했다. 눈앞에 있는 이 남자가 그녀의 어머니를 짐승보다 잔인하게 짓밟아 자신이 태어났다는 사실을. 김동우는 살기를 띤 태평의 시선을 외면하며 서럽게 말했다.

"……재희가 나 때문에 자살했어. 우리가 자주 놀러 가던 저수지에 빠져서. 죽기 전에 그랬어. 남편이 이 사실을 알면 안 된다고, 그랬다가는 자기하고 로지를 둘 다 죽일지도 모른다고, 로지를 살리려면 자기가 죗값을 치르고 죽어야 한다고. 그 목소리가 자꾸 들려서 밤에 잠을 잘 수가 없어. 그래서 매일 술을 마시고 있는데."

김동우의 말을 들을 때마다 태평의 머리에 지진이 일었다. 보이는 물체마다 흔들리고 멀쩡했던 땅이 갈라졌다. 세상이 찢길 때마다 그의 마음도 찢겼다. 그런 태평과 달리 김동우는 한결 편안해진 얼굴로 고개를 들었다.

"경찰서에 끌고 가겠다는 학생의 말에 하늘이 노랗게 보이더라고. 딸 얼굴 한번 보겠다고 찾아온 게 범죄가 되는구나 싶어서. 내가 그동안 잘못 산 거 알아. 재희한테 했던 못된 짓, 로지한테 잘해주는 거로 갚고 싶어. 그래서 학생한테 모두 말한 거고."

"……"

"재희가 죽고 난 뒤에 더 자주 서울에 왔었어. 내 딸이 보고 싶어서. 그러다가 학생이 로지하고 붙어 다니는 걸 봤지. 마음이 이상하더라고, 내 딸이 이제 연애도 하는구나 싶어서."

김동우의 주절거림이 태평의 귓가를 아스라이 스쳤다.

"나, 그렇게 꽉 막힌 아버지 아니야. 우리가 오늘 얼굴을 붉힐 일이 조금 있긴 했지만 나는 학생이 마음에 들어. 키도 크고, 힘도 세고, 생긴 것도 아주 잘생겼고. 뭣보다 내 딸을 좋아하잖아. 그래서 부탁 할게. 나한테 우리 로지 소식 좀 들려주면 안 될까? 기회가 되면 우리 셋이 만날 자리를 마련해도 좋고. 내가 로지 목소리를 제대로 들어 본 적이 없어. 밥은 제대로 먹고 다니는지, 오제근이 잘해 주는지 궁금한 게 너무 많은데……."

"개소리하지 말고 꺼져요."

자리에서 일어났다. 성큼성큼 걸어가는 태평을 김동우가 달려와 붙잡았다.

"학생, 그러지 말고 내 명함만 가지고 가. 로지한테 진짜 아빠가 필요할 날이 있을지도 모르잖아. 피는 물보다 진하다는 말, 알지?"

김동우를 바라보는 태평의 표정은 덤덤했다. 입은 굳게 다물려 있다. 대꾸할 힘도 화를 낼 기력도 없었다. 거머리처럼 달라붙은 김동우의 손을 냉정하게 뿌리치고 태평은 그대로 카페에서 빠져나갔다. 한참을 걷다 고개를 들었다. 여름 햇살이 눈꺼풀을 찌르듯 쏟아져 내렸다.

"안 돼, 누구 좋으라고."

두 눈을 찡그린 태평은 고개를 털었다. 오늘 일은 죽을 때까지 없었던 일이라고 결심하며. 로지를 생각한다면 아버지의 존재를 알려야 하지만 태평은 그의 존재를 지우는 쪽을 택했다. 이기적이라고 해도 상관없었다. 뱁새를 지킬 사람은 자신밖에 없었으니까.

찌푸렸던 눈을 크게 떴다. 눈이 부신 초여름답게 초록빛 나뭇잎이 나무마다 반짝이고 있었다. 로지가 좋아하는 바닐라 라테를 차갑게 마시기에 좋은 날씨였다. 태평은 큰 걸음으로 걸었다. 그의 발뒤꿈치에 달라붙은 시커먼 그림자도 부산스레 태평을 쫓듯 따라갔다.

1학기 기말고사의 마지막 시험이 끝난 날. 친구들의 얼굴에는 여름 방학을 앞둔 기대감 따위는 찾아볼 수 없었다. 방학이 끝나자마자 수시 접수를 시작했기에 시험 결과를 두고 예민함이 극에 달한 탓이었다. 여유를 잃지 않은 사람은 전교 1등인 민영과 최근 영어 과외를 시작한 로지 둘뿐이었다.

"많이 올랐어?"

민영이 1교시에 본 영어 시험지를 채점 중인 로지에게 물었다. 로지는 말없이 시험지에 동그라미만 그렸다.

"앞 장 다 맞은 거야? 대박! 이번에 영어 시험 꽤 어려웠는데."

민영의 호들갑에 로지는 조용히 하라고 눈치를 줬다. 떨리는 마음을 누르고 마지막 장까지 채점을 끝낸 후 점수를 계산했다.

"아, 좀 아쉽다."

88점이라고 적힌 점수에 민영의 동공이 커졌다.

"아쉽기는. 그 점수면 2등급도 가능할걸? 나도 90점 간신히 넘겼단 말이야."

뿌듯한 미소를 지은 로지는 종례가 끝나자마자 민영과 함께 학교에서 나갔다.

여름 방학 동안 기숙 학원에 가게 된 민영과 오랜만에 둘이서 시간을 보내기로 약속한 날이었다. 학교 앞 버스 정류장에서 버스를 탄 둘은 30분 뒤에 목적지에서 내렸다. 거리는 제법 많은 사람으로 붐비고 있었다. 사람들을 헤치며 걷던 민영이 어딘가를 가리켰다.

"로지야, 우리 저기 가자. 너 녹차 빙수랑 인절미 토스트 안 먹어 봤지?"

민영이 데리고 간 카페는 기대 이상이었다. 전통 가옥을 따라 만든 실내는 아늑하면서 깔끔했고 메뉴 역시 신기한 것들뿐이었다.

"우와, 빙수 높이 좀 봐!"

초록색 녹차 가루가 수북하게 뿌려진 빙수 높이에 로지는 입을 크게 벌렸다. 민영은 따끈하게 구워져 나온 토스트를 먹기 좋게 잘랐다.

"빵하고 떡을 같이 먹어도 맛있구나."

정신없이 토스트와 빙수를 먹던 로지의 얼굴에 수줍은 미소가 떠올랐다 사라졌다. 빙수를 좋아하는 태평이 생각나서였다.

"민영아."

"응?"

"내가 물어볼 사람이 너밖에 없어서 그런데……."

"뭔데?"

"우리 나이에 사귀는 애들도, 결혼 이야기 같은 거 하고 그래?"

질문이 끝나기가 무섭게 민영이 박장대소를 했다.

"김태평이 그래? 결혼하자고? 걔는 좀 다를 줄 알았더니."

민영의 웃는 얼굴을 마주한 로지는 시선을 떨궜다. 처음에는 로지도 태평의 말이 장난이라고 생각해서 민영처럼 웃어넘겼었다. 그런데 더는 웃음이 나오지 않았다. 태평의 청혼이 날이 갈수록 진지하고 집요해졌기 때문이었다.

'미성년자도 부모 동의가 있으면 결혼할 수 있대. 우리 형은 신경쓸 필요 없고, 네 아버지는 내가 설득할 테니까 나하고 결혼해. 결혼해서 같이 살자.'

민영은 생각에 잠긴 로지를 보며 물가에 내놓은 아이를 바라보듯 걱정하는 표정을 지었다.

"정신 차려. 너랑 자고 싶어서 그러는 거야."

단호한 목소리에 로지의 얼굴이 발갛게 물들었다. 민영은 안 그래도 한번 이 이야기를 하려고 했다며 목소리를 낮췄다.

"섹스가 남자한테는 하나의 욕구지만 여자에게는 여러 가지 생각이 들게 하는 행위잖아. 임신에 대한 공포도 있고, 막연하게 무서운 것도 있고, 자고 나서 관계가 달라지면 어쩌나 하는 걱정도 되고. 그걸 아는 남자들이 '같이 자자'는 말 대신 '결혼하자'고 하는 거야. '결혼'이란 단어가 여자들의 마음을 여는 마법의 열쇠니까."

그런 건 아닌 것 같다고 중얼대는 로지에게 민영은 목소리를 한 톤 더 올렸다.

"아니기는, 야! 남자들은 다 똑같아. 키스하는 순간 바로 침대로 뛰어들 생각 한다니까?"

민영은 로지에게 절대로 섹스만큼은 피해야 한다고 신신당부를 했다. 그걸 해 버리면 남자는 여자한테 흥미를 잃고, 여자는 남자에게 의존하게 된다면서. 최면에 걸린 사람처럼 고개를 주억거린 로지는 알겠다며 말을 맺었다. 시계를 확인한 두 사람은 카페 밖으로 나가 작별 인사를 나눴다.

"로지야, 건강하게 잘 지내. 우리 이제 개학해야 만나겠다."

"알았어, 너도 몸 상하지 않게 적당히 공부해."

버스에 탄 민영은 창가에 앉아 로지에게 손을 흔들었다. 로지도 민영이 탄 버스가 보이지 않을 때까지 손을 흔들었다. 당분간 민영을 보지 못한다는 아쉬움에 로지는 한숨을 크게 쉬며 태평에게 연락했다.

[rosy : 민영이하고 지금 헤어졌어.]

메시지를 보내자마자 카페 이름이 날아왔다. 로지가 있는 곳에서 간판이 보일 만큼 가까운 곳에 있는 카페였다. 길을 건너자마자 로지의 눈에 창가에 앉은 태평이 보였다. 반가움에 손을 들었던 로지가 멈칫했다. 초점 없는 눈으로 테이블만 바라보고 있는 태평의 얼굴이 낯설어서였다.

"무슨 안 좋은 일이라도 있는 걸까?"

가슴이 답답해진 로지는 하늘을 올려다봤다. 뉘엿뉘엿 지기 시작한 해가 푸른 하늘에 주홍빛 노을을 퍼뜨리고 있었다. 당장 그림을 그리고 싶을 만큼 근사한 풍경이었지만, 노트를 꺼낼 마음은 들지 않았다. 노을 속에 잠긴 태평이 가슴 한구석을 서늘하게 할 만큼 쓸쓸해 보인 탓이었다.

이른 여름 장마가 끝나자 창밖의 풍경이 맑아졌다. 공기에 섞여 있던 습도가 내려가면서 본격적인 불볕더위도 시작됐다. 여름이 불러온 이른 아침, 로지는 외출 준비로 바빴다.

"일단 학교에 가서 그림부터 내고."

방 한구석에 놓여 있는 그림을 보며 로지는 뿌듯한 미소를 지었다. 며칠 전에 완성한 영국에 제출할 그림이었다. 태평이 한 번만 보여 달라고 졸랐지만 끝까지 보여 주지 않은 그림이기도 했다.

태평의 이상한 습관 때문이었다. 그는 로지가 그린 거라면 손바닥만 한 작은 낙서도 사진으로 찍었다. 이번 그림만큼은 전시회장에 걸렸을 때 봐 주었으면 해서 로지는 굳이 그림을 집으로 가지고 왔다.

"태평이한테 선물도 줘야 하고."

로지는 책상 위에 올려 둔 작은 상자도 챙긴 뒤 현관문을 열었다. 이른 아침부터 매미가 시끄럽게 우는 소리가 들렸다. 불쾌지수가 높은 날이었지만 그녀의 입가에는 청량한 미소만 뭉게뭉게 피어올랐다.

"로지야, 이 그림 제목이 뭐라고?"

로지가 그려 온 그림을 확인한 정민하 선생님은 한 손으로 입을 가렸다. 그림이 기대 이상이라는 좋은 신호였다. 선생님을 따라 로지도 그림으로 눈을 돌렸다.

"제목은 〈The flames of the fire〉라고 지었어요."

제목을 말하는 로지의 목소리가 살짝 떨렸다. 그 떨림 사이로 그림을 그렸던 순간이 생생하게 되살아났다.

'포즈는?'

셔츠를 벗은 태평이 전문 모델처럼 물었다. 로지는 바닥에 깔아 놓은 담요를 가리켰다.

'여기에서 자. 편하게 자면 돼. 엎드려서.'

이해가 안 간다는 표정을 지으면서 태평은 그 위에 누웠다.

그림을 완성하기까지는 꼬박 보름 정도가 걸렸다. 로지는 그 시간의 절반을 태평을 관찰하는 데만 오롯이 썼다. 그러고 나서야 손을 움직일 수 있었다. 등에 난 상처의 아픔들도, 강인하면서도 예민해 보이는 얼굴의 느낌도, 자잘하게 갈라진 근육의 생동감도 모두 그림에 담았다. 손이 아닌 마음의 눈으로 보고 그린 그림이었다. 뭉툭한 목탄으로 그렸지만 태평을 향한 로지의 다양한 감정이 칠해진 드로잉은 아름답고 화려했다.

"펄 벅의 말이 떠오르는 그림이야."

그림을 바라보는 선생님의 눈은 흥분으로 빛났다.

"선생님이 좋아하는 작가인데 그 사람이 그랬어. 예술가는 하찮은 감정도 극대화시킬 수 있는 능력을 가져야 한다고. 잠깐의 스침에도 큰 충격을 받고, 사소한 불행에도 크게 아파해야 한대. 반대로 아주 작은 행운에도 믿을 수 없을 만큼 큰 절정과 환희를 느끼는 게 진정한 예술가라고 했어. 선생님한테는 로지 그림이 그렇게 느껴져. 인간이 가진 감정을 최대치로 증폭시킨 그림 같아."

선생님의 칭찬에 로지는 다시 제 그림을 바라보았다. 목탄으로 비벼 그린 그림 속의 태평은 검은색 불꽃이 일렁이는 정원에서 평온하게 잠들어 있었다. 마치 '불의 신'의 탄생을 축하하듯 크고 작은 불꽃은 그를 에워싼 채 조용히 타오르고 있었다. 재미있으면서도 아이러니한 그림이었다. 그림 속의 불길은 언뜻 꽃처럼 보이기도 했고, 불길에 휩싸인 소년은 두려워하기보다는 평화롭게 자고 있었으니까.

"선생님, 이거 정말 잘 썼어요. 고맙습니다."

미술실에서 나가기 전에 로지는 선생님에게 작은 쇼핑백을 드렸다. 그 안에는 뷔랭(burin : 동판화 조각을 할 때 쓰는 강철 조각도) 세트와 간식거리가 들어 있었다.

"고마워. 맛있게 잘 먹을게. 개학하면 선생님하고 밥 한번 먹자. 우리 로지가 유명한 화가가 되기 전에 잘 보여야지."

과분한 칭찬에 로지의 얼굴은 잘 익은 토마토처럼 빨개졌다. 로지는 달아오른 얼굴을 식히며 부지런히 계단을 올랐다. 옥상에서 불보다 뜨거운 여름 햇살과 싸우고 있을 태평이 한시라도 빨리 보고 싶었다.

"아, 너무 좋다!"

옥상 정원에 들어서자마자 로지는 환호성이 섞인 비명을 질렀다. 비밀의 정원에 들어온 것처럼 옥상에는 크고 작은 식물로 가득 채워져 있었다. 태평과 창수가 방학 전까지 애를 쓰며 가꾼 덕이었다.

"다 끝났어?"

물뿌리개를 들고 있는 태평이 물었다. 고개를 끄덕인 로지는 망토처럼 길게 드리워진 태평의 그림자에 제 몸을 쏙 숨겼다. 물뿌리개에서 떨어진 물방울들이 꽃잎에 떨어질 때마다 꽃 내음도 톡톡 터졌다. 향기에 취해 기분이 좋아진 로지는 MP3의 이어폰을 꺼내 태평과 하나씩 나눠 꽂았다.

Why do you build me up (build me up) Buttercup, baby.
(왜 나를 자꾸 시험에 들게 합니까, 어여쁜 당신.)
Buttercup, don't break my heart.
(어여쁜 당신, 날 상처 주지 말아요)
— Build Me Up Buttercup, The Foundations —

"태평아, 빌미업 버터컵이 무슨 뜻이야?"

물뿌리개에 남은 물을 탁탁 털던 태평은 무심하게 답을 들려줬다.

"나를 갖고 놀지 말고, 잘해 주세요. 예쁜 자기야."

로지는 가벼운 웃음을 터트렸다. 손가락이 없어질 만큼 오글거리는 말이었지만 태평에게 들으니 전혀 그렇게 들리지 않았다.

"그런 뜻이었구나. 나는 먹는 버터인 줄 알았어."

"버터컵이라는 이름을 가진 꽃이 있어. 유럽에."

"정말? 어떻게 생긴 꽃이야?"

"작은 노란색 꽃. 우리나라 토끼풀처럼 잔디밭에 많아."

"그래? 그러면 겨울에는 못 보겠네."

내년 2월에 가기로 한 영국 생각에 로지의 아쉬움은 절로 커졌다. 이왕이면 봄이나, 여름에 가면 좋았을걸. 그래도 다른 볼 것들이 많을 거라고 위안하고 있었는데 옆에서 짙은 한숨 소리가 들렸다. 로지는 눈만 굴려 태평의 눈치를 살폈다. 요즘 들어 자주 있는 일이었다. 태평의 얼굴이 수시로 어두워졌던 게.

무슨 걱정거리라도 있나? 물어볼까 말까 고민하다가 잠자코 주머니에서 민트 맛 사탕을 하나 꺼냈다. 더위를 싫어한다고 했던 태평이었다. 더워서 컨디션이 좋지 않을 거라고 짐작하며 로지는 불안한 마음을 애써 달랬다.

"먹을래?"

사탕을 까서 내밀자마자 태평이 상체를 날렵하게 숙이며 받아먹었다. 잠시 사탕의 맛을 음미하던 태평은 로지의 손목을 끌어 잡았다. 그 힘에 이끌려 로지는 옥상 구석에 있는 그늘로 숨어들었다.

"2월까지 어떻게 기다리지?"

로지의 이마에 맺힌 땀을 닦아 주며 태평이 물어 왔다. 뭐를, 이라고 로지가 되묻자 태평의 눈동자가 미세하게 커졌다.

"네가 그린 내 그림, 내년에나 볼 수 있잖아."

조바심이 묻어 있는 태평의 말투에 시선을 내렸다. 그림을 미리 보여 줄 걸 그랬나. 미안한 마음이 찾아왔지만 후회는 없었다. 내년에 둘이 손을 꼭 붙잡고 그림을 보는 게 로지의 소원이었으니까.

"몇 달만 기다리면 되는데."

로지는 고개를 들고 태평을 마주 봤다. 최근 수척해지긴 했지만, 3월에 봤을 때보다 훨씬 생기가 도는 얼굴이 보였다.

"영국에 가기 전에 하나 더 그리면 되지. 이번에는 네 초상화로."

신이 나서 말했는데, 태평은 아무 말도 하지 않고 로지의 눈만 바라봤다. 그러고는 천천히 고개를 내려 로지의 윗입술에 그의 아랫입술을 살며시 붙여 왔다. 민트 향이 섞인 더운 숨결이 로지의 입안 깊이 몰려들었다. 가벼운 입맞춤이었지만 로지의 눈가와 뺨은 뜨거운 해보다 더 붉게 상기됐다. 엄지로 로지의 아랫입술을 매만지며 태평이 답했다.

"얼마든지."

배시시 웃은 로지는 아침에 챙겨 온 작은 상자를 꺼내 태평의 손에 쥐여 줬다.

"뭐야?"

"모델료."

상자를 열어 본 태평은 아리송한 표정을 지었다.

"기계로 판 거 아니야. 내 손으로 팠어."

로지는 평소답지 않게 생색을 냈다. 그만큼 지포 라이터에 그림을 새겨 넣는 건 결코 쉬운 일이 아니었다. 미술 선생님에게 빌린

뷔랑으로 라이터의 앞면에는 태평의 얼굴을, 뒷면에는 'peace'라는 단어를 새기느라 2주가 넘게 끙끙거렸으니까.

"담배를 시작해야 하나?"

조심스레 라이터를 만져 보던 태평이 중얼거렸다.

"담배는 무슨, 그냥 가지고 놀라고 준 거야."

로지는 어설프게 웃어 보이며 그건 장난감이라고 주장했다. 차마 입 밖으로 꺼내지는 못했지만, 사실 그건 불을 무서워하는 태평을 위해 준비한 선물이었다. 장난감처럼 라이터를 가지고 놀다 보면 트라우마를 극복하는 데 도움이 되지 않을까, 하는 바람으로.

"이걸 가지고 놀라고?"

태평의 반문에 로지는 그의 손에서 라이터를 뺏어 들었다. 그리고 보란 듯이 찰카당하고 뚜껑을 열었다. 치익ㅡ. 소리가 나며 라이터에서 파란 불기둥이 올라왔다. 로지가 이리저리 흔들어도 라이터 심지에 붙은 불은 꺼지지 않았다.

"있지, 이 라이터로 그림을 그리는 화가도 있대."

"그래?"

신기해하는 태평의 눈빛을 읽은 로지는 살짝 장난을 쳐 보기로 했다.

"잘 봐!"

로지의 자그마한 손가락이 파르스름한 불꽃을 스윽 가르고 지나갔다. 태평은 팔짝 뛰며 로지의 손에서 라이터를 뺏어 들었다.

"미쳤어?"

화상이라도 입으면 어쩔 거냐고 버럭 화를 내는 태평 앞에서 로지는 시원한 웃음을 터트렸다.

"안 뜨거워. 너도 한번 해 봐."

태평은 쓸데없는 짓을 왜 하냐는 눈빛을 보내며 라이터를 바지 주머니에 넣었다. 로지는 푸스스 웃음을 흘리며 태평의 손을 잡고 다시 학교 밖으로 나왔다.

아스팔트도 흐물흐물하게 녹아 버릴 것 같은 무더운 여름이었다. 오토바이를 타고 달려도 후덥지근한 바람밖에 느껴지지 않았다. 더운 걸 질색하는 태평은 오늘따라 얌전히 앞만 바라보고 있었다. 신호에 걸릴 때마다 라이터가 들어 있는 주머니만 매만지면서. 로지는 태평의 허리를 조금 더 바짝 끌어안았다. 헬멧에 숨겨진 로지의 얼굴에는 따뜻한 미소가 어려 있었다. 그림을 제출해서 홀가분한 건지, 더위를 먹기라도 한 건지. 머리를 열심히 굴려 봤지만 자꾸 웃음이 새는 이유가 딱히 떠오르지 않았다.

"여기가 천국이구나."

아이스크림을 입에 문 로지는 태평의 집 거실 소파에 혼자 앉아 있었다. 태평은 올리버의 호출을 받고 잠시 집을 비운 뒤였다. 뭘 할까 고민하다가 TV를 켰다. 최근 시청 프로그램 목록에는 다큐멘터리만 주르륵 떠 있었다.

〔뻐꾸기는 다른 새의 둥지에 알을 낳는 탁란(托卵)을 하는 것으로 유명합니다. 만만한 희생양은 작은 뱁새죠. 뱁새가 둥지를 비우면 뻐꾸기는 잽싸게 알을 낳고 도망갑니다. 중요한 건 뱁새의 알 하나를 둥지 밖으로 밀어 버려야 한다는 겁니다. 그래야 어미 뱁새가 달라진 알의 개수를 보고 의심하지 않을 테니까요.〕

뱁새와 뻐꾸기를 다룬 다큐멘터리는 기대 이상으로 흥미진진했다.

〔어미 새가 새끼를 낳아 기르려면 인간이 생각하는 것보다 훨씬 더 많은 희생을 해야 합니다. 알을 품는 동안 깃털은 다 빠지고 새끼에게 먹이를 먹일 때마다 부리가 다 닳아 없어지니까요. 그래서 뱁새가 자신의 천적인 뻐꾸기의 새끼를 기르는 건 꽤 안타까운 일입니다.〕

얼마나 재미있었는지 로지는 태평이 집으로 돌아온 것도 모르고 다큐멘터리에 빠져 있었다. 태평은 고개를 절레절레 흔들며 로지가 물고 있는 빈 아이스크림 막대기를 잡아 뺐다.

"정신 똑바로 안 차릴래? 내가 아니라 도둑이 들어왔으면 어쩌려고!"

틀린 말은 아니었지만 로지에게는 지금 그의 잔소리가 중요한 게 아니었다.

"태평아, 뱁새가 뻐꾸기 새끼를 키운대. 너무 불공평하지 않아? 뱁새 엄마하고 아빠는 무슨 죄야. 뻐꾸기는 누굴 엄마라고 불러야 할까? 진짜 너무 잔인해."

태평은 쓸데없는 걱정은 그만하라며 TV를 껐다. 그의 얼굴로 시선을 돌렸던 로지는 자세를 고쳐 앉았다. 미간을 치켜세운 태평의 표정이 심상치 않아 보였다.

"올리버 오빠한테 무슨 일 있대?"

"이모부 건강이 안 좋아서 오늘 밤에 영국에 간다고."

"정말? 너도 가 봐야 하는 거 아니야?"

태평이 실소했다.

"내가 뭐 하러. 형만 가면 되지."

"……그래도, 너한테는 이모부잖아."

누구나 할 수 있는 염려였는데 태평은 날카롭게 받았다.

"이모부가 죽든 말든 나하고는 상관없어."

가시가 돋친 말에 로지는 아랫입술만 지그시 깨물었다. 어떤 상황인 줄도 모르면서 괜한 말을 한 것 같아 미안했다. 그때 태평의 손가락이 이로 물고 있는 로지의 입술을 가볍게 눌렀다.

"물지 마. 아프잖아."

로지는 물었던 입술을 놓으며 태평과 다시 시선을 맞추었다. 태평은 무표정하게 가라앉은 얼굴로 물었다.

"뻐꾸기하고 뱁새가 우리하고 다른 거 같아?"

"……."

"인간도 동물이야. 작고 약한 놈은 숙주가 되고, 크고 강한 놈은 숙주를 이용해 제 유전자를 퍼뜨리며 사니까."

뻐꾸기 이야기를 하는 태평의 눈빛이 매서워졌다. 막연한 불안감이 그의 시선을 타고 로지에게로 흘러들었다. 그걸 막으려는 듯 태평은 로지의 뺨을 매만졌다. 싸늘한 표정과는 달리 그녀의 뺨을 살살 어르는 손은 부드럽고 따뜻했다.

"다큐멘터리 보고 뭐 느낀 거 없어?"

로지는 태평의 눈을 빤히 바라봤다.

"너 좋다는 뻐꾸기가 여기 있잖아."

"……."

"이기적인 새끼에다가 덩치도 크고, 돈도 많은 뻐꾸기!"

난데없이 자신을 뻐꾸기에 비교하는 태평 앞에서 로지는 웃어야 할지, 울어야 할지 모르겠다는 표정만 지었다. 태평은 고개를 내려 날카로운 콧날로 로지의 작은 코를 꾸욱 눌렀다.

"오로지."

로지의 이름이 태평의 성대를 타고 길게 흘렀다.

"그러니까, 넌 뻐꾸기 옆에 딱 붙어 있어야 한다고. 알겠어?"

로지는 무슨 말인지 이해가 가지 않아 고개를 갸우뚱했지만, 태평은 언제나처럼 길게 설명하지 않았다.

"가자, 집에 데려다줄게."

오토바이는 도심을 부드럽게 질주했다. 로지는 가만히 도시의 밤 풍경이 전하는 감각에만 집중했다. 나뭇가지 사이로 화려한 빛을 뿌리는 간판도 보고, 계곡을 따라 흐르는 물소리를 연상시키는 오토바이 엔진 소리도 듣고, 느른하게 숨을 내쉬고 마실 때마다 부풀었다

꺼지는 태평의 몸도 느끼면서.

아파트 입구에 오토바이를 세운 태평은 쓰고 있던 헬멧을 벗고 머리를 털었다. 이대로 헤어지기가 아쉬웠던 두 사람은 아파트 주변을 한 바퀴 돌기로 했다.

"올리버한테 아까 말해 뒀어. 형이 한국에 돌아오는 대로 우리 결혼하겠다고."

로지는 놀란 표정을 숨기지 못하며 입을 열었다.

"……오빠한테 말했다고?"

"그래, 이제 네 결정만 남았어."

태평은 오늘은 꼭 로지의 대답을 들어야겠다는 듯 그녀의 입술만 응시했다. 무거운 침묵을 이기지 못한 로지는 자신 없는 어조로 제 마음을 털어놓았다.

"나도, 생각을 안 해 본 건 아닌데 너하고 같이 사는 건 정말 좋아. 그렇지만 우리가 아직은 학생이잖아. 아무래도 조금 빠른 것 같은데."

완곡한 거절을 담고 있는 로지의 눈빛을 무시하고 태평이 다시 입을 열었다.

"내가 학교 그만둘 거야. 너는 지금처럼 우리 집에서 학교 다니다가 졸업하면 돼. 다른 절차는 너 학교 졸업하는 대로 하나씩 밟기로 하고. 결혼식이든 뭐든 원하는 건 다 해 줄 테니까 고민할 거 없어."

요즘 집에 들어갈 때만 되면 '잘 가'라는 말 대신 '결혼하자'는 말을 하는 태평이었다. 로지는 말없이 태평이 붙들고 있는 자신의 손으로 고개를 내렸다. 얼마나 세게 쥐고 있었는지 피가 몰려 저 릿할 정도였다.

"혹시, 나랑 자고 싶어서 그래?"

고르지 않은 말이 로지의 입에서 튀어나왔다. 태평을 의심하는 건 아니었지만, 민영의 말처럼 그가 더 깊은 관계를 원해 이러는 건 지 조금은 궁금했다. 태평은 한참 후에 입을 열었다.

"오로지."

"······어?"

"무슨 뜻으로 물어본 거야?"

진지한 얼굴로 묻는 태평의 음성이 꺼칠했다. 얼굴이 뒤늦게 화 끈거렸다.

"무슨 뜻이 있다기보다는."

어물어물 말문을 여는 로지에게 태평이 한마디를 더 보탰다.

"도발이야, 아니면 내 신체 일부가 제대로 기능하나, 의심을 한 거야?"

"······."

"전자라면 성공했고, 후자라면······."

말을 길게 늘이는 태평 앞에서 로지는 머리를 세게 흔들었다.

"아니야, 그런 뜻이 아니라······. 너를 의심하거나 나쁘게 본 게 절대 아닌데."

당황해서 어쩔 줄 모르는 로지를 태평이 와락 감싸 안았다. 그게 끝이 아니었다. 그는 자신의 하체도 확 붙여 왔다. 소스라치게 놀란 로지의 입에서 짤막한 비명이 터졌다. 부피를 한껏 키운 무언가가 그녀의 아랫배에서 느껴졌기 때문이었다.

"자고 싶다는 말은, 위로 하는 게 아니라 아래로 하는 거지. 지금처럼."

상체를 한껏 숙인 태평이 속삭였다. 더운 숨이 귓바퀴에 쏟아진 순간, 로지의 온몸에서 위험 신호가 울려 퍼졌다. 그녀의 입이 항복을 외치듯 다급하게 열렸다.

"미, 미안해. 내가 잘못했어."

"잘못하긴, 말 나온 김에 해 보지 뭐."

"……태평아."

뒷걸음질을 치려는 로지를 꽉 붙든 태평은 멈추지 않고 더 몰아갔다.

"너한테 더 중요한 문제잖아. 편하게 테스트해. 결혼 전에 쓸 만한지 확인도 해 볼 겸."

로지의 심장이 쿵쿵 뛰었다. 억울함에 눈물도 나올 것 같았다.

"네가 자꾸 이상한 소리를 해서 그런 거야. 결혼은 현실인데 우리는, 아니, 나는 준비가 전혀 안 됐단 말이야. 돈도 없고 학교도 다녀야 하고. 물론 내가 너를 아주 많이 좋아하는 건 맞는데. 네가 싫어서 안 하겠다는 게 아니라……. 아무튼 방금 내가 한 말은 못 들은 거로 해. 내가 실수했어."

울먹이는 로지의 목소리에 태평의 입술이 제멋대로 꿈틀거렸다. 웃음을 간신히 참은 그는 로지에게 붙였던 몸을 살짝 뒤로 물리고 그녀의 등을 가만가만 쓸었다. 와들와들 떨리던 로지의 몸이 조금씩 원래대로 돌아왔다.

"잘 알고 있네. 결혼이 현실이라는 거."

"……."

"너한테는 나밖에 없고, 나한테는 너밖에 없어. 시간 낭비할 거 없잖아. 죽기 전에 하루라도 더 같이 사는 게 낫지. 법적으로 내가 네 보호자도 될 수 있고."

태평의 가라앉은 목소리가 로지의 마음에 짐처럼 내려앉았다. 그녀의 등을 쓸어내리는 손길과 귓가를 스치는 숨결도 무겁기만 했다. 태평을 밀어 내지도, 그렇다고 끌어안을 수도 없었던 로지는 생각만 거듭하다가 집으로 돌아갔다.

현관문을 닫은 로지는 여느 때처럼 아빠의 신발부터 찾았다. 그런데 신발장이 텅 비어 있었다.

아빠가, 아직 안 들어왔나?

서늘한 기운이 목덜미를 타고 흘렀다. 그 한기는 닫혀 있는 안방 문을 살펴본 순간 손끝으로 파고들었다. 서둘러 신발을 정리한 로지는 방으로 들어갔다.

이불을 뒤집어쓰고 몸을 한껏 웅크렸다. 아직 그녀의 몸에 고여 있는 태평의 열기를 간직하기 위해서였다. 그리고 로지는 엄마를 찾았다.

……엄마.

그렇게라도 하지 않으면 지금 당장 태평에게 달려가고 싶은 마음을 멈추지 못할 것 같았다. 결혼이란, 그만큼 로지에게 너무 무거운 짐이자 족쇄였다. 로지와 같은 나이에 가정을 꾸렸던 엄마는 많은 걸 희생했다. 그 희생의 끝은 참담하고도 비참했다. 서로 균형이 맞지 않는 사람들이 만난 탓이었다. 로지는 자신의 미래가 엄마처럼 되지 않을 거라는 확신이 없었다. 엄마도 한때는 아빠를 진심으로 사랑했을 테니까. 로지가 태평을 마음 깊이 좋아하고 있듯이.

'엄마는 로지 때문에 살아. 로지가 엄마와 아빠를 이어 주는 보물이니까. 아빠도 엄마만큼 로지를 아끼는 거 알지? 로지가 그린 그림을 아빠가 얼마나 좋아하는데.'

로지는 두 눈을 꼭 감았다. 어서 빨리 오늘 밤이 지나가길 바라면서.

"왜 안 받아."

11시 30분이 되자마자 로지에게 전화를 건 태평은 제자리를 서성이고 있었다. 벌써 세 번째 거는 전화였는데 로지가 전화를 받지 않았다.

로지의 집에 다시 가 보려고 현관문 손잡이를 잡았을 때였다. 침실에서 익숙한 알림음이 들렸다.

[rosy : 미안 깜빡 졸다가 전화를 못 받았어.]

[peace : 다시 할게.]

[rosy : 아니야 오늘은 일찍 잘래. 아침부터 돌아다녀서 피곤해.]

[peace : 알았어 그럼 내일 아침에 봐.]

태평은 침대 끝에 걸터앉아 지포 라이터를 꺼냈다. 로지가 새겨 준 그의 얼굴이 보였다. 잠깐의 고민 끝에 그는 라이터 뚜껑을 열어젖혔다.

찰각―. 라이터에서 올라온 불꽃이 캄캄한 방을 밝혔다. 흐릿하게 보이던 사물들이 또렷해지면서 그림자들도 단번에 진해졌다. 순간 라이터를 쥐고 있던 손이 가늘게 떨렸다. 그와 동시에 잠잠했던 작은 불길이 이리저리 몸을 흔들며 춤을 추기 시작했다.

"젠장."

라이터를 끈 태평은 긴 한숨을 쉬며 침대 위로 쓰러지듯 누웠다. 손톱만 한 불꽃에도 맥을 못 추는 자신이 한심스러웠다. 헛웃음을 흘리던 그의 얼굴이 구겨졌다. 오늘 낮에 들었던 올리버의 신경질적인 목소리가 되살아난 탓이었다.

「뭐? 결혼? 그걸 지금 말이라고 해?」

「말이 아니면 뭔데?」

「아버지가 위중해서 영국에 다녀오겠다고 말한 형한테 지금 그게 할 소리야?」

서운함이 가득한 목소리로 올리버는 태평을 원망했다. 목숨이 경각에 달린 이모부보다 여자 친구가 더 중요하냐며. 눈썹을 구긴 태평은 바닥까지 가라앉은 목소리로 말했다.

「이모부 수술비 내가 해결했어.」

「그게 사실이야?」

올리버는 당황스러우면서도 고마워 어쩔 줄 모르는 얼굴로 말했다.

「형한테 말도 없이 왜 그랬어. 그게 어떤 돈인데⋯⋯. 네 부모님이 남겨 주신 유산이잖아.」

올리버를 쳐다보는 태평의 눈빛에 짜증이 묻어났다. 매번 들을 때마다 느꼈지만 한결같이 비겁한 레퍼토리였다. 그는 항상 태평의 돈을 받을 때마다 우리 가족은 네게 그런 걸 바란 적이 없다고 호소했지만, 그 이면에는 다른 속내가 도사리고 있었다. '그래, 우리 맥어보이 가족이 네게 베풀어 준 게 있는데, 네가 이 정도 도리는 해야 마땅하지'라는 속마음이 깔려 있었으니까.

「가식 좀 그만 떨어. 이모하고 이모부가 돈 필요할 때마다 나한테 연락하는 거 몰라?」

조소 섞인 태평의 말에 올리버는 순진한 얼굴로 두 눈만 크게 떴다. 마치 그런 말은 태어나서 처음 듣는다는 것처럼.

「어머니가 너한테 연락했었어? 태평아, 그건 아마 돈 때문이 아니라⋯⋯.」

변명 같지도 않은 변명에 태평은 코웃음만 쳤다.

「공짜로 준 돈 아니니까, 좋아하지 마.」

「⋯⋯.」

「이모부, 내가 살렸으니까 형은 로지하고 내 결혼 돕는 거로 갚아. 법적으로 아무 문제 없게 잘 처리해 줘. 오로지 아버지도 만나야 하고.」

「…….」

「못 하겠으면, 받은 돈 토해 내든가.」

올리버는 굳어 버린 얼굴만 하고 있었다. 그러면서도 절대 아버지의 수술비를 받지 않겠다는 말은 하지 않았다. 지극히 올리버다운 태도였다. 좋은 형과 좋은 아들 사이에서 갈팡질팡하는.

무연히 천장만 바라보고 있던 태평은 두 눈을 감았다. 생각을 비워 내고 싶었지만 쉽지가 않았다. 이번에는 로지의 아버지라고 주장하는 김동우가 그의 머리를 헤집었다.

다 망해 가는 철물점을 운영하고 있다는 그는 아내와 아이가 있는 사람이었다. 가정이 있는 남자가 로지에게 무슨 도움을 줄 수 있다고 나타난 건지. 더 기분이 나쁜 건 그가 태평에게 던진 충고 비슷한 말이었다.

'될 수 있으면 오제근은 건드리지 마. 재희가 죽기 전에 그랬어. 자존심 하나에 죽고 사는 남자라고. 그 자식이 로지를 쳐다도 안 봤었는데 로지가 무슨 유명한 대회에서 장관상을 받고 나니까 그제야 로지를 딸로 인정했다고 했어. 자기 피를 이어받은 자식이라면 반드시 탁월한 재능 하나쯤은 타고났을 거라면서.'

태평은 감았던 눈을 떴다.

"로지야."

로지 앞에서 입에 담아 본 적이 없는 부드러운 호칭이었다. 동그랗고 하얀 로지의 얼굴이 신기루처럼 사라졌다 나타나기를 반복했다. 연한 아메리카노색 눈동자, 하얀 도화지처럼 깨끗한 피부, 장미꽃 한 잎을 따서 물려 놓은 것처럼 붉은 입술도.

'혹시, 나랑 자고 싶어서 그래?'

빨갛게 달아오른 얼굴로 묻던 아까의 로지에게,

"어제도, 오늘도, 내일도."

이제야 그는 답을 들려주었다.

부드럽고 촉촉한 입술을 베어 물고 싶었다. 너무 작아 부서질 것 같은 몸을 꽉 끌어안고 온몸을 만져 보고 싶었다. 흰 우유만큼 하얀 로지의 살결을 상상하는 것만으로도 뱃속이 달아올랐다. 그렇지만 결혼 전에는 절대로 강요하고 싶지 않았다.

로지를 안을 수 없었을 때도, 안을 수 있게 되었을 때도 태평의 마음은 변함없었으니까. 보고 있어도 그리운 얼굴을 그저 오래 보고 싶을 뿐이었다.

어느새 깊은 밤이 지나고 있었다. 요 며칠 설쳤던 잠이 뒤늦게 몰려왔다. 의식이 떨어져 나간 순간, 지난 몇 개월간 잊고 있던 악몽이 기다렸다는 듯 그의 무의식을 파고들었다.

아이를 죽이라고 종용하는 새빨간 점 네 개가 날카로운 곡선을 그리며 태평을 위협했다.

"윽."

참지 못하고 신음을 뱉었다. 그럴수록 악귀들은 더욱 거세게 날뛰었다. 온몸을 웅크린 그는 이를 악물었다.

메마른 입술을 씹으며 로지의 이름을 불렀다. 로지와 버터컵이 만개한 잔디밭 위를 걷고 싶었다. 로지가 그려 준 자신의 그림도 봐야 했다. 그것도 해 보지 못한 채 이대로 죽을 수는 없었다. 태평은 살려 달라고 울부짖는 아이를 끌어안았다.

이건, 꿈이야. 여기에는 로지가 없으니까.

로지의 이름을 주문처럼 되뇌며 태평은 아이와 함께 긴 밤을 버티고, 또 버텼다.

태평이 다시 눈을 떴을 때는 이른 새벽이었다. 그의 눈꼬리가 고통을 이기지 못하고 사납게 올라갔다. 누가 머리에 못을 박아 넣는 것 같은 지독한 두통이 느껴졌다. 침대에서 몸을 일으킨 그는 곧장 주방으로 향했다.

촤르륵ㅡ. 냉동실에서 꺼낸 얼음을 모두 욕조에 쏟은 뒤, 태평은 옷을 벗고 그 안으로 들어갔다. 뼈마디가 시릴 만큼 차가운 물이, 불덩이 같았던 몸을 빠르게 식혔다. 얼음이 모두 녹을 때까지 욕조에 앉아 있던 그는 휴대폰 소리에 몸을 일으켰다.

올리버의 문자였다. 영국에 잘 도착했고 일주일 뒤에 한국으로 돌아갈 테니 그때 못 한 이야기를 마저 하자는 내용이었다. 태평은 짧게 한숨을 쉬었다. 안도까지는 아니지만 답답했던 기분이 조금 풀리는 것 같았다.

다시 방으로 돌아온 그는 옷을 주워 입었다. 로지를 데리러 갈 시간이었다.

끼이익─. 로지의 아파트에 도착한 태평은 오토바이를 세웠다. 엄마와 함께 유치원 버스를 기다리던 아이들의 호기심 어린 시선이 태평에게 쏠렸다.

"엄마아, 저게 자전거야?"

"아니, 저건 오토바이지."

"아빠도 있어?"

"아빠한테 오토바이가 어디 있어. 대신 차가 있잖아."

태평은 시동을 끈 오토바이를 끌며 그들 앞을 지나갔다. 오토바이에 금세 흥미를 잃은 아주머니들은 다른 화제를 꺼내 들었다. 그들의 수군거림에 태평의 걸음이 조금씩 느려졌다.

"어제 우리 동에 경찰이 왔다 간 거 알아?"

"그래? 나는 몰랐네. 맥주를 두 캔이나 마시고 자서."

"우리 신랑이 그러는데 13층에서 난리가 났었대. 뭐가 깨지는 소리가 들려서 옆집이 신고했다고 하더라고."

"13층? 13층에 누가 살더라?"

"왜 그 있잖아. 아버지하고 딸만 사는 집!"

쿵─. 오토바이가 넘어지는 소리에 아주머니들의 시선이 태평 쪽으로 쏠렸다.

"1306호에 경찰이 왔다고요?"

잔뜩 가라앉은 태평의 목소리에 어떤 아주머니가 고개를 끄덕였다.

"맞을걸요? 그 학교 선생님 집이 그 집 맞지?"

더 확인할 것도 없이 아파트 현관으로 달려갔다. 엘리베이터는 28층에 멈춰 있었다. 기다리는 시간이 아까워 계단으로 올라갔다.

쾅, 쾅, 쾅.

"오로지! 빨리 문 열어!"

거친 숨을 몰아쉬며 태평은 로지의 집 현관문을 부서져라 두들겼다. 초인종이 있다는 생각 같은 건 그의 머리에 떠오르지 않았다.

"문 안 열어? 오로지! 내 목소리 안 들려?"

대답이 없는 현관에 대고 다시 소리를 치려던 순간, 도어 록이 풀리는 소리가 들렸다.

"……태평아."

로지의 얼굴은 유령이라도 본 사람처럼 하얗게 질려 있었다. 로지의 어깨를 붙든 태평은 그녀를 위아래로 훑었다.

"어제 경찰 왔었다며! 왜 나한테 연락 안 했어. 어디 다친 데 없어?"

"어, 없어. 그런데 어떻게 알고."

로지가 무사하다는 걸 확인한 태평은 뒤늦게 집 안을 살폈다. 아버지는 집에 없는 것 같았다. 태평의 눈이 부엌으로 향했다. 작은 식탁과 싱크대 사이에는 깨진 접시 조각이 수북이 쌓여 있었다.

"저걸 누가."

말을 멈춘 태평의 시선이 로지의 양손으로 향했다. 한창 치우던 중이었는지 로지는 분홍색 고무장갑을 끼고 있었다. 그걸 거칠게 벗겨 냈다. 상처 없는 깨끗한 손끝을 본 순간, 긴장이 풀렸다.

"경찰이 왜 온 건데. 무슨 일이 있었냐고!"

태평은 고개를 숙이는 로지의 턱을 붙잡고 들어 올렸다. 움찔하며 피하려는 얼굴을 살피던 그의 눈가가 떨렸다.

"너!"

밤새 고문이라도 당한 사람처럼 로지의 얼굴은 바싹 말라 있었다. 눈빛에는 생기가 없었고 통통히 부풀었던 뺨은 하룻밤 새 야위어 있었다. 분홍빛으로 물들어 있어야 할 입술은 얼마나 씹어 댔는지 이곳저곳이 터져 피가 맺혀 있었다.

"코피까지 났어?"

작은 콧구멍에 들러붙은 피딱지를 본 태평이 물었다. 로지는 그의 손을 치우며 고개를 내렸다.

어제 조금 피곤해서, 작게 대꾸하며 로지는 반걸음 정도 뒤로 물러섰다. 태평은 그에게서 떨어지려는 로지를 잡기 위해 팔을 뻗었다. '내가 얼마나 걱정한 줄 알아?'라고 물으려던 태평의 머릿속은 얼마 지나지 않아 하얗게 비워져 버렸다. 바로 그의 손이 로지의 목덜미를 스친 순간이었다.

"아악."

로지는 외마디 비명을 지르며 기겁했고, 그녀에게서 급히 손을 뗀 태평의 얼굴은 충격으로 물들었다.

태평의 손에 이끌려 그의 집에 도착한 로지는 거실 소파에 앉았다.

"마셔."

로지는 말없이 태평이 건넨 주스를 들이켰다. 입 안에 난 상처에 주스가 닿자 저절로 인상이 찌푸려졌다. 주스 잔을 탁자에 내려놓는 순간, 태평의 입이 열렸다.

"말해."

"……."

"입 닥치고 조용히 들어 줄 테니까."

로지는 흐트러진 머리를 매만졌다. 여기저기 삐져나온 잔머리가 느껴졌다. 다시 깔끔하게 머리를 묶으려다가 이내 포기했다. 손마디 끝에 힘이 들어가지 않았다. 밤새 잠 한숨도 제대로 못 잔 탓이었다.

"……별일 없었어."

까끌까끌한 목소리로 로지가 말했다. 태평은 금방이라도 소리를 지를 것처럼 두 눈을 무섭게 부라렸다. 흐릿한 눈으로 그를 보던 로지는 떨어지지 않는 입을 다시 열었다.

"정말이야. 아빠가 12시쯤에 집에 들어왔는데……."

어젯밤 자정을 알리는 시계 소리가 들렸을 때, 현관문에서는 번호 키를 누르는 소리가 들렸다. 철컹하고 열려야 할 문은 비밀번호를 잘못 입력했을 때 나는 경고음과 함께 열리지 않았다.

잠시 후 다시 번호를 누르는 소리가 들리더니 또다시 삐빅—, 하는 경고음이 들렸다. 이불 속에 숨어 있던 로지는 방문을 열고 나갔다. 술에 취한 사람이 집을 잘못 찾아온 거라 생각하며 인터폰 수화기를 들었는데, 뜻밖에도 화면에 등장한 사람은 아빠였다. 그것도 렌즈를 똑바로 응시하고 있는.

화면 속의 아빠와 눈이 마주친 로지는 서둘러 현관으로 걸어가 문을 열었다.

'네가 비밀번호를 바꿨니?'

쉿소리가 섞인 아빠의 음성에 고개를 들었다. 그의 관자놀이에는 시퍼런 핏줄이 돋아 있었다.

'현관 비밀번호를 네가 바꿨냐고.'

'아, 아니요. 안 바꿨는데.'

로지는 간신히 쥐어짠 목소리로 대답했다. 아빠는 로지의 어깨에 손을 올렸다. 얌전히 어깨에 있어야 할 아빠의 손은 먹이를 노리는 뱀처럼 서서히 로지의 목으로 움직였다.

'로지야.'

로지는 숨이 막혀 대답을 하지 못했다.

'미안하구나. 아빠가 요즘 안 하던 실수를 자꾸 하네. 생각할 게 많다 보니.'

흔들리는 로지의 눈에 아빠의 얼굴이 보였다. 그의 턱에는 깎이지 않은 수염 몇 가닥이 길게 자라고 있었다. 그게 퍽 낯설어 보였다. 2주에 한 번씩 머리를 정리하고 면도에 공을 들이는 아빠였는데.

'방으로 들어가렴. 무슨 일이 있어도 나오지 말고.'

비릿한 뱀이 속삭이는 듯한 음성이 로지의 귓속으로 빨려 들어갔다. 로지는 식은땀을 뚝뚝 흘리며 뒷걸음질을 쳤다. 방문을 닫자마자 부엌에서 그릇이 깨지는 소리가 들렸다.

그릇들은 와장창, 하고 한 번에 부서지지 않았다. 일정한 간격으로 쨍그랑 소리를 내며 한 번에 하나씩 깨졌다. 규칙적이고 정해진 일상을 사랑하되, 일탈은 싫어하는 아빠다운 화풀이였다.

집 안에 있는 모든 그릇의 형체가 사라졌을 무렵, 경찰이 찾아왔다. 현관문을 연 아빠는 경찰에게 소란을 떨어 죄송하다고 정중히 사과했다. 그러고는 태연하게 무슨 일이 있었는지를 설명했다. 밤 늦게 딸아이 야식을 만들어 주려다가 선반이 넘어가며 그 안에 있던 접시들이 다 깨졌다고.

'제가 아내 없이 딸아이를 혼자 키우고 있거든요. 아직 집안일에 서툴다 보니.'

아빠의 직업이 학교 선생님이라는 걸 듣자마자 경찰은 관대하게 굴었다. 그들은 이런 해프닝이 더러 있다며 아빠를 위로하고 돌아갔다.

"오로지!"

로지는 자신을 부르는 목소리에 정신을 차렸다. 캄캄했던 눈앞이 환해지면서 태평이 보였다. 티슈를 들고 있는 손이 뺨으로 다가왔다. 로지는 그제야 자신이 눈물을 흘리고 있다는 걸 깨달았다.

"눈물이, 왜 났지?"

바보 같은 혼잣말이었지만 태평은 웃지 않았다. 로지는 손을 들어 어깨와 목덜미를 만졌다. 아빠의 손이 닿았던 곳이 불에 덴 것처럼 화끈거렸다. 티슈를 버린 태평의 손이 이번에는 로지의 이마를 짚었다.

"일단 한숨 자."

소파에서 일어난 태평은 약 몇 가지를 찾아 쟁반 위에 올려놨다. 로지도 그게 좋을 것 같아 일어나려고 했는데 두 다리에 힘이 들어가지 않았다.

"가만히 있어."

제대로 몸을 가누지 못하는 로지를 태평이 안아 들었다. 자연스럽게 그는 자신의 침실로 로지를 데리고 갔다. 침대 위에 로지를 조심스럽게 내려놓은 태평은 챙겨 온 약과 물을 건넸다.

"고마워."

로지는 태평이 준 알약을 삼키고 침대에 누웠다. 태평은 로지의 목이 아프지 않게 베개를 받쳐 주고 이불도 끌어다 덮어 줬다.

"더 필요한 거 없어?"

로지는 고개를 저었다. 방에서 나갈 줄 알았던 태평은 침대 위에 걸터앉아 로지의 머리를 아주 조심스럽게 쓰다듬었다. 그러고는 로지의 뺨도 부드럽게 쓸었다. 로지는 조용히 숨만 들이켰다. 침대에서 은은한 태평의 향이 느껴졌다.

"태평아, 나 추워."

이불을 덮고 있었지만 몸이 으슬으슬 떨렸다. 온몸이 지글지글 끓는 기분이었다. 땀을 비 오듯 쏟아 내고 있는데 손발은 얼음장처럼 차가웠다.

　에어컨 온도를 조절한 태평은 이불 밑에 숨겨진 로지의 팔과 다리를 가볍게 주물렀다. 딱딱하게 뭉쳐 있던 근육들이 이완되면서 조금 살 것 같았다. 그제야 로지의 눈에 태평의 까칠한 얼굴이 보였다.

　"어제 무슨 일 있었어? 얼굴이 왜 그래."

　가쁜 숨을 내쉬며 물었다. 태평은 네가 지금 내 걱정을 할 때냐는 타박 섞인 눈빛만 보냈다. 눈물이 말라붙어 버석해진 로지의 눈가를 쓸어 본 태평이 입을 열었다.

　"같이 자자."

　태평은 침대 헤드에 붙어 있는 버튼을 눌러 불을 껐다. 암막 커튼으로 빛을 차단한 방 안은 제법 어두워졌다. 침대 위로 올라온 그는 이불을 덮고 있는 로지를 양팔로 감싸 안았다. 태평의 품에 자신의 몸을 밀어 넣고 로지는 천천히 고른 숨을 뱉었다.

　죽은 사람처럼 자던 로지는 늦은 오후에 잠에서 깼다. 태평은 두 눈을 감은 채 로지를 끌어안고 있었다. 이불 속에서 뒤척이던 로지는 입고 있던 옷이 땀으로 축축해진 걸 느꼈다. 어떻게 하면 태평을 깨우지 않고 화장실에 다녀올까 고민 중이었는데.

　"일어났어?"

　잠기운이 전혀 느껴지지 않는 태평의 음성이 들렸다. 로지는 몸을 돌려 누웠다. 그는 핏발이 선 눈으로 로지를 보고 있었다.

　"오늘부터 여기에서 지내."

푹 꺼진 눈으로 로지를 보며 태평이 다시 입을 열었다.

"너, 그 집에 못 보내겠어. 네 아버지 정상 아니야."

"……"

"형하고 얘기 끝냈어. 우리 둘 다 영국으로 갈 거야."

깊게 숨을 내쉬는 태평을 보며 로지는 입술을 씹었다. 이미 찢어졌던 상처가 다시 벌어지며 비릿한 피 맛이 훅 끼쳤다. 커터 칼을 잡지 않으려고 안간힘을 쓰다가 어제 밤새 씹고, 씹은 입술이었다. 로지의 입술에 피가 맺히는 걸 바라보던 태평의 얼굴이 괴로움으로 일그러졌다.

"자해하면, 나도 똑같이 해 주겠다고 한 말 잊었어?"

질문을 내뱉기가 무섭게 태평은 그의 입술을 사정없이 콱 씹어 피를 냈다. 피가 흐르는 태평의 입술을 차마 볼 수 없었던 로지는 그의 가슴 언저리로 시선을 내렸다.

"말해. 네 아버지가 어떤 사람인지. 뭐가 널 그렇게 무섭게 만드는지."

잠잠하고 고요한 음성이었다. 무슨 말을 해도 이해해 주겠다는 다짐마저 느껴졌다. 그런데 로지는 해 줄 말을 찾지 못했다. 자신도 알 수가 없었다. 왜 아빠를 병적으로 무서워하는지. 왜 아빠의 손이 닿은 목덜미가 이유 없이 아픈 건지도.

문득, 어린 시절의 기억 한 토막이 떠올랐다. 처음이자 마지막으로 온 가족이 동물원에 갔던 날이었다. 아빠와 함께하는 나들이 내내 로지는 바짝 긴장해 있었다. 소변이 너무 마려웠지만 화장실에 가고 싶다는 말도 꺼내지 못할 정도였다. 그때 우연히 아빠의 제자였던 학생들과 마주쳤다.

'어? 쌤! 안녕하세요.'

엄마는 재빨리 로지를 데리고 자리를 피했다. 로지는 다섯 걸음쯤 떨어져 아빠를 바라봤다. 표정이 없던 아빠가 학생들을 보며 웃고 있었다. 로지와 엄마에게는 보여 준 적이 없던 미소였다.

'더운데 아이스크림이라도 사 먹으렴.'

아빠에게 돈을 받은 언니들은 까르르 웃으며 감사하다고 인사했다. 그중 한 언니가 로지를 가리켰다.

'선생님 딸이에요?'

아빠는 천천히 뒤를 돌았다. 파닥거리던 로지의 작은 심장이 더 빨리 뛰었다. 왜 귀찮게 사람들의 눈에 띄었느냐고 책망하는 아빠의 눈빛이 읽힌 탓이었다.

'그래.'

마지못해 아빠는 로지가 그의 딸이라고 말했다. 언니들은 로지 쪽으로 다가왔다.

'선생님하고 하나도 안 닮았어요. 너무 귀엽게 생겼다. 몇 살이야? 이름은?'

엄마와 아빠 말고 만나는 사람이 없었던 로지는 부끄럽고 긴장돼서 입을 열지 못했다. 그런 로지를 보며 아빠가 걸어왔다. 가까워지는 아빠의 실루엣에 로지의 머리는 새하얗게 변했다.

'……로지야.'

아빠가 불렀지만 로지는 대답하지 못했다. 입이 붙어 버린 것처럼 떨어지지 않았다. 힘이 들어가는 거라고는 엄마의 셔츠 자락을 쥐고 있는 손뿐이었다.

'언니들이 묻잖니. 대답해야지?'

아빠는 로지의 머리를 쓰다듬으며 부드럽게 말했다. 간신히 숨만 쉬고 있었는데 머리에 있던 손이 천천히 목덜미 뒤로 내려왔다. 흐르던 숨이 콱, 막혔다. 놀이 기구를 탔을 때처럼 머리가 빙글빙글 돌았다. 로지가 딛고 있던 땅이 젖어 들기 시작했다. 그 액체가 자신의 허벅지를 타고 흘러내렸다는 걸 인지한 순간, 로지는 눈을 까뒤집으며 기절했다.

"나도 잘 모르겠어. 내가 왜 아빠를 무서워하는지. 아주 어렸을 때부터 그랬던 거 같은데……."

로지는 혼란스러운 감정을 고스란히 내비쳤다. 두려웠다. 이유가 뭔지 생각하려는 것만으로도 겁이 나고 무서웠다. 무표정했던 태평의 얼굴은 미묘하게 침울해졌다. 그걸 감추며 태평은 로지의 머리를 부드럽게 쓸었다. 땀에 젖어 이마에 달라붙은 머리카락을 떼어 주던 태평의 시선이 로지의 목으로 옮겨갔다. 누가 꽉 잡았다가 방금 놓은 것처럼, 새하얀 목덜미에 희미하지만 붉은 손자국이 남아 있었다. 천천히 손을 내렸다. 단지 로지의 목을 만져 보려 했을 뿐인데.

"하, 하지 마."

애원하듯 소리치는 목소리에 놀라 태평의 손이 목에서 바로 떨어지지 않았다.

"아아악!"

로지는 태평의 가슴을 강하게 떠밀었다. 격렬한 저항에 태평은 황급히 로지의 몸에서 손을 뗐다. 그래도 로지의 경련은 쉽게 잦아들지 않았다. 먹은 게 없었던 로지는 헛구역질만 했다. 숨이 제대로 쉬어지지 않는지 주먹을 쥔 손으로 제 가슴을 쿵쿵 치면서. 태평은 욕지거리를 씹어뱉으며 로지를 끌어안았다.

"놔! 놓으란 말이야!"

태평의 품에 갇힌 로지가 울부짖었다. 공포에 마비된 목소리에 태평의 가슴은 산산이 무너져 내렸다. 로지는 손에 잡히는 거라면 뭐든 쥐어뜯었다. 태평은 그의 어깨와 가슴팍에 생기기 시작한 생채기에도 눈썹 한번 까닥하지 않고 로지를 단단히 붙들었다.

"수, 숨을 못 쉬겠어."

물속에 빠져 질식하는 사람처럼 로지는 힘겹게 저 말만 토해 냈다. 태평은 로지를 부둥켜안고 등을 토닥였다.

"괜찮아. 내가 여기 있어."

로지가 다시 고르게 숨을 뱉기까지는 꽤 오랜 시간이 걸렸다. 한번도 느껴 보지 못했던 억겁의 감정이 태평을 휩쓸고 지나갔다. 가슴이 쑤셔 미칠 것 같았다. 로지가 아버지에게 받은 상처를 어떻게 다독여 줘야 할지 몰라 이번엔 그가 숨이 막힐 지경이었다.

"내가 죽여 버릴게. 내가 그 새끼 반드시 죽일 거야."

폭발하듯 치솟는 살기를 누르며 태평이 말했다. 쇼크 때문에 그의 목소리를 제대로 듣지 못한 로지는 아무 반응이 없었다. 태평의 품에서 한참을 부들부들 떨던 로지는 어느 순간 다시 정신을 놓쳤다.

기절한 사람처럼 잠이 든 로지를 보며 태평은 천천히 침대에서 몸을 일으켰다. 주먹을 쥔 그의 손은 분노와 서글픔으로 부들부들 떨리고 있었다. 한동안 로지에게서 눈을 떼지 못하던 그는 무언가 결심을 한 사람처럼 결연하게 집 밖으로 나갔다. 지나가는 택시를 잡아 세운 그의 옆에는 커다란 캐리어가 세워져 있었다.

태평이 찾아간 곳은 로지의 아파트였다. 기다림은 길지 않았다. 한 시간 정도 기다렸을까? 태평은 어깨를 구부정하게 늘어뜨린 남자가 아파트 입구로 들어서는 걸 볼 수 있었다.

"나, 알죠?"

오제근의 앞을 가로막고 물었다. 갑작스러운 태평의 등장에도 오제근의 얼굴은 평화롭기 그지없었다.

"알긴 아는데, 여긴 무슨 일이지?"

"할 말이 있어서."

초점 없는 눈이 태평의 얼굴을 샅샅이 훑었다. 깊은 침묵 끝에 오제근이 입술을 열었다.

"난 없는데."

태평은 자신을 지나쳐 걷는 오제근의 팔을 잡았다.

"경찰 얼굴 또 보고 싶어? 아파트 앞에서 동네 사람 다 듣게 지랄 한번 제대로 떨어 볼까?"

협박에 가까운 말을 듣고 나서야 오제근은 태평에게 따라오라고 손짓했다.

집 현관문 앞에서 걸음을 멈춘 오제근은 주머니에서 수첩을 하나 꺼냈다. 미간을 찌푸린 채 수첩을 넘기던 그는 무언가를 확인한 뒤 도어 록 비밀번호를 눌렀다. 태평은 오제근의 뒤를 따라 집 안으로 들어갔다.

"이쪽으로 오지."

깨진 그릇 조각이 널려 있는 주방 같은 건 안중에도 없는 사람처럼, 오제근은 천연덕스러운 얼굴로 태평을 거실로 안내했다.

"로지, 내가 데리고 살려고."

소파에 앉기가 무섭게 태평이 용건을 꺼냈다. 오제근의 새카만 먹색 눈이 태평의 얼굴로 향했다.

"중학교 생활기록부에 적힌 성격 그대로군. 담임 선생님이 김태평 군을 평가하신 내용이 기억나나? 독단적이고, 거친 성격입니다. 교우 관계가 원만하지 않고, 수업에도 불성실하고……."

오제근은 태평의 중학교 생활기록부에 적힌 내용을 하나부터 열까지 줄줄이 읊었다. 미간이 절로 좁혀졌다. 내용도 내용이었지만 그의 역겨운 목소리 때문이었다. 만약 이끼가 말을 할 수 있다면 이런 소리일까 싶을 만큼 축축한 습기를 머금은 기분 나쁜 음성이었다.

"김태평 군."

태평에 대한 지식을 한껏 뽐낸 오제근은, 그의 이름을 부르며 주의를 환기시켰다.

"오로지는 내 거야. 남의 걸 훔치면 벌을 받는다는 건 알고 있겠지?"

"무슨 근거로?"

"몰라서 묻나? 나는 오로지의 아버지야. 다른 말로 법적 보호자라고도 하지."

오제근은 진지하고 엄한 목소리로 로지를 데려갈 수 없다고 했다. 태평은 잠시 오제근의 얼굴을 빤히 바라보았다. 올리버가 그를 이상하다고 했던 게 무슨 뜻인지 조금 알 것 같았다.

확실히 제정신은 아닌 것 같네.

딸과 동거를 하겠다고 나선 남자 앞에서, 오제근은 지나치게 이성적이었다. 침잠한 눈동자에서는 아무 감정도 읽히지 않았고, 마스크 같은 그의 얼굴은 감정을 드러내기보다는 감추고 있었다.

오제근을 빤히 쳐다보던 태평은 그의 자존심을 건드려 보기로 했다. 이래도 네가 그 가면을 계속 뒤집어쓸 수 있을까, 하는 저열한 속내를 숨긴 채.

"당신이 오로지 아버지가 아니라면?"

태평의 의도는 적중했다. 미간을 곤추세운 그는 금이 간 얼굴만큼 흐트러진 목소리로 중얼거렸다.

"그걸 어떻게 알았을까? 오로지한테 들은 건 아닐 테고. 걔는 날 닮지 않아서 아주 멍청하거든. 나하고는 격이 다른 아주 천박하고, 아둔한 앤데……. 그림만 아니었다면 진즉 버렸을 애란 말이지."

오제근의 말에 태평의 심장이 빠르게 요동쳤다.

"그거 아나? 내가 김태평 군의 형을 만난 적이 있다는 걸."

"……."

"동생이 말을 안 들어서 고민이라길래 내가 아주 좋은 훈육법을 하나 알려 줬는데. 내가 직접 써 봤는데 아주 효과가 좋았거든. 바로 근원이 없는 공포심을 심어 주는 거야. 그게 창작을 하는 사람들에게는 끊임없는 동기를 부여하니까. 그래서 오로지도 사람들이 인정하는 그림을 그리게 됐고."

태평은 거친 숨을 뿜어냈다. 세차게 뛰는 심장은 그의 온몸 구석구석에 혈액이 아닌 분노를 뿌려 대고 있었다. 목에 손만 대도 자지러질 듯 놀라 울던 로지가 떠올라 미쳐 버릴 것 같았다.

"내가 소음에 좀 예민한 편이야. 그런데 우리 집에 애가 생긴 거지. 걷지도 못하는 애가 종일 울어만 대는 게 너무 성가셨어. 애 엄마를 밖에 내보내고 잠이 든 애 목을 몇 번 졸랐지. 그거 아나? 갓난애 목은 손가락 두 개만으로도 조를 수 있다는 거? 힘 조절을 잘해야 했어. 잘못하면 목이 부러질 수도 있으니까."

오제근은 입술을 씹고 있는 태평을 뚫어지게 응시한 채로 그의 엄지와 검지를 들어 보였다. 일순, 로지가 그렸던 아빠의 얼굴이 선명하게 보였다. 눈과 코, 입은 없는데 귀만 그려져 있던 초상화가…….

"타이밍 조절도 중요해. 까딱하면 숨이 넘어갈 수도 있으니까. 사지를 뒤틀다가 경련을 하기 시작할 무렵에 숨통을 틔워 줘야 한다고. 그러면 어떻게 되는 줄 알아? 애가 비명도 지르지 못하고 오줌만 질질 싸지. 몇 번 그렇게 경고했더니 반항 같은 건 꿈도 못

꾸고 아주 조용해졌어. 그러면서 그림을 그리기 시작했지. 오로지
의 그림을 봤나? 소름이 끼치게 아름답지 않아? 죽음의 공포를 겪
은 사람만 그릴 수 있는 그림이라 그래. 나중에는 사후 세계에 대
해서도 그릴 수 있지 않을까 싶어. 그 근처까지 가 본 애니까."

"이런 씨발 새끼가!"

소리를 지른 태평의 눈은 오제근이 아닌 주변 사물로 향했다. 무
엇이든 흉기가 될 수 있는 걸 찾으려는 본능적인 움직임이었다. 지
금 이곳에는 그와 오제근 둘밖에 없었다. 저 악마 같은 새끼를 죽이
는 거야 일도 아니었다. 강력한 충동이 태평에게 말을 걸었다.

죽여 버려. 저런 새끼가 오로지 옆에 있으면 안 돼. 너도 알잖아.
사람 중에는 태어나지 말았어야 할 바퀴벌레 같은 새끼들도 많다
는 거.

살의를 참느라 태평의 턱이 꿈틀댔다. 당장 저 새끼의 목을 졸라
버리고 싶은 욕망을 참고, 또 참느라 눈앞이 흐릿해질 지경이었다.
오제근은 정신이 나간 사람처럼 멍한 얼굴로 계속 지껄였다.

"오로지는 내 거야. 오로지가 그림을 그리는 이상, 걘 내 손안에
있어야 해. 나를 정신병자 취급했던 것들에게 보여 줘야 하거든. 내
유전자의 힘이 얼마나 대단한지 말이야. 그래야 내 새끼도 아닌 남
의 새끼를 키운 보람이 있지 않겠어?"

말을 마친 오제근은 두 손으로 턱을 괸 채 허공을 응시했다. 사색에
빠진 시인처럼 그는 자신만의 세계에 흠뻑 빠져 있었다. 그의 눈은
야욕으로 빛나고 있었다. 처음으로 그의 진심이 읽혔다. 로지를 이용

해 자신의 비뚤어진 욕심을 채우려고 하는 추악하고 역겨운 욕망이.

짐승이 앓는 소리 비슷한 게 태평의 입에서 흘러나왔다. 로지가 이런 환경에서 어떻게 살아왔을지 생각하는 것만으로도 손이 떨렸다. 겁 많고 여린 보통의 여자애였다. 눈에 담는 모든 것들에 애정을 쏟는 순수한 애였다. 오토바이를 타고 달리면 숨통이 트인다고 까르르 웃던, 그런 바보처럼 착한 애인데.

"로지, 놔줘. 죽고 싶지 않으면."

태평이 또렷한 음성으로 중얼거렸다. 그의 말이 허세가 아니라는 걸 느꼈는지 오제근도 금방 입을 열지 못했다. 심해보다 더 어둡고 무거운 침묵이 흐른 뒤, 오제근은 다시 입을 열었다.

"친구도 죽이지 못했으면서 날 죽이겠다고?"

"……."

"중학교 수학여행 중에 네가 친구 하나를 죽일 뻔했다는 이야기는 나도 들어서 알아. 다 같이 캠프파이어를 하고 있었는데 친구가 장난으로 불이 붙은 장작을 너한테 휘둘렀다며. 그래서 너는 그 친구를 바다에 처넣었다지? 그 나이 먹도록 불이 그렇게 무서운 이유가 뭘까? 참, 사람이 타는 냄새는 어때? 고기 구울 때하고는 확실히 다르겠지? 뭐랄까, 노린내가 좀 더 날 것 같은데. 자세히 설명해 봐. 넌 맡아 봤잖아."

교묘하게 상처를 후벼 파는 오제근의 말에 뜨거웠던 태평의 피는 차갑게 식어 내렸다. 오제근은 계속 태평의 약을 올렸다. 마치 그에게 진짜로 살해라도 당하고 싶어 안달이 난 사람처럼.

"친부가 맞든 아니든, 나는 오로지의 법적 보호자고 앞으로도 그럴 거야. 내가 걔를 너한테 내줄 것 같아? 어림도 없어. 오로지는 한평생 나를 부양하며 살아야 해. 그게 오로지가 태어난 이유니까. 재희는 죽음으로, 오로지는 돈으로 나한테 사죄해야 할 운명이라고. 나를 속인 대가가 그 정도는 돼야지."

태평은 입술을 있는 힘껏 깨물었다. 그리고 입술에 맺힌 피를 혀로 스윽, 핥았다. 가까스로 정신을 차린 그는 조용히 머리를 굴렸다. 지금 제일 중요한 건 시간이었다. 시간을 벌어야 했다. 로지를 데리고 영국으로 떠날 시간을 그동안 오제근을 정신없게 만들 일이 뭐가 있을까.

"……똑똑한 척은 혼자 다 하지."

비웃음 섞인 말을 뱉으며 태평은 입꼬리를 올려 웃었다.

"오로지의 생물학적 아버지도 오로지의 그림을 탐내고 있다는 거 알아?"

가면에 실금이 생긴 것처럼, 오제근의 얼굴이 일그러졌다.

"그 아버지는 당신과 아주 다르던데. 로지한테 용돈을 주면서 환심을 사고 있더라고. 소송도 준비하고 있다고 했어. 아마 친권을 가져가려고 하는 거겠지?"

"김동우가, 나를 상대로 뭘 하고 있다고?"

일정했던 오제근의 톤이 흔들렸다. 태평은 피식, 웃음을 흘렸다. 이 미친 새끼를 흔들어 놓는 거로는 절대로 성에 차지 않았다. 완전히 부숴 버린다면 모를까.

"내가 사람을 잘못 찾아온 거 같네. 가짜 아버지 허락이 무슨 필요가 있겠어. 진짜 아버지가 따로 있는데. 그나저나 당신 일하는 학교에 소문나면 볼만하겠어? 남의 자식을 키우다가 그 자식이 대성할 무렵에 뺏기게 된 거잖아."

태평은 입을 닫고 있는 오제근을 노려봤다.

"학교 그만두면 도서관에서 살면 되겠네. 수학 공식은 그만 외우고 네 머리나 들여다봐. 자기가 천재라고 믿는 또라이의 뇌 구조는 어떤지 연구해 보라고. 그쪽이 더 낫지 않겠어?"

오제근은 죽은 듯이 꼼짝도 하지 않았다. 그의 머릿속은 온통 김동우 생각으로 꽉 차 있는 게 분명했다.

몸을 일으킨 태평은 유유히 로지의 방으로 들어갔다. 문을 열자 로지에게서 나는 물감 냄새가 그를 반겼다. 캐리어를 열고 눈에 보이는 것들을 모두 쓸어 담았다. 다시는 로지가 이곳에 돌아올 생각을 못 하도록.

따사로운 햇살이 감은 눈 위로 부드럽게 내려앉았다. 아침 해가 떴다는 걸 인지한 로지는 침대에서 천천히 몸을 일으켰다.

"잘 잤어?"

거실로 나간 로지에게 태평이 싱긋 웃으며 아침 인사를 했다. 어제 아무 일도 없었던 것처럼 구는 태평을 따라 로지도 엉겁결에 고개를 끄덕였다.

"거기 앉아. 죽 사 왔어."

식탁 쪽으로 고개를 돌린 로지가 두 눈을 크게 떴다. 죽집에 있는 죽이란 죽은 다 사 왔는지 커다란 식탁 위에는 온갖 종류의 죽이 놓여 있었다.

"마음에 드는 거로 먹어. 그래야 약을 먹지."

태평은 어서 앉으라고 권했다. 로지는 천천히 의자에 앉았다. 수저를 들고 가장 가까이에 있는 죽을 떠먹었다. 밤새 앓아 기운이 없어진 몸에 조금씩 힘이 도는 느낌이었다. 로지의 식사가 거의 끝났을 무렵 태평이 여상하게 말했다.

"네 아버지 만났어. 방학 동안 너, 우리 집에 데리고 있겠다고 말하느라."

당황해서 입만 크게 벌린 로지에게 태평은 아무렇지 않게 약을 건넸다.

"그러니까 당분간 아무 걱정 하지 말고 푹 쉬어."

로지는 약과 물컵을 양손에 든 채 태평을 멍하게 쳐다봤다. 태평은 턱 끝으로 거실에 놔둔 캐리어를 가리켰다.

"못 믿겠으면 저거 열어 봐. 네 방에서 챙겨 온 거니까. 물론 너네 아버지의 허락하에."

알약을 식탁에 던지듯 내려놓은 로지는 캐리어가 놓여 있는 곳으로 달려갔다. 캐리어를 열어 본 그녀는 가만히 이마를 짚었다. 그 안에는 로지의 옷부터 서랍에 있던 소지품까지, 그녀의 방에 있던 물건 전부가 담겨 있었다.

　이래도 되는 건가. 아빠는 무슨 생각으로 외박을 허락한 걸까.

　새벽이 채 물러가지 않은 시각, 잠에서 깬 로지는 가만히 천장만 보고 있었다. 어느새 태평의 집에서 맞는 일곱 번째 아침이었다. 살며시 몸을 돌려 누웠다. 오늘도 태평은 로지 쪽을 보며 옆으로 누워 자고 있었다.

　로지는 태평이 깨지 않게 조심하며 그의 얼굴을 어루만졌다. 짙은 눈썹은 결을 따라 쓸어 보고, 끝으로 갈수록 날카로워지는 콧대도 만져 봤다. 입술도 만져 볼까 말까 고민하는데 태평의 팔이 로지의 어깨를 감싸 안았다. 조금만 더 자자고 말하는 목소리가 평소보다 낮았다.

　로지는 눈을 감고 귓가에 흩어지는 태평의 호흡에만 집중했다. 태평이 더 가깝게 느껴지면서 아빠에 대한 걱정은 점점 멀어졌다. 태평과 함께라면 이렇게 평생 잠만 자도 좋을 것 같다고, 로지는 다시 잠에 빠지기 전에 생각했다.

　그날도 로지는 아무 생각 없이 먹고, 자고, 그림만 그릴 계획이었다. 태평은 로지의 계획을 칭찬하며 냉장고에서 아이스크림을 꺼내 가져다줬다.

"나, 어떻게 하지?"

민트 초콜릿 맛 아이스크림을 떠먹던 로지는 작은 한숨을 내쉬었다.

"왜?"

"방학이 조금만 더 길었으면 좋겠어. 옛날에는 방학이 없었으면 했는데."

태평의 집에서 지내면서 가장 좋은 게 있다면 바로 이런 순간이었다. 태평이 좋아하는 아이스크림을 같이 나눠 먹을 수 있는 거. 웃고 싶으면 소리 내서 웃을 수 있는 거. 알람을 맞춰 놓지 않고 자도 된다는 거.

"유치하기는."

나름 심각한 고민이었는데 태평은 코웃음을 쳤다. 로지는 입술을 삐죽이며 토를 달았다.

"유치한 나는 이제 그림 그리러 갈 거야. 오늘은 내 그림 훔쳐보지 마. 혼자 그리고 싶으니까."

태평은 일부러 쿵쿵 소리를 내며 걷는 로지를 어이없다는 듯 바라봤다. 방학이 길었으면 좋겠다니, 김태평과 사는 게 좋다고 해야지. 내뱉지 못한 말들을 혼자 삭히며 집 안을 둘러봤다. 삭막했던 공간에 로지의 흔적이 군데군데 보였다. 로지가 그린 그림이 가장 많았고 로지의 집에서 가져온 자질구레한 물건들도 있었다. 태평의 얼굴에 슬며시 웃음이 번졌다. 타인의 흔적이 이토록 기껍게 느껴진 건 처음이었다.

'태평아, 난 자유야 자유!'

태평의 집에서 지낸 이후로 로지는 '자유'라는 단어를 시도 때도 없이 썼다. 목욕을 길게 하고 나왔을 때도, 밤늦게 영화를 보고 맥주를 마실 때도, 집에서 뭔가를 만들어 먹을 때도 로지는 자유를 얻었다며 좋아했다.

"자유는 무슨."

태평의 이마에 주름이 졌다. 조금씩 안정을 되찾아 가고 있었지만 로지는 여전히 몸과 마음 모두 온전치가 못했다. 태평의 손에 잡힌 팔은 살이 붙지 않아 앙상했고, 잘 자다가도 벌떡 일어나 주위를 살펴보곤 했다. 이따금씩 휴대폰을 쥔 채 멍하게 생각에 잠길 때도 있었다. 방학이 끝나면 집으로 돌아갈 생각에 두려움을 느끼고 있는 것 같았다.

영화 한 편이 모두 끝날 때까지 소파에 앉아 있던 태평은 훌쩍 일어나 스트레칭을 했다. 굳어 있던 관절에서 우둑우둑 소리가 났다. 로지를 부르려던 그는 잠시 귀를 기울였다. 화실에서 아무 소리도 들리지 않았다.

화실 문을 열어 보니 밤새워 그림을 그리겠다던 로지는 소파에 누워 자고 있었다. 태평은 강아지처럼 웅크린 채 잠든 로지를 가볍게 안아 올렸다.

"……어?"

내려 달라는 말을 하려는 로지의 입술에 태평은 제 입술을 눌렀다가 뗐다. 안고 있으니 고개만 살짝 숙이면 입을 맞출 수 있어 아주 만족스러웠다.

"뽀뽀, 좋아."

로지는 두 팔로 태평의 목을 살짝 감았다. 침실로 걸어가는 동안 태평은 로지의 입술을 부드럽게 빨아들였다가 더 깊어지기 전에 떼어 냈다. 로지의 말대로 뽀뽀까지가 좋았다. 입술도 달고, 숨결도 달고, 살 냄새도 단 로지를 더 맛봤다간 이성이 아닌 본능이 자신을 지배하고 말 테니까.

"먼저 자. 형하고 통화할 일이 있어서."

침대에 누운 로지는 고개를 끄덕였다. 태평은 로지가 깊이 잠들 때까지 그녀 곁을 지켰다.

곤히 잠든 로지가 깨지 않게 조용히 방문을 닫았을 때였다.

쿵―.

천장에서 이상한 소리가 들렸다. 무거운 물건이 바닥에 떨어지는 소리 같았다. 무시하려는데 또다시 쿵, 하는 소리가 들렸다.

태평은 서둘러 밖으로 나갔다. 올리버의 집에 도둑이라도 든 게 아닐까 싶은 걱정에서였다.

불안한 마음을 진정시키며 태평은 도어 록 비밀번호를 눌렀다. 그의 손에는 휴대폰도 쥐어져 있었다. 여차하면 경찰에 신고를 할 계획이었다.

하지만 한껏 무르익은 긴장감은 현관 바닥에 가지런히 놓여 있는 올리버의 구두에 흔적도 없이 사라졌다.

「뭐야! 오면 온다고 말을 해야 할 거 아니야!」

퉁명스럽게 던진 말이었지만, 사실 태평의 진심은 그렇지 않았다.

올리버가 왜 예정보다 일찍 돌아왔는지는 모르겠지만, 지금 태평에게는 그 어느 때보다 눈물 나게 반가운 형이었다.

「공항에 언제 도착했어?」

태평이 거실 불을 켜며 물었다. 어두웠던 거실에 빛이 쏟아지자 소파에 널브러져 있는 올리버가 보였다.

「왜 이래?」

태평은 진동하는 술 냄새에 코를 막았다. 술을 얼마나 마신 건지 올리버는 완전히 흐트러진 눈빛으로 태평을 바라보고 있었다. 올리버의 다 죽어 가는 몰골에 불길한 예감이 스쳤다.

「이모부 돌아가셨어?」

잔뜩 충혈된 올리버의 눈에서 뜨거운 눈물이 쏟아졌다. 뭐라 위로해야 할지 몰라 애써 할 말을 고르고 있었는데,

「태, 태평아.」

눈물을 주르륵 흘린 올리버는 소파에서 굴러떨어지듯 내려왔다. 미친 사람처럼 우는 올리버 앞에서 태평은 움직임을 멈췄다. 눈물을 흘리는 올리버의 얼굴이 묘하게 낯이 익어서였다. 언젠가 봤던 얼굴이었는데. 언제더라?

「내가, 너를 볼 면목이 없어서…….」

쉬지 않고 흐르는 올리버의 눈물에 태평의 가슴이 불길함으로 조여 들었다. 어렴풋이 기억이 났다. 올리버가 그의 앞에서 울었던 순간이. 학자금 대출 때문에 힘이 들어 죽겠는데 부모님께는 차마 손을 벌릴 수 없다고 애원했던 얼굴이, 지금과 똑같았다.

「왜, 또 무슨 일인데!」

다그치듯 묻는 태평에게 올리버는 머리를 깊이 숙였다. 눈물을 삼킬 때마다 그의 목울대가 울렁거렸다. 괴로운 표정으로 숨을 참던 그는 그가 한 짓을 토해 내듯 말했다.

「미안하다. 아버지 건강도 건강이지만 부모님 상황이 너무 안 좋아서. 내가 정말 네 돈만큼은 손대지 않으려고 했는데…….」

돈? 머리에 총이라도 맞은 것처럼 골이 울렸다. 쓰러진 올리버를 일으켜 세운 뒤 태평은 똑바로 말하라고 윽박질렀다.

「어머니께서 무릎을 꿇고 부탁하셔서. 우리 네 식구를 위한 길이라고 해서.」

태평은 올리버의 얼굴을 힘껏 후려쳤다. 살이 찢어지는 소리가 들리더니 올리버의 뺨이 시뻘겋게 부어올랐다.

「형을 용서해라. 형이 10년 안에 꼭 갚을게. 네 돈, 내가 다 갚을…….」

「얼마나 쓴 거야.」

구질구질한 변명 따윈 듣고 싶지 않았다. 유산이 얼마나 남아 있는지가 중요했다.

두 손을 모아 빌던 올리버의 낯빛이 밀랍 인형처럼 창백하게 얼어붙었다. 태평은 그의 멱살을 붙잡아 올려 그대로 벽에 처박았다.

「설마 다 썼다는 거야? 그 많은 돈을?」

「…….」

「이 빌어먹을 새끼야. 그래서 내 후견인이 되겠다고 한 거야? 내 돈 합법적으로 훔쳐 쓰려고?」

비명 같은 태평의 외침에 올리버는 고개만 떨궜다.

「부모님 사업이 부도가 나기 직전이라서. 막지 못하면 모두 길거리에 나앉을 판이었어.」

태평은 주먹을 들어 올리버의 얼굴을 내리쳤다. 술에 취해 제대로 몸도 가누지 못하는 올리버는 눈물을 흘리며 태평의 주먹을 받았다.

「미안하다. 미안해.」

터진 입가에서 피를 흘리며 올리버는 사과하고, 또 사과했다. 태평은 그가 사과의 말을 내뱉지 못할 때까지 실컷 두들겨 팼다. 이대로 경찰서에 넘겨 봐야 제대로 된 처벌도 받지 않고 풀려날 테니까.

「넌, 분리수거도 안 되는 갱생 불가 쓰레기야.」

탁자 위에 있던 양주병을 집어 든 태평은 그걸 단숨에 들이켰다. 식도가 타들어 가는 느낌이었다. 술이 불이 되어 속을 다 태워 버렸으면 했다. 그렇다면 이 배신감도 사라질 텐데. 올리버와 자신이 같은 인간이라는 것에 환멸을 느낄 만큼 태평은 지금껏 맛보지 못한 깊은 절망감에 빠져들고 있었다.

「너는, 너만큼은 나한테 이러면 안 되잖아.」

그간 아무도 믿지 않았던 태평이었다. 심지어 자기 자신조차 믿지 못했다. 그랬던 그가 유일하게 믿은 사람이 올리버였다.

「태평아, 미안해. 형이 정말 미안해.」

올리버는 눈물만 흘렸다.

「미안하다고? 사람을 죽여 놓고 그런 말이 나와? 너는 살인자야.

네 부모 살리자고 다른 사람을 죽인 살인자라고!」

얼굴이 피범벅이 된 올리버 앞에서 태평은 낄낄대며 웃었다. 누가 누구를 탓할까. 이런 인간을 형이라고 믿고 의지했던 자신이 가장 등신이었던 것을.

「이 집하고, 내 집 전세금 빼서 내 계좌에 넣어. 네가 가진 돈이란 돈은 다 긁어모아서 보내.」

코가 주먹만큼 부어오른 올리버는 알겠다고 고개를 주억거렸다. 그러고는 태평의 발목을 붙들고 다시 오열했다. 태평은 올리버를 사정없이 내팽개치고 그의 집에서 나왔다.

"이런, 젠장."

비상계단에 주저앉은 태평은 뜨겁게 차오르는 눈물을 삼켰다. 심장이 아프다 못해 금방이라도 터져 버릴 것 같았다. 올리버의 집에서 마신 독주가 이제야 온몸에 퍼지는 느낌이었다.

"로지야, 오로지."

눈물로 흐릿해진 시야 너머로 생긋 웃는 로지가 보였다. 커다랗고 깨끗한, 그러나 보이지 않는 생채기가 가득한 눈을 부드럽게 접고서. 태평아, 하고 부를 때마다 유독 예뻐 보이는 입술을 살짝 끌어 올린 채……

태평은 이를 꽉 물었다. 눈물을 흘리고 있을 때가 아니었으니까. 몸을 일으킨 그는 손바닥으로 뺨을 가볍게 쳤다. 헝클어진 머리를 정돈하고 흐트러진 옷도 매만졌다. 다시 집으로 돌아와 방문을 열었다.

로지는 다행히 아무것도 모른 채 깊은 잠에 빠져 있었다.

"다녀왔어."

로지의 곁에 누운 태평은 그녀가 깨지 않게 조심해서 안았다. 향긋한 로지의 체취를 들이마시자 저 깊은 곳에 묻혀 있던 기억의 편린들이 떠올랐다. 올리버에게 마음의 문을 열었던 어린 시절의 그도 어렴풋이 스쳐 지나갔다.

개보다 못한 새끼. 신음 소리 같은 욕지거리가 입술 끝에서만 맴돌았다. 벼랑을 뒤에 두고 한 걸음씩 뒤로 걷는 기분이었다. 처음 느껴보는 두려움에 태평은 로지를 안고 있던 팔에 더 힘을 줬다.

로지에게 자유가 되어 줄, 로지의 미래를 바꿔 줄 돈이었다. 로지를 마음 편히 웃고, 울게 해 줄 돈이기도 했다. 열일곱 살의 태평이 로지에게 줄 수 있는 건 그것밖에 없었다.

그런데 오늘 태평의 유일한 희망이었던 그 돈이 절망이 되어 돌아왔다. 가장 믿고 따랐던 사람인 올리버의 기만과 함께.

모두 죽여 버리고 싶었다.

오제근도, 올리버도, 멍청했던 자신도.

태평을 둘러싸고 있던 견고한 울타리는 하루아침에 와르르 무너졌다. 조력자라고 믿었던 사람은 사라졌고, 그를 당당하게 만들었던 돈도 날아갔다.

막대한 유산이 사라진 공간을 대신 채운 건, 상실감과 공허함이었다. 돈을 잃고 난 후에야 태평은 그가 얼마나 작은 존재인지를 깨달았다. 자신의 능력이라고 믿었던 것들이 모두 돈의 힘이었다는 걸 인정해야 했으니까.

여유를 잃은 사람의 시야는 한없이 좁아졌다. 태평도 예외는 아니었다. 그는 계획을 전면 수정했다. 당장 눈앞에 닥친 장애물들을 피하는 것으로. '로지를 이 세상에서 가장 안전한 곳에 꼭꼭 숨기는 것'이 그의 최우선 과제였다.

"태평아."

아침으로 시리얼을 먹던 로지가 태평을 불렀다.

"어."

"왜 안 먹어? 무슨 일 있어?"

태평은 하던 생각을 멈추고 로지를 바라봤다. 그를 걱정해서인지, 얼굴 가득 떠 있어야 할 로지의 미소가 보이지 않았다.

"오로지."

"응?"

"웃어 봐."

로지는 입꼬리를 양쪽으로 살짝 끌어 올렸다. 말할 수 없이 어색한 미소였지만 태평은 뜨거운 안도감을 느꼈다.

엉망진창이 되어 버린 상황이었지만, 로지가 그의 눈을 들여다보고 있는 것만으로도 마음이 놓였다. 태평은 로지의 이마를 손가락으로 톡, 가볍게 건드렸다.

"여행 계획 세우고 있었어. 너 데리고 바다에 가려고."

"⋯⋯바다라니?"

"가 보고 싶다며. 나도 집에만 있으니까 답답해서."

당장 내일 떠날 거라고 하자 로지는 희미하게 미소를 지어 왔다. 저 미적지근한 미소가 반응의 전부인가 싶어서 못마땅해하고 있었는데.

"큰일 났어."

"큰일?"

"어떻게 네가 더 좋아질 수가 있지? 분명히 어제가 최고로 좋았었는데."

로지의 이어진 말이 태평을 당황케 했다. 느닷없는 고백에 귓가도 뜨거워졌다. 그걸 들키고 싶지 않아 그는 서둘러 노트북을 덮고 자리에서 일어났다.

"잠깐 나갔다가 올게. 필요한 게 있어서."

로지는 자기도 같이 나가고 싶다고 졸랐다. 태평은 자연스럽게 거절했다.

"넌 짐이나 챙기고 있어. 개학 전까지 놀다 올 거니까 귀중품도 모두 챙기고."

"그래? 그러면 옷도 많이 가져가야겠구나. 나 바다에 한 번도 안 가 봤는데 너무 설레."

로지는 그제야 태평이 만족할 만큼 활짝 웃었다. 그 얼굴을 물끄러미 바라보던 태평은 방으로 들어가 오토바이 키와 지갑을 챙겨 나왔다. 현관에서 신발을 갈아 신기 위해 상체를 숙였는데 로지가 쪼르르 달려 나오는 소리가 들렸다.

"조심히 다녀와."

"알았어."

허리를 펴며 일어나던 태평은 움직임을 멈췄다. 그의 뺨에 닿았다가 떨어진 로지의 입술 때문이었다. 생긋 웃는 로지의 얼굴을 따라 태평의 입가에도 잔잔한 미소가 떠올랐다.

태평이 지하 주차장에 도착하자마자 문자 알림음이 들렸다.

[이륜차 폐지 증명서, 이륜차 양도 증명서, 신분증 사본도 챙겨 나오시는 거죠?]

오토바이를 사겠다고 나선 사람의 문자였다. 태평은 그렇다고 답장을 보낸 뒤 오토바이에 올랐다.

한강으로 달리는 태평의 마음은 무거웠다. 로지와 오토바이를 타고 달렸던 날들이 새록새록 떠올랐다. 태평에게는 몇 안 되는 눈부시게 아름다운 추억들이었다.

우울한 마음을 없애기 위해 그는 로지를 데리고 갈 바다를 생각했다. 로지에게는 여행이라고 둘러댔지만 사실은 그곳에서 숨어 살 생각이었다. 태평이 두 사람을 위한 은신처로 고른 곳은 서핑 스폿으로 유명한 마을이었다. 서핑이라면 자신이 있는 태평이었기에 일을 구하기에도 적당했고 로지가 그림을 그리기에도 좋은 장소였다.

로지한테 수영도 가르쳐야겠네. 태평의 입가에 미소가 흘렀다. 수영복을 입은 뱁새가 바다에 둥둥 떠 있는 모습을 상상하자 행복해 미칠 것 같았다.

비죽 나오는 웃음을 참으며 한강 근처에 오토바이를 세웠다. 청바지를 입고 있는 남자 몇 명이 태평이 탄 오토바이를 살피며 걸어왔다.

"김태평 맞아요?"

헬멧을 벗는 태평에게 그중 한 명이 물어 왔다.

"예."

여상하게 대답한 태평이 고개를 돌렸을 때였다. 그의 시야로 헬멧이 날아들었다. 퍽, 소리와 함께 태평은 두 손으로 머리를 감싸쥐었다. 뇌가 으스러지는 듯한 고통에 '윽' 하는 신음이 절로 샜다. 이어서 무릎을 굽히고 주저앉은 그의 등허리로 구둣발이 날아들었다. 이를 물고 정신을 차리려는 태평의 귀에 그를 밟고 있는 남자들이 떠드는 소리가 들렸다.

"오토바이 존나 간지 나네. 저것도 우리 거 맞지?"

"야, 닥치고 불이나 붙여. 이 새끼부터 지진 다음에 생각하자고."

"날도 더워 죽겠는데, 폭죽놀이까지 해야 하나?"

기침을 토하던 태평은 두 눈을 부릅떴다. 그런데 앞이 보이지 않았다. 당황할 틈도 없이 그의 얼굴 앞에 뜨거운 화기가 느껴졌다. 곧이어 지글거리는 소리가 들리더니 머리카락이 타는 냄새가 진동했다.

"이 좆도 아닌 새끼들이!"

태평은 그의 가슴팍을 밟고 있는 다리를 잡아챘다. 억, 소리를 내며 쓰러진 상대 위로 올라탔다. 보이는 게 없었지만 그는 인기척이 느껴지는 곳마다 주먹과 발을 날렸다.

"억, 야! 이 새끼 좀 말려 봐!"

피가 튀고 뼈가 부러지는 소음 속에 그만하라는 외침이 섞여 들렸지만, 태평은 움직임을 멈추지 않았다. 잠시라도 멈췄다가는, 보이지 않는 불길이 그를 집어삼킬 것 같았다. 온몸이 뜨거워졌다. 그의 온 장기들이 살려 달라고 아우성을 치는 소리도 끊이질 않았다.

"왜 안 오지? 살 게 많은가?"

로지는 베란다 창문 앞에 서서 태평이 언제 오나 기다리는 중이었다. 불안함이 깃든 그녀의 눈은 붉은 노을로 물든 하늘을 연신 힐끔거렸다.

"전화는 왜 안 받고."

아침에 나갔던 태평은 저녁 먹을 시간이 되도록 돌아오지 않고 있었다. 그뿐 아니라 메시지를 보내도 답이 없고 전화를 걸어도 받지 않았다. 로지의 입술이 걱정으로 바짝 말랐다. 요 며칠 부쩍 정신이 없어 보였던 태평이었다. 영화를 봐도 다른 생각에 빠져 있었고, 이따금씩 진한 한숨을 뱉기도 했다.

"잠도 제대로 못 자는 것 같았는데."

로지의 가슴은 납덩이가 들어앉은 것처럼 무거워졌다. 내색은 못 했지만 태평을 힘들게 하는 게 자신이라는 생각을 지울 수가 없었다. 생각해 보면 너무 뻔뻔한 상황이었다. 집에서 나온 뒤 태평에게 모든 걸 의지한 채 지내고 있었으니까.

로지는 거실 구석에 놓여 있는 작은 가방을 바라봤다. 그 안에는 로지의 전부가 들어 있었다. 용돈을 모아 저축해 온 통장, 이름 모를 남자에게 받은 300만 원, 태평과 메시지를 주고받을 수 있는 MP3, 그림을 그릴 때 필요한 연필과 칼이 들어 있는 작은 필통, 액정이 나간 휴대폰까지.

"졸업만 하고 나면 바로 독립해야지."

로지는 입술에 힘을 주며 각오를 다졌다. 태평을 생각하자마자 마음이 한결 든든해졌다. 태평 덕분에 하고 싶은 일도 많아졌고 이루고 싶은 꿈도 생겼으니까. 그것들을 해내고 나면 로지도 태평에게 지금까지 받아 온 것들을 하나씩 돌려주고 싶었다.

수능만 끝나면 고시원으로 가야지. 고생이야 하겠지만 그래도 좋을 거야. 태평이하고 민영이 그리고 창수를 초대해서 떡볶이도 만들어 먹고, 맥주도 마시고, 수다도 떨고…….

띵동―.

예상치 못한 현관문 벨 소리에 로지는 인터폰 화면부터 확인했다. 아무에게도 문을 열어 주지 말라고 했던 태평의 말이 떠오른 탓이었다.

"……어?"

로지는 활짝 웃으며 현관문으로 뛰었다. 벨을 누른 사람은 다름 아닌 올리버였다. 태평이 오지 않아 걱정 중이던 로지는 구세주를 만난 것처럼 기뻐했다.

"오빠, 영국에서 오늘 오신 거예요?"

문을 열면서 인사를 했는데, 돌아오는 답이 없었다. 자연스레 시선을 끌어 올린 로지는 올리버의 얼굴을 보자마자 소스라치게 놀랐다. 그의 얼굴은 누군가에게 맞은 사람처럼 퉁퉁 부어 있었다.

"……오빠. 얼굴이 왜."

올리버는 로지의 눈을 피하며 고개를 숙였다. 순간, 로지는 무언가 잘못되었음을 눈치챘다.

"병원에 가 봐야 할 것 같아요."

"……."

"태평이가 크게 다쳤거든요."

"……."

"로지 때문에 나갔다가, 내 동생이 죽을 만큼 다쳤다고요."

원망 섞인 올리버의 음성에 로지는 그 자리에 주저앉았다. 머릿속에 흐르던 모든 생각이 일시에 끊어졌지만, 로지는 막연히 알 수 있었다. 앞으로 그녀의 인생에 이보다 더 무서운 순간은 없을 거라는 걸.

올리버의 부축을 받으며 병원에 도착한 로지의 얼굴은 파랗게 질려 있었다. 병원은 말 그대로 아수라장이었다. 의사와 간호사는 물론 경찰까지 돌아다니고 있었다.

"김태평 씨 보호자 아직 안 왔습니까?"

경찰이 올리버를 찾았다. 올리버는 그를 향해 손을 들어 보였다.

"접니다."

올리버는 로지에게 병원 로비에 있으라고 말한 뒤 경찰을 따라갔다. 작은 가방을 어깨에 멘 로지는 지나가는 간호사를 붙잡았다.

"저기요."

"네?"

"태평이, 아니, 김태평 환자가 어디에······."

간호사는 자기 담당이 아니라 모른다며 차갑게 말했다. 주위를 둘러보던 로지는 빈 의자에 앉았다. 덜덜 떨리는 양손을 카디건 주머니에 넣었다. 그녀의 손끝에서 태평이 준 MP3가 만져졌다.

어떻게 된 거지? 얼마나 다친 걸까. 알고 싶은 게 많았지만 이곳으로 오는 내내 올리버는 로지에게 단 한 마디도 하지 않았다. 숨만거칠게 들이마시고 내쉴 뿐이었다. 그 숨소리가 어쩐지 자신을 향한비난처럼 느껴져 로지는 아무것도 묻지 못했다.

제발 많이 다치지 않았기를. 두 눈을 감은 로지는 태평이 무사하기만을 빌었다. 얼마나 그러고 있었을까, 인기척을 느낀 로지가 감았던 눈을 떴다. 올리버가 로지의 옆에 앉아 있었다.

"오빠, 태평이는요? 지금 보러 가도 돼요?"

"······."

"많이 다쳤어요? 설마 수술 같은 것도 받아야 해요?"

"······."

"어쩌다가 다쳤는지, 교통사고 같은 건가요?"

질문이 하나씩 끝날 때마다 올리버의 눈은 점점 더 매서워졌다. 그 눈빛에 얼어붙은 로지는 MP3를 쥐고 있는 손에 더 힘을 줬다.

"오토바이를 팔러 나갔다가 상대하고 시비가 붙어 싸웠대요."

"……네?"

"돈이 없어서 오토바이를 팔려고 했다고요."

순간, 시끄러웠던 병원 로비 안의 모든 소음이 사라졌다. 로지는 마른침만 삼켰다. 올리버의 말을 여러 번 곱씹었지만 이해할 수가 없었다. 돈 때문에 오토바이를 팔다니?

"그동안 여러 번 참아 왔는데, 오늘은 꼭 해야겠네요."

불안에 흔들리는 로지의 눈동자가 올리버를 응시했다.

"태평이하고 헤어져 줬으면 해요."

금방이라도 눈물을 터트릴 것 같았던 로지의 얼굴에서 표정이 사라졌다.

"태평이가 로지 때문에 돌아가신 부모님께 받은 유산을 다 써 버렸어요."

"……."

"경제관념이 어느 정도 있는지 모르겠지만 둘이 타고 다닌 그 오토바이가 얼마짜리인지 알아요? 태평이가 집에 화실을 꾸미겠다고 쓴 돈이 얼마인지 아냐고요."

"……."

"한 달에 태평이가 로지를 위해 쓴 카드값이 내 월급의 서너 배는 훌쩍 넘었어요. 여자한테 미친놈이야 그렇다 칩시다. 솔직히 로지한테 더 실망했어요. 김태평을 말리지는 못할망정 더 쓰라고 부추겼으니."

입술만 바들바들 떨던 로지는 천천히 고개를 숙였다. 올리버가 쏟아 낸 말이 커다란 도끼가 되어 그녀의 머리를 내리쳤지만, 신음 한번 흘릴 수가 없었다.

그의 입을 통해 나온 말들이 부정할 수 없는 사실이기 때문이었다. 태평에게 의지해 마냥 행복해했던 그녀의 얼굴이 떠올랐다. 태평이 주는 거라면 뭐든 고맙게 받고, 그가 사 주는 거라면 무엇이든 맛있게 먹고, 그가 가자는 곳이라면 어디든 따라갔던 사람도 자신이었다.

내가, 무슨 짓을 했던 거지. 나 하나 살자고 태평이를 이렇게 만들다니.

처음 느껴 보는 감정이 로지의 목구멍을 꽉 눌러 왔다. 숨을 제대로 쉬기 어려울 만큼 태평에게 미안했다. 크게 동요하는 로지를 보며 올리버는 실소했다.

"최근에는 로지와 결혼해서 영국으로 가겠다고 하더군요. 열일곱 살짜리 애 입에서 그런 말이 나올 줄이야. 어이가 없어 내버려 뒀더니 시골에 집을 얻었어요. 성인이 아니다 보니 웃돈까지 얹어 주고요. 내일 들어가겠다고 했다던데 로지도 동의한 건가요?"

턱을 치켜들고 따져 묻는 올리버 앞에서 로지는 할 말을 찾지 못했다. 바다를 보러 가자고 했던 태평이 그런 계획을 세운 줄은 꿈에도 몰랐다. 태평의 말을 곧이곧대로 믿었다고 털어놓을 수도, 알고 있었다고 거짓말을 할 수도 없는 상황이었다.

"돈 문제만 가지고 헤어지라는 게 아니에요. 오늘, 태평이도 크게 다쳤지만 태평이한테 맞은 애들은 더 많이 다쳤어요. 태평이 혼자 다섯 명을 상대했는데 두 명이 중태래요. 한 명은 코뼈가 완전히 함몰돼서 수술 중이고 다른 한 명은 부러진 갈비뼈가 폐를 찔러 응급 수술을 받고 있고요."

로지는 바닥끝까지 떨어져 있던 고개를 힘겹게 들어 올렸다.

"태평이가 왜 싸운 건지……."

오토바이 거래를 하러 갔다가 싸움이 났다는 말을 들었을 때부터 알고 싶었다. 태평이 이유 없이 싸움을 걸 리 없는데.

"상대도 고등학교 학생들이었는데 태평이가 오기 전에 폭죽을 터트리고 놀고 있었대요. 그런데 운이 나쁘게 폭죽 하나가 태평이 얼굴로 날아가는 바람에…… 발작을 일으킨 것 같아요."

로지의 얼굴은 충격으로 일그러졌다. 작은 불꽃만 봐도 온몸이 땀으로 흠뻑 젖는 태평이가, 폭죽을 얼굴에 맞았다니.

올리버는 조금도 숨 쉴 틈을 주지 않고 쏘아붙였다.

"태평이는 영국으로 가야 해요. 한국에 있다가는 소년원에 가야 할 수도 있어요. 상황이 좋지 않아요. 상대 학생들에게 줄 합의금을 마련하려면 내 전 재산은 물론 우리 부모님 도움까지 받아야 할 판이니까."

로지는 태평을 만나게 해 달라고 부탁했다. 일단 그가 무사하다는 걸 확인하고 싶었다.

"보지 않는 게 나을 거예요. 집에 가겠다고 하도 난동을 부려서 지금 침대에 묶여 있으니까. 의사 말로는 진정제도 안 든다고 하더라고요."

면회마저 거절당한 로지는 다시 고개를 떨궜다. 시선 끝에 그녀가 신고 있는 분홍색 운동화가 보였다. 그것 역시 태평에게 받은 선물이었다. 숨을 내쉬는 것조차 힘들어 고통스러워하고 있는 로지에게 올리버는 동정을 가장한 비수를 꺼내 들었다.

"헤어지겠다고 하면 태평이 얼굴 보여 줄게요. 마지막 인사는 해야 할 테니까."

잠시 굳었던 로지는, 이내 올리버의 셔츠 끝을 잡았다.

"오빠, 용서해 주세요. 제가 다 잘못했어요. 그러니까……."

"로지 나이가 열아홉 살이라고 했죠. 영국에서 그 나이는 성인이에요. 성인이면 성인답게 행동해요. 어린 애한테 자기 인생 떠넘기지 말고."

눈물을 가득 담고 있는 로지의 눈을 마주보며 올리버는 비난을 멈추지 않았다.

"로지 아버지를 만난 적이 있어요. 유쾌하지 않은 분이었죠. 솔직하게 말하면 정신이 이상한 분 같았어요. 태평이를 마음에 들어 하지도 않았고요. 그런 사람과 태평이가 엮일 일이 없었으면 해요. 천박한 속담이라고만 생각했는데, 팔이 안으로 굽는다는 말이 무슨 뜻인지 이제 알 것 같아요. 나한테는 내 동생만큼 소중한 사람은 없어요. 부디 로지가 자기 주제를 제대로 파악해 줬으면 해요."

로지는 마지막 희망처럼 붙들고 있던 올리버의 옷자락을 놓았다.

눈물이 툭, 하고 떨어져 내렸다. 참으려고 애를 썼지만 멈출 수가 없었다.

태평에게 주었던 마음이 이런 결과를 부를 줄은 몰랐다. 부끄러움 없이, 거짓 없이, 순수하게 태평을 좋아했을 뿐인데 그게 태평의 인생을 진창으로 밀어 넣을 줄은 몰랐다.

"오빠, 저 태평이가 정말 좋아요."

그래도 태평과 헤어질 수 없었다. 태평이 그녀 때문에 힘들어졌다고 해도 그를 놓아 버릴 수가 없었다. 받은 게 너무 많았다. 돌려준 건 아무것도 없었다. 모두 나중으로 미뤄 놓기만 했었다.

"태평이를, 정말로 많이 좋아해요."

가슴을 꽉 막고 있던 말을 다시 토해 냈다. 태평에게도 제대로 전하지 못했던 고백을 한 로지의 몸은 가늘게 떨리고 있었다.

태평이 가진 돈을 다 써 버린 것도, 태평을 다치게 한 것도, 태평에게 자신의 짐까지 떠넘긴 것도 모두 자신이었다. 그래도 태평을 포기할 수 없었다.

태평과 부둥켜안고 잠들었던 날들이 떠올랐다. 태평과 보낸 열흘 남짓한 시간이 로지의 인생에서 가장 행복한 날들이었다. 평생 살아온 날과 그 열흘을 바꾸라면 기꺼이 바꿀 수 있었다.

삶의 전부와 다름없는 그림도 버릴 수 있을 만큼 태평이 좋았다. 태평 때문에 처음으로 미래를 꿈꿨다. 그런 태평과 헤어지라는 건 로지에게 내일이 없는 인생을 살라는 말과 같았다.

로지를 경멸에 찬 눈으로 노려보던 올리버는 천천히 입을 열었다.

"로지가 그랬었죠. 어머니의 시디플레이어가 망가져서 태평이가 MP3를 빌려줬다고요. 그 시디플레이어가 왜 부서졌는지 알아요?"

"……."

"태평이가 발로 밟았어요. 내가 직접 두 눈으로 봤고요."

로지의 고개가 좌우로 흔들렸다. 그럴 리가 없다는 강한 부정이었다.

"로지는 태평이를 진심으로 좋아할지 몰라도 태평이는 아니에요. 걔는 그냥 로지를 갖고 싶은 거라고요. 어린 나이에 부모를 잃은 애들은 뭔가에 병적으로 집착하는 게 있어요. 메꿔지지 않는 상실감을 채우려는 본능이죠. 태평이한테는 그게 로지였던 거예요. 그래서 로지도 부모와 연을 끊었으면 한 거고요. 로지를 온전히 가지려고요. 그게 과연 정상적으로 누군가를 좋아하는 마음이라고 생각해요?"

입을 꽉 다문 로지는 땀에 젖은 손으로 이마와 뺨을 쓸었다. 눈물로 충혈된 눈동자가 흔들렸다. 애써 눌러 왔던 불안감들이 슬그머니 고개를 내밀었다.

사실이 아닐 거야. 올리버 오빠가 하는 말을 어떻게 다 믿어. 태평이가 나한테 그럴 리가 없잖아.

속으로 굳은 다짐 같은 말을 반복하던 로지는 한참을 망설인 끝에 입을 열었다.

"태평이, 보게 해 주세요."

올리버는 헤어지기로 결정한 거냐고 한 번 더 확인했다. 로지는 떨리는 목소리로 그렇다고 답했다.

"그럼 가죠."

자리에서 일어나는 올리버를 따라 로지도 일어났다.

"저, 화장실에 좀 다녀올게요."

올리버는 그러라는 뜻으로 고개를 끄덕였다. 로지는 천천히 화장실로 걸어갔다. 수도꼭지를 돌리자 차가운 물이 쏟아졌다. 말랐던 눈물이 다시 차올랐다. 손수건을 물에 적셔 얼굴을 꼼꼼히 닦았다. 오늘 있었던 일도 이 수건으로 닦아 낼 수 있다면 얼마나 좋을까 생각하면서.

괜찮아, 일단 태평이를 보러 가자.

로지는 헝클어진 머리를 다시 단정하게 묶었다. 올리버에게는 미안했지만 그녀는 태평에게 헤어지자고 말할 생각이 없었다. 일단 태평이 다시 건강을 되찾는 게 가장 중요했다. 두 사람이 해야 할 말이 있다면 그 후에 해도 늦지 않다고 믿었다.

마음을 다독이는데 안간힘을 쓰며 화장실 밖으로 나왔을 때였다. 로지의 귀에 낯익은 이름 하나가 날아와 박혔다.

"오제근한테 연락했어? 무슨 일 생기면 전화하라고 했잖아."

"경찰이 했겠지 뭐. 씨발, 그리고 오제근 생각할 정신이 어디 있었냐. 신우가 완전 피 떡이 됐는데. 야, 이러다가 신우 진짜 죽는 거 아니야?"

"재수 털리는 소리 하지 마. 근데 김태평 그 새끼 진짜 고 1 맞아? 무슨 현역으로 뛰는 깡패 새끼 같던데."

"깡패는 무슨! 완전 개싸이코 새끼지. 폭죽 몇 개 날렸다고 사람을 그렇게 패다니. 오제근도 나쁜 새끼야. 폭죽을 보면 돌아 버리는 새끼한테 폭죽을 던지라고 하다니."

오제근과 태평의 이름이 번갈아 들릴 때마다, 로지의 눈앞이 하얘졌다가 컴컴해졌다. 마치 누가 어두운 방 안의 스위치를 켰다가 끄기라도 하는 것처럼.

태평이가, 아빠를 만났었는데. 내가 태평이 집에서 지내는 걸 허락했다고 했는데. 이 사람들은 어떻게 아빠를 알고 있는 거지. 태평이한테 일부러 폭죽을⋯⋯.

헝클어졌던 머리카락은 모두 정돈했는데, 로지의 머릿속은 다시 헝클어지기 시작했다. 멍한 표정으로 화장실에서 나온 로지는 올리버를 따라 태평이 있는 병실로 갔다.

반쯤 열려 있는 병실 문 앞에 섰을 때였다. 태평의 절박한 목소리가 로지의 고막을 후려쳤다.

"형, 로지한테 연락했어? 집에서 나 기다리고 있을 텐데. 설마 다쳤다고 말한 건 아니지?"

약에 취했는지 태평은 올리버에게 말하면서도 영어가 아닌 한국어를 쓰고 있었다.

"내가 잘못했어. 앞으로 형 말이라면 뭐든 잘 들을게. 그러니까⋯⋯ 나 말고 로지 데리고 영국에 가. 제발 그렇게 해 줘. 걔는 한국에 두면 안 된단 말이야."

로지는 떨어져 있던 두 손을 모아 잡았다. 그래도 떨림은 멈추지 않았다.

"이모부가 나 때문에 살았잖아. 로지도 살아야 할 거 아니야. 걔

아버지 정상 아니야. 로지 목을 졸랐다니까? 그림만 그리게 하려고 그랬대."

로지는 저도 모르게 뒷걸음질을 쳤다. 그녀의 뒤에 서 있던 올리버는 말없이 로지의 어깨를 밀었다. 네 눈으로 김태평의 실체를 똑똑히 확인하라는 것처럼.

팔다리가 침대에 묶인 태평의 몸이 크게 들썩였다.

"이 나쁜 새끼야! 너 때문에 로지가 죽게 생겼다니까? 내 돈 다 가져가도 좋으니까 로지 하나만 살려 달라고! 나는 상관없으니까 오로지 하나만 살려 달라고!"

로지를 병실로 밀어 넣은 올리버는 그녀의 귓가에 작은 소리로 속삭였다.

"태평이가 지금 앞을 못 봐요. 뇌진탕 때문에 일시적인 시력 장애가 생겨서. 우리가 했던 약속 잊지 말고요."

병실 문이 닫히는 소리에 태평은 입을 다물었다. 눈에 붕대를 감고 있었지만 그는 얼굴을 이리저리 흔들었다. 로지는 천천히 태평이 누워 있는 침대 쪽으로 걸어갔다.

"나야, 로지."

태평은 모든 움직임을 멈췄다. 로지의 뺨에는 뜨거운 눈물만 조용히 흘러내렸다. 태평의 몰골은 그만큼 처참했다. 윤기가 흐르던 머리칼은 온통 불에 그슬려 있었고, 매끈했던 팔에는 새로 생긴 화상 흉터가 가득했다. 고왔던 입술마저 다 터져 있었다.

참혹한 태평의 모습은 날카로운 칼날이 되어 로지의 심장을 파고

들었다. 칼날이 스치고 지난 곳마다 죄책감이라는 핏물이 진득하게 배어 나왔다. 로지는 그 순간 처음으로 깨달았다. 이 죄책감은 낙인이 되어 평생 지울 수 없게 되리라는 것을.

"할 말이 있어서 왔어."

부적처럼 가지고 다니던 MP3를 꺼내 태평이 누워 있는 침대에 올려놨다. 붕대를 감고 있어 반만 드러난 태평의 얼굴이 돌연 굳었다. 그런 태평을 보는 로지의 얼굴에는 은은한 미소가 어려 있었다.

태평아, 우리가 만난 게 정말 우연이었을까? 나는 우연이 아니라 운명이라고 믿고 싶었어.

태평이를 처음 만났던 날, 꽃다발을 들고 걷던 얼굴이 그림처럼 그려졌다. 까칠한 말투, 무신경한 표정과는 달리 꽃을 들고 있는 그의 손은 조심스러웠다. 꽃대가 꺾이지 않도록 꽃송이가 떨어지지 않도록……

조금 이상한 애라고 생각했다. 말로는 꽃이 싫다고 했으면서, 행동으로는 꽃을 아끼는 그 애가.

'너 혼자, 들으면서 가겠다고?'

엄마의 시디플레이어를 태평에게 보여 줬던 날이었다. 이어폰 두 개를 혼자 끼려는 로지에게 태평이 퉁명스레 말했다. 로지는 아무 생각 없이 이어폰 한 개를 태평의 귀에 꽂아 줬다.

음악을 들으며 걷고 있던 로지는 문득, 그녀 옆에 서 있는 태평의 어깨가 평소보다 부쩍 낮아져 있음을 깨달았다. 그 이유를 알아

냈을 때, 로지는 그의 마음을 처음으로 느꼈다.

나를, 좋아하는 걸까?

엄마가 쓰던 이어폰 줄은 태평과 로지의 키 차이를 감당하기에는 너무 짧았다. 태평은 그걸 어떻게 알았는지 로지 옆에서 티가 안 나게 무릎을 굽혀 걷고 있었다.

그날부터 로지는 틈만 나면 태평의 귀에 이어폰을 꽂아 줬다.

"……우리, 헤어지자."

헤어지자는 말을 내뱉자마자 심장이 격하게 뛰었다. 이상했다. 이별을 결정하고 말한 건 나인데, 왜 이렇게 내 가슴이 찢어질 듯 아픈 건지.

"왜 그래. 나 다친 것 때문에 그래? 우리 형이 뭐라고 했어? 너 때문에 그런 거 아니야."

대뜸 화부터 낼 줄 알았던 태평은 침착하게 상황을 설명했다. 로지는 담담한 목소리로 말을 이었다.

"그만하고 싶어."

"내가 뭐 잘못했어? 결혼하자고 졸라서? 여행 가자고 한 것 때문에? 아니면, 너 모르게 오토바이 팔아서? 혹시 아버지가 너한테 연락이라도 했어?"

절박함이 컸는지 태평은 로지에게 숨겨 왔던 진실을 하나, 둘 털어놓았다. 뺨에 흐르는 눈물을 닦으며 빠르게 입을 열었다. 더 시간을 끌었다가는 오히려 자신이 태평에게 매달릴 것 같았다.

"부모님 유산 다 썼다고 들었어."

"……."

"오늘 일로 너, 소년원에 갈 수도 있대. 네가 때린 사람이 많이 다쳐서."

"……."

"너를 더는 감당 못 하겠어. 나는 그냥 평범하게 살고 싶거든. 고 등학교 졸업하면 대학에 가고, 취업도 하고, 그러다가 서른 살 정도 에 좋은 사람 만나 결혼도 하는."

정을 떼기 위해 모진 말을 내뱉으면서도 로지는 웃었다. 태평이 보지 못하더라도 끝까지 웃고 싶었다.

눈에 뵈는 게 없을 만큼 좋아한 태평이었다. 온몸을 뒤덮은 상처 를 마음으로 덮어 주고 싶었을 만큼 안쓰러운 태평이기도 했다. 아 주 잠깐이지만 남은 삶을 함께하고 싶다는 꿈을 꾸게 해 준 소중한 태평이었다. 그런 사람이었기에 지켜야 했다. 다시는 아빠와 마주 칠 수 없는 먼 곳으로 보내야 했다.

"악!"

태평은 발작을 일으키는 사람처럼 몸부림을 쳤다. 눈물겨운 발악 이었지만 그의 사지는 침대에 꽁꽁 묶여 큰 힘을 발휘하지 못했다.

"돈 없는 게 뭐? 돈이야 벌면 되잖아. 소년원에 내가 왜 들어가? 나를 먼저 공격한 건 그 새끼들이었어. 정당방위였을 뿐이야. 평범 하게 살기를 원한다고? 그렇게 해! 누가 말려?"

말수가 적은 태평답지 않게 그의 입에서 긴 문장들이 흘러나왔 다. 그동안 한 번도 보지 못했던 약한 모습이었다. 뺨을 타고 흐르는 눈물을 닦아 내며 로지는 마지막 인사를 건넸다.

"그동안 고마웠어."

몸을 돌려 두어 걸음쯤 옮겼을 때였다. 태평이 울부짖었다.

"거기 서! 내 말 듣고 가. 누구한테 무슨 말을 어떻게 들었는지 모르겠지만 신경 쓸 거 없어."

"……."

"나 안 버리겠다고 했잖아. 그 약속은 지켜야 할 거 아니야."

눈물 섞인 음성에 로지는 고개를 돌렸다. 태평의 뺨과 턱에 눈물이 흐르고 있었다. 가슴이 찢어지는 것 같았지만 다시 정면을 바라보았다. 아빠가 저지른 무서운 일을 태평에게 털어놓을 수는 없었으니까. 그랬다가는 정말 어떤 일이 일어날지 그 누구도 알 수 없었다.

"너, 내가 이대로 보낼 줄 알아? 오로지! 내 말 똑똑히 들어. 넌 나 없으면 죽어! 넌 나 없이는 못 산단 말이야!"

태평의 목소리를 무시하고 걸음을 떼려는데, 이어진 말이 로지의 다리를 마비시켰다.

"오제근은 네 아버지 아니야. 너한테 진짜 아버지가 따로 있어."

"……무슨 그런 말도 안 되는 소리를."

얼빠진 표정으로 로지가 중얼거렸다.

"네 어머니하고 친하게 지냈던 남자가 네 아버지야. 매년 어머니 기일마다 너한테 100만 원씩 주던 남자가 네 친아버지라고!"

"아니야."

무의식적으로 아니라는 말을 뱉었지만 로지의 머리에는 검은 옷을 입고 다니던 남자가 번개처럼 떠올랐다. 엄마와 아는 사이라는 게 분명해 보였던 그 남자가.

"네가 어쩌다 태어난 줄 알아? 그 남자가 네 엄마를 성폭행해서 였어. 그것 때문에 너희 엄마가 자살한 거라고."

"아니라니까!"

로지는 두 손으로 귀를 막았다. 있을 수가 없는 일이었다. 누가 정수리 위로 차가운 얼음물을 쏟은 게 분명했다. 온몸이 얼어붙었으니까. 제발 그만해 달라는 목소리가 들리지 않는지, 악마는 태평의 입을 빌어 끔찍한 사실을 계속 누설했다.

"오제근은 그걸 알고도 널 키웠어. 그게 너하고 네 엄마한테 할 수 있는 복수였으니까! 네 엄마를 죽게 만들고 이제는 네가 그림으로 성공하면 그 돈 받아먹고 살 생각을 하고 있단 말이야. 이래도 날 버릴 거야? 너한테는 나밖에 없다고 내가 몇 번이나 말한 거 잊었어?"

로지의 몸이 휘청거렸다. 간신히 눈물을 삼키던 입에서는 거친 숨이 쏟아졌다. 감당할 수 없는 진실이 그녀의 몸과 마음을 사정없이 짓눌렀다. 침대에 누워 있는 태평이 얼굴이 여러 개로 나뉘어 보였다.

"난 너 안 놔. 절대로 못 놔. 오로지 넌 내 거라고!"

로지는 비척거리는 걸음으로 태평에게 다가갔다. 이미 죽어 버린 몸뚱이를 끌고 걷는 것처럼 로지의 눈은 텅 비어 있었다.

"너한테 나는…… 뭐였어?"

태평에게 작게 되물은 로지는 오른손을 높이 들어 올렸다. 언젠가 태평이 그랬다. 제대로 화를 내려면 싸대기를 한 대 갈기고,

꺼지라고 소리쳐야 한다고.

철썩, 로지의 손바닥이 붕대가 감싸지 못한 태평의 뺨 위로 떨어졌다. 로지에게 맞은 태평의 얼굴은 엉망으로 일그러졌다.

"내 눈앞에서 당장 꺼져! 영국으로 가란 말이야!"

"아니, 안 가. 간다면 시체가 돼서 갈 거야. 너 이대로 나가면 나도 죽을 거야. 네 엄마처럼! 그러면 적어도 네 머리에서 잊히진 않겠지. 평생 내 MP3를 끌어안고 내 생각을 하며 살 테니까. 그것도 나쁘지는 않겠네."

악의가 섞인 비틀린 말들이 태평의 성대를 비집고 터져 나왔다. 그 순간, 로지의 안에 있던 무언가가 파삭, 소리를 내며 부서졌다.

그게 이성인지, 혹은 감정의 일종인지, 그것도 아니라면 충격에서 비롯된 반응인지는 알 수가 없었다. 그렇지만 한 가지 확실한 건 로지의 눈동자를 반짝이게 했던 빛이 그것과 함께 꺼졌다는 거였다.

표정 없이 태평을 보고 있던 로지는 들고 온 가방을 열었다. 커터 칼을 꺼내 잡았다. 드르륵, 하고 칼날이 빠져나오는 소리에 태평은 크게 당황했다.

"오로지, 너 뭐 하려는."

한 치의 망설임도 없이 로지는 커터 칼로 왼팔을 그었다. 새빨간 피가 떨어지는 팔을 태평의 얼굴 위로 들어 올렸다. 비릿한 향을 풍기는 뜨거운 액체가 태평의 입술 언저리에 한 방울씩 떨어져 내렸다. 태평의 가슴팍이 들썩였다. 꽉 다물지 못한 그의 입술 사이로 거친 숨결이 흘렀다. 로지는 천천히 고개를 숙여 그의 귀로 입술을 가까이 가져갔다.

"죽는 건 나도 무섭지 않아. 그러니까 곱게 영국으로 가. 한 번만 더 내 눈앞에 나타나면 그때는 팔이 아니라 목을 그을 거니까."

마지막 경고를 한 뒤에 로지는 태평에게서 등을 돌렸다. 태평은 침대를 부술 듯 날뛰었고 그 소리에 놀란 올리버가 병실로 뛰어들어 왔다.

입고 있던 카디건 소매를 내려 다친 팔을 감춘 로지는 사람들 눈에 띄지 않는 곳을 찾아 걸었다. 얼마 지나지 않아 그녀는 비상계단 문을 열어젖혔다. 그곳에 아무도 없다는 걸 확인하자마자 로지의 온몸이 무너져 내렸다. 바닥에 쓰러진 로지는 들리지 않는 목소리로 중얼거렸다.

나는, 왜 태어난 걸까.

태어나지 말았어야 했는데…….

흐려지는 의식 사이로 사진 한 장이 또렷하게 떠올랐다. 태평과 처음이자 마지막으로 같이 찍었던 스티커 사진이었다. 로지가 다시 그 사진을 보게 된 건 태평의 침실 옆 서랍에서였다.

사진 속의 로지는 당황해서 얼굴을 붉게 물들이고 있었다. 사진에는 나오지 않았지만 그날 태평과 처음으로 손을 잡았기 때문이었다. 태평이 희미하게 웃고 있는 사진 밑에는 '예쁜 뱁새'라는 글자가 또박또박한 글씨로 적혀 있었다.

로지의 얼굴에서, 태평이 그토록 사랑했던 미소가 천천히 지워졌다.

나는 뱁새가 아니라…… 뻐꾸기였어.

에필로그

「벤, 일어나! 눈 좀 떠 보라고.」

침대에서 웅크려 자던 태평은 어깨를 흔드는 손길에 눈을 떴다. 새집이 진 머리를 벅벅 긁고 있는 해리가 보였다. 하품을 길게 한 그는 오른손으로 태평의 이마를 짚었다.

「열은 없는데.」

태평은 말없이 그의 손을 매섭게 치웠다. 해리는 멋쩍은 얼굴로 태평을 내려다보며 볼멘소리를 했다.

「걱정이 돼서 일어나 봤더니. 도대체 로지가 누구길래 밤마다 찾아? 너 그거 병일 수도 있어. 내가 아는 정신과 의사가 있으니까 상담이라도.」

「해리.」

꽉 잠겨 허스키해진 태평의 목소리에 해리는 알아들었다며 손을 흔들었다. 네 잠꼬대 때문에 잠이 다 깨 버렸다고 투덜대던 그는 침대에 눕자마자 이내 코를 골았다.

태평은 묵묵히 천장만 올려다봤다. 영국에 온 지 벌써 반년, 친구들과 셰어 중인 이 집에서 산 지는 석 달이 지났다. 침대에서 몸을 일으킨 그는 조용히 방에서 나갔다.

시린 겨울바람에 덜컹거리는 창 너머로 시선을 던졌다. 밤새 내린 두툼한 눈 이불을 덮은 집들이 보였다.

……겨울인가.

아무것도 한 게 없는데, 탐욕스러운 시간은 태평의 시간을 끊임없이 먹어 치웠다. 피로 때문에 푹 꺼진 눈이 창에 비친 얼굴을 훑었다. 메마른 입술에 하얀 껍질이 잔뜩 일어나 있었다.

"로지야."

자면서도 찾았다는 로지의 이름을 소리 내 불러 봤다. 도로록 굴러가는 부드러운 이름이 태평의 심장을 그러쥐었다가 놓았다. 한 번도 다정하게 불러 주지 못했던 이름이 지독히도 아팠다.

언제까지 이렇게 살아야 할까.

눈을 떠도, 눈을 감아 봐도 세상은 온통 잿빛이었다. 잠을 자면 악몽이 따라왔고, 잠에서 깨면 현실이 악몽이었다.

너도 나처럼 괴로워하고 있을까.

새장을 부수면 그 안에 갇혀 있는 새를 가질 수 있을 줄 알았다. 그런데 뱁새는 태평의 품이 아닌 하늘로 날아가 버렸다. 배신감에 치가 떨렸다. 날아가는 새를 향해 무자비하게 화살을 쏘았다.

너는 뱁새가 아니야.

부모조차 네 존재를 인정하지 않았다고.

낭떠러지에 매달린 네게 손을 내밀 사람은 나밖에 없다고.

태평의 화살은 뱁새의 날개를 명중시켰다. 하지만 뱁새는 피를 흘리면서도 날갯짓을 멈추지 않았다. 나를 다시 새장에 가두면 죽어 버리겠다는 잔인한 협박만 남긴 채.

냉담한 태평의 시선이 창밖 어딘가를 훑었다. 마지막으로 들었던 로지의 음성이 그의 귓바퀴를 파고들었다. 그때 너는 나를 어떤 표정으로 바라보고 있었을까. 하얗게 동이 틀 때까지 태평은 끝도 없는 생각을 이어 갔다.

「오늘 무슨 약속이라도 있어?」

휘둥그레진 해리의 눈이 말끔하게 차려입은 태평을 위아래로 살폈다. 청바지에 블랙 폴로셔츠만 입고 다니던 태평이 정장 바지에 재킷을 입고 머플러까지 두른 게 영 낯선 눈치였다. 태평은 말없이 침대 위에 올려 둔 지갑을 열어 봤다.

「여자라도 만나?」

면도까지 깔끔하게 한 태평을 보며 해리가 다시 물었다. 잠깐의 침묵 후에 태평은 천천히 입을 열었다.

「돈 좀 빌리자.」

대뜸 돈을 빌려 달라는 태평의 말에 해리는 눈만 둥그렇게 떴다.

「20파운드만 빌려줘. 다음 주 안에 갚을게.」

해리가 건넨 돈을 챙긴 태평은 서둘러 집 밖으로 나갔다. 그의 손에는 신문이 한 장 들려 있었다. 브리티시 내셔널 갤러리에서 촉망받는 아시아 화가의 작품을 전시한다는 광고가 실린 신문이었다.

불쑥 과거의 기억 한 조각이 그의 뇌를 스치고 지나갔다.

'태평아, 내가 그린 그림을 너하고 영국에서 볼 수 있다고 생각하니까 너무 신기해. 사람들은 모르겠지? 그림의 제목을 그림 속의 남자가 지었다는 걸.'

버스에 탄 태평은 창가에 비친 자신을 살폈다. 한국에 있었을 때보다 조금 말랐지만 키는 조금 더 컸다. 교복을 벗고 사복을 입은 것만 빼고는 그대로였다.

로지가, 영국에 왔을지도 몰라.

작은 희망을 품고 런던의 뉴코벤트가든 마켓으로 향했다. 영국에서 가장 다양하고 많은 꽃을 파는 꽃시장이 있는 곳이었다. 영국의 각 지방과 유럽에서 날아온 꽃과 그리너리를 한가득 쌓아 놓은 숍들이 줄을 지어 태평을 반겼다. 찬찬히 주위를 둘러보았다. 로지가 영국에 오면 가장 먼저 데려오고 싶었던 곳이 눈에 들어왔다. 매일 아침 네덜란드에서 튤립을 받는 숍이었다. 튤립의 꽃잎이 다치지 않도록 종이로 칸을 덧대고 있던 주인은 태평을 보자마자 반가운 인사를 건넸다. 신선한 꽃을 둘러보던 태평은 주인이 추천한 꽃으로 포장을 부탁했다.

노란색 튤립 한 다발을 든 태평이 브리티시 내셔널 갤러리 앞에 섰다. 그는 잠시 서서 하늘을 올려다봤다. 금방이라도 눈을 쏟아 낼 것 같은 두툼한 구름이 깔려 있었다.

천천히 미술관 주변을 둘러보았다. 한겨울이지만 영국을 찾아온 많은 관광객이 바쁘게 걷고 있었다. 그 사람들 틈에 껴서 미술관으로 들어가던 그를 어떤 남자가 불러 세웠다.

「실례합니다.」

태평은 말없이 자신의 걸음을 멈춘 사람의 얼굴을 빤히 쳐다봤다.

「생화는 가지고 들어갈 수가 없습니다. 보관이 필요하시면 저쪽에 보관함이 있으니 그걸 이용하시면 되고요.」

미간을 살짝 구긴 태평은 꽃을 들고 온 이유를 설명했다.

「오늘 전시회에 제 친구의 그림이 걸렸어요. 오늘 여기에서 만나기로 해서 직접 전하고 싶은데요. 한국의 다림예술고등학교 졸업생입니다.」

「그러신가요? 잠시만요.」

직원은 무전기를 들고 행사 관계자에게 연락했다. 다림예술고등학교 출신 화가와 친분이 있는 사람이 찾아왔다고 하자 무전기 너머로 허가한다는 답이 들려왔다.

「이쪽으로 따라오시죠.」

직원은 사람들의 눈을 피해 태평을 다른 길로 안내했다. 좀 전의 날카로웠던 태도와는 달리 그는 부쩍 친근한 얼굴로 태평을 바라봤다.

「제가 사실 친구분의 그림을 미리 봤거든요. 중견 화가들 사이에서 입소문이 대단히 좋게 난 그림이라서요. 그림과 제목이 기가 막히게 잘 어울리던데.」

태평을 전시회장으로 직접 안내한 직원은 다시 그가 있어야 할 곳으로 돌아갔다. 태평은 전시회장 내부를 훑어봤다. 무선 마이크를 들고 그림을 설명 중인 도슨트와 그를 따라다니는 많은 사람 때문에 묘하게 정신이 없었다.

언뜻 보니 열 점이 조금 넘는 그림이 걸려 있었다. 그중에 로지가 그린 그림을 찾는 건 어려운 일이 아니었다. 태평은 본능적으로 가장 많은 사람이 둘러싸고 있는 그림을 찾아 걸었다.

「정말 멋진 그림이네요. 에너지가 그림 밖으로 뿜어져 나오는 것 같죠?」

「동감합니다. 이런 게 진짜 그림이죠. 사진으로는 찍어 낼 수 없는 감정을 모두 드러내는…….」

「이걸 그린 화가 나이가 굉장히 어리다던데, 어쩜 그 나이에 이렇게 풍부한 감수성을 가졌을까요. 한국 예술계는 물론 전 세계의 보물 같은 존재네요.」

사람들을 비집고 그림 앞에 선 태평은 고개를 급히 숙였다. 막상 그림을 확인할 순간이 되자 심장이 마구 뛰었다. 로지가 그를 어떻게 그렸을지 알고 싶기도, 알고 싶지 않기도 했다. 로지가 보여 주기를 원하지 않았기에 태평도 지금껏 보지 못했던 그림이었다.

처음 로지가 그림을 그리는 모습을 봤던 날의 기억이 떠올랐다. 살면서 그렇게 아름다운 광경은 본 적이 없었다.

머리를 하나로 질끈 묶고 로지는 자신만 볼 수 있는 세계를 그렸다. 로지의 연필은 죽은 것들을 살려 내고 로지의 붓은 새의 울음소리까지 들리게 했다. 그림으로 누군가의 머리를 꽉 채우고 있는 세상을 들여다볼 수 있다는 건 매혹적인 경험이었다.

과연 나는 네 눈에 어떻게 비쳤을까.

뇌리에 박혀 있는 로지의 기억을 간신히 내려놓고 천천히 고개를 들었다. 짙은 눈썹 밑에 놓인 그의 눈이 조심스럽게 그림으로 향했다.

"……."

태평은 입술을 짓씹었다. 믿을 수 없는 광경에 고개까지 저었다. 태평이 보고 있는 그림은 〈The flames of the fire〉가 아니었다. 기대했던 그림이 있어야 할 자리에는 익숙하고도 낯선 다른 그림 한 점이 걸려 있었다. 그의 눈은 천천히 그림의 제목과 그린 사람의 이름이 적힌 곳으로 내려갔다.

〈A Frozen Tree, Kang Yujun〉

"얼어붙은 나무, 강유준."

다시 그림을 살피는 태평의 입에서 거친 숨이 흘러나왔다. 장작 불이라도 집어삼킨 것처럼 그의 숨결은 분노로 뜨거웠다.

이 세상에 신이 없다는 건 알고 있었다. 하지만 신이 없는 세상에 악마가 존재할 수 있다는 건 몰랐다.

태평이 보고 있는 그림은, 로지가 그렸던 그림이었다. 정확히 말하자면 그가 직접 찢어 버렸던 로지의 그림을 허접스럽게 모작한 강유준의 그림이었다. 로지가 〈뜨거운 얼음〉이라는 제목을 붙여 태평에게 선물했던 그림이, 강유준의 〈A Frozen Tree〉가 되어 영국 런던까지 날아와 있었다.

툭―. 태평의 손에 들려 있던 꽃다발이 바닥에 떨어졌다. 무표정한 얼굴로 노란색 튤립을 바라봤다. 무슨 꽃을 사야 할지 몰라 고민하던 그에게 꽃가게 주인이 추천한 꽃이었다.

「노란색 튤립의 꽃말이 희망이거든요」

구둣발을 들어 바닥에 떨어진 꽃을 사정없이 밟았다. 여린 노란 꽃잎이 본연의 색을 잃을 때까지 짓이겼다. 이깟 꽃 한 송이에 희망을 품은 자신이 한심해서 견딜 수가 없었다.

붉어진 태평의 눈이 강유준의 그림을 응시했다. 보고 싶지 않았지만 태평은 억지로 그림을 바라보았다. 그가 처한 현실을 자각하기 위해서였다.

나는 가진 것 하나 없이, 나락으로 떨어진 놈이야.

강유준의 그림 위로 로지가 그렸던 그림이 겹쳐졌다.

고요하고 평온한 숲, 기묘하리만큼 뜨겁게 타오르던 나무 한 그루, 그 나무의 기세에 눌려 존재감이 사라진 네 개의 태양들.

나뭇잎은 바람에 흔들릴 때마다 청량한 향을 뿜어냈고, 나뭇가지들은 불꽃이 피어오르듯 힘 있게 하늘로 뻗어 있었다.

'저 나무가 너야. 너라고 생각하며 그렸거든.'

로지의 말에 태평은 단숨에 나무에 빙의했다. 황홀할 만큼 아름다운 나무의 자태는 태평의 죽어 있던 정신을 일깨웠다. 불현듯 숨을 쉬고 있는 자신이 좋아졌다. 살아남은 자로서 짊어져야 했던 죄책감도 조금씩 옅어졌다.

그림을 보고 있던 태평은 힘없이 웃었다. 아무것도 느껴지지 않는 그림 앞에서 커다란 감동을 받은 사람처럼 뜨거운 눈물을 삼켰다. 흐릿해진 눈으로 강유준의 그림을 악착같이 보고, 또 바라봤다.

비참했다. 그림은 찢어 버렸지만 로지는 지키지 못했고 강유준의 코뼈는 부러뜨렸지만 도둑질은 막지 못했다는 것이. 온 마음을 다해 로지를 사랑했지만 지금 그의 곁에 로지는 없다는 사실도.

하늘은 스스로 돕는 자를 돕지 않았다. 하늘은 누구에게나 무심할 뿐이었다. 로지와 헤어진 지 반년 만에야 깨닫게 된 교훈이었다.

큭―. 허탈하게 웃었다.

오로지, 이게 네가 원한 자유야?

강유준한테 네 자리를 다시 뺏기는 게?

고작 이렇게 살려고 나한테 꺼지라고 했어?

생기를 잃었던 눈에 광채가 돌았다. 심장이 다시 격렬하게 뛰었다. 태평은 그의 왼쪽 가슴에 손바닥을 가져갔다. 묵직하게 울리는 고동이 전해졌다. 그제야 몰랐던 사실 하나를 깨달았다. 낭떠러지에 매달려 있는 건 로지가 아니었다. 바로 자신이었다. 로지가 손을 내밀어 주지 않으면 떨어져 죽는 것도 김태평이었다.

"나는 김태평이야."

내가 언제부터 벤 맥어보이였다고.

"오로지 없이는 못 사는 김태평이라고."

그러니까 죽어도 너, 포기 못 한다고.

"뱁새한테 미쳐 있는 김태평이니까."

어디 한번 죽어 봐. 내가 다시 살려 놓을 테니까.

생각을 정리한 뒤 몸을 돌려 걸었다.

미술관 밖으로 나오자마자 차가운 겨울바람을 크게 들이켰다. 숨을 쉴 때마다 입술 사이로 하얀 입김이 부서졌다.

하늘에서 함박눈이 펑펑 내렸다. 그 눈을 맞으며 걸었지만 태평은 추위를 느끼지 못했다. 자신은 '뜨거운 얼음'이자 'The flames of the fire'였으니까.

PART 2

프롤로그

"한창수!"

인문 대학 건물에서 나가려던 창수가 걸음을 멈췄다. 과대와 함께 동기 세 명이 그가 있는 쪽으로 우르르 몰려왔다.

"오늘 종강 파티에 올 거지?"

과대의 물음에 고개를 흔들었다.

"아니, 선약이 있어서."

동기 중 한 명이 왁스를 발라 세운 창수의 짧은 머리를 가리키며 낄낄댔다.

"여자 만나러 가냐? 이야, 제대한 지 얼마나 됐다고 벌써 여자 친구를 만드셨어? 나도 챙겨 주라! 이번 크리스마스에는 소주 대신 와인 좀 마셔 보게."

여자 하나 소개해 달라는 동기의 하소연에 네가 알아서 하라고 대꾸하고는 건물 밖을 나섰다. 등 뒤에서 동기보다 여자가 중요하냐는 외침이 길게 따라왔다. 싱거운 웃음을 흘리며 하늘을 올려다봤다. 학교에 올 때만 해도 맑았던 하늘이 회색빛으로 흐려져 있었다.

'눈이라도 오려나.'

민영 누나가 눈이라도 맞으면 어쩌나 걱정 중이던 창수는 저기요, 하고 부르는 소리에 고개를 내렸다. 교복을 입은 여학생 둘이 상기된 얼굴로 서 있었다.

"죄송한데요. 미술사학과 건물이 어디에 있어요? 안내 표지판에 안 보여서……."

코트 속에 넣어 두었던 손을 냉큼 꺼냈다.

"미술사학과 건물은 따로 없고, 인문 대학 4동으로 가면 돼요. 저쪽에 있는 길을 따라 올라가다 보면 나와요."

"고맙습니다."

허리 숙여 인사하는 학생들에게 싱긋 웃어 주곤 서둘러 주차장으로 걸었다. 차에 타서 시동을 걸었을 때였다. 창 너머로 팔짱을 끼고 걷는 두 여학생이 보였다.

"내년 신입생 환영회에서 보게 되려나?"

키 차이가 제법 나는 둘은 쉼 없이 이야기 중이었다. 그 모습이 잠시 창수의 시선을 홀렸다. 까르르 웃음을 터트리는 여학생들의 얼굴 위로 교복을 입은 민영 누나와 로지 선배의 옛 모습이 겹쳐졌다.

불볕더위가 유난히 기승을 부렸던 여름이었다. 여름 방학에 누나들과 함께 유럽 여행을 갔던 창수는 개학 이틀 전에 한국으로 돌아왔다. 기다리던 개학 날, 그는 선배들과 친구에게 줄 선물을 한가득 챙겨 학교로 갔다. 기대로 부풀었던 마음이 한순간에 꺼질 거라고는 짐작하지 못한 채.

"반장, 김태평 학교 그만뒀다는 소식 들었어?"

교실 문을 열고 들어가자마자 반 친구 한 명이 물어 왔다. 오지랖이 넓기로 유명한 친구였기에 창수는 어이없다는 표정만 지었다.

"이상한 소리 하지 마. 태평이가 학교를 왜 그만둬."

태평이 보이지 않았지만 대수롭지 않게 답했다. 평소에도 수업 시작 직전이 되어서야 교실로 들어왔던 친구였기에 그날도 여느 날과 다를 바가 없다고 여겼다. 그런데 의외의 사람이 창수를 찾아왔다. 바로 한 달 넘게 보지 못했던 민영 선배였다.

"창수야."

반가움에 심장이 두근거린 것도 잠시, 창수는 크게 놀라 교실 밖으로 튀어 나갔다. 선배의 두 눈이 붉게 충혈되어 있었다.

"김태평은 왔어?"

창수를 보자마자 선배는 태평을 찾았다. 아직 등교하지 않았다고 말하자 선배의 얼굴은 절망으로 물들었다.

"로지가, 방학 내내 연락이 안 됐어. 어제 집에 가 봤는데 아무도 없었고. 확실하지 않지만 가출을 한 것 같아. 지각 한번 없던 앤데 아직까지 안 오는 걸 보면."

한참 동안 선배를 바라보다 교실로 시선을 옮겼다. 조만간 주인을 찾을 거라 믿었던 태평의 자리는 모든 수업이 끝날 때까지 비어 있었다. 그날 종례 시간에 창수를 포함한 반 친구들은 담임 선생님의 말에 패닉에 빠졌다. 태평이 학교를 자퇴하고 영국으로 갔다는 소식 때문이었다.

"선생님, 김태평 진짜로 영국에 갔어요?"

"영국 어디로 갔는데요?"

"어떻게 인사도 안 하고 가요?"

총알처럼 쏟아지는 친구들의 질문에 선생님은 어깨를 축 늘어뜨렸다.

"그만 물었으면 좋겠다. 선생님도 태평이 얼굴 못 봤으니까."

창수는 두 손으로 얼굴을 감쌌다. 멀쩡했던 머리가 지끈거렸다. 그 두통이 어떤 신호처럼 느껴졌다. 로지 선배의 가출과 태평이 증발한 일이 무관하지 않을 거라는.

수능을 한 달 앞둔 가을까지 민영 선배는 친구를 찾느라 정신이 반쯤 나가 있었다. 종일 휴대폰을 붙들고 경찰서를 들락거리는 선배를 지켜보던 창수는 처음으로 그녀를 막아 세웠다.

"선배님, 수능이 얼마 안 남았잖아요. 당분간 제가 혼자서 찾아볼

게요. 선배 인생도 챙겨야 로지 선배도 더 열심히 찾으러 다니죠"

선배는 그럴 수 없다고 했지만 창수도 쉽게 물러서지 않았다.

"누나들한테 도와 달라고 했어요. 필요하면 부모님한테도 말씀드릴 생각이고요. 학생인 우리가 찾는 데는 한계가 있잖아요."

선배를 설득한 창수는 누나들에게 도움을 요청했다. 처음에는 남의 가정사에 함부로 나서지 말라고 타박했던 누나들이었지만 끝내 동생의 고집을 이기지는 못했다. 창수는 누나를 앞세워 경찰서로 갔다. 하지만 경찰들의 대답은 한결같았다.

"실종 신고는 가족만 할 수 있다니까요? 그리고 아버지가 학교에 자퇴서를 내고 갔다는데 우리가 무슨 수로 조사를 합니까. 답답하면 학생 아버지를 찾아가 보면 되잖아요. 이 근처 고등학교 선생님이라면서요."

누나들은 수소문 끝에 로지 선배의 아버지가 학교를 그만두고 다른 지역으로 이사했다는 걸 알아냈다.

"창수야, 이제 그 선배 일은 그만 신경 써. 원래 집안일은 그 집 가족이 아니면 모르는 게 많아. 일이 있으니까 주변에 알리지 않고 이사한 걸 텐데, 네가 이렇게 찾아다니는 게 그 선배에게는 부담이 될 수도 있어."

"그래, 큰누나 말 들어. 사정이 나아지면 알아서 연락하겠지. 지금 네가 할 수 있는 건 기다리는 거밖에 없어."

창수는 누나들의 말에 토를 달지 못했다. 동의해서가 아니라 로지 선배와 민영 선배가 얼마나 각별한 사이였는지, 그리고 태평이 로지

선배를 두고 영국에 가 버릴 친구가 아니라는 걸 말로는 설명할 수
가 없어서였다.

"태평이가, 왜."

가을이 지나고 초겨울에 접어들 때까지, 창수는 하루에도 몇 번
씩 태평을 생각했다. 친구가 영국으로 갔다는 게 믿기지 않아서였
다. 분명 여름 방학 전까지만 해도 로지 선배가 졸업하기를 손꼽아
기다리고 있던 태평이었다.

'뭘 그렇게 열심히 봐?'

쉬는 시간마다 휴대폰을 붙잡고 있는 태평이 궁금해 물은 적이
있었다.

'로지 졸업 선물 검색 중.'

'졸업 선물을 벌써? 내년 2월이 졸업인데?'

'수능만 보면 졸업이지, 졸업식을 해야 졸업이냐?'

한심하다는 어투로 대꾸한 태평은 휴대폰을 두고 교실에서 나갔
다. 창수는 호기심을 누르지 못하고 친구의 휴대폰에 손을 댔다. 내
심 민영 선배의 졸업 선물로는 뭘 준비하는 게 좋을지 고민하면서.

'……이게 졸업 선물?'

액정을 훑던 창수의 눈이 커졌다. 스케일이 다른 친구라는 건 알
고 있었지만 태평이 검색 중인 선물은 반짝거리는 반지였다. 그것
도 누나들이 결혼하지 않았더라면 몰라봤을 명품 브랜드의 프러포
즈용 반지였다.

"반지까지 사려고 했으면서 어디에서 뭐 하고 있냐. 네 말대로라면

로지 선배도 졸업했는데."

12월의 어느 날, 부모님과 함께 TV 뉴스를 보던 창수가 중얼거렸다. 화면에는 수학 능력 시험 성적표가 각 학교 수험생에게 배부됐다는 기사가 나오고 있었다.

겨울 방학이 끝날 무렵이었다. 마음을 잡기 힘든 상황이었음에도 민영 선배는 서울 유명 대학에 합격했다. 다림예고 전체를 떠들썩하게 만든 소식이었다. 3년 내내 전교 1등을 도맡아 하던 기대주가 미대가 아닌 간호학과에 진학했기 때문이었다. 선배의 부모님조차 그 사실을 몰랐다는 건, 나중에 알게 됐지만.

"선배님, 졸업을 진심으로 축하드려요."

민영 선배의 졸업식 날, 창수는 부모님 없이 혼자 졸업식에 참석한 선배 곁을 지켰다. 진로 문제로 부모님과 다투고 있던 선배는 그날도 자기 일은 제쳐 두고 친구만 걱정 중이었다.

"창수야, 로지는 도대체 어디로 간 걸까. 아빠하고 같이 지내고 있는 건 아닌 거 같아. 그랬으면 나한테 연락을 했을 텐데……."

선배는 로지 선배가 없는 졸업 앨범을 보며 눈물을 흘렸다.

"정말 영국으로 간 게 아닐까? 그것 말고는 연락을 끊을 이유가 없잖아."

위로할 말을 찾지 못해 입술만 물고 있던 창수는 설마 하는 눈으로 선배를 바라봤다. 로지 선배와 태평이 한꺼번에 사라진 이후, 학교에서는 말도 안 되는 루머가 나돌았다. 로지 선배가 태평의 아이를 가지는 바람에 두 사람이 영국으로 갔다는 소문이었다.

"믿고 싶지 않지만 김태평하고 같이 있다면 마음이 놓일 것 같아서 그래. 차라리 그런 거라면 이렇게 걱정이 되지는 않을 텐데."

흐르는 눈물을 닦으며 선배가 혼잣말처럼 중얼거렸다. 다른 사람은 몰라도 창수는 선배의 마음을 이해할 수 있었다. 태평이라면 로지 선배를 언제 어디서나 최선으로 생각하고 있을 테니까. 하지만 둘이 함께 지내고 있을 가능성은 거의 없어 보였다.

"같이 있는 건 아닌 것 같아요. 태평이한테 메일을 보내 봤는데 읽기만 하고 답장은 안 하더라고요."

선배는 두 눈을 크게 떴다.

"네 메일을 읽었다고? 로지가 가출했다는 것도 썼어?"

"아니요. 그 이야기는 안 썼어요. 그냥 연락도 없이 영국에 가서 서운하다고, 잘 지내고 있냐고만 물었는데."

"이 나쁜 놈! 메일을 볼 시간은 있고 쓸 시간은 없대? 내가 볼 땐 로지한테 말도 없이 영국으로 간 게 틀림없어. 그 충격으로 가출한 거겠지. 로지가 지를 얼마나 좋아했는데. 그렇게 가 버릴 거면 아예 시작도 하지 말았어야지. 좋다고 쫓아다닐 때는 언제고. 왜 가만히 있는 애를 휘둘러 놓고 영국으로 도망가?"

원망 섞인 선배의 말에 창수는 일단 친구를 감쌌다.

"태평이한테도 사정이 있지 않을까요?"

"사정은 무슨 사정? 내가 그 자식을 예쁘게 봤던 게 잘못이지. 로지를 좋아하는 마음만큼은 진심이라고 믿었는데. 무슨 이런 무책임한 새끼가 다 있어. 내 촉이 분명해. 로지가 집을 나간 건 다 김태평 때문이야."

창수는 가만히 시선을 내렸다. '태평이가 로지 선배님을 좋아한 건 확실해요', 라는 말은 삼킨 채. 동시에 이젠 과거가 되어 버린 일들이 눈앞을 스쳐 지나갔다.

태평은 하나부터 열까지 창수와 다른 친구였다. 사회적 인정 욕구가 강해 무리에 섞이는 걸 즐기는 창수와 달리, 태평은 물 위의 기름처럼 어떤 집단에도 섞일 수가 없는 사람이었다. 이유는 간단했다. 그는 아무것에도 욕심을 부리지 않았으니까.

욕심이 없는 사람을 통제할 방법은 이 세상에 없었다. 성적에 연연하지 않고, 인간관계에 신경 쓰는 스타일도 아닌 데다가, 자의식 같은 걸 애초에 타고나지 않은 친구는 제멋대로 학교생활을 했다. 신기한 건 그런 태평을 미워하는 사람보다 동경하는 사람이 훨씬 더 많았다는 거였다.

원어민 수준의 영어 실력과 뛰어난 운동 신경만으로도 존재감을 감출 수 없던 친구는, 서양화에 대한 남다른 심미안까지 가지고 있었다. 평소 태평을 눈엣가시처럼 여기던 서양 미술사 강사가 그를 밟으려고 했다가, 태평과의 치열한 설전 끝에 얄팍한 밑천을 드러낸 일은 두고두고 회자가 될 정도였다.

그랬기에 오로지 선배 역시 화제의 인물로 떠올랐다. 당연한 결과였다. 냉담한 태평의 눈이 로지 선배를 볼 때만 뜨거워졌으니까. 문제는 로지 선배를 향한 김태평의 화력이, 때로는 선배가 아닌 다른 사람에게도 번질 수 있다는 거였다. 그 사실을 창수는 체육 대회 날 확인할 수 있었다.

〔아니, 이런! 김태평이 또 반칙을 했습니다. 농구를 잘하기로 소문난 학생인데, 혹시 종목을 착각한 게 아닐까요? 농구가 아니라 피구인 줄 아는 거 아닙니까?〕

농구 경기를 중계 중이던 전교 부회장이 마이크에 대고 소리쳤다. 1학년 농구 대표로 뽑힌 태평은 선생님들을 상대로 사제 대결을 펼치는 중이었다. 멀쩡하게 득점을 올리던 친구가 이상 행동을 보인 건, 1학년 남자 체육 선생님이 교체로 들어온 이후였다. 그가 패스한 공은 던지는 족족 무슨 자석이 끌어당기는 것처럼 체육 선생님의 얼굴로 빨려 들어갔다.

〔12점을 리드하고 있던 학생팀이 김태평의 반칙으로 선생님팀에게 2점짜리 자유투를 허용합니다. 아, 체육 선생님의 코피와 맞바꾼 소중한 득점이네요.〕

혼자서 무려 40득점을 올렸던 태평은, 결국 잦은 반칙으로 퇴장을 당했다. 하지만 코트에서 빠져나오는 그의 표정은 경기에서 이겼을 때보다 더 개운해 보였다.

'야, 체육한테 왜 그런 거야.'

얼굴에 피멍이 든 체육 선생님을 훔쳐보며 창수가 속삭였다. 태평은 입꼬리를 늘려 웃었다.

'맞아도 싼 개새끼니까.'

체육 선생님을 향한 경멸과 혐오가 고스란히 느껴지는 대답이

었다. 그 적개심이 로지 선배 때문에 생겼다는 걸 며칠 후에 알게
됐다. 체육 대회 날 있었던 이야기를 전해 들은 민영 선배는 깔깔
대며 웃었다.

'김태평이 뭘 알고 그런 거 같은데? 체육 선생이 로지한테 좀 그
런 게 있거든. 성희롱까지는 아니지만 아슬아슬하게 수위를 넘나드
는 말도 하고, 거지 같은 심부름도 자주 시키고. 그 머저리 같은 선
생이 쌍코피를 흘렸다니 웃겨 죽겠네!'

권선징악은 동화 속에나 있는 말이고, 현실에는 김태평 같은 정
의의 사도가 필요하다는 선배의 말에 창수는 아연한 표정을 지었
다. 무신경한 얼굴로 체육 선생님의 급소만 골라 공을 던지던 친구
가 떠올라서였다.

태평이 로지 선배 일이라면 무서울 만큼 예민해진다는 걸 눈치챘
을 무렵이었다. 생각지도 못한 사건이 터졌다. 유명 화가인 강유준
이 선배의 그림에 손을 댄 일이었다. 그것도 로지 선배를 자신보다
더 아끼는 김태평의 눈앞에서.

창수는 여태껏 그가 봐 왔던 친구가 전부가 아니었음을 그날 깨
달았다. 누군가에게 악감정을 품은 태평이 얼마나 잔인한 사람이
될 수 있는지를 두 눈으로 목격했기 때문이었다. 다시 떠올리기 싫
을 만큼 끔찍한 장면이었다. 태평에게 곤죽이 되게 맞던 강유준도,
그를 오물 보듯 바라봤던 태평의 감정 없는 시선도.

'그 새끼를 어떻게 죽여야 속이 시원할까.'

다음 날, 강유준이 병원에 실려 갔다는 소식을 전하자마자 태평이

꺼낸 말이었다. 잔인한 소리를 내뱉는 친구 앞에서, 창수는 엉뚱하게도 묘한 패배감에 휩싸였다. 어딘가 조금 비틀려 있긴 했지만 로지 선배를 향한 태평의 마음이 제 가슴이 찡할 만큼 간절하고 절실하게 느껴진 탓이었다. 비교하고 싶지 않았지만 친구에 비하면 민영 선배에게 쏟고 있는 자신의 애정은 김빠진 콜라처럼 싱겁고 부족해 보였다.

그러던 어느 날, 태평은 의도치 않게 창수의 열등감을 다시 자극했다. 점심시간에 외출했다가 돌아온 친구의 손에는 어김없이 바닐라 라테가 들려 있었다. 로지 선배가 좋아하는 커피였다.

'너, 로지 선배님이 그렇게 좋아?'

선배에게 줄 커피 한 잔을 사겠다고 점심시간마다 나가는 친구가 어이없어 물었다. 태평은 성가신 표정만 지을 뿐 아무 말도 하지 않았다.

'선배님의 어디가 좋은데?'

참지 못하고 다시 물었다. 사실 전교생 모두 태평이 로지 선배에게 꽂힌 걸 의아해하는 분위기였다. 창수는 죽어도 인정하지 않았지만, 민영 선배가 태평과 더 잘 어울린다고 생각하는 친구들이 많았다. 이는 결코 로지 선배가 민영 선배보다 매력이 떨어진다는 뜻이 아니었다. 태평과 로지 선배의 기질이 달라도 너무 달라서였다. 도도해 보이는 외모와 달리 털털한 성격을 가진 민영 선배가 만인의 사랑을 받는 아이돌이라면, 맑고 깨끗한 호수를 연상케 하는 로지 선배는 소수의 열성 팬을 몰고 다니는 아티스트 같은 느낌이랄까?

그래서 화끈한 개성을 자랑하는 태평이, 그와 정반대의 성격을 가진 로지 선배의 어떤 면에 끌린 건지 궁금했다.

'배가 불러. 오로지하고 있으면.'

'……'

'정서적인 포만감이 느껴진다고.'

창수는 멍청한 표정만 지었다. 평생 직구만 날릴 줄 알았던 친구가 던진 변화구 같은 말이 쉽게 와닿지 않아서였다. 굳어진 창수의 얼굴을 마주한 태평은 선심이라도 쓰듯 고쳐 말했다.

'아래가 아니라, 여기가 먼저 알아본 여자니까.'

제 가슴을 가리키는 태평의 얼굴에는 미소가 아닌 진짜 웃음이 흐르고 있었다. 로지 선배에게 푹 빠진 자기 자신이 좋아 죽겠다는 듯이.

시간은 착실하게 흐르고, 또 흘렀다. 그사이 민영 선배는 집에서 독립했고, 창수는 미술사학과에 진학하기 위해 구슬땀을 흘렸다. 로지 선배의 소식을 다시 듣게 된 건 창수가 고등학교 졸업을 앞두고 있을 때였다.

一창수야, 로지 찾았어.

전화를 받자마자 민영 선배의 오피스텔로 달려갔다. 선배는 몸을 제대로 가누지 못할 만큼 술에 잔뜩 취해 있었다.

"선배! 괜찮아요?"

"안 괜찮아. 그러니까 너도 한잔해."

창수는 말없이 선배가 따라 준 소주를 들이켰다. 석 잔을 연거푸 마시자 배 속이 찌르르해지면서 초점이 흔들렸다.

"로지가 대학에 다니고 있었어. 나쁜 기집애. 다른 사람은 몰라두 나한테는 연락을 했어야지."

고등학교 자퇴 이후 검정고시를 봤다던 로지 선배는 서울에서 멀리 떨어진 대학에 다니고 있다고 했다. 걱정했던 것에 비하면 잘 지내고 있는 것 같아 안심한 창수와 달리 선배의 얼굴에는 수심이 가득했다.

"로지 선배는 어떻게 지내고……."

어렵게 말문을 떼자마자 선배가 어깨를 기대 왔다. 창수는 더 묻지 못하고 눈물을 흘리는 선배의 등을 토닥였다. 한참 동안 울고 나서야 선배는 로지 선배를 만난 날, 무슨 일이 있었는지 털어놓았다.

"로지가, 어떤 여자한테 맞고 있었어."

"……."

"그 작은 애가, 머리채를 붙잡혀서 바닥에 쓰러졌는데 소리 한번 지르지 않았어. 사람들이 다 쳐다보는데 저항도 안 하고."

"……."

"내가 없었으면 얼마나 더 맞았을지."

위로할 말을 찾지 못한 창수는 탄식만 흘렸다. 선배는 그 말을 끝으로 더는 로지 선배에 대해 말해 주지 않았다. 그 까닭은 로지 선배를 직접 만난 날 알게 됐다.

"……선배님."

3년 만에 선배를 만난 창수는 말문을 잃었다. 원래도 작고 마른 사람이었지만, 로지 선배는 금방이라도 바스러질 것처럼 더 메말라 있었다. 마치 비를 맞지 못해 말라 죽어 가는 고목처럼.

"대학에 입학했다는 소식 들었어. 늦었지만 진심으로 축하해."

침착하게 인사를 건네는 선배의 눈 역시 예전과는 너무 달랐다. 밤하늘에 뜬 별처럼 영감으로 반짝였던 그녀의 눈은 영혼을 빼앗긴 시체처럼 텅 비어 있었다. 당혹감을 숨기고 천천히 입을 열었다.

"미술교육과에 가셨다면서요? 선배님하고 잘 어울려요."

"고마워."

선배의 입가에 짧은 미소가 떠올랐다가 사라졌다. 따뜻해야 할 미소마저 새벽에 내린 안개처럼 서늘했다.

"태평이하고는 연락하세요?"

"아니."

고개를 젓는 선배의 얼굴이 더욱 어두워졌다. 민영 선배가 왜 그런 걸 묻느냐는 눈으로 쳐다봤지만, 아랑곳하지 않고 다시 입을 열었다.

"태평이, 영국에 갔어요. 그건 아세요?"

태평이라는 이름을 듣자마자 선배의 시선이 묘하게 흔들렸다. '당황한 마음'을 숨기지 못한 눈빛에서, 태평의 소식을 듣고 싶지 않다는 '거부감'이 담긴 눈빛으로 바뀌더니, 이내 모든 걸 '체념'한 사람의 눈빛으로 변했다. 두 사람이 이별했다는 것을 짐작한 창수의 가슴은 누가 후벼 파는 것처럼 아팠다.

고작 반년이었지만, 태평과 로지 선배는 그보다 더 긴 시간을 압축 시켜 보냈다고 해도 과언이 아니었다. 그만큼 둘이 나눈 감정은 깊고 진했다. 태평은 로지 선배의 일부가 되려고 안달이 난 사람처럼 선배

옆에서 한시도 떨어지지 않았다. 로지 선배 역시 태평만 보면 여러 얼굴로 웃었다. 늘 미소가 떠나지 않는 사람이었기에 대수롭지 않게 여길 수도 있었지만, 창수는 알고 있었다. 태평을 향한 선배의 미소는 단 한 순간도 겹치지 않을 만큼 다양했다는 걸.

처음으로 친구에게 서운한 마음을 넘어 화가 났다. 사춘기 소년의 열병과는 다른 어른의 사랑을 하고 있다고 믿었는데. 병적인 집착마저도 한 남자의 순정으로 보였었는데. 그토록 소중히 여기던 사람에게는 연락을 해야 하지 않나.

이후 창수는 태평에게 꾸준히 메일을 보냈다. 내용은 단순했다.

[영국에서 잘 지내? 우린 잘 지내고 있어. 로지 선배는 미술 교육을 전공 중인데 같은 과 선배하고 교제 중이야. 나도 민영 선배와 사귀고 있어서 넷이서 자주 만나는데 자상하고 좋은 남자 같더라.]

유치하지만 그렇게라도 태평을 자극하고 싶었다. 친구의 불같은 성질머리를 건드려서라도 연락을 받고 싶다는 오기 때문에 시작한 거짓말이었다.

이 치졸한 복수는 번번이 실패로 끝이 났다. 영국에 가서 인내심을 기르는 수업이라도 듣고 있는 건지, 친구의 염장을 있는 대로 지르는 법을 배우는 학원이라도 다니고 있는 건지, 그것도 아니라면 한국에서 있었던 일을 모두 잊기로 한 건지. 태평은 메일을 읽기만 할 뿐 답을 들려주지 않았다.

띠리링―.

창수의 사색은 요란하게 울리는 휴대폰 소리에 끝이 났다. 발신자가 민영 누나라는 걸 확인하자마자 급히 전화를 받았다.

"여보세요?"

―나야, 출발했어?

"이제 가려고요. 어디에 있어요?"

―우리 지난번에 갔던 카페.

"금방 갈게요."

―빙판 아직 안 녹았더라. 천천히 와.

전화를 끊고 서둘러 핸들을 잡았을 때였다. 창수의 시선이 휴대폰 액정으로 향했다. 메일이 도착했다는 알림이 떠 있었다. 핸들에서 손을 떼고 휴대폰을 집어 들었다. 잠시 후 휴대폰을 쥔 손가락이 부들부들 떨리기 시작했다. 메일 발신자에 뜬 '김태평'이라는 이름 석 자 때문이었다. 마른 침을 삼킨 뒤 메일을 열었다. 7년 만에 받게 된 답장은, 고작 한 줄짜리였다.

[한국에서 보자.]

"김태평, 이 나쁜 자식. 보기는 뭘 봐!"

소리를 꽥 지른 창수의 얼굴이 시뻘겋게 달아올랐다.

1. 로지

"32번 손님 나가십니다."

이어 마이크에 대고 속삭인 로지는 식사를 마친 손님들에게 허리를 깊이 숙였다.

"수고했어요. 덕분에 우리 와이프하고 딸이 아주 맛있게 먹었어요."

나이가 지긋해 보이는 남자가 로지에게 5만 원짜리 지폐 한 장을 내밀었다. 괜찮다고 거절하자 그의 아내가 거들었다.

"받아요. 보아하니 우리 딸이랑 비슷한 나이 같은데."

자신의 딸과 로지를 번갈아 보는 여자의 눈빛에는 측은함이 담겨 있었다. 고개를 살짝 든 로지는 의도치 않게 부부의 딸과 눈이 마주쳤다. 올해 수능을 봤다던 그녀의 손에는 화려한 명품 가방이 들려 있었다.

"고맙습니다."

두 손으로 남자가 건넨 돈을 받았다. 종업원에게 품위 있게 팁을 건넨 가족은 몸을 돌려 걸었다. 두런두런 이어지는 대화가 이어폰을 꽂지 않은 귀에 들렸다.

"엄마, 나 1월에 친구들이랑 영국에 다녀오면 안 돼?"

"얘 좀 봐! 겨울에 유럽을 왜 가니? 얼어 죽을 일 있어? 차라리 하와이로 가. 한여름이 아니라 얼굴도 덜 타고 따뜻하니까."

인심이 후한 가족의 목소리는 그들을 배웅하는 직원들의 인사 소리에 금방 묻혔다. 로지는 빠르게 손을 놀려 유백색 그릇을 치웠다. 무형 문화재 기능 보유자가 만든 식기를 사용하는 이곳은 미쉐린 가이드에 선정된 고급 한우 전문점이었다. 담당 서버가 손님들의 식사를 처음부터 끝까지 책임져야 했기에 일은 고됐지만 그만큼 시급이 셌다.

─로지 씨, 테이블 정리 끝나면 주방으로 들어가 봐요.

이어폰에서 들려오는 지시에 무쇠 팬으로 팔을 뻗었다. 팬의 손잡이를 잡고 들어 올리려던 순간이었다. 윽, 하는 신음과 함께 손이 움직임을 멈췄다. 오른손에서 피어오른 통증 때문이었다. 급히 왼손으로 꾹꾹 눌러 봤지만 경련이 일어난 손가락은 쉽게 진정되지 않았다.

"로지야, 내가 할게. 안에 들어가서 다른 일 도와."

홀 서비스를 담당하는 봉효덕 매니저가 다가와 속삭였다. 로지는 죄송하다고 말하며 떨리는 손을 감추고 주방으로 들어갔다.

"저거 내버려 두면 큰일 난다니까."

봉 매니저는 혀를 차며 로지를 대신해 무쇠 팬을 치웠다. 1년 반전에 이력서를 들고 왔던 로지의 얼굴이 떠올랐다. 사실 홀 총괄 매니저는 대학교 졸업을 앞두고 있는 로지를 채용하지 않으려 했다. 사회 경험이 없는 어린 애가 힘든 식당 일을 오래 하겠냐는 의심에서였다. 하지만 로지는 지금까지 하루도 빠지지 않고 열심히 일하고 있었다.

"저리 예쁘고 참한 애가, 무슨 그늘이 저렇게 많은 건지."

아들과 같은 나이인 로지가 봉 매니저의 눈에는 안쓰럽기 그지없었다. 철딱서니 없이 헤헤거리고 웃는 아들놈과 달리, 로지의 얼굴에는 웃음기를 찾아보기 힘들었다. 웃기는커녕 말도 없었다. 입술에 누가 풀칠이라도 했는지 입을 꼭 다물고 등이 땀으로 푹 젖을 때까지 묵묵히 일만 했다. 그게 어찌나 불쌍하고 안돼 보이는지.

"35번 테이블에 손님 들어가십니다."

호스트 직원의 목소리에 봉 매니저는 로지에 대한 생각을 지우고 다시 일에 집중했다.

"로지야, 그만하고 들어가. 오늘도 수고 많았어."

손님상에 나갈 반찬을 덜고 있는 로지에게 주방 매니저가 소리쳤다.

"네."

매니저에게 고개를 숙여 인사한 로지는 하던 일을 마무리하고 뒷 정리까지 끝낸 뒤 탈의실로 향했다.

유니폼을 벗는데 5만 원짜리 지폐가 바닥에 떨어졌다. 손님에게 받은 팁을 주워 봉 매니저의 사물함에 넣었다. 팔이 아프게 된 이후 많은 폐를 끼치고 있는 분이었다. 이렇게나마 감사한 마음을 표현할 수 있어 다행이라고 생각하며 옷을 마저 챙겨 입었다.

건물 밖을 나서자마자 매서운 겨울바람이 미처 여미지 못한 코트 앞섶 사이로 밀려들었다. 한기가 가득한 공기를 깊이 들이마시며 고개를 들었다. 진홍빛 노을이 구름 없는 하늘을 물들이고 있었다. 찬 바람에 로지의 뺨도 노을처럼 빨갛게 얼었다. 무심결에 오른손으로 머플러를 끌어 올리려던 로지의 눈가가 파르르 떨렸다.

'로지야, 당장 병원에 가서 치료받아. 그거 내버려 두면 손을 아예 못 쓰게 될 수도 있다니까?'

봉 매니저의 충고를 떠올리며 시선을 떨어트렸다. 움직여 보려했지만 뭉근한 통증에 곱아 든 손가락은 꼼짝도 하지 않았다. 무거운 무쇠 팬을 수도 없이 나르고 닦다 보니 생긴 병이었다.

"버스 온다!"

추운 날씨에 발만 동동 구르고 있던 사람들이 일사불란하게 줄을 섰다. 오른손을 코트 주머니에 욱여넣고 로지도 대열에 합류했다.

한 시간 뒤, 로지는 '행복 교회' 간판이 걸린 건물 앞에서 내렸다. 어스름이 더욱 짙어진 길을 걸었다. 무너져 가는 담벼락, 흉물스럽게 깨진 보도블록, 페인트칠이 벗겨져 벌겋게 녹물이 든 대문을 차례로 지나자 오래된 공원이 보였다. 공원으로 들어선 로지의 걸음은 낡은 벤치 앞에서 멈췄다. 맨손으로 벤치 위에 쌓인 낙엽을 툭툭 털어 낸 뒤 그 위에 앉았다.

사람 하나 없는 공원인 탓에 들리는 거라고는 바람 소리밖에 없었다. 나뭇가지 사이로 바람이 지나갈 때마다 윙윙 소리가 났다. 그 바람에 가느다란 한숨 한 줄기를 흘려보냈다. 온몸에 밴 고기 냄새를 뺄 동안만 앉아 있을 생각이었는데, 피로에 지친 몸이 멋대로 기울었다.

"일어나야 하는데⋯⋯."

말과는 달리 힘겹게 뜨고 있던 눈이 스르르 감겼다. 피곤을 이기지 못한 몸 위로 도둑잠도 쏟아졌다.

어느 순간 살을 에는 듯한 추위가 가뭇없이 사라졌다. 신기함에 고개를 들어 보니 그리스 신전을 연상케 하는 커다란 건물이 보였다. 정면을 보고 있던 시선을 옮겨 건물 외벽에 음각된 글자를 읽었다.

'브리티시 내셔널 갤러리?'

두 눈이 놀라움으로 커졌다. 한 번도 가 본 적이 없는 영국에, 그 것도 유명 미술관 앞에 서 있는 자신이 믿기지 않아서였다. 천천히 미술관 안으로 들어갔다. 화려한 조명과 각종 명화가 걸려 있어야 할 내부에는 아무 그림도 보이지 않았다. 그림뿐 아니라 관람객도 로지밖에 없었다.

엄습하는 두려움을 누르고 뭔가에 홀린 듯 가장 안쪽에 있는 전시실로 걸었다. 심호흡을 하고 굳게 닫혀 있는 문을 열었다. 불이 꺼져 있는 전시실에는 커다란 그림 한 점이 걸려 있었다. 눈을 가늘게 뜨고 그림 쪽으로 향했다.

〈Self-portrait, 오로지〉

로지는 꼼짝도 하지 않은 채 제 이름이 적힌 그림을 바라보았다. 그린 적이 없는 '자화상'을 마주하고 나서야 이게 꿈이라는 걸 어렴풋이 자각할 수 있었다. 커다란 캔버스에는 아무것도 그려져 있지 않았다. 그저 새카맣게 칠해진 도화지 한 장이 덜렁 걸려 있을 뿐이었다. 그 색이 어찌나 짙고 공허했던지, 조금만 더 바라보면 흔적도 없이 자신을 집어삼킬 것 같았다.

'싫어.'

당장 그림으로부터 도망치려 했지만, 다리가 말을 듣지 않았다. 흐느낌만 입에서 새어 나왔다. 도리질을 치며 소리를 질러 봤지만, 목소리가 입 밖으로 터져 나오지 않았다. 바로 그때, 전시실의 불이 켜졌다. 갑작스레 쏟아진 빛에 놀라 두 눈을 질끈 감았다. 시야가 차단되자 누군가 전시실 안으로 들어오는 인기척이 들렸다. 뚜벅뚜벅하는 걸음 소리는 로지의 앞에서 멈췄다. 천천히 눈꺼풀을 들어 올렸다. 검은색 정장을 차려입은 남자가 그림과 로지 사이를 가로막듯 서 있었다.

'……'

로지는 그림을 가리고 선 남자의 뒷모습을 한참 동안 바라봤다. 올곧게 뻗어 있는 등이 어딘지 모르게 낯이 익었다.

'누구지? 나를 아는 사람인가? 여긴 어떻게 알고 왔을까?'

시간이 흐를수록 원치 않는 물음이 쏟아졌다. 머리는 애써 그 질문들을 무시했지만 로지의 눈은 하염없이 그를 응시하고 있었다. 깜빡임을 잊은 눈이 시리다 못해, 눈물이 고여 들 때까지.

얼마나 눈을 붙였을까. 로지는 제 어깨를 흔드는 손길에 눈을 떴다. 희끄무레한 인영이 자신을 내려다보고 있었다.

"큰일 날 아가씨네. 취한 것 같지는 않은데, 잠은 집에 가서 자야죠."

걱정 섞인 음성에 몸을 일으켰다. 로지가 일어난 걸 확인한 아저씨는 산책 중이던 개를 데리고 가던 길을 갔다. 멀어지는 아저씨의 뒷모습을 바라보다가 시계를 확인했다. 잠깐 눈을 감고 있었다고 생각했는데 30분이나 지나 있었다.

'왜 갑자기 그런 꿈을……. 그것도 영국이라니.'

멍하니 바닥을 내려다보던 눈빛이 흔들렸다. 몸을 덮고 있는 옷 때문이었다. 처음 보는 남성용 트렌치코트가 어깨부터 발끝까지 감싸고 있었다.

주위를 두리번거렸지만 막막한 시야에 잡히는 건 아무것도 없었다. 누군가 장난이라도 치는 건가 싶어 빠르게 옷을 걷어 냈는데 희미한 향기가 풍겼다. 옷 가까이 얼굴을 가져갔다. 익숙하면서도,

낯선 향이 느껴졌다. 무미건조한 눈으로 옷을 훑어보다가 벤치에서 일어났다.

툭―. 묵직한 무게를 자랑하는 트렌치코트가 쓰레기통으로 빨려 들어갔다. 잠시나마 제게 온기를 주었던 옷을 버린 로지는 느린 걸음으로 공원에서 나갔다.

거미줄처럼 뻗어 있는 골목길에는 담배꽁초가 잔뜩 쌓여 있었다. 그것들을 피해 걷다 보니 4층짜리 건물이 나왔다. 삐걱대는 유리문을 밀어젖히고 들어가자 주인집 아주머니가 키우는 개가 컹컹, 짖었다.

"또 쫓겨났어?"

신문지 위에 앉아 있는 개를 안쓰럽게 바라보다가 턱을 부드럽게 쓸어 주었다. 태어난 지 두 달 정도 되었다던 개의 이름은 '똥개'였다. 똥오줌을 아무 데나 싼다고 아주머니가 지어 준 이름이었다. 추위에 털을 바짝 세운 강아지는 로지의 팔에 매달려 낑낑댔다. 잠깐의 고민 끝에 가방에서 메모지와 펜을 꺼냈다.

[똥개, 제가 데리고 잘게요. -202호-]

현관문에 쪽지를 붙이자마자 똥개가 좋다고 펄쩍펄쩍 뛰었다. 로지는 똥개를 데리고 2층으로 올라갔다. 복도의 양옆으로 다닥다닥 붙어 있는 현관문이 보였다.

"밤에 짖으면 안 돼. 알았지?"

휴대폰 진동 소리까지 전달되는 얇은 벽을 사이에 둔 방들이었다. 똥개가 옆방 사람에게 피해를 주면 어쩌나 하는 노파심이 들었다. 하지만 이 걱정은 현관문을 여는 순간 무색해졌다.

"아앙, 오빠. 나 진짜 죽을 거 같아!"

"헉헉, 떡을 치려면 이 정도는 쳐야지."

조용해야 할 로지의 방은 옆방에서 넘어오는 남녀의 신음 소리로 시끄러웠다.

"오빠아, 아, 아앗! 나 못 버티겠어."

"나도, 쌀 것 같아."

헐떡이는 숨소리 사이로 살이 부딪치는 소리가 더해졌다. 6평짜리 원룸으로 이사한 지 1년이 넘었는데, 적응이 안 되는 게 하나 있다면 바로 저 교성이었다. 선반에 올려 둔 귀마개를 귀에 꽂고 물티슈를 꺼냈다. 똥개는 기특하게도 앞발과 뒷발을 번갈아 내밀며 제 발을 깨끗이 닦는 것을 도왔다.

"다 됐어."

허락이 떨어지자마자 똥개가 전기장판 위로 올라갔다. 장판 온도를 높인 뒤 새벽 일찍 나가느라 미뤄 뒀던 집안일을 시작했다. 빨래를 돌리고 물걸레로 방을 한 번 훔치자 옆방에서 들리던 소음이 잦아들었다. 때맞춰 휴대폰이 몸을 부르르 떨었다. 민영에게서 온 전화였다.

"어, 민영아."

―일 끝났어? 집이야? 저녁은 먹었고?

질문을 쏟아 내는 민영의 목소리에는 희미한 흥분이 묻어 있었다. 뭔가 좋은 일이 있는 눈치였다.

"응, 집이야. 너는?"

―나는 카페에서 창수 기다리고 있어. 그건 그렇고, 너 빨리 이력서 써라.

"이력서?"

―우리 학교에 미술 기간제 교사 티오가 하나 생겼거든. 오늘 공고 떠서 너한테 바로 전화한 거야.

"……그래?"

뜻밖의 소식에 반 박자 느린 답이 나왔다.

―어, 미술 선생님이 갑자기 휴직계를 내서 뽑게 됐어. 내가 잘 말해 둘 테니까 꼭 써서 내. 알았지?

"생각해 볼게."

내키지 않는다는 뉘앙스를 담아 말했는데, 민영은 긍정적으로 해석했다.

―다음 주에 바로 면접 볼 거야. 혁신 학교라서 학기 시스템이 다른 학교하고 다르거든. 봄, 여름, 가을, 겨울 방학이 따로 있어. 1월에 개학하니까 크리스마스 전에 아르바이트하던 거 싹 다 정리해. 로지야! 나 오늘 미술 선생님 뽑는다는 말 듣자마자 소리 지른 거 알아? 너랑 같이 일할 생각 하니까 좋아 죽겠어.

아직 이력서도 넣지 않았는데 민영은 로지가 합격이라도 한 것처럼 신이 나서 떠들었다. 친구의 흥을 깨고 싶지 않아 알겠다고 대답하고 전화를 끊었다.

"될 리가 없을 텐데……."

기대에 부푼 친구가 조만간 실망할 생각을 하자 마음이 무거워졌다. 기간제 교사가 되기에는 자신이 가진 게 너무 부족한 탓이었다. 학력도, 학점도, 경력도 초라한 데다가 무엇보다 로지에게는 미술 교사가 되겠다는 의지마저 없었다.

드르렁ㅡ. 똥개가 코를 고는 소리에 정신을 차리고 노트북을 켰다. 기다리던 메일이 와 있었다.

[magnolia 님, 러프본 피드백 드립니다. 작가님께서 주인공들의 얼굴은 마음에 드는데 신체를 수정해 달라고 하셨어요. 여주의 가슴은 조금 더 풍만하고, 남주는 페니스 윤곽이 바지 위로 도드라지게요.]

외주를 맡아 그리고 있는 웹 소설 삽화 관련 메일이었다. 줄어들 기미가 없는 학자금 대출을 갚기 위해 시작한, 민영도 모르는 은밀한 아르바이트였다. 민영은 빚에 허덕이는 로지를 돕겠다고 여러 번 나섰지만, 그때마다 로지는 친구의 호의를 단번에 거절했다. 이 세상에 한 명밖에 없는 친구에게 마음의 빚도 모자라 다른 빚까지 지는 것만은 피하고 싶어서였다. 게다가 민영도 부모님 도움 없이 사느라 생활이 빠듯했다.

액정 태블릿을 켜고 서랍에서 파스를 꺼내 오른팔 손목에 붙였다.

후끈한 열감이 돌자 움직이지 않던 손이 조금씩 움직여졌다. 플라스틱 펜을 쥐고 육감적인 몸매를 가진 여자와 남성미가 물씬 풍기는 남자를 그렸다. 표정 없이 그림을 그리던 로지가 이마를 찌푸렸다. 파스를 붙인 손이 그새를 참지 못하고 다시 경련을 일으킨 탓이었다. 속절없이 떨리는 손을 열심히 주물렀다. 아직은 망가질 때가 아니라고 되뇌면서. 돈보다 더 지독한 죄책감이라는 빚을 청산하려면 조금 더 버텨 줘야 하니까.

샤워를 마치고 나온 태평은 베란다 창을 활짝 열었다. 훈훈했던 거실 온도가 빠르게 내려가면서 맨살에 한기가 들러붙었다. 온몸의 솜털이 설 만큼 추웠지만 그의 시선은 흔들림 없이 뒷마당에 꽂혀 있었다. 은행나무, 향나무, 밤나무 가지 위에 새하얀 눈꽃이 탐스럽게 피어 있었다.

"7년 전에 맞은 뒤통수가 아직도 아픈데, 거길 또 후려칠 줄이야."

입가에 자조 섞인 웃음이 스쳤다.

이상했다.

7년 동안 심장에 가시처럼 박혀 있던 그 얼굴이, 지금은 기억나지 않았다. 한시도 잊은 적이 없던 얼굴이었는데 떠올리려 할수록 자꾸 희미해졌다. 마치 7년 전에 인정하지 않았던 이별을 이제야 겪는 것처럼.

"빌어먹을."

7년 만에 본 로지의 얼굴이 그를 혼란스럽게 했다. 심부름센터에 의뢰해 로지가 일하는 곳을 알아낸 태평은 무작정 음식점으로 달려 갔다. 고깃집에서 일을 마치고 나온 로지의 모습은 가히 충격적이 었다. 팔과 다리가 어찌나 비쩍 말랐는지 몸을 지탱하기보다는 몸 통에 간신히 붙어 있는 느낌이었으니까. 바삐 움직이는 사람들 속 에서 로지의 걸음걸이는 유독 굼뜨고 힘이 없었다. 그 몸을 이끌고 로지는 집이 아닌 을씨년스러운 공원으로 향했다. 인형처럼 벤치에 쓰러져 눕는 로지를 지켜보다가 소리를 죽여 다가갔다. 이 날씨에 죽으려고 환장했냐며 깨울 생각이었는데.

'······.'

파리한 입술 사이로 부서지는 로지의 숨소리가 그를 얼어붙게 했 다. 주먹을 쥔 손이 두려움에 덜덜 떨렸다.

또, 사라져 버리면 어떻게 하지.

현실이지만, 지독히도 현실 같지 않은 순간이었다. 오히려 수도 없이 꿨던 꿈과 흡사했다. 손을 뻗을 때마다 로지가 눈앞에서 사라 지곤 했던 악몽과······. 태평은 결국 로지의 머리카락 한 올도 만져 보지 못했다. 코트를 벗어 덮어 준 게 그가 할 수 있는 전부였다.

'부탁 하나만 드려도 되겠습니까.'

30분 정도 로지를 지켜보던 태평이 지나가는 남자를 붙잡았다. 좀처럼 일어날 생각을 하지 않는 로지가 걱정돼서였다.

'무슨 일로······.'

개와 산책 중이던 남자는 태평을 경계심이 섞인 눈으로 쳐다봤다. 태평은 벤치에 누워 있는 로지를 깨워 달라고 부탁했다. 연인끼리 말다툼이라도 했다고 생각했는지 남자는 순순히 고개를 끄덕였다. 커다란 나무 뒤에 몸을 숨겼다. 심장이 쿵쾅거렸다. 자신의 옷을 발견한 로지가 어떤 반응을 보일지 궁금했다. 옷의 주인을 찾겠다고 근처를 돌아다니지는 않을까. 깨워 준 남자에게 옷에 관해 물어보려나. 우습게도 태평의 예상은 모두 보기 좋게 빗나갔다. 잠에서 깬 로지는 공허한 시선으로 주위를 한 번 살폈을 뿐, 옷을 쓰레기통에 버렸다. 입을 굳게 다물고 멀어져 가는 로지를 응시했다. 눈에 보이는 것마다 사랑과 애정을 주지 못해 어쩔 줄 모르던 소녀는, 아무것도 보이지 않는 사람처럼 땅만 보며 걷고 있었다.

"도대체 무슨 일이 있었길래."

한숨을 깊게 내쉰 태평은 탁자 위에 올려 뒀던 휴대폰과 메모지를 집어 들었다. 메모지에는 그가 직접 휘갈겨 쓴 번호가 적혀 있었다. 그걸 하나씩 차례대로 눌렀다. 통화 연결음이 몇 번 울리지도 않았는데 상대의 목소리가 들렸다.

─……심부름센터입니다.

"오늘 아침에 통화했던 김태평이라고 합니다."

통화를 끝낸 태평은 의미 없는 시선을 다시 창밖으로 던졌다. 공원을 빠져나가던 로지의 뒷모습이 잔상처럼 아른거렸다.

다음 날, 밤새 잠 한숨 자지 못한 태평은 아침 일찍 집을 나섰다.

"어서 오세요. 기다리고 있었습니다."

15년 동안 형사로 일했다는 강필승 대표는 태평을 반갑게 맞았다. 그는 자부심 넘치는 목소리로 사무실 홍보에 열을 올렸다.

"직원 모두 대졸자에 전직 형사가 저 말고도 몇 명 더 있습니다. 법률 대리인이 상주하고 있어서 법적으로 안전하게 일을 처리하고 있죠. 그래서 흥신소가 아니라 사설탐정에 가깝습니다. 한번 믿고 맡겨 보세요. 음지에서 캐낸 정보를 양지에서 합법적으로 쓸 수 있게 만들어 드릴 테니까."

자신만만한 강 대표의 태도가 마음에 든 태평은 오래 고민하지 않았다.

"며칠 전에 의뢰했던 사람을 더 자세히 알아보고 싶습니다."

강 대표는 태블릿 피시를 꺼내 들었다. 태평은 로지의 이름과 나이, 졸업한 고등학교 이름을 말했다. 금전적인 문제뿐 아니라 사생활도 집중적으로 털어 달라는 요청에 강 대표가 야릇한 미소를 지어 보였다.

"선금은 이 정도인데."

태블릿 피시에 떠 있는 금액을 본 태평은 지갑을 꺼냈다. 그리고 강 대표가 제시한 금액의 정확히 세 배를 건넸다.

"찾아야 할 사람이 두 명 더 있습니다."

두둑한 돈을 챙긴 강 대표는 투지에 타오르는 눈빛으로 의뢰인의 목소리를 경청했다.

조사 결과는 일주일 만에 나왔다. 강 대표는 콧노래를 흥얼거리며 태평에게 파일을 건넸다.

"오로지를 조사하다 보니까……."

　별생각 없이 말문을 연 강 대표가 불현듯 놀란 눈을 했다. 불쾌한 기색을 온 얼굴에 내비친 태평 때문이었다. 자신을 쏘아보는 냉담한 시선에 강 대표는 서둘러 호칭을 정정했다.

"오로지 씨를 조사하다 보니 어떤 여자 한 명이 꼬리표처럼 따라붙더라고요. 서비스 차원에서 그 여자까지 조사했습니다. 혹시 김동우라는 사람을 아시는지."

　로지의 친부 이름에 태평의 얼굴이 굳었다. 강 대표는 빠르게 입을 열었다.

"김동우의 와이프 되는 여자예요. 이름은 박혜진이고 아들도 하나 있고. 그런데 도박에 미쳐서 완전히 맛이 갔더라고요. 왜 그런 말도 있잖습니까. 노름판에 사흘 붙어 앉으면 신령도 돈을 잃는다고."

　태평은 잠자코 그의 뒷말을 기다렸다.

"오로지 씨한테 돈을 뜯어내고 있습니다. 자기 가정을 파탄 냈으니, 돈으로 책임지라고 협박하면서요. 뭐, 박혜진 입장에서는 그럴 만도 하죠. 남편이 살아생전에 사채까지 써서 오로지 씨에게 돈을 줬으니, 그걸 어느 마누라가 참고 살겠습니까."

　태평의 얼굴이 일그러졌다.

"살아생전이라니요? 김동우가 죽었단 말입니까?"

　강 대표는 고개를 크게 끄덕였다.

"술에 취해서 무단 횡단을 하다가 달리던 트럭에 깔려 죽었답니다. 김동우가 죽고 난 뒤에 박혜진이 더 독기가 올랐고요. 오로지 씨가 다니던 대학교하고 아르바이트하던 미술 학원에 수시로 찾아가 난리를 피웠다고 합니다. 그 바람에 오로지 씨는 학원에서 잘리고 서빙 알바를 하며 간신히 대학을 졸업했고요. 지금은 학자금 대출을 갚느라 힘들게 살고 있습니다."

헛웃음이 나왔다. 기가 차다 못해 기절할 노릇이었다. 창수가 보낸 메일과 달라도 너무 달라서였다. 오제근한테서 독립했다길래 제 앞가림은 하며 살고 있을 줄 알았더니, 또 다른 거머리한테 피를 빨리고 있었다니.

"그리고……."

여유만만하게 성과를 자랑하던 강 대표가 처음으로 주저함을 보였다. 잠시 뜸을 들이던 그는 따로 준비한 파일을 태평에게 건넸다.

"이런 걸 그려 주는 일도 하고 있었습니다. 이쪽 시장에서는 꽤 유명하다더군요."

'magnolia'라는 일러스트레이터의 그림을 받아 든 태평은 눈앞의 현실을 부정하듯 고개를 좌우로 흔들었다. 태평을 흘끗 쳐다본 강 대표가 계속 말을 이었다.

"오제근은 치매로 5년 전부터 요양원에서 지내고 있고, 강유준은 미대 교수……."

로지의 그림을 움켜쥔 태평이 강 대표의 말을 잘랐다.

"돈을 더 내겠습니다. 박혜진이라는 여자에 대해서도 정식으로

조사해 주시죠. 단, 지금까지와는 다른 방식으로 접근해 주셨으면
합니다."

살벌한 태평의 목소리에 강 대표는 작은 눈만 깜빡였다. 답답한
마음을 누르고 그를 노려봤다. 확실하게 말해야 알아듣는 타입 같
았다.

"멀쩡한 사람을 엿 먹였으니, 벌을 받아야 하지 않겠습니까."

의자에 몸을 묻고 있던 강 대표가 천천히 허리를 세웠다.

"그럼요. 털어서 먼지 안 나는 사람은 없죠. 좀 더 세게 털어 보
겠습니다."

태평은 강 대표에게 선금 외에 추가 보수도 넉넉히 건넸다. 자신
이 마음껏 분풀이할 대상을 찾아낸 대가였다. 은인에게 은혜를 갚
는 것보다 원수에게 복수하는 걸 먼저 배웠던 태평이었다. 부러 적
을 만드는 성격은 아니었지만, 그의 적이 되면 어떻게 조져야 하는
지는 누구보다 잘 알았다.

착실하게 일을 꾸미던 중, 태평은 강 대표로부터 문자를 하나 받
았다.

[오로지 씨가 호정고등학교 기간제 교사로 일하게 됐답니다.]

"예? 제가 합격했다고요?"

민영의 기도가 통했는지, 로지는 기간제 교사 면접시험에서 합격했다는 전화를 받았다. 이런 결과를 전혀 기대하지 못했기에 좋아해야 할지, 싫어해야 할지 감이 잡히지 않았지만 일단 옷부터 주워 입었다. 일하고 있는 음식점에 폐를 끼치면 안 된다는 생각 때문이었다.

봉 매니저는 로지가 학교에서 일하게 되었다는 말에 진심으로 기뻐했다.

"아이고, 장해라. 내 아들이 취업한 것보다 더 좋네. 요즘 취업하는 게 그렇게 어렵다 하드만."

"고맙습니다. 그간 저 때문에 고생 많으셨어요."

로지는 감사했다는 말과 함께 봉 매니저를 위해 준비한 장갑과 핸드크림을 내밀었다. 이런 걸 뭐 하러 사 왔느냐고 타박을 하면서도 그녀는 기분 좋은 웃음을 참지 못했다.

"아버지도 좋아하시지? 말해 뭐 하겠어. 딸내미가 학비도 자기 손으로 벌고, 취업도 알아서 척척 잘하는데."

아무 대답도 못 하는 로지를 보며 봉 매니저는 흐뭇하게 웃었다. 요즘 세상에 이렇게 겸손하고 예쁜 아이가 어디 있나 싶어서였다.

"이거 받아. 우리 아들하고 백화점에 갔다가 립스틱 하나 샀어. 학교 갈 때 이쁘게 하고 가라고. 요즘 애들은 선생님 얼굴 따져 가며 좋아한대."

"감사합니다."

괜한 부끄러움에 맨 입술을 만져 보는 로지 앞으로 봉 매니저가 가까이 다가왔다.

"로지야."

"네?"

"가난한 사람들이 왜 가난한 줄 알아?"

그녀는 입술을 가리고 있는 로지의 손을 내려 두 손으로 꼭 잡았다.

"염치가 너무 있어서 그래. 염치가 있는 사람들은 제 배가 곯아도 다른 사람한테 빌린 돈을 먼저 갚거든. 그래서 가난한 거야."

잡았던 손을 놓은 봉 매니저는 가방에서 봉투 하나를 꺼내 로지에게 내밀었다.

"이걸 왜 나한테 줬어. 손님들이 네가 일 잘했다고 준 팁인데. 나한테는 건강한 남편도 있고 든든한 아들도 있어. 아픈 아버지 돌봐가며 일해야 하는 네 돈까지 받을 필요도, 이유도 없단 뜻이야."

로지는 봉 매니저의 말에 긍정도, 부정도 하지 못했다. 그녀는 로지의 침묵에 담긴 속마음을 다 알고 있다는 것처럼 말을 이었다.

"아버지 병은 나을 수 있는 병이 아니지만 네 팔은 치료받으면 나을 수 있어. 이 돈으로 아무리 바빠도 꼭 병원에 가 봐. 알았니?"

"네."

비록 지키지 못할 약속이었지만 로지는 고개를 끄덕였다.

해는 바뀌었지만 겨울은 계속 진행 중이었다. 하늘이 유난히 어두컴컴하게 느껴지던 1월의 어느 날, 출근 준비를 끝낸 로지가 현관문을 열고 나갔다. 평소처럼 가방을 정리하려던 손이 멈칫했다. 이른 아침부터 온 건물을 쩌렁쩌렁하게 울리는 주인아주머니의 고함 탓이었다.

"이놈의 똥개 새끼! 자꾸 여기저기 똥 싸고 다닐래? 주는 족족 하나도 남기지 않고 다 처먹더니, 먹은 만큼 싸기도 푸짐하게 싸네. 밥값을 못 하면 똥이라도 잘 싸야지! 네 밥값만 해도 지금 얼마나 많이 드는 줄 알아?"

1층으로 내려간 로지의 눈에 꼬리를 바짝 내린 똥개가 보였다. 혼나고 있는 중에도 로지가 반가웠는지 똥개는 주둥이를 벌리고 웃었다. 아는 척을 하기가 뭐해 그냥 지나치려는데 건물 앞에 잔뜩 쌓인 잡동사니가 시선을 끌었다.

"어, 경기가 안 좋아서 저 방도 세를 놓으려고."

아주머니는 꺼내 놓은 것들이 반지하 방에 보관했던 물건이라고 설명했다. 설마 하는 눈빛으로 아주머니를 바라봤다. 화장실도 딸려 있지 않은 방을 어떻게 월세로 놓겠다는 건지 이해가 되지 않아서였다. 다행히도 아주머니는 뜨악한 로지의 표정을 읽지 못한 것 같았다.

"혹시 주변에 방 구하는 사람 있으면 알려 줘. 공용 화장실을 써야 하니까 남자가 나을 것 같은데. 참, 반지하가 겨울에는 더 따뜻하고 여름에는 더 시원한 거 알지? 소개한 사람이 계약하면 내가 다음 달 월세 5만 원 깎아 줄게."

그 정도면 후하지 않냐고 너스레를 떠는 아주머니에게 나오지 않는 미소를 억지로 지어 보였다.

밤새 내린 눈 위에는 사람들이 밟고 지나간 발자국이 군데군데 찍혀 있었다. 빙판으로 변하기 시작한 곳을 피해 발을 내디디며 버스 정류장에 도착했다. 버스를 탈 때만 해도 드문드문하게 보이던 사람들이 지하철역에 가까워질수록 많아졌다.

커다란 파도처럼 움직이는 사람들에게 떠밀려 로지도 지하철에 탔다. 이어폰을 찾아 귀에 꽂았는데, 고장이라도 났는지 왼쪽 귀에서 아무 소리도 들리지 않았다. 사람들의 기침 소리와 음악 소리를 한꺼번에 들으며 창밖을 바라보고 있을 때였다. 로지 옆에 서 있던 여자들이 수군대는 목소리가 점점 커졌다.

"저 남자 보여? 키 진짜 크지 않아?"

"어, 나도 아까부터 보고 있었는데."

"얼굴이 안 보이는 게 아쉽다. 뭐, 저 정도 피지컬이면 어떻게 생겨도 용서가 되겠지만."

두 여자의 입에서는 어떤 남자에 대한 화제가 끊이지 않았다. 속닥거리는 그들의 목소리를 엿듣던 사람들도 호기심이 생겼는지 두리번거렸다. 로지의 고개도 사람들의 시선이 향한 쪽으로 올라갔다.

짙은 카키색 코트를 입고 있는 남자의 뒷모습이 보였다. 옆에 있는 남자들을 어린애처럼 보이게 할 만큼 엄청난 신장과 늘씬한 체격을 자랑하는 사람이었다. 서 있는 것만으로도 화려한 존재감을 뽐내는 남자였기에, 그가 들고 있는 꽃다발은 뒤늦게 주목을 받았다.

"여자한테 주려고 산 꽃일까?"

"그렇겠지. 저걸 그럼 엄마 갖다 주겠어? 아, 저런 남자랑 사귀면 내가 매일 꽃 사다 줄 수 있는데."

"인정!"

로지는 다시 남자의 뒤태를 바라봤다. 곧게 뻗은 남자의 어깨 위로 꽃송이 몇 개가 흔들리고 있었다. 고급스러운 슈트 차림의 남자가 저런 꽃을 들고 왜 지하철에 탔을까, 잠시 의문을 품었다가 이내 시선을 거두었다.

창밖을 보던 로지의 눈꺼풀이 느리게 깜빡였다. 뜨끈한 히터와 사람들이 뿜어내는 이산화탄소에 취해 꾸벅꾸벅 졸다 보니 어느새 내려야 할 역이었다. 우르르 내리는 사람들을 따라 내린 로지는 작은 고민에 빠졌다.

학교까지 가는 마을버스 정류장에는 학생들을 비롯한 많은 사람들이 줄을 지어 서 있었다. 버스를 기다리는 시간이나 걸어가는 시간이나 얼추 비슷할 것 같았다. 민영에게 20분 뒤에 도착한다는 문자를 찍어 보낸 뒤 부지런히 걸었다. 학교로 뻗어 있는 오르막길 양쪽에는 개나리 가지가 기다랗게 늘어져 있었다. 드센 겨울바람이 불 때마다 가지들은 이리저리 몸을 누이며 바람을 피했다. 그 모습을 바라보며 걷다 보니 언덕 위에 세워진 호정고등학교가 금방 나타났다.

"오로지 선생님!"

교문을 지나자마자 반가운 목소리가 들렸다. 민영이 하얀 입김을

흩뜨리며 운동장을 가로질러 달려오고 있었다. 추위로 굳은 얼굴에 힘을 주고 애써 웃어 보였다. 보건 교사가 된 건 알고 있었지만 짙은 와인색 투피스에 흰 가운을 걸친 친구는 상상보다 더 근사했다.

"걸어온 거야? 이 날씨에?"

전력 질주를 한 민영이 가쁜 숨을 몰아쉬며 물었다.

"버스 기다리는 사람이 많아서."

"아무리 그래도 출근 첫날인데 택시를 타지 그랬어."

민영은 로지의 꽁꽁 언 볼을 제 손바닥으로 녹였다.

"들어가자. 우리 로지 첫 출근 축하 겸, 오늘 저녁은 내가 살게. 뭐 먹고 싶어?"

"아무거나 다 괜찮아."

"그래? 그럼 우리 피자 먹으러 갈까?"

고개를 끄덕인 로지는 민영과 함께 학교 건물로 들어갔다. 민영은 로지를 교무실 앞까지 데려다준 뒤 보건실로 돌아갔다. 짧게 심호흡을 하고 문을 열었다. 교무실에는 면접 때 봤던 남자 교무부장만 자리를 지키고 있었다.

"어서 와요. 일찍 출근했네요?"

"예, 안녕하세요."

"선생님들이 아직 다 안 오셨으니까 인사는 나중에 하고, 인수인계 먼저 할까요?"

로지는 교무부장을 따라 면담실로 들어갔다.

"오로지 선생님이 맡게 된 반이 공식적으로는 2학년 5반인데

'유학반'이라고도 불러요. 이름만 거창하지 담임이 할 일은 거의 없어요. 외국 대학을 목표로 한 학생들이라 1, 2년 정도 우리 학교에 다니다가 다시 해외로 나갈 거라서."

담임이 해야 할 일을 알려 준 교무부장은 2학년 미술 과목 시간표도 건넸다. 간단한 인수인계를 끝내고 두 사람은 다시 교무실로 돌아왔다. 그새 출근을 한 교사 몇 명이 고개를 들어 로지에게 눈인사를 건넸다. 교무부장은 창가 쪽에 있는 빈 책상을 가리키며 그곳이 로지의 자리라고 알려 줬다.

"부담임은 오로지 선생님 옆자리에 앉은 이은경 선생님이니까 모르는 게 있으면 편하게 물어봐요. 생긴 지 얼마 안 된 고등학교라서 텃세 같은 건 딱히 없을 거예요."

교무부장에게 고개를 숙여 인사한 뒤 천천히 자리로 걸어갔다. 인기척을 느꼈는지 노트북을 보고 있던 여자가 얼굴을 돌렸다.

"안녕하세요. 오로지 선생님이시죠?"

30대 중반쯤 되었을까? 통통한 체격에 안경을 쓴 여교사가 자리에서 일어나 인사를 건넸다.

"네, 처음 뵙겠습니다."

"반가워요. 나는 이은경이라고 해요. 이사장님이 아주 예쁜 미술 선생님이 올 거라고 하셨는데 과장이 아니었네. 환영해요. 화제의 기간제 교사, 오로지 선생님!"

살가운 목소리로 인사를 건넨 이 선생은 로지를 위아래로 훑었다. 가만히 그녀의 시선을 받고 있던 로지는 자신의 책상 쪽으로 눈을 돌렸다. 책상 위에 커다란 꽃다발이 놓여 있는 게 보였다. 로지를 따라 시선을 내린 이 선생이 빠르게 대꾸했다.

"아까 1학년 학생이 가져왔어요. 어떤 남자가 전해 달라고 했다던데. 누가 보낸 거예요? 남자 친구?"

이 선생의 질문에 고개만 갸우뚱했다. 이런 걸 보낼 사람은 민영밖에 없는데 민영은 깜짝 선물을 준비하기보다는 대놓고 주는 스타일이었다.

"저한테 온 게 아닌 것 같은데요."

말이 끝나기가 무섭게 이 선생은 손바닥으로 로지의 등을 찰싹 때렸다. 얼얼한 통증에 미간이 찌푸려졌다. 보기보다 손이 매운 사람 같았다.

"우리끼리는 내숭 떨지 말아요. 카드에 선생님 이름이 적혀 있던 걸요? 어머! 오해는 하지 말고요. 혹시 나한테 온 건가 해서 살짝 열어 본 거니까."

이 선생의 말대로 카드에는 오로지라는 이름 석 자가 또박또박 적혀 있었다. 꽃에 대한 감상은 거기까지였다. 교무실로 줄줄이 들어오는 교사들에게 인사하는 것을 시작으로 하루가 정신없이 흘러갔다.

"오로지 선생님."

점심까지 거르고 컴퓨터 앞에 앉아 있는 로지를 이 선생이 불렀다.

"나하고 나가서 커피 한잔할래요? 학교 구경도 할 겸."

"네."

로지는 이 선생이 건넨 캔 커피를 마시며 학교를 한 바퀴 돌았다. 산을 깎아서 만들었다고 하더니 학교 곳곳에는 크고 작은 나무가 많았다. 로지의 눈길이 닿는 곳을 바라본 이 선생은 학교 안팎으로 꽃과 나무가 많은 이유를 설명했다.

"우리 학교 이사장님이 조경학과를 나오셨거든요. '사시사철 꽃 피는 학교'로 만드는 게 꿈이라서 학교 안에 꽃이 많아요. 오죽하면 사비까지 들여 학교로 오는 길목에 개나리를 심으셨을까. 지금은 겨울이라 티가 안 나지만 봄에는 볼 만할 거예요."

로지는 아침에 걸어오며 개나리를 보았다고 대꾸했다. 그걸 봤냐고 맞장구를 치던 이 선생이 뭔가 생각났다는 듯 말을 던졌다.

"그거 모르죠? 우리 학교에 조경사까지 따로 있는 거? 그걸로 뉴스에도 여러 번 나왔는데. 작년에 호정고등학교가 우리나라에서 가장 아름다운 고등학교로 뽑혔거든요."

조경사를 고용한 고등학교가 있다는 말은 처음 들어 놀란 로지에게 이 선생이 목소리를 낮춰 속삭였다.

"이사장님만 독특한 게 아니라 이 학교 학부모들도 예민한 편이에요. 교사 학벌부터 외모까지 일일이 다 간섭하거든요. 오로지 선생님이 오기 전에 일했던 미술 선생님도 학부모 간섭 때문에 그만뒀잖아요. 남자 친구하고 데이트하다가 학생한테 걸려서."

로지는 이 선생의 얼굴을 빤히 들여다봤다. 이 자리에 없는 사람의 사생활을 말하는 그녀의 저의가 뭘까, 파악하기 위해서였다. 건조한 로지의 반응이 신경 쓰였는지 이 선생은 급히 화제를 바꿨다.

"참! 폰은 두 개 쓰고 있죠?"

"아니요."

이 선생은 진저리 나는 표정으로 일장 연설을 늘어놨다.

"하나는 개인용으로 쓰고, 하나는 학교용으로 쓰는 게 좋아요. 애들이나 부모님이나 궁금한 게 있으면 한밤중에도 메시지를 보내니까. 아직 모르는 모양인데 교사는 애들을 가르치는 사람이 아니에요. 그냥 욕받이라니까요? 애들한테도 욕먹고, 학부모한테도 욕먹고, 사회에서도 욕먹으니까."

그렇지 않냐고 되묻는 이 선생에게 로지는 아직 경험이 없어 잘 모르겠다고 둘러댔다. 그게 자신을 무시한다고 느꼈는지 이 선생의 어투가 조금 뾰족해졌다.

"오로지 선생님, 사회생활 안 해 봤어요? 나이가 어려서 그런가, 눈치가 없어도 너무 없네. 윗사람이 말하는데 태도가 어쩜 그렇게 성의가 없어요?"

두 사람 사이에 어색한 침묵이 내려앉았다. 첫날부터 까칠한 사람으로 찍힐 필요는 없었기에 로지는 아침에 봤던 똥개처럼 보이지 않는 꼬리를 내렸다.

"첫날이라 긴장이 좀 돼서요. 말이 많은 편도 아니라서."

바짝 날이 서 있던 이 선생의 얼굴이 조금 풀어졌다.

"사회생활 하기 힘든 성격을 가졌네. 난 의뭉스러운 사람이 너무 싫거든요. 남 이야기는 잔뜩 들어 놓고, 자기 이야기는 절대 안 하는 사람들이 있잖아요. 오로지 선생님은 안 그랬으면 좋겠어요. 나 그렇게 어려운 사람 아니니까 편하게 생각해요. 걱정 있으면 뭐든 다 털어놓고. 꼭 학교 일이 아니더라도 들어 줄 테니까. 그리고 내일부터는 우리 말도 편하게 해요."

"네, 그럴게요."

애써 밝은 표정을 지으며 대답했지만 이 선생의 훈계는 끝나지 않았다.

"어우, 자기 얼굴 되게 칙칙하다. 웃어도 웃는 사람 같지가 않네. 부모님 일 때문인가? 어머니는 돌아가셨고 아버지는 요양원에 모셨다면서요?"

놀란 눈으로 이 선생을 바라봤다. 어떻게 그녀가 자신의 가정사를 빠삭하게 알고 있나 해서였다. 이 선생은 로지의 팔을 툭 치며 활짝 웃었다.

"면접 심사 봤던 선생님한테 들었어요. 하긴, 아픈 부모를 두고 자식이 웃고 다니는 것도 이상하긴 하죠. 왜 그런 말도 있잖아요. 자식은 부모의 거울이라고요. 그 말이 딱 맞네. 오로지 선생님 얼굴에 부모님의 우환이 드러나 있는 걸 보니."

로지의 낯빛이 눈에 띄게 어두워졌지만 이 선생은 하던 말을 멈추지 않았다. 우울한 선생님은 학생들이 싫어하니 밝은 척이라도 해라, 아버지는 무슨 병 때문에 요양원에 들어가 계신 거냐, 부모 없는 여자는 결혼 상대로 인기가 없는데 딱하게 됐다며.

한여름에 우는 매미처럼 이 선생의 잔소리는 끊기지 않았지만,

로지는 별 타격 없이 그 말들을 흘려들었다.

'자식은 부모의 거울'이라는 한 문장만 제외하고.

문득 로지는 자신이 누구를 비추는 거울인지 궁금해졌다. 사랑하는 여자를 강간한 남자, 딸을 자기 인생의 트로피로 삼으려 했던 정신 이상자, 딸이 사랑하는 사람의 아이가 아니라는 걸 알고 죽음을 택한 여자 중에서.

창백했던 뺨이 서서히 굳어 갔다. 누구를 닮았든 도출되는 결론은 하나뿐이었다. 이 세상에 태어나지 말았어야 하는 사람이 있다면 그건 바로 자신이었다는 것.

씁쓸한 미소를 머금은 채 다 마신 커피 캔을 쓰레기통에 버렸다. 내용물을 비워 낸 캔은 텅, 소리를 내며 바닥에 떨어졌다. 그게 꼭 껍데기만 남은 자신이 내는 소리처럼 들렸다.

돈에 쪼들리는 궁핍한 생활도, 견디기 힘든 모욕도, 몸을 갉아먹는 피로도 반복해서 겪다 보니 조금씩 무뎌졌는데, 이상하게도 '아픔'에는 익숙해지지 않았다. 그래서 아프게 하는 것들을 모두 버렸다. 통증을 느끼는 오른손도, 고통스러운 기억만 남긴 부모도, 떠올리는 것만으로도 가슴이 찢어지는 사람의 얼굴도, 전부.

"선생님, 다 마셨으면 이만 들어갈까요?"

이 선생의 목소리에 로지는 고개를 돌려 걸었다. 때맞춰 지나가던 찬 바람이 몸을 훑고 지나갔다. 부르르 떨리는 몸을 양팔로 끌어안았다.

'날이 추워서 그래.'

갑자기 눈이 시린 이유를 날씨에서 찾았다.

'오랜만에 학교에 와서 그런 거야.'

가슴 한구석이 저릿한 이유는 장소 탓으로 돌렸다.

'⋯⋯그뿐이야. 더는 생각지 말자.'

마지막으로 초라한 변명을 한 번 더 달았다. 그렇게라도 하지 않으면 머릿속을 맴도는 사람이 영영 떠나지 않을 것 같았다. 기다란 눈매로 자신을 내려다보던 그 얼굴이.

로지가 기간제 교사로 일하게 된 날, 태평은 꽃다발을 들고 로지의 집 앞을 찾았다. 칼바람에 옷깃을 단단히 세운 그는 숨을 깊이 들이마셨다가 천천히 내뱉었다. 그래도 쿵쿵대는 심장의 울림은 좀처럼 잦아들지 않았다.

"⋯⋯미치겠네."

꽃에서 흐르는 향기가 7년이라는 시간을 지우고, 흐릿했던 로지의 얼굴을 또렷하게 재생시켰다. 지하철에서 꽃다발을 들고 앉아 있던 모습도, 웃을 때마다 동그랗게 부풀던 뺨과 늘 솟아 있는 입꼬리도, 이젤 앞에 앉아 그림을 그리던 뒷모습도.

감상에 젖어 있던 그는 이때만 해도 몰랐다. 7년 만의 재회가, 그토록 어려운 일이 될 줄은.

집 밖으로 모습을 드러낸 로지 앞에서 태평은 다시 얼어붙었다.

이어폰을 나눠 끼고 걸었던 예쁜 소녀는 어디로 갔는지, 푸석하게 메마른 여자가 바닥만 보며 걷고 있었다. 말없이 로지의 뒤를 밟아 지하철역까지 따라갔다. 로지와 같은 지하철에 탔던 태평은 로지보다 조금 먼저 내렸다. 그리고 빠른 걸음으로 개찰구를 빠져나왔다. 로지가 나오기를 기다리는 동안 그의 속은 초조함과 기대감으로 울렁거렸다. 비겁하지만 우연을 가장해 로지와 만날 생각이었다.

꾸역꾸역 밀려오는 사람들 틈에 파묻힌 로지가 보였다. 어떻게 인사를 건넬까, 하는 생각을 하는 것만으로도 꽃을 쥔 손이 떨렸는데.

"……."

로지는 코앞에 있는 태평을 알아보지 못하고 스쳐 지나갔다. 그가 들고 있던 꽃다발에 짤막하게 시선을 두었다가 거둔 게 다였다. 태평은 슬로 모션이 걸린 카메라처럼 느리게 고개를 돌렸다. 작고 동그란 뒤통수가 점점 멀어지고 있었다.

'나를, 잊은 건가.'

허무함에 가슴 한구석이 차가워졌다. 이런 식의 재회는 상상해본 적이 없었다. 당황하거나, 화를 내거나, 미안해서 어쩔 줄 모르는 얼굴만 떠올렸을 뿐.

'이럴 수는 없어.'

한국에 돌아와야 할 목적이자, 지난 7년간 죽을힘을 다해 돈을 번 이유가 로지였다. 희로애락(喜怒哀樂)을 모르고 살았던 자신에게 모든 감정을 빠짐없이 느끼게 해 준 여자도 오로지였다. 비록 기쁨보다는 노여움을, 즐거움보다는 슬픔을 더 많이 깨우쳐 줬지만.

"잠깐만요."

태평은 자신을 지나쳐 걷던 남학생을 불러 세웠다.

"저요?"

두 눈을 둥그렇게 뜬 학생이 태평 쪽으로 천천히 다가왔다. 태평은 호정고등학교 교복을 입은 학생에게 꽃다발을 건넸다.

"이것 좀 오로지 선생님에게 전해 줬으면 하는데."

"오로지 선생님이요? 그런 이름은 처음 듣는데요."

낯선 남자가 뿜어내는 기에 눌린 학생이 주눅 든 목소리로 중얼거렸다. 오늘 새로 오신 선생님이라고 설명하자 학생은 마지못해 꽃을 받아 갔다. 태평은 가벼워진 손을 코트 주머니에 찔러 넣고 지하철 주변을 배회했다.

'어떻게 나를 몰라봐?'

시간이 흐를수록 화가 뻗쳤다.

'내가 너한테 그것밖에 안 된다고?'

힘든 시간을 보냈다는 건 알고 있지만, 그래도 이건 말이 되지 않았다.

'자해를 하며 살았을 때도 이 정도는 아니었잖아.

오제근이라는 악마와 살 때도 눈부신 햇살처럼 밝게 웃던 오로지였다. 어머니의 유품을 잃었을 때도, 소중한 그림을 도둑맞았을 때도, 심지어 태평에게 이별을 고하던 순간에도 의연했던 로지였다. 인생에서 그보다 더 힘든 순간은 없었을 텐데, 어째서 지금 저렇게 숨만 붙어 있는 시체처럼 살고 있는 건지 이해가 되지 않았다.

시간이 흐를수록 의문만 짙어졌다. 심부름센터에서 알아낸 건 친부와 박혜진 때문에 경제적으로 힘들었다는 게 전부였다. 그 외에는 문제가 없어야 했다. 돈이 문제라고 해도 고작 학자금 대출 때문에 무너질 오로지가 아니었다. 돈 때문에 저렇게 될 거였다면 진작에 망가졌을 테니까. 창수가 보낸 메일에서도 분명 잘 지내고 있다고 했는데.

"설마, 한창수가……."

걸음을 멈춘 태평은 휴대폰을 꺼내 창수의 번호를 검색했다. 번호를 바꾸지는 않았을까 싶었는데, 수신자의 목소리는 7년 전과 같았다.

—여보세요?

"나야, 김태평."

—……누구? 김태평?

"어디야, 내가 그쪽으로 갈게."

전화를 끊자마자 태평은 그 길로 창수를 찾아갔다.

"허, 김태평! 너 진짜 한국에 온 거야?"

태평의 연락을 받고 학교 도서관에서 뛰어나온 창수가 허탈한 웃음을 지었다.

"뜬금없이 모르는 번호로 전화가 와서 누군가 했더니."

창수는 어안이 벙벙한 얼굴로 7년 만에 만난 친구를 바라봤다. 태평은 말없이 고개만 까닥였다. 스무 살이 훌쩍 넘었지만 창수의 얼굴에는 여전히 소년다운 순수함이 남아 있었다. 태평에게서 천천히 시선을 돌린 창수가 입을 열었다.

"미리 연락을 주지 그랬냐. 그랬으면 오늘 하루를 완전히 비워 놨을 텐데."

"……."

"아니다. 이렇게 불쑥 나타나는 게 김태평답지. 내가 너한테 바랄 걸 바라야지."

고개를 설레설레 저은 창수는 복잡한 마음을 긴 한숨으로 토해 냈다.

"가자, 할 말이 있어서 온 것 같은데 내가 커피 한잔 살게."

태평은 등을 돌려 걷는 창수를 따라 학교 내에 있는 카페로 갔다. 개강 전이라 그런지 학생들로 북적여야 할 캠퍼스는 한산했다.

"오늘 저녁에 선약이 있거든. 다음에 정식으로 날 잡아서 밥 한 번 먹자."

창수는 카운터에서 받아 온 커피 두 잔 중 아이스 아메리카노를 태평 쪽으로 밀었다. 그리고 제 쪽에 놓인 뜨거운 커피를 후, 하고 불며 물었다.

"차가운 거 맞지?"

고개를 끄덕이며 얼음이 가득 담긴 머그잔을 내려다봤다. 찬 음료만 마셨던 자신의 어릴 적 습관을 기억하고 있는 친구의 배려에 쓴웃음이 나왔다. 싸가지 없는 김태평도 그대로고 친절함이 몸에 밴 한창수도 그대로인데, 변한 사람은 오로지뿐인 것 같아서였다.

"영국에서 쭉 지낸 거야?"

컵을 내려놓은 창수가 물었다.

"어."

"나는 제대한 지 얼마 안 됐어. 말투 고치느라 힘들었다. 다음 학기에 복학할 예정이고."

"……."

"민영 선배는 지금 학교에서 일하고 있어. 신기하지? 선배가 보건 교사가 될 줄은 몰랐는데 다행히 적성에 잘 맞나 봐."

컵에 담긴 커피가 반으로 줄 때까지 안부를 전하던 창수는 태평의 얼굴을 힐끔 쳐다봤다. 친구가 자신의 말을 한 귀로 듣고 한 귀로 흘리고 있다는 걸 눈치챈 것 같았다.

"학교까지 찾아온 이유가 뭐야? 내 얼굴 보고 싶어서 온 건 아닌 것 같은데."

태평은 미간을 슬쩍 모았다.

"오로지가, 잘 지내고 있다고 했잖아."

오로지라는 이름에 태평을 보고 있던 창수의 시선이 테이블로 떨어졌다. 잠시 테이블 위에 놓인 냅킨만 만지작거리던 창수는 혼란스러운 마음을 추슬렀는지 다시 태평을 바라봤다.

"그 정도면 잘 지내는 거 아닌가."

덤덤한 대답에 태평의 눈썹이 삽시간에 일그러졌다.

"잘 지낸다는 말이, 언제부터 다 죽어 간다는 뜻으로 바뀌었지?"

창수는 곤란한 표정만 지을 뿐 아무 말도 하지 않았다.

"한창수, 왜 거짓말했냐고 묻잖아."

되물어도 답이 없는 창수 앞에서 태평은 얼음 하나를 입에 넣고 와작, 씹었다. 입 안에 있던 얼음이 흔적도 없이 사라진 순간, 쓴맛이 올라왔다. 영국에서 창수의 메일을 읽었을 때 맛봤던 씁쓸한 감정과 똑같은 맛이었다.

[로지 선배는 미술 교육을 전공 중인데 같은 과 선배하고 교제 중이야. 자상하고 좋은 남자 같더라.]

로지가 남자를 만나고 있다는 메일을 읽은 날, 태평은 노트북을 집어 던졌다. 노트북을 부순 거로는 화가 풀리지 않아 미친 듯이 소리를 질렀다.

'그래, 어디 한번 실컷 만나 봐.'

분이 풀리지 않아 씩씩대면서도 태평은 인정할 수밖에 없었다. 아무리 발악을 해 봐도 벗어날 수 없는 쪽은 로지가 아니라 언제나 자신이라는 걸. 그래서 감수하기로 했다. 자신이 로지 옆에 있어 주지 못하는 지금, 차라리 누구든 만나고 있는 편이 낫다고 위안하면서. 악마보다 못한 아버지 때문에 두려움에 떨고 있을 바에야, 다른 사람의 도움을 받아 숨이라도 제대로 쉬었으면 했다.

대신 태평은 더 악착같이 살았다. 오로지 옆에, 김태평만 한 남자가 없다는 걸 확인시켜 주기 위해 그 어떤 남자보다 잘난 남자가 돼서 돌아가겠다는 각오로 이를 악물었다.

창수의 메일에 답장하지 않은 것도 그 이유 때문이었다. 한국에 달려갈 구실이 하나라도 생긴다면, 모든 걸 버리고 갈 자신을 잘 알고 있었기에 스스로를 독하게 몰아붙이며 모진 시간을 견뎠다. 그랬는데……

"좋게 넘어가려고 했는데, 말투가 좀 듣기 그렇네."

날이 선 창수의 목소리가 태평을 상념에서 끄집어냈다. 창수는 제 얼굴에 꽂힌 태평의 시선을 피하지 않고 다시 입을 열었다.

"뻔뻔한 것도 여전하고."

뒤통수가 싸해지는 걸 느끼며 태평은 창수의 이어질 말을 기다렸다.

"그렇게 오로지 선배가 걱정됐으면 좀 더 일찍 찾아왔어야 하는 거 아닌가? 그동안 죽었는지 살았는지 연락도 없던 사람한테 내가 왜 이런 추궁을 받아야 하는지."

"……뭐?"

태평은 자신을 향한 반발심으로 그득한 친구의 눈을 쏘아봤다. 창수는 귀를 빨갛게 물들인 채 화를 누르고 있었다.

"오랜만에 만나서 반갑다는 말 한마디 하는 게 그렇게 어렵냐? 7년 동안 왜 연락이 없었는지 변명이라도 하면 어디가 덧나? 네가 이기적인 놈이라는 건 알고 있었지만, 그래도 이건 아니잖아!"

"한창수."

"내 이름 부르지 마! 너 이제 김태평 아니잖아. 왜, 영국에서 잘나가니까 옛날 생각이라도 났어? 그런데 상대를 잘못 찾아서 어쩌냐. 나한테 벤 맥어보이라는 친구는 없는데. 오로지 선배가 어려울

때는 나 몰라라 해 놓고, 이제 와서 애먼 사람 잡는 놈은 내 친구가
아니라고!"

자리를 박차고 일어나 창수의 멱살을 틀어쥐었다. 되지도 않는
말싸움에 놀아 줄 여유도 없었지만, 오로지를 가지고 장난을 친 사
람에게 베풀 자비 역시 태평에게는 없었으니까.

"키만 컸지, 성격은 어째 어렸을 때랑 달라진 게 하나도 없나?"

강제로 가까워진 태평의 얼굴을 마주한 창수가 비웃음을 흘렸다.

"뭐라고, 이 새끼야?"

한껏 거칠어진 말에도 창수는 지지 않고 받아쳤다.

"왜 거짓말을 했냐고? 너한테 화가 나서 그랬어. 내가 보낸 메일
은 다 읽으면서 답 한번 없는 새끼, 속 좀 뒤집히라고!"

창수의 옷깃을 쥐고 있던 태평의 손에 서서히 힘이 풀렸다. 그
틈을 놓치지 않고 창수가 다시 소리쳤다.

"로지 선배를 두 눈으로 본 소감이 어때? 너도 봤으면 알겠지. 선
배가 완전히 망가졌다는 걸. 그래서 너한테 메일을 보냈어. 그게 어
떤 신호였는 줄 알아? 민영 선배하고 내가 최선을 다해도 자꾸 바
닥으로 가라앉는 사람 좀 제발 구해 달라는 신호였다고! 그걸 무시
한 건 바로 너라고, 이 나쁜 자식아!"

창수가 내지른 소리에 카페에 있던 몇 안 되는 손님들의 눈이 모
조리 두 남자에게 쏠렸다. 창수는 아랑곳하지 않고 참았던 울분을
마저 쏟아 냈다.

"사람 하나 망가지는 거 한순간이라지만, 그 망할 놈의 순간이

매일 찾아오는 사람도 있더라. 아픔을 겪을수록 단단해진다는 말, 나는 안 믿어. 로지 선배가 바로 그 반대였으니까. 선배는 감수성이 풍부한 사람이야. 그런 사람한테는 작은 상처도 제 살을 깎아 먹는 고통이 된다는 거 알아? 그걸 지켜보는 사람들의 마음이 어떤 줄 알기나 해?"

말을 멈춘 창수는 차가운 물을 단숨에 들이켰다.

"아무 말 없이 사라진 네가 야속하고 원망스러웠지만 내색하지 않았어. 오히려 걱정을 더 많이 했지. 내 친구가 메일도, 메신저도 할 수 없을 만큼 힘든 시간을 보내고 있을까 봐. 그런데 너한테 7년 만에 메일을 받았던 날, 영국 잡지에 실린 네 기사를 읽었어. 정신이 번쩍 나더라. 김태평이 가든 디자이너가 돼서 성공할 시간은 있지만 나한테 답장할 시간은 없었다는 걸 알았으니까."

창수의 비난에도 태평의 얼굴은 무표정했다. 그 표정 안에 숨겨져 있는 온갖 감정을 읽지 못한 창수는 다시 씁쓸한 말을 내뱉었다.

"왜 이제야 로지 선배를 찾아온 건지 모르겠지만 솔직히 나한테는 반갑지 않아. 우리 앞에서 자랑이라도 하고 싶었던 거라면 그래, 축하한다. 영국에서 아주 대단한 벤 맥어보이가 된 걸 축……."

벤 맥어보이라는 이름에 태평은 주먹을 쥔 손으로 창수의 얼굴을 후려쳤다. 퍽, 소리와 함께 돌아갔던 창수의 얼굴이 천천히 정면으로 돌아왔다. 분노 때문에 가빠진 호흡을 고르느라 태평은 그의 눈앞에도 주먹이 날아오고 있다는 걸 몰랐다.

윽ㅡ.

왼쪽 턱에서 느껴진 얼얼한 통증에 짧은 신음을 뱉었다. 창수는 입가에 흐르는 피를 닦으며 태평을 노려봤다.

"주먹이 너한테만 달린 줄 알아?"

태평에게 맞았을 때보다 더 괴로운 얼굴로 창수가 입을 열었다.

"선배, 너랑 그렇게 되고 나서부터 다시는 그림 안 그려. 그림이 선배에게 어떤 의미였는지는 네가 가장 잘 알겠지. 선배를 저렇게 만든 사람은 나도, 민영 선배도 아니고 바로 너라고!"

"······."

"심심해서 한국에 놀러 온 거라면 곱게 놀다가 돌아가라. 안 그래도 힘든 사람, 더 힘들게 하지 말고."

그 말을 끝으로 창수는 카페에서 나갔다. 태평은 열이 오르는 얼굴을 두 손으로 감쌌다. 사람의 혀 밑에는 도끼가 숨겨져 있다더니, 자신이 나무가 된 느낌이었다. 한창수가 휘두른 도끼에 찍혀 넘어간.

"······나를 버려 놓고 왜."

멍한 얼굴로 혼잣말을 내뱉으며 다시 의자에 앉았다. 로지가 그림을 그리지 않고 있다는 창수의 목소리가 머릿속을 윙윙 울렸다. 그 사이로 어렸을 적 로지가 했던 말이 섞여 들었다.

'그림하고 너 중에 하나만 골라야 하는 꿈을 꿨는데······.'

'그림을 안 그릴 테니까 너를 달라고 했어.'

'······진짜 말도 안 되는 꿈이지?'

한때 태평의 가슴을 벅차게 했던 말들이, 오늘 아침에 보았던 로지의 얼굴과 겹쳐졌다. 순간, 눈앞이 흐려졌다. 흐릿해진 시야에

암암히 밟히는 건 로지의 텅 비어 버린 눈동자뿐이었다.

"일러스트는 그리지만, 자기 그림은 안 그리고 있다는 뜻인가."

오른쪽 어깨가 화끈거렸다. 시뻘겋게 달군 인두로 지지는 것처럼 지독한 열기가 어깻죽지를 타고 흘러내렸다. 태평은 묵묵히 제 몸을 덮친 고통을 견뎠다. 참을 수 없는 외로움이 주는 아픔에 비하면 몸에서 느껴지는 고통은 가소로웠으니까. 커다란 몸을 한껏 웅크렸다. 한국에 돌아왔지만 불에 타는 것처럼 아픈 어깨를 만져 줄 사람은 여전히 곁에 없었다.

로지의 첫 출근을 축하하겠다고 민영이 데려온 곳은 화덕 피자가 맛있기로 소문난 레스토랑이었다.

"로지야, 우리 피자 하나 더 시켜 먹을까? 아니지, 너 샐러드 잘 먹더라. 카프레제 샐러드 먹을래?"

진심이냐는 눈빛으로 민영을 바라봤다. 4인용 좌석을 차지하고 앉은 두 사람의 테이블 위에는 아직 절반도 먹지 못한 스테이크, 피자, 파스타 접시가 놓여 있었다.

"네 입맛에 맞는 게 없는 거 같아서."

입이 짧은 아이에게 밥 한 술을 더 먹이려는 엄마처럼 민영이 달래듯 말했다. 로지는 자신의 앞접시에 놓인 피자를 바라봤다. 작은 피자 한 조각을 가지고 30분째 씨름 중이었다.

"이거 맛있더라. 더 안 시켜도 돼."

부러 피자를 크게 베어 물었다. 그제야 안심이 됐는지 민영이 활짝 웃었다.

천천히 식사를 마친 두 사람은 후식으로 나온 따뜻한 차를 마시며 하루를 돌아봤다.

"이은경 선생님 옆자리라며?"

"응."

한숨을 짧게 내쉰 민영은 못마땅한 표정을 지었다.

"이 선생님이 보통 여우가 아니야. 알고 보면 사정이 딱하긴 한데 같이 일하고 싶은 타입은 아니거든. 업무 분장할 때 일 안 맡으려고 꼼수 쓰는 거로 유명해. 증거는 없지만 담임도 자기가 맡기 싫어서 너한테 떠넘긴 거 같아."

로지는 이 선생의 첫인상을 떠올리며 고개를 끄덕였다. 누가 봐도 절대 손해를 보고 사는 성격은 아니었다.

"그 선생님 작년에 이혼했어. 남편이 초등학교 교사였는데 같은 학교 방과 후 보육 교사하고 바람나서."

"……그래?"

조금 놀란 목소리로 되물었다.

"응, 아들이 하나 있는데 남편이 키우고 있대. 양육비 줘야 한다고 학교에서 나오는 수당은 다 챙겨 받는다더라. 아들 때문에 상간녀한테 위자료 청구 소송도 못 했다고 들었어. 나중에 애가 커서 아빠가 바람피웠다는 거 알게 되면 충격받을까 봐."

찻잔에 대고 있던 손가락이 살짝 떨렸다. 그 바람에 잔에 담겨 있던 찻물이 흔들렸다. 잔잔한 파동을 일으킨 물을 타고 몇 년 전의 기억이 떠올랐다. 박혜진이 아들을 데리고 와서 난동을 부렸던 악몽 같은 날들이.

친구의 얼굴에 드리워진 그늘을 눈치챈 민영은 급히 다른 이야기를 꺼냈다.

"기분 좋은 날에 내가 괜한 말을 했네. 이 선생님이랑 가깝게 지내지 말라고 해 준 말이야. 전남편 일로 피해 의식이 심해서 감정이 좀 오락가락하거든. 입도 가벼운 편이니까 속 이야기하지 말고."

굳어 있던 표정을 정돈하고 있는데, 마침 테이블 위에 올려 둔 민영의 휴대폰이 소리를 냈다.

"잠깐만, 창수 전화가 와서."

"어, 어서 받아."

창수에게 레스토랑 위치를 알려 준 민영은 계산서를 집어 들었다.

"요 앞이래. 코트 입어. 나는 계산하고 올게."

민영의 말에 따라 코트를 입고 가방을 챙기자 창수가 기다렸던 것처럼 레스토랑 안으로 들어왔다.

"안녕하셨습니까, 선배님!"

바깥 날씨가 많이 추웠는지 창수는 머플러로 얼굴의 절반을 둘둘 감고 있었다.

"어, 너도 잘 지냈지?"

"그럼요. 다 드셨으면 나가요. 주차장에 차 세워 놨어요."

민영은 버스를 타고 가겠다는 로지를 기어코 창수의 차에 태웠다.

"운전하기 어려울 텐데 괜찮겠어?"

집 주소를 말해 준 로지가 걱정스레 물었다. 골목이 워낙 좁아 차로 진입이 어려운 동네였기 때문이었다.

"선배님, 제가 운전병이었거든요? 이 정도는 거뜬합니다."

창수는 핸들을 솜씨 좋게 돌려 가며 부드럽게 차를 움직였다. 세 사람을 태운 소형 SUV는 도로 위를 가볍게 질주했다. 창밖을 멍하니 바라보고 있을 때였다. 조용한 로지가 신경이 쓰였는지 창수와 이야기하던 민영이 불쑥 말을 걸어왔다.

"로지, 오늘 너한테 꽃다발 보낸 사람은 누구야? 보건실까지 소문이 쫙 퍼졌던데? 나 몰래 남자라도 만나고 있었어?"

장난기가 가득한 민영의 목소리에 뒤늦게 책상 위에 놓여 있던 꽃을 떠올렸다. 돌이켜 보니 꽤 독특한 꽃다발이었다. 보통 부케를 만들 때 쓰는 연분홍색 줄리엣 로즈를 메인으로 크림색 아스틸베와 푸른 잎이 섞여 있었으니까. 그중에서도 특히 줄리엣 로즈가 기억에 남았다. 로지에게 많은 추억이 깃든 꽃이라 더 그랬다. 엄마를 위해 처음으로 준비한 꽃다발에 넣었던 꽃이기도 했고, 난생처음 받았던 꽃에도.

생각 끝에 아랫입술을 꾹 깨물었다. 기억이 엉뚱한 곳까지 확장되는 걸 막기 위해서였다.

"아니야. 잘못 배달된 거였어."

"그래? 그럼 누구한테 온 건데?"

뭐라고 대답해야 할지 몰라 머뭇대고 있는데 고맙게도 창수가 원룸 건물 앞에 차를 댔다.

"창수야, 오늘 정말 고마웠어."

덕분에 편하게 왔다고 말하며 차에서 내렸다. 로지를 따라 내린 민영은 건물 앞까지 동행했다.

"로지! 오늘은 일단 푹 자. 따뜻한 물로 샤워하고. 알았지?"

"고마워. 내가 첫 월급 받으면 저녁 살게. 창수도 같이."

"진짜? 나 비싼 거 먹어도 돼?"

희미하게 웃으며 고개를 끄덕였다. 민영은 로지를 꽉 끌어안고 등을 토닥였다.

"얼른 가. 창수 기다리잖아."

"너 들어가는 거 보고."

가라는 말과는 달리 민영의 눈은 로지를 잡아 세우고 있었다. 잠시 친구의 눈을 들여다봤다. 살며시 웃고 있는 눈살 속에는 온통 로지를 향한 연민과 걱정, 그리고 불안한 마음이 뒤섞여 있었다. 미안한 마음에 눈가가 시큰거렸다. 글썽거리는 눈을 감추기 위해 로지는 서둘러 몸을 돌렸다. 계단을 오르는 로지의 뒷모습을 바라보던 민영은 2층에 있는 로지 방에 불이 켜지는 것까지 확인하고 돌아 걸었다.

차에 다시 탄 민영에게 창수는 기다렸다는 듯 손수건을 내밀었다.

"또 울 줄 알았어요. 씩씩한 척을 너무 열심히 하더라."

조수석에 앉은 민영은 뺨을 타고 흐르는 눈물을 손수건으로 닦았다.

로지를 만나고 헤어질 때마다 눈물이 터지는 게 이젠 습관이 되어 버렸다.

"창수야, 로지를 어떻게 하면 좋지? 가까이에서 보면 마음이 편할 줄 알았는데. 쟤, 저러다가 잘못될까 봐 무서워 죽겠어."

친구를 위해 아무것도 해 줄 수 없다는 무력감이 눈물로 바뀌어 흘러내렸다. 5년 전 로지가 다니고 있다는 대학에 찾아갔던 날부터 쌓여 온 눈물이었다. 가족보다 더 사랑하는 친구를 다시 만나게 된 날, 민영은 난투극을 벌였다. 로지가 박혜진이라는 여자에게 속수무책으로 맞고 있었기 때문이었다.

'이 기집애는 뭔데 끼어들어서 난리야? 너도 유부남 만나고 다니니? 꼴에 친구라고 편드는 거야?'

상스러운 말을 쏟아 내는 박혜진의 어깨를 힘껏 떠민 민영이 소리쳤다.

'이 여자가 어디서 그런 말도 안 되는 소리를 해요? 내 친구 왜 때려! 뭘 잘못했다고 때려!'

캠퍼스 내에서 벌어진 이 소동은 경찰의 출동으로 끝이 났다. 경찰서로 들어간 박혜진은 보이는 경찰마다 붙잡고 하소연을 했다.

'내가 분통이 터져 죽겠어요. 저 새파랗게 어린 년이 내 남편하고 붙어먹었다니까? 간통죄는 왜 없애 가지고, 저런 년은 그냥 콩밥을 먹여야 하는데!'

민영은 자신을 말리는 경찰을 뿌리치고 박혜진의 뺨을 갈겼다.

'당신이야말로 명예 훼손으로 고소당하고 싶어? 누가 당신 남편

하고 그런 짓을 해? 증거 있어?'

'증거? 당연히 있지. 내 남편이 이년한테 돈을 꼬박꼬박 보냈단 말이야. 나하고 지 새끼는 굶고 있는데 사채까지 써서 돈을 보냈다고!'

박혜진이 집어 던진 종이를 주워서 읽었다. 거기에는 김동우라는 이름을 가진 남자가 로지에게 300만 원이 넘는 돈을 줬다는 내용이 적혀 있었다. 혼란스러워하는 민영과 달리 로지는 엉엉 울고 있는 남자아이만 바라보고 있었다.

'……그 돈, 반드시 갚을게요.'

로지의 말에 박혜진은 이제야 이실직고를 하는 거냐고 소리쳤다. 경찰들은 난감한 표정을 숨기지 못하며 여기서 이러지 말고 각자 변호사를 찾아가 해결하라고 설득했다.

'바람을 피워서가 아니에요. 그건 믿어 주세요.'

이어진 로지의 해명에 박혜진이 더 펄펄 뛰었다.

'뭐? 이년이 그래도 끝까지 잡아떼? 내가 지금 네 거짓말 듣자고 내 아들까지 데리고 온 줄 알아?'

참다못한 민영이 다시 나서려는데 로지가 막았다.

'민영아…….'

민영의 이름을 부르는 로지의 얼굴은 수치심으로 물들어 있었다. 그 표정이 꼭 이 자리에서 혀를 깨물고 콱, 죽어 버리고 싶은 사람처럼 보였다.

'바람 같은 거 아니에요.'

더듬더듬 말을 꺼내는 로지의 얼굴은 절박하기 그지없었다.

'⋯⋯김동우 씨가 제 아버지니까요.'

로지의 입에서 나온 건, '말'이 아니라 목구멍에 걸린 '가시'였다. 뱉어 내야 살 수 있지만, 끄집어내는 순간 목을 찢고 할퀴어 피가 줄줄 흐르는.

로지가 김동우의 딸이라는 말에 박혜진은 그 자리에서 졸도했다. 엄마가 쓰러지는 걸 본 아이도 경기를 일으키며 쓰러졌다. 경찰서에는 한바탕 소란이 일었다. 막장 드라마도 이 정도는 아니겠다, 하는 어떤 경찰의 푸념부터 시작해서 빨리 119 부르지 않고 뭐 하냐, 이게 다 남자가 아랫도리 간수를 잘못해서 그런 거라는 말들이 튀어나왔다. 한두 마디씩 말을 보태는 사람 중 그 누구도 로지를 걱정하는 사람은 없었다.

'나가자.'

상황이 진정되자마자 민영은 로지의 손을 붙들고 근처 모텔로 갔다. 오랜만에 보게 된 친구의 얼굴은 참혹했다. 박혜진한테 얼마나 맞았는지 입술에는 피가 번져 있었고 목덜미와 어깨에는 손톱에 긁힌 상처로 가득했다. 일단 로지를 욕실에 집어넣은 뒤 밖으로 나갔다.

약국에 들러 비상약을 사고 그 옆에 있는 편의점으로 들어갔다. 소주와 어묵탕을 사서 다시 모텔로 돌아갔다. 민영의 예상대로 로지에게 필요한 건 약이 아니라 술이었다. 안주 없이 소주 반병을 비운 로지는 그간 있었던 일을 털어놓았다.

'같이 살던 아빠가 친아빠가 아니었어. 김동우라는 남자가 우리 엄마를, 억지로 안았다가 내가 생겼대. 엄마는 그걸 모르고 지금

아빠하고 결혼했다가 나중에 알게 됐고.'

믿을 수 없어 하는 민영에게 로지는 김동우를 만나 확인했다고 설명했다. 이어진 로지의 고백은 앞서 듣게 된 진실과 비교도 할 수 없을 만큼 더 충격적이었다.

'우리 엄마가 나 때문에 자살한 것 같아. 엄마를 강간한 남자의 아이를, 사랑하는 남자의 아이인 줄 알고 키웠으니 엄마도 힘들었겠지. 그런데 그 사실을 나를 키워 준 아빠도 알고 있었어. 내가 친딸이 아니라는 걸 알면서도 키웠대. 그게 엄마와 내게 할 수 있는 최고의 복수여서.'

민영은 숨이 막혀 아무 말도 꺼내지 못했다.

'그래서 도망쳤어. 계획한 게 아니라, 정신을 차려 보니 도망치고 있었어. 그냥 나를 숨기고 싶었어. 내 존재를 지웠으면 했어. 그러다 보니 친구도 잊어버리고 살았어. 미안해, 민영아.'

막혔던 숨은 울음으로 터져 나왔다. 민영은 로지를 끌어안고 온몸으로 울었다. 비겁한 위로였다. 네 아픔을 이해한다는 말을 할 수 없어 눈물로 대신했으니까. 한참을 울다가 태평을 입에 올렸다.

'김태평하고 그래서 헤어진 거야? 너 이런 상황이라는 거 걔는 알아? 감당 못 하겠다고 영국으로 가 버린 거야?'

'아니야. 내가 헤어지자고 했어.'

'왜? 걔만 보면 웃음이 나온다면서 왜 그랬어?'

그때 로지가 뭐라고 했는지 민영은 기억하지 못했다. 술 때문에 군데군데 잘려 나간 필름 탓이었다. 그래도 로지의 얼굴만큼은 또렷하게 기억했다. 박혜진에게 맞을 때도, 경찰서에서 험한 일을 겪을 때도, 오랜만에 친구의 얼굴을 봤을 때도 눈물을 보이지 않았던 로지의 눈가가 태평이라는 이름을 듣는 순간 붉어졌으니까.

'……미안해.'

민영과 한 침대에 누운 로지는 잠꼬대처럼 사과만 계속했다. 뭐가 미안하냐고 묻자, 알 수 없는 말만 도돌이표처럼 반복했다.

'……그림을 그리지 말았어야 했는데.'

로지에게 이불을 덮어 주려고 몸을 일으켰던 민영은 다시 눈물을 흘렸다. 친구의 왼팔에 남은 뚜렷한 자해 흔적 때문이었다.

티 하나 없이 밝고 사랑스러웠던 친구를, 민영은 그날 잃었다. 종이 한 장과 연필만 있으면 어디서든 그림을 그렸던 친구가 다시는 붓을 들지 않았으니까. 그림을 잃어버린 로지의 삶은, 끝도 없는 나락으로 빨려 들어갔다.

인생이 새옹지마와 같다고 누가 그랬던가. 로지의 인생은 설상가상이었다. 아픔 하나를 간신히 이겨 내고 나면 신은 로지에게 두 배로 더 큰 아픔을 선사했다.

로지가 김동우에게 받은 돈은 고작 300만 원이었지만, 그의 아내는 사채 이자와 정신적 피해 보상비까지 더해 천만 원을 내놓으라고 요구했다. 그걸 해결한 건 민영이었다. 집에서 나올 때 가지고 나왔던 명품 가방과 시계를 팔아 돈을 마련한 뒤, 로지 몰래 박혜진을 만나 합의했다. 나중에 그 사실을 알게 된 로지는 2년 뒤에 천만 원이 담긴 봉투를 민영에게 건넸다.

'이걸 왜 갚아. 빌려준 돈도 아닌데.'

서운한 마음이 컸던 민영은 저도 모르게 타박을 놓았다. 로지는 힘없이 중얼거렸다.

'……다시는 그러지 마. 너한테만큼은 빚지고 싶지 않아서 그래.'

어떻게 이 돈을 마련했냐고 묻자 로지는 일을 해서 벌었다고 했다. 새벽 6시까지 호프집에서 일하고, 한두 시간 눈을 붙였다가 학교에 가고, 저녁에는 미술 학원에서 일했다고. 민영은 눈물을 삼키며 그 돈을 돌려받았다. 돈 천만 원에 친구의 가슴에 납덩이를 안길 수는 없어서였다. 바라는 건 단 하나뿐이었다. 더는 그 미친 여자가 로지와 엮이지 않았으면 했다. 하지만 두 사람의 악연은 김동우의 죽음으로 더욱 질겨졌다.

[네 아버지가 딸 걱정에 술만 퍼마시다가 죽었어. 나야 뭐든 해서 먹고살겠지만 네 동생은 어떻게 키워야 할지 모르겠다. 고아원에 버리자니 엄마 찾으며 울 것 같아서 못 하겠고. 생각나는 사람이 너밖에 없더라. 우리 희찬이 대학에 갈 때까지 교육비만 대 주렴. 피가 절반이나 섞인 누나인데 남동생을 위해 그 정도는 해야 하지 않겠니?]

로지의 휴대폰으로 전송된 문자를 몰래 훔쳐본 민영은 혈압이 올라 터져 버릴 것 같았다. 돈에 환장한 미친 여자는 남편이 죽자 아들을 팔아 로지에게 돈을 요구했다. 로지는 당연히 거부했지만 박혜진은 로지를 순순히 내버려 두지 않았다.

민영과 로지가 오랜만에 만나 카페에서 커피를 마시고 있을 때였다. 어떻게 알았는지 두 사람이 있는 카페 문을 열고 한 아이가 들어왔다. 가까이 다가오는 아이를 본 로지의 얼굴은 밀가루를 뒤집어쓴 것처럼 하얗게 질렸다.

'안녕하세요. 저는…… 김, 희찬입니다. 누, 누나가 보고 싶어서 왔습니다.'

아직 제 이름도 제대로 말하지 못할 만큼 어린 아이는 로지를 누나라고 불렀다. 아이의 눈에서 눈물이 주르륵 흘렀다. 그 눈물에는 내키지 않는 일을 억지로 시킨 누군가를 향한 원망이 가득 담겨 있었다.

"누나."

누나, 라고 부르는 목소리가 생각에 잠겨 있던 민영을 깨웠다. 창수는 민영의 어깨를 부드럽게 쓸었다.

"우리도 최선을 다하고 있잖아요. 이번에 로지 선배가 학교에서 일할 수 있게 된 것도 전부 누나 덕이고."

"창수야, 그건 우리만의 비밀로."

간절한 민영의 목소리에 창수는 걱정하지 말라는 표정을 지었다.

"좋은 소식이 있어요. 우리 말고도 로지 선배를 걱정하는 사람이 한 명 더 생겼으니까."

"그게 무슨 말…… 어? 너 입술이 왜 그래?"

머플러가 사라진 창수의 얼굴을 본 민영이 놀라 물었다. 그의 입술에는 검붉은 피딱지가 맺혀 있었다. 빙판길에서 넘어졌다고 둘러댄 창수는 뒷좌석에 올려 둔 잡지로 팔을 뻗었다.

"이것 좀 봐요."

창수가 접어 놓은 페이지를 무심결에 펼쳐 본 민영이 벼락이라도 맞은 사람처럼 고개를 번쩍 들었다.

"……창수야."

"태평이가 한국에 왔어요. 영국 국적을 취득했는지 이름이 바뀌었더라고요. 로지 선배를 아주 많이 걱정하고 있었어요. 오늘 잠깐 만났거든요."

민영은 다시 잡지를 바라봤다. 헤드라인에 벤 맥어보이라는 이름이 보였다. '브리티시 위크'가 뽑은 올해의 20대 부호 20인 중 한 명으로 선정됐다는 기사였다.

"이럴 수가."

사진 속 태평의 얼굴은 어렸을 때와 크게 달라 보이지 않았다. 매끈했던 이목구비가 조금 더 선명해진 정도랄까. 우묵한 눈은 더 깊어져 있었고, 단단한 턱과 쭉 뻗은 콧대는 예전보다 더 진한 음영을 드리우고 있었다. 확연히 달라진 게 하나 있다면 그의 눈빛이었다. 냉랭하고 차가웠던 그의 눈빛은 7년 전보다 더 날카롭게 변해 있었다.

"로지도 알고 있을까?"

민영은 조수석 창밖을 내다봤다. 때맞춰 로지의 방에 켜져 있던 불이 꺼졌다.

차고 시린 새벽 공기를 듬뿍 마시며 태평은 달리고 또 달렸다. 찬 바람을 오래 맞은 탓에 몸은 얼음을 품은 것처럼 차가웠지만, 가슴은 한여름의 태양만큼 뜨거웠다. 상반된 온도 차만큼 로지를 향한 태평의 마음도 극단으로 치달았다.

아무에게도 말하지 않았지만 태평은 영국에서 말 그대로 개고생을 했다. 돈 없이 맨몸으로 뛰어든 세상은 총과 칼이 없는 전쟁터였다. 지위, 인맥, 부를 등에 업은 인간들은 저마다의 무기를 거침없이 휘둘렀다. 그걸 피하기 위해 구정물에 발을 담갔고, 남이 뿌린 재도 뒤집어썼다. 불끈 쥔 주먹은 뒤로 감췄으며, 필요하다면 입에 발린 말도 서슴지 않았다.

처절하게 인생을 배울 때마다 로지에 대한 그리움은 더욱 커졌다. 그리움이 커질수록 미움도 커졌다. 미움이 커질수록 로지는 약을 올리듯 그의 꿈에 매일 나타났다.

머리와 가슴이 미친놈처럼 따로 놀았다. 그러면서 원망인지 집착인지 사랑인지 모를 감정도 뒤엉켰다. 그 무렵, 태평은 음습한 소원을 빌기 시작했다. 로지도 영국에 있는 자신처럼 매일 비를 맞고 살게 해 달라고.

가느다란 빗줄기가 천근만근 무겁게 몸을 짓눌렀으면, 주룩주룩 비를 맞을 때마다 가슴 아린 일을 겪었으면, 축축하게 젖은 땅이 걸음을 방해해서 디디는 곳마다 오르막처럼 힘겹게 느껴졌으면 했다. 로지의 가슴에 슬픈 장마가 져야, 그 장마를 그치게 해 줄 자신을 밤낮으로 찾게 될 테니까.

거친 숨을 몰아쉬며 집으로 돌아온 태평은 새벽이슬에 젖은 운동화를 벗었다. 곧장 욕실로 들어가 빠르게 씻었다.

"매그놀리아라……."

나직한 목소리가 욕실을 울렸다. 로지가 웹 소설 표지를 그릴 때 쓰고 있다는 그 이름의 뜻은 '목련'이었다. 샤워를 끝내고 나온 태평은 긴 한숨을 토해 냈다. 드디어 오늘이었다. 열일곱 살의 자신을 잠 못 들게 했던 목련꽃, 예쁜 뱁새를 만나러 갈 날이.

동이 트지 않아 깜깜한 새벽, 선잠이 든 로지를 깨운 건 휴대폰의 진동 소리였다.

"……여보세요."

─오로지 선생님 폰 맞죠?

날카로운 여자 목소리에 바닥에 닿아 있던 등을 급히 뗐다.

"네, 제가 오로지……."

상대는 로지의 말을 끝까지 듣지 않았다.

―나, 형식이 엄만데요. 무슨 미술 수행 평가를 벌써 시작해요?
선생님이 초임이라 뭘 몰라도 한참 모르는 모양인데, 수행 평가는
중간고사 2주 전에 시작해야죠. 그런 기본적인 것도 모르면서 어떻
게 담임을 맡았죠? 짜증 나 죽겠네. 그놈의 미술 수행 때문에 우리
아들이 발리까지 가서 제대로 놀지도 못한 거 알아요?

귀에서 휴대폰을 떼고 액정을 바라봤다. 새벽 5시 30분이었다.
꽉 잠긴 목소리를 가다듬고 입을 열었다.

"어머님, 수행 평가 기간은 제가 정한 게 아닙니다. 예체능 교과
수행은 조금 일찍 시작하라고."

―됐어요. 내가 지금 이 시간에 변명이나 듣자고 전화한 줄 알아
요? 형식이 지금 막 한국에 도착했어요. 오늘 오후에 애 데리고 학
교에 갈 테니까 시간 비워 두시라고 전화한 거예요.

자기 할 말만 끝낸 여자는 일방적으로 전화를 끊었다. 흐트러진
머리를 쓸어 올리며 다시 시계를 바라봤다. 고작 두 시간 정도 눈을
붙인 게 다였는데 다시 눕기에는 애매한 시간이었다.

피곤함을 몰아내기 위해 뺨을 꼬집었다. 하루를 일찍 시작하기로
하자마자 다시 진동 소리가 들렸다. 휴대폰 액정에 뜬 박혜진, 이라
는 이름에 로지의 눈가가 잘게 떨렸다.

"여보세요?"

―……누나, 희찬인데요. 아, 안녕하세요.

더듬거리는 아이 목소리에 안도의 한숨을 삼켰다.

"어, 무슨 일 있니?"

―태, 태권도가 하, 하고 싶어서 전화했어요. 그리고요. 치킨도 먹고 싶은데.

희찬은 치킨이라는 단어에 유독 힘을 주며 말했다.

"알았어, 엄마한테 돈 보낼게."

―고, 고맙습니다.

이대로 통화를 끝내려던 로지는 조심스레 아이의 안부를 물었다.

"밥은 잘 먹고 있지?"

―네, 배 터지게 머, 먹었어요. 갈비랑 잡채랑 부, 불고기랑…….

기다렸다는 듯 음식 종류를 나열하는 걸 보니 아이 옆에 박혜진도 있는 것 같았다.

"그래, 잘 먹고 태권도도 열심히 해."

전화를 끊자마자 은행 앱을 실행시켰다. 잔고는 고작 50만 원이었다. 송금할 금액에 20만 원을 입력했다가 10만 원을 더했다. 한 달 전에 봤던 희찬의 사진이 떠올라서였다. 집에서 대충 자른 머리를 하고, 몸에 맞지 않는 커다란 옷을 입은 아이는 허수아비처럼 비쩍 말라 있었다.

줄어 버린 잔고를 보던 로지는 잠시 쉬기로 했던 일러스트 작업을 다시 하기로 마음먹었다. 겸직 허가를 받지 않아서 찜찜했지만 당장 만 원이 아쉬운 형편이었기에 어쩔 수가 없었다.

띠리링―. 때맞춰 휴대폰에서 모닝콜이 울렸다. 알람을 끄고 본격적으로 출근 준비를 시작했다. 머리를 감고 말린 뒤 옷장 대신 쓰고 있는 부직포 수납함을 열었다. 어제 입었던 검은색 바지 정장에 손을 댔다가 생각을 바꿔 그 밑에 있는 베이지색 원피스를 꺼냈다. 민영이 대학교 졸업 사진을 찍을 때 입었던 옷이었다.

'로지야, 이거 너 입어. 나 요즘 살쪄서 지퍼가 안 올라가.'

옷을 건네며 민영은 귀여운 핑계를 달았다. 거절하지 않았으면 하는 친구의 마음을 알고 있기에 로지는 군말 없이 옷을 받았다. 소중히 간직해 온 민영의 원피스를 오늘 입기로 했다. 어제 이 선생에게 들은 잔소리 때문이었다.

'자기야, 옷이 그거밖에 없어? 내가 이런 말까지는 안 하려고 했는데 기간제 교사도 교사야. 품위는 지켜야지. 옷 좀 바꿔 입으면 안 돼? 그리고 신발도 그래. 대학생도 아닌데 운동화를 신고 학교에 오는 건 좀 그렇지 않아?'

연한 베이지색 원피스로 갈아입은 로지는 거울 앞에 섰다. 검은색 재킷을 입었을 때보다 얼굴색이 화사하게 보였다. 내친김에 봉 매니저에게 선물 받았던 립스틱도 꺼내 발랐다. 창백한 얼굴에 조금 생기가 돌았다.

'운동화 말고 신을 만한 게……'

정장도 한 벌밖에 없는데 변변한 구두가 있을 리 없었다. 신발장에서 오래된 구두 한 켤레를 꺼냈다. 원래는 검은색 구두였지만 색이 바래 갈색으로 보이는 단화였다. 아쉬운 대로 그걸 신고 집 밖으로 나갔다.

새벽잠을 설친 탓에 평소보다 몸이 더 무거웠다. 가뜩이나 느린 걸음이 지하철역에 도착할 무렵 더 느려졌다. 발뒤꿈치에서 느껴지는 아릿한 고통 때문이었다. 오랜만에 신은 구두가 발에 잘 맞지 않는 것 같았다. 점점 심해지는 고통은 지하철에 탔을 때 절정에 달했다. 역마다 서고 출발할 때마다 로지의 미간도 좁아지고 펴지기를 반복했다.

새벽부터 좋지 않았던 일진이 계속 이어지려는 모양이었다. 학교에 도착했을 때 로지의 발뒤꿈치는 벗겨진 살갗에서 흐른 피로 흥건했다.

"어머, 자기! 오늘 좋은 일 있어? 꾸미니까 너무 예쁘네."

교무실에서 코트를 벗는 로지를 보며 이 선생이 크게 웃었다. 로지가 정말 예뻐서라기보다는 그녀의 조언을 흘려듣지 않았다는 게 더 만족스러운 눈치였다. 다른 일을 하던 교사들도 로지 쪽을 쳐다봤다.

"허허, 농담이 아니라 정말 아름다우신데요? 오로지 선생님, 오늘 데이트라도 있어요?"

수학 선생이 던진 질문을 이 선생이 가로챘다.

"오로지 선생님 솔로래요. 주위에 괜찮은 사람 있으면 소개 좀 해 주세요."

"그래요? 내 대학 후배 중에 괜찮은 애 있는데 한번 만나 볼래요? 수학과 나와서 지금 학원에서 일하고 있는데 아주 잘나가요. 얼마 전에 외제 차도 뽑았던데."

로지의 말문은 다시 한번 이 선생의 목소리에 막혔다.

"에이, 오로지 선생님이 나이도 어리고 얼굴도 예쁜데 강사가 눈에 차겠어요? 가능하면 정규직인 남자로 알아봐 주세요. 둘 중 하나는 안정적인 직장이 있는 게 좋잖아요. 제가 보기엔 후배보다 수학 선생님이 우리 오로지 선생님이랑 더 잘 어울릴 거 같은데."

로지는 어이가 없는 눈으로 이 선생을 바라봤다. 사람 한 명을 속물로 만든 이 선생은 어깨를 으쓱하며 웃고 있었다. 뭐라 해명할 새도 없이 교무실에 있던 교사들이 로지를 쳐다보며 수군거렸다. 생각보다 눈이 높다는 둥, 나이가 어려서 아직 뭘 모른다는 둥, 요즘 남자들도 계약직은 싫어한다는 둥.

"수업하러 가 보겠습니다."

무감한 어투로 모두에게 말했다. 어차피 반년도 채 보지 않을 사람들이었다. 이 선생의 묘한 이간질이나 기 싸움에 부족한 에너지를 쓰고 싶지 않았다. 한숨을 쉬며 복도를 걷던 로지는 '유학반' 앞 문을 열었다. 시끄럽게 떠들던 학생들의 목소리가 조금 줄어드는가 싶더니 다시 커졌다.

「담임 옷이 왜 저래? 소개팅이라도 하나?」

「오, 다리가 별로라서 바지만 입는 게 아니었나 본데? 다리 완전 예쁘다.」

「옷 맨날 똑같은 거 입는다고 욕하는 거 들었나? 그래서 스타일 바꾼 거 아니야?」

한국어보다 영어가 더 편하다는 학생들은 오늘도 로지 앞에서 영어로 수다를 떨었다.

"수업 시작해야 하니까 조용히 하자."

로지의 부탁은 왁자지껄한 아이들의 목소리에 묻혔다.

"지난 시간에 스케치했던 그림 꺼내 볼래?"

스무 명의 학생 중 서너 명만 자리에서 일어나 사물함으로 향했다. 학교 수업에 열의가 없는 학생들은 담임의 옷차림이 바뀐 것에만 들떠 있었다. 바로 그때였다. 3분단의 맨 뒷자리에 앉아 책상에 엎드려 있던 남학생이 천천히 상체를 일으켰다.

"야!"

남학생이 내지른 소리에 붕 떠 있던 교실이 한순간에 가라앉았다.

"영어 좀 그만 쓰라고 했냐, 안 했냐!"

짜증이 섞인 그의 핀잔에 반 학생들이 재빨리 사과했다.

"준 오빠, 화났어? 미안해."

"형, 앞으로 조심할게요."

"잘못했습니다."

로지는 같은 반 학생들에게 오빠와 형이라고 불리는 민준의 얼굴을 바라봤다. 젖살이 남아 있는 학생들 사이에서 그의 성숙한 외모는 더 두드러져 보였다. 일본에서 살다가 3년 전에 한국에 온 민준은 수업 일수를 채우지 못해 2년 연속 유급을 당했다고 했다. 올해 스무 살이 된 그가 아직도 2학년인 이유였다. 민준의 얼굴을 보고 있던 로지의 귀에 이 선생의 목소리가 스쳐 지나갔다.

'있잖아. 우리 학교에서 제일 유명한 학생이 민준이거든? 다들 쉬쉬하고 있는데 걔가 어느 기업 회장의 늦둥이라는 소문이 있어.

본처 자식은 아니고 사생아라고 하더라.'

"선생님!"

멍하게 생각에 잠겨 있던 로지는 자신을 부르는 목소리에 퍼뜩 정신을 차렸다. 분단 사이를 오가며 스케치를 끝낸 학생들이 채색하는 걸 봐 주고 있을 때였다. 민준이 손을 번쩍 들었다. 로지는 그쪽으로 걸어갔다.

"다 그렸니?"

"네. 색칠까지 다 했어요."

믿을 수 없다는 눈으로 민준의 얼굴을 응시했다. 아직 수업 시간의 절반도 지나지 않았는데 채색을 다 했다니.

"보세요."

민준은 책상 위에 있는 스케치북을 가리켰다. 시선을 내려 그림을 확인했다. 그의 말대로 그림은 완벽하게 완성되어 있었다.

"할 일 다 했으니까 보건실에 가도 될까요? 두통이 심해서."

그림에서 눈을 떼어 낸 로지가 천천히 고개를 들었다. 그는 눈썹을 잔뜩 찌푸리며 고통을 호소하고 있었다. 누가 봐도 꾀병에 가까운 행동이었지만 모른 척 넘어가기로 했다. 이유가 뭐가 됐든 수업을 제대로 할 수 있게 도와준 학생이었으니까.

"그래."

순순히 허락한 로지가 의외라는 듯 민준은 얇은 입술을 끌어 올리며 웃었다.

"고맙습니다."

민준이 교실 뒷문을 닫고 나가자마자 학생들은 다시 고삐 풀린 망아지가 되어 떠들기 시작했다. 로지는 민준의 그림을 들고 자리로 돌아갔다.

피가 난 발뒤꿈치를 살펴볼 여유가 생긴 건 종례가 끝난 후였다. 학생 상담을 시작하기 전에 로지는 교사용 화장실에 들어가 스타킹을 벗고 상처가 난 곳에 밴드를 붙였다. 응급조치를 끝내고 화장실에서 나오자마자 민영에게서 문자가 날아왔다.

[로지로지! 불금인데 소주 한잔할까? 근처에 국물이 끝내주는 샤브샤브집이 생겼대. 창수도 시간 되면 오라고 해서.]

휴대폰 액정을 바라보던 로지는 답을 보내지 못하고 입술만 잘근잘근 깨물었다. 넉넉지 못한 주머니 사정 때문이었다.

[오늘 상담 시작해서 정시에 퇴근 못 할 것 같아. 창수하고 둘이 먹어.]

답문을 보낸 뒤 곧장 교실로 향했다. 교실 문을 연 로지는 눈만 두어 번 깜빡였다. 분명히 종례 후에 상담이 있다고 전달했는데 기다리고 있는 학생이 한 명도 없었다. 무슨 착오가 생긴 것 같아 알아보려는데 등 뒤에서 목소리가 넘어왔다.

"상담, 어디에서 해요?"

돌아보니 민준이 문 앞에 서 있었다. 세수라도 하고 왔는지 그의 얼굴과 앞머리는 조금 젖어 있었다.

"어, 그런데 다른 애들은……."

말꼬리를 길게 늘여 말하는 로지를 민준이 딱한 시선으로 바라봤다.

"부담임한테 갔어요. 어제 부담임이 영어로 상담하고 싶은 애들은 따로 교무실로 오라고 했거든요. 담임 선생님은 영어가 안 되시니까 곤란하게 하지 말라면서요."

말을 잃은 로지는 텅 비어 있는 교실에 시선을 두었다. 영어에 능통하다는 이 선생의 얼굴이 눈앞에 나타났다가 사라졌다. 경력은 없지만 그래도 명색이 담임인데, 어떻게 제게 상의 한번 없이 일을 이렇게 처리한 건지.

"여기 앉으면 되죠?"

당황스러움을 숨기고 고개를 틀었다. 민준이 교탁 옆에 있는 책상에 앉는 게 보였다. 고개를 끄덕인 로지는 상담 파일을 꺼내 민준의 맞은편에 앉았다. 간단히 학교생활에 관해 이야기한 뒤, 장래 희망이 뭐냐고 물었다. 민준은 떨떠름하게 대답했다.

"그런 거 없는데."

더 묻지 않고 장래 희망 칸에 '없음'이라는 두 글자를 적었다. 그걸 지켜보고 있던 민준이 서운하다는 표정을 지었다.

"진짜 없다고 적으시는 거예요? 두 번은 물어봐야 하는 거 아닌가?"

요청에 따라 한 번 더 물었다.

"뭐가 되고 싶은데?"

"지고로요."

"지고로? 그게 어떤 직업이지?"

민준은 자신이 직접 적겠다는 제스처를 취했다. 별생각 없이 그에게 펜을 건넸다.

[지고로(ジゴロ) : 기둥서방, 정부]

민준의 얼굴을 지그시 바라봤다. 짓궂은 농담으로 선생님을 놀리려는 학생으로 보기엔 그의 눈빛이 지나치게 진지했다.

"우리 집이 찢어지게 가난하거든요. 가진 건 잘난 얼굴하고 탄탄한 몸밖에 없어서 그거라도 팔아 보려고요."

생각지도 못한 대답에 아무 표정도 짓지 못했다. 그저 대단한 기업 총수의 아들이라더니 그게 거짓 소문이었나, 하는 짐작만 속으로 했을 뿐.

민준은 한참이 지나서야 다시 입술을 떼어 냈다.

"선생님."

까만 동공이 로지의 얼굴을 어지럽게 배회했다.

"혹시 자살 충동 같은 거 느끼세요?"

"……."

"선생님 눈빛이 죽은 우리 엄마 눈빛하고 너무 닮아서요. 소름이
끼칠 만큼."

교실에는 짧지만 무거운 정적이 흘렀다. 로지는 민준의 상담 파
일을 바라봤다. 보호자 칸에 어머니 이름과 나이가 또렷하게 적혀
있었다.

"진지하게 상담할 생각이 없으면 너도 부담임 선생님께 가 봐."

냉랭한 로지의 말에 민준이 킥킥대고 웃었다.

"나 지금 세상 진지한데. 진지하지 않은 건 선생님이겠죠."

열려 있던 파일 케이스를 닫았다. 상담이 끝났다는 뜻이었다. 그
래도 민준은 멈추지 않고 계속 말을 걸었다.

"선생님은 왜 학교에서 일해요? 가르치는 걸 좋아하지도 않고 학
생한테 애정도 없잖아요."

도발적인 질문에, 망설임 없는 답이 툭 튀어나왔다.

"친구 소개로 일하게 됐어."

민준은 대단한 걸 알게 된 사람처럼 눈을 빛냈다.

"낙하산이었구나. 누구 빽으로 들어왔는데요? 부담임은 아니죠?
부담임이 담임 선생님을 엄청 견제하는 거 같던데."

더는 대꾸할 가치가 없었기에 의자에서 몸을 일으켰다. 교실 밖
으로 나가려던 걸음이 멈칫했다. 복도에서 들려오는 인기척 때문이
었다. 또각거리는 여자 구두 소리와 슬리퍼를 직직 끌며 걷는 소리
가 조금씩 가깝게 들리고 있었다.

"엄마, 학교에서 이러지 좀 말라니까!"

"시끄러! 내가 안 그래도 한번 뒤집어 놓으려고 했어. 유학반 애들이 어떤 애들인데 어떻게 기간제 교사한테 담임을 맡겨?"

"엄마가 이러면 나는 학교에 어떻게 다니라고!"

어머니와 아들로 짐작되는 사람들의 실랑이는 로지가 있는 교실 문 앞에서 딱, 끊겼다. 불길한 예감이 등줄기를 타고 흘렀다. 앞문이 드르륵 소리를 내며 열리더니 로지의 반 학생 얼굴이 보였다. 그리고 그 옆에는 새벽에 전화로 들었던 목소리의 주인공이 서 있었다.

"오늘 오전에 전화했던 형식이 엄맙니다."

짧은 단발머리가 잘 어울리는 중년 여성이 고개를 기울였다.

"네, 안녕하세요."

로지는 민준에게 어서 교실에서 나가라고 눈짓했다. 민준은 알겠다는 듯 천천히 자리에서 일어났다. 그새를 참지 못하고 형식의 어머니가 따지듯 물었다.

"수행 평가 날짜는 조정하셨어요?"

"그건, 제가 마음대로 할 수 있는 부분이 아니라서요."

"그럼 선생님이 할 수 있는 게 뭔가요? 능력이 안 되면 담임을 맡질 말았어야죠. 영어도 못해서 애들하고 의사소통도 안 된다던데 뭘 믿고 유학반을 맡은 거예요? 경력도 없고 대학도 별로……."

해 줄 말이 없어 허리를 깊이 숙였다. 진심을 담은 사과라기보다는 식당에서 일했을 때 터득한 습관이었다. 말이 통하지 않는 진상 손님 앞에서는 일단 납작 엎드려야 했다. 숙였던 허리를 펴는데 앞이 흐릿하게 보였다. 누적된 피로 탓인가 싶었는데.

"어? 선생님!"

로지를 부르는 형식의 얼굴이 파랗게 질렸다. 왜 그런가 했더니 코에서 뜨끈한 피가 흐르고 있었다. 형식의 어머니는 깜짝 놀라 반 걸음 뒤로 물러섰다.

"와, 형식이네 엄마가 우리 담임 선생님 코피 터트렸다."

축구 중계를 하듯 말하는 민준의 목소리에 정신을 차린 로지는 가방에서 손수건을 꺼내 코를 막았다.

"실례하겠습니다."

교실에서 빠져나와 가까운 화장실로 들어갔다. 휴지로 코를 막은 뒤 옷을 먼저 살폈다. 옅은 베이지색 원피스에는 새빨간 핏방울이 몇 개 튀어 있었다. 속상한 마음을 감추지 못하며 피가 묻은 손을 씻었다.

'계약 기간도 다 못 채우려나.'

잠시 코피가 멎기를 기다리는 동안 머리에 오만가지 생각이 떠올랐다가 사라졌다. 혹시 학교에서 잘리기라도 하면 민영에게 미안해서 어쩌나 하는 걱정이 그중 가장 컸다.

코를 막았던 휴지를 빼고 얼굴에 묻은 피도 닦았다. 정신 나간 사람처럼 멍하니 거울을 응시하던 로지는 천천히 화장실에서 나왔다.

잔뜩 흥분한 학부모를 어떻게 하면 진정시킬 수 있을까, 방법을 찾아야 하는데 한번 흩어진 정신은 쉽게 모이지 않았다. 걸음을 뗄 때마다 뒤꿈치에서 느껴지는 아픔에 집중했다. 하지만 그 고통은 아주 잠깐 정신을 일깨우고 말 뿐, 뾰족한 해결책을 주지는 않았다.

창밖으로 시선을 돌렸다. 문득 이런 고민이 무슨 소용일까 싶었다. 죽을 만큼 노력해도 전해지지 않는 게 진심이고, 단 한 번의 실수로 그동안의 노력이 물거품이 되어 버리는 게 인생인데.

교실 문을 연 로지는 조금 놀란 눈으로 안을 살폈다. 형식과 그의 어머니가 보이지 않았다. 코피를 흘리는 자신을 보고 당황해서 나간 듯싶었다. 소란스러운 사건이 이대로 마무리된 게 다행이라고 생각하며 교탁 쪽으로 걷던 중이었다. 로지의 시선이 창가 쪽을 훑었다. 두툼한 커튼에 몸을 숨긴 남자의 실루엣이 보였다.

"오늘 있었던 일은 못 본 거로 해 줬으면 좋겠어."

커튼 뒤에서 창밖을 보고 있는 그에게 입단속을 시킨 뒤 교탁 위에 있는 가방을 집어 들었다.

"상담은 다음 주 월요일에 이어서 하자. 선생님 지금 퇴근할 거니까."

어서 교실에서 나가라는 말에 커튼 속의 실루엣이 상체를 비트는 게 보였다. 로지는 그쪽에 시선을 두지 않고 가방만 챙겼다. 당장 집으로 돌아가 쉬고 싶은 생각만 간절했다. 민영에게 받은 원피스도 빨아야 하고, 그려야 할 일러스트도 있고, 일단 잠부터 좀 잤으면.

"누구 맘대로 못 본 거로 해요?"

귓바퀴를 타고 흘러든 음성에 화들짝 고개를 들었다. 짐작했던 민준의 목소리가 아니었기 때문이었다.

장막처럼 가려진 커튼을 걷어 낸 남자가 천천히 모습을 드러냈다. 검은색 슈트를 입고 롱 코트를 걸친 남자는 붉은색 장미 한 다발을 들고 서 있었다. 그는 긴 다리로 저벅저벅 걸어와 로지의 앞에 섰다.

"드디어 만났네요, 우리."

낮고 깨끗한 목소리로 건넨 남자의 인사에 로지의 눈은 그의 어깨 위로 향했다. 빳빳하게 날이 서 있는 셔츠에 감싸인 탄탄한 목이 보였다. 고개를 조금 더 들어 남자의 얼굴로 시선을 옮겼다.

"……"

남자의 눈과 마주친 순간 로지의 입술에 힘이 들어갔다. 잔뜩 경직된 로지의 표정과 달리 남자의 입매는 슬쩍 풀렸다.

"오랜만이에요. 오로지 선배님."

가느다랗게 찢어진 눈이 나붓하게 접혔다. 로지는 저도 모르게 한 걸음 뒤로 물러섰다. 믿을 수가 없었다. 태평이 지금 제 눈앞에 서 있는 것도, 그가 티끌 한 점 없이 맑게 웃고 있는 것도.

"……태평."

입가에 맴돌던 이름이 기어코 튀어나왔다. 부름에 응답이라도 하듯 태평은 허리를 숙이고 그의 얼굴을 들이밀었다. 그 바람에 축축한 그의 숨결이 로지의 코와 입술 위로 가볍게 흩어졌다. 입술이 닿은 것도 아닌데, 로지는 온몸이 긴장으로 굳는 걸 느꼈다.

"이제 내가 보여요?"

"……"

"다행이네요. 이제라도 알아봐서."

피식 웃는 태평의 등 뒤로 한기를 실은 바람이 불어왔다. 그가 열어 놓은 창문 탓인 것 같았다. 갑작스러운 추위에 몸이 부르르 떨렸다.

그 모습에 태평은 잇새로 혀를 차며 입고 있던 옷을 벗었다.

"왜……."

여기에 온 거냐고 물으려던 목소리가 어깨를 감싼 코트에 의해 삼켜졌다. 고개를 떨군 로지는 망토처럼 걸쳐진 옷을 바라봤다. 태평의 무릎 위를 덮고 있던 코트가 제게는 발목까지 길게 내려와 있었다. 그의 옷을 걸친 로지가 흡족했는지 태평이 느른하게 웃었다. 그의 웃음소리에 흠칫 놀라 코트를 벗으려던 순간이었다.

"그냥 입고 있어요."

태평이 경고하듯 쏘아붙였다. 말로는 부족했는지 퍼렇게 힘줄이 돋은 손이 코트 쪽으로 다가왔다. 마디가 굵고 긴 손가락으로 코트의 단추를 채운 태평은 마지막으로 코트 깃도 바짝 세웠다. 훈훈한 온기를 품은 옷과 달리, 싸늘한 음성이 로지의 귓가를 스쳤다.

"이번에도 버리면 용서 안 할 테니까."

로지는 태평을 멍하니 바라봤다. 웃음기가 사라진 그의 얼굴은 어딘지 모르게 화가 나 있는 것처럼 보였다.

"내 옷도, 이 꽃도."

커튼 속에 숨겨 두었던 꽃다발을 꺼낸 태평은 그걸 로지에게 안겼다. 피처럼 붉은 장미꽃을 떠안게 된 로지는 천천히 두 눈을 감았다. 다시 눈을 떴을 때 이 모든 게 사라져 있기를 바라고 또 바라면서.

하지만 그 소원은 얼굴에 닿는 뜨거운 체온에 스르르 사라져 버렸다. 볼을 건드리는 손끝에 놀란 로지가 감았던 눈을 떴다. 태평은 로지의 얼굴을 만졌던 손으로 자신의 뺨을 문지르고 있었다. 지금이 순간이 꿈이 아니라는 걸, 그도 확인해야겠다는 것처럼. 착잡함이 묻어 있던 태평의 얼굴에 희미한 열기가 오르더니, 그의 입술이 서서히 벌어졌다.

"……그리고 나도."

가슴이 쿵쿵 뛰었다. 입고 있는 옷에서 꽃향기보다 더 뚜렷한 체향과 차디찬 향수 냄새가 섞여서 났다. 어렸을 적의 태평에게서 맡아 보지 못했던 그 쌉싸름한 향이 자신을 비웃는 것처럼 느껴졌다. 이건 꿈이 아니라 현실이라고. 아무리 발버둥을 쳐도 빠져나갈 수 없는.

2. 태평

구두를 구겨 신고 집으로 돌아온 로지는 싸늘한 바닥에 주저앉았다. 바람이 창문을 흔드는 소리가 요란했다.

'왜 나를 찾아온 걸까.'

주머니에 넣어 두었던 작은 종이를 꺼냈다. 뭔가 더 말을 할 줄 알았던 태평은 말없이 이 명함만 주고 교실 밖으로 나갔다. 명함에는 '김태평'이 아닌 낯선 영문 이름이 적혀 있었다.

[Garden Designer : Ben McAvoy]

휴대폰으로 '가든 디자이너 벤 맥어보이'를 검색했다. 주르륵 뜨는 기사를 훑는 눈이 놀라움으로 술렁였다. 로지는 떨리는 마음을 수습하고, 가장 눈에 띄는 기사를 손끝으로 건드렸다.

최근 영국을 찾은 관광객들이 반드시 들러야 하는 곳이 생겼다. 바로 웨스트 요크셔 근교에 있는 도시 솔테어(Saltaire)다. 이곳에는 영국의 가든 디자이너 벤 맥어보이(Ben McAvoy)가 꾸민 정원과 버려진 방적 공장을 미술관으로 바꾼 건물이 있다. 벤은 영국, 독일, 네덜란드, 프랑스를 포함한 유럽의 각종 가드닝 쇼에서 우승한 가드너로 『New British Garden』 바람을 일으키며 전 세계 정원 애호가들의 오감을 충족시키고 있는 유망주…….

기사를 읽던 로지가 입술을 겹쳐 물었다. 교실에서 봤던 태평의 얼굴이 떠올랐다. 같은 교복을 입고, 같은 학교에 다녔던 게 아득하게 느껴질 만큼 그는 7년 전과는 완전히 다른 사람이 되어 있었다.

'건강해 보였어. 다행히도.'

마지막으로 병원에서 보았던 태평 때문에 괴로워했던 날들이 스쳐 지나갔다. 눈이 계속 보이지 않으면 어쩌나, 몸이 제대로 회복되어야 할 텐데, 영국에서는 편히 자고 있을까. 틈만 나면 머릿속을 떠돌던 걱정들이 기우로 느껴질 만큼 태평은 건강한 얼굴로 로지 앞에 서 있었다. 그뿐 아니라 세련된 디자인의 정장을 입은 그에게서는 품위도 넘쳐흘렀다.

'드디어 만났네요, 우리.'

예전에는 한 번도 쓰지 않았던 존대를 하며 미소를 지을 만큼.

'……잘 지냈다는 뜻이겠지.'

입술이 가늘게 떨렸다. 치미는 감정들로 혼란스러웠다. 건강하게만 지내길 바랐던 사람이 크게 성공해서 돌아왔는데, 왜 이리 서글픈 걸까. 그건 아마도 현재 자신의 처지 때문일 거라고 로지는 스스로를 위안했다. 하지만 그 위로는 과거의 자신까지 다독이기엔 역부족이었다. 예민하게 날을 세우고 살았던 남자와 불안한 마음을 그림으로 달랬던 여자가 제법 잘 어울린다고 착각했던 자신이 지금도 아팠으니까.

지이잉—. 휴대폰 진동 소리에 바닥으로 팔을 뻗었다. 액정에는 박혜진의 이름으로 전송된 문자와 사진이 떠 있었다.

[누나! 고맙습니다.]

사진 속의 희찬은 양손에 닭 다리를 들고 활짝 웃고 있었다. 모르는 사람이 보면 맛있는 음식을 먹었다고 자랑하는 사진처럼 보이겠지만, 사실 그건 입금을 확인했다는 영수증이었다. 로지에게 돈을 받을 때마다 박혜진은 아들이 음식을 먹는 사진을 찍어 보냈으니까. 답장이 필요 없었기에 휴대폰을 내려놨는데, 문자 알림음이 들렸다. 무심히 문자를 확인하려던 로지가 멈칫했다. 무음 모드인 휴대폰에서 소리가 날 리 없다는 걸 뒤늦게 알아챘기 때문이었다.

띠링—.

다시 들린 알림음에 고개를 두리번거렸다. 소리의 출처를 찾던 시선이 태평의 코트 주머니에 닿았다. 설마 하는 마음에 주머니로 손을 뻗었는데.

"……!"

로지는 믿을 수 없다는 눈으로 제 손에 잡힌 기계를 바라봤다. 그건 바로 7년 전의 자신이 태평에게 받았던 MP3였다. 떨리는 손 끝으로 홈 버튼을 누르자 낯익은 채팅창이 열렸다.

[peace : 내일 점심 같이 먹어요.]

"피스……?"

채팅창에 떠 있는 닉네임을 말하자마자 과거의 기억들이 물밀 듯이 밀려왔다. 밤 11시 30분만 되면 어김없이 걸려 오던 전화, 이어 폰에서 흐르는 노래를 따라 흥얼거리던 목소리, 담담하지만 따뜻했던 눈빛까지. 제멋대로 떠오르는 추억에 어쩔 줄 모르고 있는데, 상대가 다시 메시지를 보냈다.

[peace : 받아야 할 것도 있으니까.]

MP3를 보던 시선을 옮겨 태평의 코트를 바라봤다. 어둠 속에서도 광택이 흐르는 걸 보니 꽤 비싼 옷인 것 같았다. 잠깐의 고민 끝에 집에서 조금 먼 곳에 있는 카페 주소를 찾아 보냈다.

[peace ： 12:30]

태평이 찍어 보낸 약속 시간을 확인한 뒤 몸을 일으켰다. 코트를 걸어 두려고 했는데, 아무리 둘러봐도 남성용 롱 코트를 걸 만한 공간이 보이지 않았다. 최대한 구김이 가지 않도록 코트를 개던 로지는 저도 모르게 얼굴을 옷 가까이에 댔다. 희미하지만 최근에 맡아 본 적이 있는 향수 냄새가 났다. 어디에서 맡았는지 기억을 더듬고 있는데 아쉽게도 옆방에서 들려오는 소리에 집중력이 깨어졌다.

"아하앙, 오빠! 더 세게."

"그만 좀 보채. 안 그래도 터질 거 같으니까."

숨이 끊어질 것처럼 헉헉대는 음성과 벽을 쿵쿵 울리는 소음이 연이어 들렸다. 눈으로 보지 않아도 섹스 중인 연인이 절정을 향해 치닫고 있는 듯했다. 로지는 하려던 일을 치워 두고 전기장판 위로 올라갔다.

이불을 끌어다 덮고 몸을 동그랗게 말았다. 손가락으로 양쪽 귀도 틀어막자 물속에 잠긴 것처럼 모든 소리가 희미해졌다

'달라질 건 없어. 달라진 것도 없고.'

목구멍을 메우고 있던 말을 속으로 뱉으며 두 눈을 감았다. 이제야 혼자 지내는 삶에 익숙해진 터였다. 고작 옛 감정 하나 때문에 흔들리는 건 사양이었다. 7년이란 시간은 절대 짧지 않았으니까.

그건 태평에게도 마찬가지일 거라고 생각했다.

옆방이 조용해지자마자 로지는 까무룩 정신을 잃듯 잠이 들었다. 몸과 마음이 완전히 지친 탓에 더는 생각할 여력이 없었다.

다음 날 아침, 외출 준비를 마치고 노트북을 보고 있던 로지는 현관문을 두드리는 소리에 자리에서 일어났다.

"언니, 일어났어?"

아는 목소리인 걸 확인하고 문을 열자 옆방에 사는 정아가 얼굴을 내밀었다. 로지가 원룸으로 이사를 왔던 날, 짐을 나르는 걸 도와주었던 정아는 그날부터 로지를 언니라고 불렀다.

"헤헤헤, 아점 같이 먹자고!"

들어오라는 소리도 안 했는데 그녀는 방으로 성큼 들어왔다.

"이거 주인집 아줌마가 줬어. 언니랑 나눠 먹으려고 두 장 더 받아 왔지."

정아는 방바닥에 털썩 앉으며 들고 온 접시를 내려놓았다. 접시 위에는 뜨끈한 김이 올라오는 김치부침개가 쌓여 있었다. 그걸 손으로 죽 찢어 입에 넣는 정아 앞에서 로지는 손목시계를 쳐다보았다. 태평과 만나기로 했던 약속 시간까지 30분밖에 남아 있지 않았다.

"나는 지금 나가 봐야 하는데."

손등으로 기름 범벅이 된 입술을 훔치던 정아가 눈을 크게 떴다.

"약속 있어? 집순이가 웬일이래? 주말에 약속도 있고?"

"잠깐 일이 생겨서."

"그래? 아쉽다. 내가 오빠한테 음료수도 사 오라고 시켰는데. 언니랑 같이 먹으려고."

말이 끝나자마자 부침개를 입 안으로 밀어 넣는 정아에게 로지는 두루마리 휴지를 내밀었다. 휴지로 손을 닦는 중에도 그녀의 입은 쉴 틈 없이 움직였다.

"언니, 그거 알아? 우리 건물 반지하 있잖아. 그거 월세로 나갔대. 언니는 모르지? 언니 이사 오기 전에 거기에서 사람 죽은 거. 노숙자가 번개탄 피우고 자살했는데."

로지는 그게 사실이냐는 눈으로 정아를 바라봤다. 정아는 로지의 관심이 반가웠는지 재빨리 말을 이었다.

"누군지는 모르겠지만 눈탱이 제대로 맞은 거지 뭐. 근데 누가 거길 들어갔을까? 보나 마나 돈 없는 고시생이나 노총각이겠지? 아니면, 한국말을 못하는 외국인 노동자? 나 같으면 공원에서 자더라도 그런 방엔 안 들어갔을 텐데."

"그러게."

대충 정아의 말을 끊으며 가방을 챙겼다. 부침개 한 장을 게 눈 감추듯 해치운 정아는 로지의 눈치를 보며 몸을 일으켰다.

"나 화장실에서 손만 씻고 나올게. 언니, 그거 잘 포장해 줘. 우리 오빠 줘야 하니까!"

알겠다고 대답한 로지는 남은 김치부침개를 포일로 잘 덮었다.

정아가 나오길 기다리며 코트를 입고 태평의 옷이 담긴 쇼핑백도 챙기고 있을 때였다. 현관문 밖에서 헛기침 소리가 들렸다.

"누구세요?"

"안녕하세요. 201홉니다."

우렁찬 남자의 음성에 닫혀 있는 화장실 문을 흘낏 쳐다봤다. 남자 친구의 목소리를 듣지 못했는지 정아는 아무 말이 없었다. 복도로 나간 로지는 부리나케 현관문부터 닫았다. 낯선 사람에게 집 안이 보이는 걸 막고 싶어서였다. 장이라도 봤는지 남자는 커다란 종이 상자를 들고 있었다.

"정아는요? 같이 있죠?"

"네. 지금 화장실에 있어요."

"그래요? 그러면 이것 좀 받아 주실래요? 정아가 부탁한 건데."

남자는 손가락 끝에 걸린 검은 비닐봉지를 흔들었다. 그게 뭐냐는 눈빛을 보내자 남자는 넉살 좋게 히죽댔다.

"커피 몇 개 샀어요. 우리 정아가 언니 줘야 한다고 해서."

딱히 거절할 구실이 없어 받으려는데 남자의 손가락에서 봉지가 미끄러졌다. 떨어진 물건을 줍기 위해 무릎을 굽혔는데 봉지에서 튀어나온 것에 눈이 갔다. 자세히 들여다보니 허니 버터 향이 난다는 콘돔이었다.

"아이고, 민망해라. 그게 왜 거기 들어 있지?"

남자의 어색한 말투에 로지는 이게 실수가 아님을 직감했다. 얼마 전에도 로지의 집 앞에서 술주정을 했던 사람이었으니까. 주인집 아주머니가 뛰어나와 말릴 때까지 그는 혀가 꼬부라진 목소리로 로지의 이름과 나이를 물었었다.

"그것 좀 주워서 제 바지 뒷주머니에 넣어 주시겠어요? 지금 손이 없어서."

상자가 무겁다는 걸 강조한 남자는 그의 하체를 로지 쪽으로 슬쩍 밀었다. 얼굴 앞으로 다가오는 엉덩이에 놀란 로지가 화들짝 몸을 일으켰다.

"정아 씨, 아직 멀었어?"

다급한 마음에 현관문에 대고 외쳤는데 돌아오는 답이 없었다. 로지는 난감한 표정으로 도어 록만 쳐다봤다. 당장 집으로 들어가고 싶은 마음뿐이었지만, 선뜻 손이 나가질 않았다. 이 남자 앞에서 비밀번호를 누르는 게 망설여진 탓이었다. 어떻게 해야 하나 고민이 깊어졌는데.

"내가 좀 늦었나 봐요."

낮게 깔린 남자 음성이 복도를 울렸다. 로지는 눈을 커다랗게 떴다. 좁은 복도 끝에 서 있는 건 다름 아닌 태평이었다. 블랙 셔츠와 블랙 진 차림인 그는 로지 옆에 서 있는 남자를 잡아먹을 듯한 눈으로 노려보고 있었다.

"우리 자기 벌써 왔어?"

기가 막힌 타이밍에 정아가 문을 열고 나왔다. 현관문이 열렸다가 닫히는 소리에 정신을 차린 로지가 무릎을 꿇고 앉은 남자를 내려다보았다. 그는 누가 볼세라 잽싸게 콘돔을 주워 담고 있었다.

"와, 저 오빠 누구야? 언니랑 아는 사이? 웬일이야, 너무 매력 있다."

세 사람이 있는 쪽으로 걸어오는 태평을 보며 정아가 속삭였다.

"뭐 하고 서 있어. 얼른 들어가지 않고!"

어느새 몸을 일으킨 남자는 상자를 한 손으로 든 채 정아의 집 비밀번호를 빠르게 눌렀다. 남자 친구의 재촉에 정아는 더 묻지 못하고 집으로 들어갔다. 자취를 감춘 두 사람 덕에 소란했던 복도가 조용해졌다. 로지는 어느새 제 앞까지 다가온 태평을 올려다봤다. 딱히 내놓을 말이 없었는지 그는 내리뜬 눈으로 로지의 얼굴만 빤히 바라보고 있었다.

'어떻게 알고 집까지 찾아온 건지.'

로지의 입술 사이로 나지막한 한숨이 흘렀다. 흐르는 시간을 여유롭게 방관 중인 태평과 반대로 자신은 침을 삼키기조차 쉽지 않아서였다.

"잠깐만 기다려."

어렵게 말문을 뗀 로지는 현관문 도어 록에 손을 댔다. 침착하게 누른다고 눌렀는데, 헛손질을 했는지 번호가 틀렸다는 경고음이 요란하게 울렸다. 긴장을 풀기 위해 가볍게 주먹을 쥐었다가 펴고 다시 번호를 눌렀다. 방 안으로 들어가 쇼핑백과 가방을 들고 나왔다. 말없이 로지를 따라 1층으로 내려간 태평은 건물 앞에 서 있는 검은 세단을 가리켰다.

"타요."

로지는 잠자코 태평이 문을 열어 준 차에 탔다. 그가 외투도 걸치지 않은 가벼운 차림이라는 걸 무시할 수 없어서였다.

"우리 집은 어떻게 알았어?"

부드럽게 시동을 거는 태평에게 물었다.

"창수한테 물어봤어요."

짧은 대답을 끝으로 그의 입은 열리지 않았다. 로지도 정면만 응시했다. 과묵한 주인을 닮은 차는 엔진 소음 하나 없이 골목을 빠져나와 시내로 진입했다. 주말이라 도로는 꽉 막힌 상태였다. 굼뜨게 움직이던 차는 로지가 만나자고 했던 카페가 아닌 고급 음식점 앞에서 멈췄다.

"여긴……."

엉겁결에 태평과 함께 차에서 내린 로지는 건물 앞에 세워진 LED 배너를 뚫어져라 바라보았다. 조명이 환히 켜진 화면에는 요리사가 현란하고 화려한 불 쇼를 선보이는 장면이 흐르고 있었다. 천천히 눈을 움직여 그를 바라봤다.

'철판 코스 요릿집이라니?'

입 밖으로 꺼내지 못한 말을 눈으로 물었다. 불을 가까이하지 않았던 과거의 태평이 엄습한 탓이었다. 음식점에서 쓰는 가스 불도 견디기 힘들어하고, 라이터도 켜지 못했었는데. 동요를 숨기지 못하는 로지의 등을 태평이 부드럽게 밀었다.

"들어가요."

그의 힘에 떠밀려 로지는 자동문이 열린 음식점 안으로 들어갔다. 직원은 태평의 이름을 듣자마자 2인용 별실로 안내했다. 윤기가 흐르는 철판을 앞에 둔 바에 태평과 나란히 앉자 깨끗한 조리복을 입은 셰프가 별실로 들어왔다.

"채소구이 먼저 준비해 드리겠습니다."

셰프를 따라 들어온 종업원은 테이블 위에 싱그러운 초록빛을 뽐내는 샐러드와 따뜻한 장국, 그리고 각종 소스가 담긴 그릇을 내려놓았다.

치이익, 소리를 내며 철판 위에서 버터가 녹아내렸다. 셰프는 달궈진 판 위에 아스파라거스, 가지, 표고버섯을 차례로 올려 구웠다. 종업원이 로지 앞에 놓인 잔에 하우스 와인을 따라 주고 있을 때였다. 철판 위로 뜨거운 불길이 치솟았다. 얼굴에 고스란히 느껴지는 화기에 놀라 반사적으로 태평을 살폈는데.

"……."

걱정 어린 로지의 시선은 이내 민망함으로 바뀌었다. 그는 태연한 얼굴로 셰프가 일으킨 불길을 감상하고 있었다.

"아까 그 여자하고 남자는 누구예요?"

활활 타오르는 불꽃에서 시선을 떼지 않은 채 태평은 정아와 그녀의 남자 친구에 관해 물어 왔다.

"옆집에 사는 사람."

"나이가 꽤 많아 보이던데."

정아가 로지를 언니라고 부른 걸 들은 모양이었다. 사실 로지도 그녀의 정확한 나이는 몰랐다. 서로를 언니, 동생으로 부를 만큼 친분이 있는 사이도 아니었지만 일일이 따지는 게 귀찮아 그냥 그러려니 하고 있었다.

"사람 좀 가려서 만나요."

들고 있던 물컵을 내려놓으며 태평이 말했다. 덤덤한 그의 목소리와 달리 컵과 테이블이 부딪치며 낸 소리는 어딘지 모르게 신경질적으로 들렸다. 와인 잔을 들어 올린 로지는 단숨에 절반가량을 마셨다. 씁쓸한 맛이 목구멍에 확 번졌다.

"네가 상관할 일은 아니잖아."

이마를 찌푸리며 뾰족하게 대꾸했다. 멋대로 남의 집에 찾아와 놓고 사람을 가려 만나라니, 진심이 담긴 충고라고 해도 불쾌했다. 아주 잠깐, 이 불쾌함이 열등감에서 비롯된 자격지심 때문일 수도 있다는 생각이 스쳤지만 이미 뱉은 말을 주워 담을 수는 없었다. 후끈한 열기를 뿜어내는 철판이 무색하게 둘을 둘러싼 공기는 급속도로 냉랭해졌다. 그 묘한 분위기 속에서도 음식은 계속 서빙됐다.

"먹어요."

태평은 먹기 좋게 자른 아스파라거스와 조개관자를 로지의 앞접시에 덜어 줬다. 로지는 먹음직스러워 보이는 음식을 바라만 볼 뿐, 젓가락을 들지 않았다. 입맛이 사라진 탓도 있었지만 오른손을 쓰는 게 여의치 않아서였다. 새벽에 일어나 작업을 했더니 손목과 손가락에 무리가 간 것 같았다.

"마음에 안 들어요?"

꿈쩍도 하지 않는 로지를 지켜보던 그가 자리에서 일어났다.

"나가요. 다른 거 먹게."

이어진 말에 로지는 시선을 올려 태평을 올려다봤다. 말투는 공손해졌지만, 막무가내인 성격은 어렸을 때와 다를 게 없어 보였다. 급히 상체를 틀어 종업원을 찾았다.

"포크 좀 부탁드려도 될까요?"

로지의 요청에 종업원은 포크와 나이프를 가져다주었다. 포크로 아스파라거스를 찍어 입에 넣었다. 그제야 태평도 다시 자리에 앉았다. 손님의 눈치를 보던 셰프는 한결 안심한 얼굴로 다음 요리에 집중했다. 멋진 퍼포먼스와 함께 완성된 스테이크와 각종 사이드 디시가 테이블 위로 바쁘게 올라왔다. 두 사람은 묵언 수행이라도 하듯 조용히 음식을 씹고 삼키는 일에만 집중했다.

"필요한 게 있으면 언제든지 불러 주십시오."

마지막 요리를 끝낸 셰프가 정중하게 인사한 뒤 룸에서 나갔다. 로지는 멍한 얼굴로 제 앞에 놓인 녹차 아이스크림을 바라보았다. 문득 지금 태평과 점심을 먹고 있다는 게 믿기지 않았다. 평생 다시는 마주칠 일이 없을 줄 알았는데.

똑―.

아이스크림 잔에 맺혀 있던 물방울이 테이블 위로 떨어진 순간, 로지의 동공이 소리 없이 커졌다. 태평에게 받았던 메시지가 번뜩 떠올라서였다.

[peace : 받아야 할 것도 있으니까.]

숨을 한 번 삼키고 의자 옆에 놓아둔 쇼핑백으로 손을 뻗었다.

어서 볼일을 보고 집으로 돌아가고 싶었다.

"옷, 여기 있어."

쇼핑백을 내밀었다. 그런데 태평은 옷에 눈길도 주지 않고 입을 열었다.

"저것 때문에 만나자고 한 거 아닌데."

정면을 향해 있던 그의 시선이 천천히 로지의 얼굴로 옮겨 왔다.

"나한테 줄 거 있잖아요. 7년 전에 주기로 약속했던 거."

"……약속?"

옷이 아닌 다른 걸 달라는 말에 당황한 로지를 보며 태평이 느릿하게 입술을 움직였다.

"내 그림, 어디에 뒀어요? 영국에는 없던데."

떨리는 눈이 태평의 얼굴로 향했다.

"그림, 이라니?"

로지가 되묻자마자 그의 입가에 쓴웃음이 올라왔다. 그 웃음이 마치 정말 아무것도 기억나지 않느냐는 물음처럼 보였다. 로지는 돌아가지 않는 머리를 굴리며 기억을 더듬었다. 야속하게도 잡히는 게 없었다. 침묵이 길어지자 그가 상체를 틀어 눈을 마주쳐 왔다.

"브리티시 내셔널 갤러리에 걸렸어야 할 그림이 어디에 있냐고요."

자신을 책망하는 듯한 눈빛에 로지는 잠깐 숨을 참았다. 호흡을 멈추자 덮어 두었던 기억 속에서 불현듯 그림 한 점이 떠올랐다.

'브리티시 내셔널 갤러리, 설마.'

소리가 되지 못한 말이 입 안에서 뭉개졌다. 욱신거리던 오른손도 눈에 띄게 떨렸다. 그걸 들키지 않기 위해 억지로 입을 열었다.

"그 그림이라면…… 선생님께 제출한 뒤로는 나도 몰라. 지금 어디에 있는지도."

어색한 변명을 늘어놓는 로지 앞에서 태평은 나지막이 한숨을 흘렸다. 그가 뱉어 놓은 숨결에서 달콤하면서도 쌉쌀한 와인 향이 느껴졌다.

"정말 아무것도 모른다는 얼굴이네. 나만 미친놈처럼 집착한 건가."

말끝을 흐린 그는 손가락으로 테이블을 톡톡 두드렸다. 곤두선 신경을 잠재울 시간이 필요한 것 같았다. 고요함이 길어질수록 로지의 불안함은 더 커졌다. 불쑥 나타난 태평의 얼굴을 마주 보고 있는 것만으로도 정신이 없는데, 그림이라는 단어에 잊고 있던 감정들이 휘몰아친 탓이었다.

잠시 후, 길게 뻗어 있던 손가락을 가볍게 접은 태평이 입을 열었다.

"상관없어요. 다시 그리면 되니까."

"……뭐?"

"다시 그리라고요. 내 그림."

유독 '내 그림'에 강세를 주는 그의 눈이 매서웠다. 로지의 고개가 아래로 떨어지면서 팽팽하게 닿아 있던 두 사람의 시선도 어긋났다. 하지만 태평은 물러설 생각이 전혀 없는 것 같았다. 그는 가라앉다 못해 한기가 느껴지는 목소리로 속삭였다.

"내 거, 되찾으러 한국에 왔으니까."

명치 끝이 아려오는 느낌에 로지는 저도 모르게 오른손으로 주먹을 질끈 쥐었다.

'그림을 다시 그려 달라니, 억지도 이런 억지가.'

그 억지를 김태평이 부리고 있다는 게 더 기가 막힐 노릇이었다.

어느새 뼈마디가 도드라질 만큼 세게 쥐고 있던 주먹에서 통증이 빠르게 퍼졌다. 그 바람에 닫혀 있던 로지의 입술도 저절로 열렸다.

"아니, 그건 못 해."

그림 같은 건 잊은 지 오래였다. 이젠 기억하려고 해도 기억나지 않는 전생처럼 되어 버린 게 그림이었으니까.

"왜요?"

"그리기 싫으니까."

"이유는?"

말꼬리를 붙잡는 게 재미있었는지 태평이 슬쩍 웃었다.

"싫은데 이유가 있어?"

로지는 최대한 감정을 섞지 않은 어투로 쏘아붙이고 자리에서 일어났다. 잡아 세우면 어쩌나 했는데, 다행히 그는 로지의 등에 대고 남은 용건을 말했다.

"잘 생각해 봐요."

"……."

"내가 준 꽃이 시들기 전까지."

태평과 헤어지고 집으로 돌아온 로지는 주말 내내 일러스트를 그리는 일에 매달렸다. 손목이 시큰거려 눈물이 날 지경이었지만 계속 그렸다. 하지만 아무리 몸을 혹사시켜도 원망 섞인 목소리는 귓가에서 떠나지 않았다.

　'다시 그리라고요. 내 그림.'

　차분하지만 날이 선 어투로 태평은 '약속'을 지키라고 강요했다. 로지는 비참함에 고개를 들지 못했다. 영국에서 성공하고 돌아온 그에게 자신의 좋지 않은 형편을 내보인 것도, 열정을 쏟아부어 그렸던 그림의 행방을 모르는 사람이 된 것도 슬펐다. 하지만 그것보다 더 견디기 힘들었던 건, 그림이 전부였던 자신을 가장 잘 알고 있는 태평 앞에서 그림을 부정했던 순간이었다.

　'그리기 싫으니까.'

　그림을 잊기 위해 달력도 보지 않고 살았던 로지였다. 절망스러웠던 그 시간은 아이러니하게도 로지를 지탱하는 힘이 됐다. 그림을 떼어 놓고 나니 비로소 자신의 인생을 타인의 인생처럼 여길 수 있었으니까. 그편이 훨씬 나았다. 좋은 일이건 나쁜 일이건, 내 일이 아닌 다른 사람의 일이라고 생각하면 웃어야 할 이유도 울어야 할 이유도 없었다.

　멍하게 태블릿 화면을 보고 있던 얼굴을 돌렸다. 싱크대 위에 올려 둔 장미꽃이 눈에 들어왔다. 허름하고 낡은 방과 어울리지 않게 꽃은 진한 향기를 뿜어내며 강렬한 존재감을 드러내고 있었다.

　서로 이질적인 방과 꽃이 로지의 눈에는 자신과 태평처럼 보였다. 예전에도, 그리고 지금도 둘은 지독히도 어울리지 않았으니까.

　"얼마 안 가겠지."

　뿌리 없는 꽃이 시드는 건 금방이었다. 태평이 말도 안 되는 억지를 부리는 것도, 그런 태평에게 자신이 휘둘리는 것도 순간일 거라 믿었다. 다시 태블릿 화면으로 시선을 옮겼다. 두통으로 머리가 지끈거렸다. 아무래도 잠은 포기해야 할 것 같은 밤이었다.

　다음 날, 학교에 출근한 로지의 얼굴은 퇴근할 때보다 더 기가 빠져 있었다.

　"자기, 주말에 뭔 일 있었어? 얼굴이 너무 푸석푸석하네."

　로지의 안색을 살피며 이 선생이 살갑게 말을 붙여 왔다.

　"두통이 조금 있어서요."

　"두통만? 다른 데는 괜찮고? 일하기 힘들면 조퇴라도 해. 정신적인 충격이 컸을 텐데."

　로지는 의아한 눈으로 이 선생을 쳐다봤다. '정신적인 충격'이라는 단어가 주는 묘한 어감 때문이었다.

　"아니, 내 말은 그냥 자기가 학교에서 일한 지 벌써 한 달이 좀 넘었잖아. 긴장이 풀릴 때도 됐지 뭐. 그러다 보면 사람이 안 하던 실수를 할 때도 있어. 무튼, 오늘 오전에 수업 없지? 조례는 내가 들어갈 테니까 보건실에 가서 약 먹고 한 시간만 누워 있다가 와."

괜찮다고 말했지만 이 선생은 기어코 로지의 등을 떠밀었다. 머뭇거리던 로지는 교무실을 빙 둘러보았다. 이야기를 나누던 교사 몇몇이 제 쪽을 힐끗대고 있었다. 어쩐지 대화의 화제가 자신일 것이라는 짐작이 들었다.

"그러면 잠깐 다녀오겠습니다."

이 선생에게 양해를 구한 뒤 교무실 밖으로 나갔다. 보건실은 로지가 일하고 있는 건물이 아닌 구름다리로 연결된 다른 건물에 있었다. 무거운 걸음을 옮기는 동안 로지는 이 선생의 말을 곱씹었다.

'안 하던 실수를 할 때도 있다니, 말에 뼈가 있는 것 같은데.'

뭔가 자신도 모르는 사고라도 친 걸까, 짧지만 깊은 생각에 빠졌다가 고개를 들어 보니 어느새 보건실 문 앞이었다. 가볍게 숨을 고르고 문을 두드렸다.

"들어와요."

명랑한 목소리에 문을 열었다. 민영은 로지 쪽에 시선을 둘 여유 없이 커튼레일을 정리하느라 바빴다. 친구의 일을 방해하고 싶지 않아 조용히 보건실 내부를 둘러봤다. 어릴 적에 민영이 일하고 싶어 했던 대기업 사무실만큼은 아니었지만 꽤 넓고 아늑해 보였다.

"로지야!"

커튼 사이로 로지의 얼굴을 발견한 민영이 두 팔을 번쩍 들었다.

"오면 온다고 말을 해야지. 잘 왔어! 내가 안 그래도 보건실로 오라고 문자 할까 했는데. 완전 근사한 간식이 생겼거든. 이쪽으로 와서 앉아. 요즘에는 보건실에 황토 흙침대도 있다?"

"정말?"

로지는 민영이 가리킨 흙침대에 앉았다. 엉덩이에서 느껴지는 따끈한 온기에 신기해하고 있었는데 친구가 보건실 문고리에 '부재중' 팻말을 거는 게 보였다.

"그래도 돼?"

걱정 섞인 물음에 민영은 생긋 웃으며 문을 닫았다.

"괜찮아. 딱 30분만 걸어 놓지 뭐. 이 아침부터 찾아올 사람도 없고 급하면 폰으로 연락할 테니까. 근데 너야말로 어떻게 시간 냈어? 이쪽에 올 일이라도 있었던 거야?"

"진통제 하나 받으려고."

냉장고에서 간식거리를 꺼내던 민영이 급히 달려와 로지의 이마를 짚었다.

"두통 있어? 그러고 보니 얼굴이 많이 상했네."

"아니야. 주말에 잠을 좀 못 자서 그래."

애써 밝게 웃는 로지를 애틋하게 바라보던 민영은 마카롱과 커피를 테이블 위에 올려놓았다.

"그 학부모 때문이지? 교실까지 찾아와서 완전히 뒤집어 놓고 갔다며."

알록달록한 마카롱에 시선을 주고 있던 로지가 고개를 들어 올렸다.

"아니, 무슨 수행 평가 날짜를 가지고 딴지를 걸어? 그렇게 못마땅하면 자기가 학교를 세우지? 아들 스케줄에 맞춰서 학사 일정 조정할 수 있게."

말없이 어떻게 알았냐는 표정으로 친구를 응시했다. 커피를 마시려던 민영이 빠르게 입을 열었다.

"학교 커뮤니티에 익명 게시판이 있어. 주말에 심심해서 들어가 봤는데 너희 반 이야기가 올라왔더라. 안 그래도 연락해 볼까 하다가 괜히 너 심란하게 만들 것 같아서 참았지."

마카롱을 먼저 입에 넣고 민영은 휴대폰을 꺼내 캡처해 둔 사진을 보여 줬다.

[우리 학교에 진상 학부모 진짜 많음. 자기 아들이 해외여행을 갔는데 미술 수행 평가 때문에 제대로 못 놀았다고 따지다니 ㅋㅋㅋ 학교에 왔으면 선생님 말씀을 잘 듣고 학교 규칙에 따라야지. 어떻게 선생님한테 지 아들 여행 날짜를 피해 수행 기간을 바꾸라고 하지? 그 아줌마 때문에 우리 담임 선생님 혈압 올라서 코피까지 터짐. 판사님! 이건 제가 쓴 게 아니라 우리 고양이가 읍읍ㅡ.]

입을 작게 벌린 로지는 사진 속의 글을 읽고, 또 읽었다. 이름을 언급하지는 않았지만 누가 봐도 이건 자신의 이야기였다.

'형식이가 자기 엄마를 진상 학부모라고 말할 리는 없고, 그렇다면 설마 민준?'

생각이 거기까지 미치자 교무실에서 이 선생이 했던 말과 자신을 쳐다보던 동료들의 심상치 않은 눈빛이 이해가 됐다.

"로지."

친구가 부르는 소리에 고개를 들었다. 마주한 민영의 눈빛이 조금 전보다 진지해져 있었다.

"이거, 네 이야기 맞지? 정말 코피까지 흘렸어? 빨리 말해 봐."

로지는 어쩔 수 없이 그날 있었던 일을 간략하게 설명했다. 이야기를 듣는 내내 민영은 제 일처럼 분통을 터트리며 화를 냈다.

"진짜 뭐 그런 여자가 다 있어? 완전 똥 밟았네. 그래도 목격자가 있어서 천만다행이다. 익게에 올라왔으니 그 아줌마도 눈이 있으면 다 봤겠지. 창피해서라도 너한테 더는 뭐라고 못 할 거야."

마른 입을 커피로 축인 로지는 고개만 설레설레 흔들었다. 민영은 로지의 시원찮은 반응이 신경 쓰였는지 초록색 마카롱을 집어 들었다.

"됐어, 신경 쓸 거 없으니까 이거나 먹어."

로지는 친구가 건넨 피스타치오 마카롱을 입에 넣었다. 따끈한 커피와 달콤한 디저트를 먹자 놀란 가슴이 조금 가라앉는 느낌이었다. 그 틈을 타서 또 다른 고민거리가 찾아왔다. 손끝을 만지작거리며 벽시계를 힐끔 바라봤다. '부재중' 팻말을 치워야 할 시간이 점점 가까워지고 있었다.

'태평이를 만났다는 걸 어떻게 말해야 하나.'

똑딱거리는 시계의 초침 소리를 오래 흘려보내고 나서야 로지는 간신히 입술을 떼어 낼 수 있었다.

"저기, 민영아."

"응?"

"나, 주말에 김태평 만났어."

학교에서 처음 만났다는 말은 하지 않고, 점심을 같이 먹었다고만 말했다. 창수에게 물어 제 연락처를 알아낸 것 같다는 사족과 함께.

말을 끝낸 로지는 초조한 마음으로 민영의 얼굴을 살폈다. 태평에게 살갑지 않았던 친구였기에 기함이라도 할 줄 알았는데.

"……그랬어?"

민영은 덤덤한 얼굴로 되물었다. 평온한 친구의 태도에 너무 놀란 나머지 로지는 '응'이라는 말만 뱉었다. 표정만큼 담담한 목소리로 민영이 말을 이었다.

"얼마 전에 창수한테 들었어. 김태평이 한국에 와 있다고. 너한테도 말을 해 줄까 하다가, 그냥 안 했어. 이번 주 금요일에 창수하고 저녁 먹기로 했잖아. 그때 자연스럽게 이야기가 나올 것 같아서."

답지 않게 말을 길게 하는 민영 앞에서 로지는 조용히 뺨만 붉혔다. 7년 만에 불쑥 나타난 태평을 자신만 의식하고 있는 것 같아서였다. 민영도, 창수도 그를 그저 오랜 친구로 여기고 있을 뿐인데.

천천히 표정을 가다듬고 다른 화제를 꺼냈다.

"이 마카롱은 어디에서 샀어?"

갑작스럽게 꺼낸 마카롱 이야기에 놀랐는지 민영은 바로 대답하지 못했다.

"너무 맛있어서, 나도 다음에 사 먹으려고."

재차 설명하자 친구의 얼굴에 부드러운 미소가 번졌다. 더는 태평에 대해 말하고 싶지 않다는 로지의 마음을 눈치챈 것 같았다.

"이사장님이 돌린 거라 잘 모르겠어. 아마 교무실에도 있을걸?"

"이사장님이? 특별한 행사라도 있었나?"

"아니, 그건 아니고. 너 우리 학교에 조경사가 따로 있는 거 알아?"

로지는 이 선생에게 들어 알고 있다고 대답했다.

"그분이 올해 환갑인데 허리 디스크 때문에 고생이 많았대. 더는 수술을 미룰 수가 없어서 지난달에 휴직 신청을 하셨고. 그래서 임시로 일할 사람을 구했는데, 이사장님이 새로 온 조경사가 너무 마음에 든다고 마카롱까지 돌렸어."

커피 잔을 입술에 댄 채 로지는 눈썹만 살짝 올려 놀라움을 표했다.

"우리 학교 뒤에 있는 도서관에 가 본 적 있어? 그 도서관이 시립 도서관보다 더 크다나, 뭐라나. 아무튼, 도서관 건물 옆에 어마어마한 공터가 있는데 거길 전부 공원으로 꾸밀 계획이래. 그래서 괜찮은 조경사를 찾고 있었는데 이번에 뽑은 사람이 경험도 많고 스펙도 엄청나다나 봐. 듣기로는 이사장님이 아는 기자란 기자는 전부 불러 모으고 있다더라. 보도 자료를 있는 대로 뿌리려고."

"……그런 유명한 사람이 고등학교 조경사로 일한다고?"

연방 눈만 깜빡이는 로지가 웃겼는지 민영이 소리 내어 웃었다.

"응, 경력직으로 왔다는 거 보니까 나이가 제법 있나 봐. 아직 얼굴을 본 사람은 없는데 이사장님 말로는 키도 크고 어깨도 끝내주게 넓대. 뭐, 직접 봐야 알겠지만. 아! 그리고 이건 확실하지 않은데 외국인이라는 소문도 있어."

"그래?"

"어, 진짜 외국인이라면 콜린 퍼스처럼 섹시한 아저씨면 좋겠다. 그치? 아, 이럴 줄 알았으면 대학 다닐 때 영어 회화 좀 열심히 공부할걸. 그랬으면 말 한번 걸어 볼 텐데. 나는 외국 배우 중에서는 나이가 좀 있는 배우가 그렇게 멋있더라. 중후한 멋이 있는 남자들!"

잘생긴 남자를 좋아하는 민영은 어릴 때나 지금이나 여전했다. 이제야 학교에 다닐 맛이 나겠다고 호들갑을 떠는 친구 앞에서 로지는 소리 죽여 웃었다.

"창수가 들으면 섭섭하겠다."

"섭섭하기는, 말이 그렇다는 거지. 원래 이상과 현실은 다른 법이잖아. 창수도 아이돌 가수 엄청 좋아해."

로지의 핀잔에도 민영의 장난은 멈출 기미가 보이지 않았다. 영어로 자기소개를 시작한 친구 때문에 로지는 결국 진통제를 먹는 걸 깜빡하고 보건실에서 나왔다.

민영 덕에 지끈거리는 두통은 나았지만 마카롱으로 보충한 기력은 월요일을 맞아 금방 소진됐다. 종일 각종 회의에 시달린 로지는 수업이 끝난 이후에도 바빴다. 학생들이 제출한 그림을 정신없이 확인하고 있는데 이 선생이 부르는 소리가 들렸다.

"자기야, 종례 안 들어가?"

시계를 본 로지가 화들짝 몸을 일으켰다.

"시간이 벌써 이렇게 된 줄 몰랐어요."

보고 있던 그림을 챙겨 교실로 향했다. 간단히 종례를 끝낸 뒤,

로지는 민준에게 잠깐 남으라고 말했다. 모든 학생들이 교실에서 빠져나가자 그가 로지 쪽으로 천천히 걸어왔다.

"몸은 좀 괜찮으세요? 그날 코피를 많이 흘리시던데."

파일을 꺼내던 로지가 멈칫했다. 학부모와의 마찰로 동료들의 이 야깃거리가 된 것도 모자라, 학생의 염려까지 받다니. 학생에게 든 든한 담임이 되지 못해 속상했지만, 내색하지 않고 대답했다.

"그래, 거기 앉아."

"네."

민준의 맞은편 의자에 앉은 로지는 묵묵히 파일에서 그림 한 장 을 꺼냈다.

"이것 때문에 남으라고 했어."

"예?"

놀란 기색을 숨기지 못한 민준은 로지의 얼굴을 빤히 바라봤다.

"그림 때문이라고요? 나는 게시판에 올린 글 때문에 남으라고 한 줄 알았는데."

그는 머쓱한 얼굴로 킥킥대며 웃었다. 남몰래 담임 선생님을 도 운 일로 뭔가를 기대했다가 본전도 못 찾은 자신이 꽤 민망한 눈치 였다.

"우리 선생님, 알면 알수록 더 존경스럽네. 형식이네 엄마도 무시 하더니."

혼잣말처럼 중얼댄 민준은 잠시 뒤, 다시 입을 열었다.

"선생님 도와준 일로 커피라도 한잔 얻어 마시려고 했거든요.

이 세상엔 원래 공짜가 없잖아요."

로지는 무표정한 얼굴을 풀지 않고 민준을 응시했다. 그는 어차
피 이렇게 된 거 제 입으로 생색 좀 내 보겠다는 듯 호기롭게 말을
이었다.

"사람 가지고 노는 거 진짜 쉽지 않아요? 그 아줌마, 게시판 글
보자마자 형식이 시켜서 나한테 연락했거든요. 글 좀 지워 달라고."

낄낄대며 웃던 민준은 형식이 어머니가 돈을 주겠다고 했다는 말
도 덧붙였다. 로지는 차분한 목소리로 민준의 너스레를 종식시켰다.

"그 이야기는 그만하자. 앞으로 선생님 일에 나서지 말고."

잔소리처럼 들렸는지 그는 입술을 죽 내밀며 투덜거렸다.

"싫은데요? 저처럼 눈에 뵈는 게 없는 사람들은 시비를 털고 다
니는 게 인생의 유일한 재미라서요."

올곧게 민준을 응시하던 로지의 시선이 순간 흔들렸다. 초점이
나간 눈에 교복을 입은 태평의 얼굴이 환영처럼 찾아들었다. 깜짝
놀라 주위를 두리번거렸다. 교실이 어느새 태평과 자주 찾던 카페
로 변해 있었다.

'……나 이제 막 나갈 거야! 너랑 있으니까 눈에 뵈는 게 없어.'

익숙한 목소리가 귓가를 또렷하게 울렸다. 어린 시절 자신이 태
평에게 했던 말이었다.

정신이 나간 듯한 로지의 얼굴에 민준도 서서히 웃음기를 지웠다.

"선생님."

자신을 부르는 소리에 로지는 멍한 눈동자만 들어 올렸다. 로지의

반응에 이상함을 느꼈는지 민준은 이마를 잔뜩 찌푸렸다.

"설마 말도 안 되는 착각을 하신 건 아니죠?"

"……."

"제가 선생님을 좋아해서 게시판에 글을 썼다고."

"아니야."

민준의 말을 자르며 고개를 흔들었다. 아니라는 말에도 그는 이런 문제는 확실히 짚고 넘어가야 한다며 입을 놀렸다.

"제 취향이 한결같은 소나무인데, 전 돈 냄새가 흐르는 여자만 좋아하거든요. 그러니까 외면보다 내면의 아름다움을 가꾸시는 선생님은 걱정 안 하셔도 돼요."

묻지도 않은 이상형을 줄줄이 말하던 그는 갑자기 손을 들어 로지의 두 눈을 가렸다.

"이 눈 때문이었어요. 제가 선생님 일에 나선 이유는."

영문을 알 수 없는 소리에 로지는 눈만 감았다가 떴다.

"우리 엄마가 선생님이랑 똑같은 눈빛을 하고 나를 보다가, 내 눈앞에서 뛰어내려 죽었거든요."

도가 넘는 언행에 로지의 눈썹이 살짝 어그러졌다. 멀쩡히 살아 계신 어머니를 자꾸 돌아가셨다고 말하는 학생의 심리가 뭘까. 잠깐의 고민 끝에 로지는 정신과 의사가 아닌 미술 선생의 의무에만 충실하기로 했다. 내리뜬 눈으로 책상 위에 있는 그림을 가리키며 물었다.

"혹시 색맹이니?"

조금 전 그의 말을 무시하고 던진 질문이었지만, 민준은 얼굴색 하나 바꾸지 않고 명랑하게 대답했다.

"지극히 정상인데요. 면허도 문제없이 땄고요."

"그러면 네가 베껴 그린 그림의 화가가 색맹이라는 건 알고 있었어?"

능글능글한 웃음이 떠다니던 민준의 얼굴이 처음으로 굳었다. 잠깐 숨을 고른 로지는 그를 남긴 까닭을 설명했다.

"네가 만약 색맹이었다면 참작을 하려고 했는데 안 되겠다. 다른 사람의 그림을 베껴 그린 건 점수를 줄 수 없어. 다시 그려 올래, 아니면 최저 점수에 만족할래?"

턱이 빠지도록 입을 크게 벌린 민준은 잠시 말을 고른 뒤 입을 열었다.

"……와, 저 지금 소름 돋았어요. 베낀 거 어떻게 알았어요? 지금까지 한 번도 안 걸렸는데?"

"일본 화가 그림이잖아."

로지가 화가의 이름을 말하자 민준의 표정이 묘하게 바뀌었다. 그리고 모르쇠로 일관할 줄 알았던 그는 순순히 제 잘못을 시인했다.

"따라 그리는 게 취미예요. 일본에서 그걸로 돈 좀 벌었거든요. 그림 잘 그리는 애들이야 많았지만 똑같이 따라 그리는 건 제가 제일 잘해서. 아, 그런데 진짜 어떻게 알았지? 저는 이름도 몰랐던 화가거든요. 우연히 잡지에서 본 그림으로 골라 그렸는데."

한참 동안 고개를 갸웃거리던 민준은 양심의 가책 따위는 찾아볼 수 없는 얼굴로 0점을 달라고 했다.

"그래, 그럼 그렇게 처리할게."

로지는 그의 뜻을 존중하겠다는 의사를 밝혔다. 민준은 먼저 가보겠다며 가방을 들고 자리에서 일어났다.

"저, 선생님."

교실 앞문을 열다 말고 민준이 로지를 불렀다. 그림을 파일에 넣던 로지가 얼굴을 돌렸다.

"사적인 질문 하나만 해도 돼요?"

"뭔데?"

민준은 그답지 않게 조금 주저하며 입을 열었다.

"그 남자, 누구예요?"

"남자라니?"

"금요일에 선생님 찾아온 남자요. 오로지 선생님을 만나러 왔다고 하던데."

잠시도 생각할 틈을 주지 않고 민준이 이어 말했다.

"그 검은색 정장 입고 장미꽃 들고 있던 남자요. 못 만나셨어요? 저한테 빨리 교실에서 나가라고 했는데."

로지는 당황을 감추기 어려웠다. 태평과 민준이 마주쳤을 거라고는 상상도 못 해서였다.

"그게……."

어떻게 둘러대야 하나 고민 중인 로지를 민준은 미동 없이 기다렸다. 대답을 들을 때까지 저대로 있을 생각인 것 같았다. 어설픈 거짓말은 안 하느니만 못한 상황이었기에 로지는 가장 상식적이고

구설에 오르지 않을 만한 관계를 골라냈다.

"고등학교 후배야."

"후배요? 그 남자가 선생님보다 어리다고요?"

놀란 눈으로 되물은 민준은 이내 애교스럽게 웃어 보였다.

"아하, 우리 선생님 취향이 연하였구나."

로지에게 꾸벅 인사를 하고 민준이 교실에서 나갔다. 로지는 아무것도 못 들은 사람처럼 정면만 응시했다. 해가 지기 시작하는지 하늘이 붉은 노을로 물들고 있었다. 진한 주홍빛 노을 한 줌이 로지의 창백한 뺨 위로 바스러졌다. 또렷했던 시선이 멍하게 흐려지면서 또다시 태평의 얼굴이 그림처럼 그려졌다.

닭갈빗집에서 식은땀을 흘렸던 어린 시절의 태평과 화려한 불 쇼를 즐기며 스테이크를 먹던 태평이 번갈아 나타났다 사라졌다.

'어느 쪽이 내가 아는 태평인 걸까.'

7년 전에는 보지 않아도 알 수 있던 것들이, 지금은 두 눈으로 봐도 보이지가 않았다.

시립 미술관 주차장에 차를 세운 태평은 창밖을 바라봤다. 한겨울 날씨에도 인부들이 땀을 뻘뻘 흘리며 자재를 나르고 있었다. 고개를 돌려 보니 '〈월드 아트 페어〉 준비로 미술관 외벽 리모델링 공사 중'이라는 안내 표지판이 보였다. 차에서 내려 미술관 입구로 걸어갔다. 다행히도 내부 관람은 공사로 인한 지장이 없었다. 곧장 동양화 전시실로 들어선 그는 한 점의 그림 앞에서 걸음을 멈췄다. 그림을 응시하는 눈빛이 더없이 싸늘해졌다.

〈A Frozen Tree, Kang Yujun〉

로지와 감상했던 〈검은 정원〉이 있던 자리에는 강유준의 그림이 걸려 있었다.

"내가 전생에 나라라도 팔아먹었나."

태평의 입가에 냉소가 흘렀다. 강유준과 얽힌 악연을 잘라 낼 날이 머지않았지만 그래도 입이 썼다. 곤두선 신경을 누르며 그림 앞에 놓인 의자에 앉았다. 로지를 처음 만났던 날이 자연스레 떠올랐다.

그림을 바라보던 로지의 눈은 초여름의 햇살처럼 빛났다. 커다란 눈을 내리깔고 올려 뜰 때마다 쏟아져 나오는 그 빛은 태평의 가슴을 무자비하게 찔러 댔다.

'애정이 없으면 그릴 수 없는 게 그림이잖아. 그래서 모든 그림에는 화가가 발견한 아름다움이 숨겨져 있다고 생각해.'

따뜻한 눈매를 가진 소녀는 그림을 사랑하고 있다고 고백했다. 그 절절한 고백이 소년에게는 역겨웠다. 무엇인가를 순수하게 갈망하고 좋아하는 감정 같은 건 알고 싶지도, 이해하고 싶지도 않은 영역이었으니까.

우연히 보게 된 소녀의 그림 한 점이 아니었다면, 둘의 인연은

이 미술관에서 끝나지 않았을까? 학교에서 소녀의 그림을 발견한 날, 소년의 가슴에는 기묘한 감정이 피어올랐다. 저열한 이기심에 가깝다고 믿어 온 인간의 본능이 그토록 아름답게 느껴진 건 처음이었다.

본능은 원래 추악한 것이었다. 특히 생사의 기로 앞에 서면, 이성마저 먹어 치우는 악의 씨앗이 바로 인간의 본능이었으니까. 불에 타 죽어 가던 부모를 뒤로하고 살기 위해 발버둥을 쳤던 소년에게는 더욱 그랬다.

하지만 소녀의 그림에 드러난 본능은 존재 자체만으로도 의미가 있는, 흘러가는 물처럼 자연스러운 것이었다. 자의식을 모두 내려놓고 그린 그림 앞에서 소년의 경계심은 자취를 감추었다. 그녀 옆에서 단잠을 잘 수 있었던 게 그 증거였다. 소년이 걷잡을 수 없이 소녀에게 빠져들었던 것도 당연한 결과였다.

"강유준 때문인가."

태평의 마른 눈이 눈앞의 그림으로 향했다. 강유준의 볼품없는 그림이 7년 만에 마주한 로지의 눈과 겹쳐 보였다. 생기가 없는 그림처럼 로지의 반짝이던 눈은 빛을 잃고 죽어 있었다.

'내 그림, 어디에 뒀어요? 영국에는 없던데.'

로지와 점심을 먹었던 날, 보고 싶었다는 말보다 그림이라는 단어가 먼저 튀어나왔다. 새카맣게 변한 로지의 눈을 되살려야 한다는 절실함 때문이었다.

'싫은데 이유가 있어?'

로지는 피로에 젖은 얼굴로 그림을 그려 달라는 제안을 거절했다. 뒤돌아서는 그녀를 태평은 붙잡지 못했다. 로지가 룸에서 나가자마자 화장실로 달려간 그는 먹은 것들을 정신없이 게워 냈다. 되지도 않는 허세를 부린 대가였다. 트라우마를 극복했다는 걸 보여 주기 위해, 식사 내내 치밀어 오르는 토기를 참았던 태평이었다.

우웅─.

허벅지에서 느껴진 진동에 정신을 차린 태평은 코트 주머니에서 휴대폰을 꺼냈다. 전화를 걸어온 사람은 그가 영국에서 사귄 유일한 친구, 해리였다.

「여보세요?」

─벤, 지금 통화할 수 있지? 한국하고 아홉 시간 차이가 난다고 했던가?

「어, 말해.」

미술관 내부를 둘러보며 목소리를 낮췄다. 고맙게도 자신을 제외하고 다른 관람객은 보이지 않았다.

─엊그제 네가 말한 윌트셔 데비지스 크리켓 클럽에 가입했어. 존 맥어보이는 일주일에 한 번 나온대. 몸이 좋지 않아서 휠체어를 타고 다닌다더라.

이모부의 이름을 듣자마자 태평의 눈썹이 슬쩍 올라갔다.

「맞아. 화요일마다 갈 거야. 대학 동문 모임이 거기에서 있으니까.」

─그러면, 다음 주에는 화요일에 나가야겠군. 내가 할 일은 존 맥어보이한테 데비지스 경매 소식을 알리면 되는 거지? 거기에 아주

좋은 작품이 나온다는 것도.

「그래. 스카치위스키 좋아하니까 그거 한잔 사 주면서 말 붙여 봐. 내가 강유준과 친분이 있는 사이라는 것도 강조하고.」

―알겠어. 마침 네가 한국에 있으니까 이야기가 더 쉬울 것 같네. 강유준을 보러 한국에 간 거라고 둘러대면 될 테니까. 그건 그렇고 한국은 어때? 오랜만에 가니까 좋아? 언제 돌아올 거야?

「글쎄.」

태평의 모호한 대답에 해리는 실망한 기색이 역력한 어투로 구시렁댔다.

―놀러 간 게 아니라 아주 살러 간 거야? 여기에 널 기다리는 사람들이 얼마나 많은데. 네 안식년이 언제 끝나냐고 묻는 사람들이 줄을 섰어! 아무튼, 너 이 일로 나한테 빚 제대로 진 거다. 나중에 꼭 갚아.

알겠다고 대답하며 전화를 끊으려는데, 해리의 투덜거림은 끝이 없었다.

―그리고 너 나한테 아직 20파운드 안 갚은 거 아냐?

「무슨 20파운드?」

―너 옛날에 나랑 한 방 쓸 때 빌려 갔었잖아. 그, 뭐냐! '브리티시 내셔널 갤러리' 전시회에 초대받았다고 했던 날! 내가 잊은 줄 알았지? 우습게 보지 마라. 나, 이래 봬도 경제부 기자야. 상금을 그렇게 많이 받아 놓고 내 돈 떼먹으면 양심 없는 놈인 거 알지? 돈으로 갚기 싫으면 거하게 술이라도 한잔 사든가!

해리는 이자까지 꼭 쳐서 갚으라고 말한 뒤 전화를 끊었다. 간만의 통화로 뜨끈해진 휴대폰을 주머니에 넣으며 태평은 다시 생각에 잠겼다. 손에서 느껴지는 열기와 달리 그의 머리는 차게 식어 있었다. 영국에 있는 올리버와 이모부 내외 탓이었다.

'죽지 못해 사는 기분을, 나만 알 수는 없지.'

기다란 눈매가 매섭게 가라앉았다. 자신의 인생을, 그리고 자신보다 더 소중했던 로지의 인생을 시궁창으로 밀어 넣은 사람들의 얼굴을 곱씹을 때마다 온몸의 피가 차갑게 얼어붙었다.

"……언제 왔어?"

뒤에서 들려온 목소리에 태평이 몸을 틀었다. 백팩을 멘 창수가 멋쩍은 얼굴로 서 있었다. 힐끔힐끔 전시실을 둘러보던 그는 천천히 태평 쪽으로 다가왔다.

"웬일로 보자고 했어? 다시는 내 얼굴 안 볼 줄 알았는데."

의자에 앉으며 창수가 먼저 말문을 열었다. 태평은 말없이 손을 올려 입가만 쓸어내렸다. 적요한 시간이 흐르면서, 둘은 경쟁이라도 하듯 그들 앞에 걸린 강유준의 그림만 바라봤다. 태평에게는 기시감이 느껴지는 순간이었다. 아주 오래전에 창수가 아닌 다른 사람과 이 자리에서 그림을 감상한 적이 있었으니까.

"너 주먹 진짜 맵더라. 내가 어렸을 때도 해 본 적이 없던 주먹질을 너하고 할 줄 누가 알았겠냐. 유딩 시절부터 내 별명이 '한선비'였거든. 하도 점잖고 얌전해서."

어색함을 깨고 창수가 먼저 화해의 악수를 청했다. 태평은 피식 웃음만 흘렸다. 그게 태평 나름의 사과라는 걸 알았는지 창수도 씨익 웃었다.

"지난번에는 내가 말이 좀 심했어. 카페에서 나가자마자 후회했다. 나한테 화를 낼 만큼, 너도 로지 선배 때문에 마음고생이 많았다는 걸 알게 됐으니까. 옆에서 선배를 지켜보는 우리도 답답했는데 선배를 볼 수 없었던 네 마음은 오죽했을까 싶었고. 내가 너였으면 어땠을까, 생각해 보니 너도 충격이 컸겠더라."

긴말을 끝낸 창수는 한숨을 크게 쉬었다. 태평은 무표정한 얼굴로 그림에만 시선을 주었다. 친구를 따라 고개를 들어 올린 창수가 확신이 담긴 목소리로 물었다.

"시립 미술관에서 보자고 한 이유가, 저 그림 때문이지?"

설핏 미간을 구기는 태평을 바라보며 창수는 지난번에 하지 못했던 이야기를 하나씩 꺼냈다.

"저 그림을 나는 수학여행 중에 봤어. 그날 포털 사이트 검색어 순위에 강유준 이름이 올라가 있었거든. '영국에서 한국 미술의 저력을 알린 화가'라고. 그때는 저 그림이 로지 선배의 그림이라는 걸 몰랐어. 네가 찢어 버렸던 선배의 그림을 제대로 보지 못하기도 했고, 강유준의 그림은 보기 싫어서 대충 흐린 눈으로 봤으니까."

그림에서 시선을 뗀 창수가 전시실을 크게 둘러봤다.

"그렇게 잊고 지내다가 이 미술관에서 저 그림을 제대로 보게 된 거야. 작은누나가 몇 년 전까지 여기에서 일하고 있었거든. 누나를 보러 왔다가 그림을 봤는데, 불현듯 선배의 그림 일부가 떠올랐어. 하늘에 붉은 태양 여러 개가 떠 있던 그림이. 혹시나 하는 마음에 누나를 붙잡고 저 그림이 위작일 수도 있다고 말했지. 원작은 우리 학교 선배가 그린 그림이라고. 누나는 그럴 리가 없다며 믿어 주지 않았어. 어디 가서 그런 소리 하지 말라고 입단속도 시켰고. 서운했지만 누나 입장도 이해가 됐어. 동생 말만 믿고 강유준을 의심하는 건 무리였을 테니까."

잠시 말을 멈춘 창수는 가방에서 이어폰을 꺼내 태평에게 건넸다. 태평이 귀에 이어폰을 꽂자 그는 휴대폰으로 음성 파일 하나를 재생시켰다. 허공을 응시하고 있던 태평의 눈이 창수의 얼굴로 향했다. 그의 귀에서는 놀랍게도 강유준과 홍민영의 목소리가 번갈아 들리고 있었다.

―……받았든, 안 받았든 그게 중요한 게 아니고. 걔한테 가서 웃기지 말라고 전해. 영국에 출품한 내 〈사계〉가 로지 그림보다 먼저 그린 그림이었어. 증빙하려면 얼마든지 할 수 있으니까.

―오빠가 〈모성애〉 그림까지 손댄 줄은 몰랐어. 학교 선생님들이 그 그림을 보고 로지가 강유준의 제자답다고 말했던 게 이제 이해가 되네.

두 사람의 대화에 집중하고 있던 태평이 인상을 찌푸렸다. 창수는 기억이 나는 눈빛으로 입을 열었다.

"네가 강유준을 때렸을 때 민영 선배가 병문안을 갔다가 나눈 대화야. 이걸 듣고 우리 누나가 생각을 바꿨어. 간접적이지만 강유준이 로지 선배 그림에 손댄 걸 시인했으니까. 그것도 한 번이 아니라 여러 번."

태평은 시선을 내리깐 채 입매를 굳혔다.

"저 녹취 파일 때문에 우리 누나도 2년 전에 직장에서 잘렸어."

"……."

"누나가 어렵게 섭외한 화가의 전시회를 준비하고 있었는데, 위에서 갑자기 그걸 취소하고 강유준 특별전을 열라는 지시가 내려온거야. 그걸 반대했다가 밉보였거든. 당시에는 속상했지만 지금은 잘됐다고 생각해. 얼마 전에 큰누나하고 작은누나가 화랑을 하나 열었어. 부모님께 투자받은 돈으로. 그래서 요즘 제대로 된 화가를 발굴하겠다고 의욕에 넘쳐서 일하고 있지. 나도 졸업하면 같이 일하기로 했고."

창수는 요즘 취업도 어려운데 잘되지 않았냐며 활짝 웃었다. 친구의 웃는 얼굴 앞에서 태평은 모호한 표정만 지었다. 7년 만에 다시 만난 친구에게서 동지애를 느낄 줄이야.

"고생이 많았겠네."

귀에서 이어폰을 빼며 말했다. 창수는 태평에게서 건네받은 이어폰을 만지작거리며 작게 물었다.

"저 그림이 독이 든 성배라는 걸 알았다면, 강유준은 그때 다른 선택을 했을까?"

태평의 머릿속으로 강유준을 때렸던 날의 기억이 밀려들었다. 로지의 그림을 바라보던 강유준의 눈에는 수만 가지의 감정이 교차하고 있었다. 그중 가장 큰 지분을 차지했던 감정은 욕망과 회한이었다. 악마에게 영혼을 팔아서라도 저 그림을 빼앗고 싶다는 욕심으로 가득한 눈에는, 사실 그보다 더 큰 절망이 서려 있었으니까. 그건 바로 자신의 뼈와 살을 녹여 그려도 저런 그림은 그릴 수 없다는 걸 자각한 사람의 슬픔이었다.

대답 없는 태평 대신 창수가 말을 이었다.

"그래도 신이 있긴 한가 봐. 강유준이 저 그림 때문에 지옥에 떨어졌잖아."

"지옥 같은 소리 하네."

영혼 없는 말을 툭 내뱉은 태평은, 아직 강유준이 지옥 근처에도 가지 않았다는 뒷말을 삼켰다. 창수의 말이 무슨 뜻인지 잘 알고 있었으니까.

로지의 그림을 훔쳐 전 세계 예술가들의 심장을 뛰게 했던 강유준은 그 이후 지독한 슬럼프에 빠졌다. 〈A Frozen Tree〉를 능가할 만한 그림은 고사하고 그 비슷한 그림도 그리지 못한 까닭이었다. 남의 재능을 훔쳐 제 것으로 만들었던 예술가의 최후다웠다. '예술 수호신(Genius)'의 노여움을 단단히 사게 된 그는 현재 화가로서의 삶을 포기하고 서울의 유명 미대에서 교수로 일하고 있었다.

'조만간 대학에서도 쫓겨나겠지만.'

의미심장한 미소를 띤 태평은 흰 봉투를 꺼내 친구에게 내밀었다.

"이게 뭐야?"

엉겁결에 봉투를 받아 든 창수가 물었다.

"수고비."

봉투를 열어 본 창수는 석 장의 수표를 확인하자마자 눈을 키웠다.

"……너, 어디 아프냐? 아니면 나 놀려? 수고비라는 말은 뭐고 3천만 원은 또 뭐야?"

"오로지, 호정고등학교에 꽂아 주려고 쓴 돈이 3천이라며."

당황을 숨기지 못한 창수는 들고 있던 돈을 바닥에 떨어트렸다. 떨어진 돈을 허겁지겁 줍는 친구를 심드렁하게 바라보던 태평의 입이 다시 열렸다.

"보나 마나 홍민영 선배 주머니에서 나온 돈일 텐데 네가 전해 줘. 잊고 있던 적금이 만기됐다고 하면 되겠네."

친절하게 변명거리까지 알려 줬지만 창수는 흥분을 가라앉히지 못했다.

"우리한테 사람이라도 붙였어? 그걸 어떻게 알았어? 설마 로지 선배한테 말한 건 아니지? 절대 그러면 안 돼. 선배가 그거 알면 혀 깨물고 죽을지도 몰라. 안 그래도 민영 선배하고 나한테 폐 끼치기 싫다고 칼같이 더치하는 사람인데."

두서없는 친구의 대꾸에 태평은 빈 웃음을 지어 보였다. 착한 남자, 한창수다운 반응이었다.

"얼마 전에 호정고등학교 이사장하고 술 한잔하다가 들었어."

"……엉? 이사장하고 술을 마셨다고? 둘이 아는 사이였어? 어떻게?"

"호정고등학교에서 일하게 된 기념으로."

"네가 고등학교에서 일한다고? 뭐로? 설마 원어민 강사?"

어수룩하게 묻는 창수가 우스웠지만 태평은 웃음기 없는 얼굴로 자리에서 일어났다. 친구를 따라 일어난 창수는 이 돈은 받을 수 없다며 봉투를 돌려주려고 했다.

"한창수."

진지하게 친구의 이름을 불렀다. 창수는 왜, 하고 짧게 대꾸하며 고개를 들었다. 태평은 잠시 자신을 올려다보고 있는 정직한 눈을 바라봤다. 창수의 눈빛은 방부제라도 뿌려 둔 것처럼 7년 전이나 지금이나 똑같이 맑고 건강했다.

"고맙다."

담백하게 던진 감사 인사에 창수의 동공은 지진이라도 난 것처럼 심하게 떨렸다. 하릴없이 떨리는 그의 눈동자는 보이지 않는 물음표를 그리고 있었다. '이 새끼가 영국에서 미쳐 돌아온 게 아닐까?' 하고 묻는 것처럼.

태평은 팔짱을 크게 꼈다. 고맙다는 말에 감격하지는 못할망정 무슨 욕이라도 들은 것처럼 황당해하는 한창수가 거슬렸다.

"그런데 넌 7년 동안 뭐 했나?"

삐딱한 태평의 질문에 창수는 이건 또 무슨 트집이냐는 얼굴을 했다.

"뭘 하기는. 공부하고 대학 갔지. 군대도 다녀왔고."

한심하다는 눈빛으로 친구의 얼굴을 훑었다. 주변머리 없는 놈은 대답도 꼭 저 같은 대답을 했다.

"그 정도 정성이면 결혼해서 애를 둘은 만들어야 하는 거 아닌가."

창수의 눈이 찌푸려졌다. 민영 선배와 진전이 없는 자신을 비웃는 태평의 의도를 그제야 눈치챈 것 같았다.

"김태평!"

까딱 고갯짓만 하는 태평에게 창수가 소리쳤다.

"너, 내 속 뒤집으려고 한국에 왔냐?"

두 손을 코트 주머니에 찔러 넣은 태평은 얄밉게 입꼬리만 올렸다가 내렸다.

"네가 뭘 몰라서 그러는데 민영 선배하고 잘 지내고 있거든? 둘이 있을 때는 선배가 아니라 누나라고 한다고!"

목에 핏대까지 세우고 외치는 친구 때문에 터질 뻔했던 웃음은 미술관 직원의 등장으로 쏙 들어갔다.

"무슨 일이십니까?"

근처를 돌아다니던 직원이 두 사람에게 물었다. 태평은 검지를 입술에 붙이며 조용히 하겠다는 신호를 보냈다. 직원의 눈치를 보던 창수가 작은 목소리로 물었다.

"한국에 잠깐 놀러 온 거 아니었어? 고등학교에서 일한다는 소리는 뭐고, 3천만 원은 또 뭔데. 한국에 온 진짜 이유가 뭐야? 로지 선배하고 다시 시작하는 거 말고, 다른 목적이 더 있어?"

고개를 끄덕이며 주머니에 넣어 뒀던 오른손을 꺼냈다. 창수의 시선은 태평의 손가락이 가리키는 곳으로 흘렀다.

"저기에 오로지 그림 걸려고."

강유준의 그림에서 눈을 떼지 못하며 창수가 되물었다.

"로지 선배 그림을 저기에? 어떻게, 무슨 수로……."

흐려진 친구의 말끝에서 강유준을 끌어내리는 것도, 로지가 다시 그림을 그리는 것도 쉽지 않을 거라는 뉘앙스가 읽혔다.

"그림이 없으면 죽는 애니까, 살릴 방법도 그림밖에 없겠지."

다짐하듯 말을 내뱉은 태평의 입가가 비틀렸다. 그림을 그리고 싶지 않다고 했던 로지의 말이, 그에게는 죽고 싶다는 말처럼 해석된 탓이었다.

'내가 그렇게 내버려 둘 것 같아?'

기억 속에 갇혀 있는 로지를 떠올렸다. 머리가 지끈거릴 때마다 이마를 만져 주던 작고 따뜻한 손, 상처로 뒤덮인 등을 만져 주던 손길, 껴안으면 은은한 나무 향이 나던 몸, 태평아, 하고 다정히 불러 주던 목소리까지.

'사람은 안 변하니까.'

속으로 똑같은 말을 몇 번이나 뇌까리며 태평은 일그러진 표정을 갈무리했다. 자신이 지금껏 만나 온 인간들은 모두 그랬다. 형이었던 남자도, 부모가 되어 주겠다고 했던 이모와 이모부도, 환자였던 자신을 돌봐 주었던 사람들도 한결같았다. 그 일관성은 로지에게도 적용되어야 했다.

창수와 저녁 약속을 잡고 헤어진 태평은 곧장 차에 시동을 걸고 핸들을 잡았다. 시원하게 속력을 내던 차가 후미진 주택가 골목으로 접어들며 힘을 잃었다. 구불구불 이어진 길을 따라 한참을 오르자 다 쓰러져 가는 건물이 보였다. 한 명의 세입자라도 더 받기 위해 안간힘을 쓴, 개미굴 같은 원룸이 모여 있는 곳이었다.

그 개미굴 중 한 칸이 오늘부터 태평의 거주지가 될 예정이었다. 주차 공간을 찾아 두리번거리던 시선이 건물 입구에 걸렸다.

"……."

투명한 현관문 안쪽에 서 있는 로지가 보였다. 그녀는 복도에 묶여 있는 개 한 마리를 빤히 내려다보고 있었다. 구불구불한 털을 가진 개가 앞발을 들고 재롱을 부렸다. 무릎을 굽혀 앉은 로지가 개의 등허리를 부드럽게 쓸었다. 희고 마른 손가락이 개의 풍성한 털에 묻혀 사라졌다가 나타났다.

반쯤 홀린 기분으로 그 장면을 지켜보고 있던 태평은 잠시 숨을 참았다. 로지의 입가에 설핏 떠오른 웃음 때문이었다. 아주 희미하지만 그건 분명, 로지 특유의 미소였다.

"웃을 수 있으면서."

투정하듯 혼잣말을 내뱉은 그는 한참 동안 차에서 내리지 못했다.

직장인이라면 모두가 기다리는 금요일이었지만, 로지의 일상은 다른 날과 크게 다르지 않았다. 오전 내내 학생 생활 기록부에 기재할 내용을 정리하느라 바빴던 로지는 점심시간 종이 울리고 나서야 한숨을 돌릴 수 있었다.

"자기, 오늘도 급식실에서 먹을 거야?"

은회색 모피 숄을 어깨에 두른 이 선생이 물었다.

"네."

짧게 답을 뱉자마자 이 선생의 손이 로지의 오른팔을 매섭게 꼬집었다.

"또, 또, 또! 자꾸 그렇게 정 없이 굴래? 자기가 무슨 학생이야? 맨날 '네, 아니요'로 대답하게? 그리고 급식실에서 학생들하고 같이 밥 먹는 거 불편하지 않아? 맛도 없는 밥이 뭐가 좋다고 매일 먹으러 가는지."

한 달이 넘게 학교 밖에서 점심을 먹자고 졸랐던 이 선생은 오늘 만큼은 거절하지 말라고 엄포를 놓았다.

"이런 것도 다 사회생활의 일부야. 부장 선생님들도 다 모이는데 막내가 빠지면 섭섭하지. 내가 정말 이 이야기까지는 안 하려고 했는데 다들 오로지 선생님이 너무 어렵대. 붙임성도 없고 학교생활에 의지도 없어 보인다고."

로지는 애꿎은 소맷자락만 잡았다가 놓았다. 책상 위에는 이 선생이 지시한 일이 산더미처럼 쌓여 있었다. 학교에서 틈날 때마다 해도 시간이 부족해서 퇴근까지 늦춰 가며 하는 중이었다. 점심시간만큼은 혼자 조용히 보내고 싶었다.

"사 먹을 돈이 없어서요."

돌려 말하지 않고 있는 그대로를 말했다. 한 끼에 만 원이 넘는 돈을 쓸 여유가 없었으니까. 하지만 이 선생은 말도 안 된다는 것처럼 헛웃음을 지었다.

"웬일이니, 자기 생각보다 단수가 높다? 밥 사 줄 거 아니면 같이 밥 먹자는 말도 하지 말라 그거야? 진짜 비싸게 구네."

날카로운 이 선생의 목소리에 다른 교사들의 시선이 로지의 얼굴로 날아들었다. 그중 두 사람의 대화를 처음부터 끝까지 듣고 있던 수학 선생이 중재에 나섰다.

"오로지 선생님, 오늘 점심은 제가 살 테니 같이 나가요. 안 그래도 조만간 환영회 한번 하려고 했는데."

서글서글한 수학 선생의 권유가 로지에게는 더 큰 부담으로 다가왔다. 주말마다 그가 보내는 사적인 메시지를 줄기차게 무시하고 있기 때문이었다. 이대로 어영부영 따라나섰다가는 싹수없는 기간제 교사가 남자까지 밝히더라는 소문이 더해질 게 뻔했다. 욕을 먹을 각오를 하고 입을 뗐다.

"점심시간에 학생 면담도 해야 해서요. 다음에 같이 먹을게요."

로지의 단호한 거절이 민망했는지 수학 선생은 뒷머리만 벅벅 긁었다. 이 선생은 로지에게 눈을 흘기며 수학 선생 곁으로 다가갔다.

"오로지 선생님이 좀 까칠한 구석이 있죠? 너무 겉도는 거 같아서 챙겨 주려고 했는데 나하고 우리 수학 선생님 마음을 너무 몰라주네. 하긴, 모두가 다 내 맘 같지는 않으니까요."

로지는 두 사람에게 고개를 가볍게 숙이고 교무실에서 나왔다. 등 뒤로 따라붙는 시선들이 느껴졌지만 크게 신경 쓰지 않았다.

지끈거리는 머리를 짚으며 계단을 오르려던 참이었다. 커다란 상자를 들고 있느라 시야가 막힌 여학생이 로지에게 부딪쳐 왔다.

"아야!"

"괜찮니?"

휘청이는 상자를 두 손으로 잡은 로지가 학생을 살폈다.

"네, 죄송합니다."

"선생님이 도와줄게. 무거워 보이는데."

자연스럽게 상자 바닥을 손바닥으로 받쳤는데, 얼굴이 빨개진 학생이 고개를 마구 저었다.

"혼자서 할 수 있어요."

안경을 쓰고 있는 학생의 얼굴을 바라봤다. 낯선 걸 보니 2학년 학생이 아닌 것 같았다.

"몇 학년이야? 선생님은 2학년 반만 맡고 있어서."

"3학년이요."

"그래? 이건 어디로 가져가려고?"

"2학년 교무실이요."

로지는 학생과 함께 2학년 교무실 쪽으로 걸음을 옮겼다. 상자는 크기에 비해 그리 무겁지 않았다. 이 안에 뭐가 들어 있냐고 물으려는데, 상자에 부착된 운송장이 눈에 들어왔다.

"이은경 선생님 물건이야?"

"예."

"선생님 개인 택배를 왜……."

말끝을 흐리며 묻자, 학생은 이상한 오해를 받을까 걱정하는 얼굴로 입을 열었다.

"선생님 허락받고 들고 온 거예요."

"허락?"

"이은경 선생님이 행정실로 택배를 받으시거든요. 그때마다 제가 교무실에 가져다 놓기로 했어요."

"매번, 도와드리는 거야?"

당황스러움을 숨기고 물었다.

"네."

순순히 그렇다고 답한 학생은 이 선생을 변호하는 말도 더했다. 선생님에게 도움을 많이 받아서 고마운 마음에 자발적으로 돕고 있는 거라고. 로지는 별다른 대꾸 없이 교무실 문을 열었다. 다행히도 이 선생을 비롯한 다른 교사들은 자리를 비우고 없었다.

"도와주셔서 고맙습니다."

배달을 마친 학생이 배꼽 인사를 하고 교무실 밖으로 나갔다. 로지는 이 선생의 책상 밑에 놓여 있는 상자를 바라봤다. 홈쇼핑 로고가 커다랗게 박힌 상자는 다른 사람들 눈에 띄지 않게 담요로 덮여 있었다.

착잡한 마음을 누르고 원래의 목적지였던 급식실로 올라갔다.

"선생님, 오셨어요?"

흰색 모자와 투명한 마스크를 쓴 아주머니가 푸근한 미소로 로지를 반겼다.

"예, 안녕하세요."

"급식을 이렇게 열심히 먹는 선생님은 오랜만이라 더 반갑네요. 너무 앳돼 보여서 처음에는 학생인 줄 알았어요. 피부가 아주 그냥 우유만치 뽀얘서."

식판과 수저를 챙기던 로지는 민망함에 고개를 살짝 숙였다.

"학생들 상대하기가 힘들죠? 볼 때마다 살이 빠져 걱정이네. 저 놈 자식들이 덩치만 컸지, 까부는 거 보면 아직 애들이라서요."

밥을 먹는 중에도 야단법석인 학생들을 보며 아주머니가 혀를 쯧쯧 찼다. 말은 그렇게 해도 그녀의 눈빛에는 학생들을 예뻐하는 마음이 가득 묻어 있었다.

"맛있게 많이 먹어요."

돈가스를 식판 위에 듬뿍 얹어 주며 아주머니가 윙크했다. 로지는 감사하다는 인사를 건네고 창가 쪽 자리로 걸어갔다.

"야, 이쪽으로 패스해!"

열린 창틈으로 운동장에서 축구 중인 학생들의 목소리가 들렸다. 고개를 창밖으로 돌렸다. 꽃샘추위가 제법 매서운데도 공을 차는 재미에 흠뻑 빠진 학생들이 보였다. 그 모습을 보며 이런저런 생각을 떠올리고 있는데 누군가 말을 걸어왔다.

"안녕하세요."

입매를 길게 늘인 민준이 로지를 마주 보며 앉았다.

"왜 급식실에서 점심 드세요? 다른 선생님들은 다 밖에서 드시던데."

로지는 제 앞에 놓인 식판을 가리켰다.

"돈가스를 많이 주시거든."

식판 위에 수북이 쌓인 돈가스를 바라보며 민준은 싱긋 눈웃음을 지었다. 밥을 떠서 입에 막 넣으려는데 휴대폰 진동이 울렸다. 액정에 올라온 발신자 이름에 로지의 눈동자가 작게 흔들렸다. 시끄럽게 귀를 울리던 학생들의 음성도 순식간에 줄어들었다.

[안녕하세요. 효자요양병원입니다. 생업에 바쁘신 건 알지만 가까운 시일 내에 아버님을 뵈러 와 주실 수 있을까 해서요. 오제근 환자가 따님을 찾으며 매일 울고 계십니다. 건강도 많이 안 좋아지셨어요. 그걸 지켜보는 저희 마음도 매우 안타깝고요. 노인들의 외로움은 겪어 보지 않으면 모릅니다. 치매에 걸리신 분들은 요양병원에서 보내는 하루하루가 매일 낯설거든요. 외부 음식물 반입은 엄격히 금지하오니 부담 갖지 마시고 편하게 들러 주시면 좋겠습니다. -효자요양병원 사무장 드림-]

무표정했던 로지의 미간에 옅은 주름이 잡혔다. 휴대폰을 끄고 다시 창밖을 바라봤다.

'왜 갑자기 이런 문자를 나한테 보내는 거지? 지금까지 한 번도 연락이 없었는데.'

초점 잃은 시선을 먼 곳에 던져 봤지만 로지는 온몸에 피가 바짝 마르는 기분을 떨칠 수가 없었다. 호적상으로 부녀 관계인 오제근과 마지막으로 만났던 건 5년 전이었다. 그날 이후 더는 그의 존재 때문에 동요하지 않기를 바랐는데, 그 간절한 바람은 문자 한 통에 흔적도 없이 증발해 버렸다.

'김태평이 널 버리고 영국으로 갔다지? 고작 폭죽 하나에 이성을 잃는 놈이 감히 내 자존심을 건드리다니……. 아예 손목을 잘라 버렸어야 하는 건데, 다시는 내 소중한 딸을 건드리지 못하도록.'

요양병원에 입원한 날, 오제근의 목소리는 극도로 격양되어 있었다.

'넌 오제근의 딸, 오로지야. 음침하고 가증스러운 유재희가 너 때문에 자살했다는 걸 잊지 마라. 김태평이 널 어떻게 버렸는지도 똑똑히 기억하고. 내가 네 숨통을 끊어 놓으려고 했던 것도 뼈에 새겨. 온갖 설움이란 설움으로 널 채우란 말이야. 이 세상을 원망하지 않고는 살 수 없을 만큼 고통에 몸부림을 치라고.'

히스테릭한 웃음을 터뜨리며 오제근은 눈을 번뜩였다.

'창작이란 그래야 하거든. 멀쩡한 인간이 그린 그림은 빤해서 재미가 없어. 머리가 망가져야 해. 정신이 미쳐 날뛰어야 평범한 인간은 상상조차 할 수 없는 그림을 그릴 수 있는 법이니까. 넌 그런 의미에서 예술가가 되도록 태어난 애야. 날 때부터 정상이 아니었잖니? 재희가 제 배 속에 있는 아이가 김동우의 씨라는 걸 알았더라면 어땠을까? 네가 곱게 태어날 수 있었을까?'

말을 잇는 오제근의 눈빛에는 살기가 가득했다.

'그림을 그려라. 지금까지 그래 왔던 것처럼 그림에만 매달려 살아. 넌 그림 빼고는 살 가치가 없는 애니까. 그림만이 네 유일한 구원자이자, 네 아픔을 보상해 줄 수 있어. 너는 반드시 그림으로 유명세를 떨쳐야 해. 그래야 내 지난 세월이 억울하지 않지. 날 무시했던 것들한테 보란 듯이 보여 줘야 하니까.'

숨이 턱 막히면서 머리가 핑 돌았다. 선명했던 오제근의 얼굴이 흐려지더니, 창밖에 펼쳐진 푸른 하늘이 시퍼런 바다로 돌변했다. 로지는 망망대해에 떠 있는 작은 배에 타고 있었다. 배의 이름은 '원죄'였다. 거친 풍랑에 속절없이 흔들리는 배에 탄 로지에게 멀미와 비슷한 어지럼증이 찾아왔다.

"선생님."

부르는 소리에 창밖으로 향해 있던 고개를 정면으로 돌렸다. 민준은 혼이 나간 듯한 로지의 얼굴을 살피며 물었다.

"귀신이라도 보셨어요?"

"······뭐?"

"밖에서 귀신이 선생님한테 손짓이라도 하나 해서요. 내버려 두면 홀려서 뛰어내릴 각이라 부른 건데."

로지는 힘없이 웃으며 고개를 저었다. 민준은 아니면 됐다는 얼굴로 식판에 남은 밥을 수저로 싹싹 긁어모았다. 벌써 밥을 다 먹은 건가 싶어 놀라고 있었는데 그의 어깨 너머로 아는 얼굴이 보였다. 이 선생의 택배를 챙기던 학생이었다. 입이 충동적으로 열렸다.

"저기, 학생들이 쓰는 익명 게시판 있잖아."

마지막 밥 한 술을 꿀꺽 삼킨 민준이 고개를 끄덕였다.

"학교 선생님들도 그 게시판 보니?"

"네. 이사장도 보고 있을걸요? 전에 누가 이사장 욕했을 때 선생님들이 난리 쳤거든요."

로지는 다시 생각에 잠겼다.

"뭐 부탁할 거 있으세요?"

답답한 제 마음을 읽은 것처럼 민준이 물어 왔다. 민준을 물끄러미 바라보다 천천히 입술을 떼어 냈다.

"거기에 글 하나만 써 줄 수 있을까 해서."

간단히 상황을 설명했다. 어떤 학생이 선생님의 사적인 심부름을 하고 있는데 그것과 관련한 글을 하나 써 줄 테니 게시판에 올려 줄 수 있겠냐고.

민준은 픽 웃으며 대꾸했다.

"신경 쓰지 마세요. 다 '지팔지꼬'인데."

"지팔지꼬?"

무슨 뜻인지 모르겠다는 로지의 표정에 민준이 하아, 하고 긴 한숨을 내쉬었다.

"지 팔자 지가 꼰다고요. 어중간하게 착한 애들의 뻔한 패턴이잖아요. 자기가 잘해 주면 남도 그럴 거라고 착각하는 애들은 도와줘 봤자 헛수고예요. 언제 어디서나 자발적으로 을이 되려는 애들이니까."

짧은 웃음이 터졌다가 사라진 민준의 얼굴에는 차가운 조소만이 남았다. 냉정한 그의 표정에 로지의 심장이 조여들었다. '자발적으로 을이 되려는 애들'이라는 말이 가슴에 박힌 탓이었다. 저도 모르게 입 안의 여린 살을 씹었다. 그런 사람이 어디 있냐는 말이 나오려고 했지만 꾹 눌러 참았다. 그게 여학생을 위한 변명인지 자신을 위한 변명인지 구분이 되지 않아서였다.

"왜 빵점 안 주셨어요?"

힐끗대며 로지의 눈치를 보던 민준이 말을 돌렸다. 로지는 무슨 말이냐는 듯 그를 빤히 바라보았다.

"미술 수행 점수요. 빵점일 줄 알았는데 30점이나 받아서요."

"기본 점수야. 기한 안에 제출하면 받을 수 있는 점수."

"아."

민준의 목덜미가 조금 붉어졌다. 자신이 로지에게 무슨 특혜라도 받은 게 아닐까 기대했던 눈치였다.

"그림, 따로 배운 적 있어?"

복잡한 생각을 지우기 위해 로지는 그림에 대한 화제를 이어 갔다.

"아니요."

"그래?"

민준이 따라 그렸던 원화를 떠올렸다. 불꽃놀이를 주제로 삼은 그림은 고등학생이 따라 그리기엔 무리가 있을 만큼 까다로웠다. 빠르게 터지는 불꽃을 즉흥적으로 그린 데다가 색맹인 화가의 눈에 비친 불꽃은 상식을 뛰어넘는 색으로 표현됐기 때문이었다.

"그림 쪽으로 진로를 생각해 본 적은 없어?"

"전혀요. 베끼는 건 자신 있는데 내 그림은 못 그리거든요. 인생 자체가 따라쟁이라서."

웃음기 가득한 얼굴로 내뱉었지만, 민준의 얼굴에는 진지함이 서려 있었다. 로지는 언뜻 내보인 그의 진심을 무심히 넘기지 않았다.

"그림을 그린다는 건 인간의 본능 중 하나야. 누구나 그리고 싶어 하는 욕구를 가지고 태어나거든. 물론 커 가면서 그 본능을 잃어가는 사람들이 많지만. 화가는 그런 의미에서 축복을 받은 사람들이야. 본능대로 살 수 있으니까."

진지하게 진로를 고민해 보라는 로지의 충고에 민준은 입가에 머물던 애교 섞인 웃음을 지웠다. 그리고 들고 있던 물컵을 가볍게 흔들었다. 스테인리스 컵에 담긴 투명한 물이 작은 소용돌이를 일으키며 찰랑거렸다. 그 움직임에 시선을 주고 있던 그가 차분하게 물어 왔다.

"선생님은 어떤 쪽이에요?"

느닷없는 질문이 로지의 말문을 막았다.

"수업 중에 선생님이 뭘 그리는 걸 본 적이 없는데. 애들 그림에 절대 손 안 대시잖아요. 그렇다면 본능을 잃어버린 쪽인가?"

쥐고 있던 수저를 내려놓고 고개를 내렸다. 낮아진 시야에 몇 술 뜨지 못한 밥이 보였다. 한때는 밥을 먹는 것보다 그림을 그리는 게 더 좋았던 날들이 있었다. 그림을 그리는 게 숨 쉬는 것보다 더 쉬웠던 때가 있었는데.

이젠 희미해진 옛 기억을 잡아 보려 애쓰던 통에 로지는 소란스러웠던 급식실이 조용해진 걸 알아채지 못했다.

"저 사람 뭐야? 새로 온 쌤인가?"

"몰라, 처음 보는데?"

"키 겁나 크다."

빗방울이 후둑후둑 떨어지는 것처럼 학생들의 목소리가 튀듯 들려왔다. 동시에 로지가 앉아 있는 식탁 위로 진한 그림자가 떨어졌다.

"같이 앉아도 되죠?"

묵직한 남자 목소리에 고개가 저절로 올라갔다. 캐주얼한 후드 점퍼를 입고 있는 태평이 보였다. 예상치 못한 상황에 로지의 머리는 멍청하게 굳어 버렸다. 학교 점심시간에 태평이 왜 자신 앞에 나타난 걸까. 혼란스러운 생각이 엉켜 들수록 심장은 더욱 빠르게 뛰었다.

"배가 고픈데, 아직 급식 카드를 못 받아서요."

흘리듯 말을 던진 태평의 시선이 음식이 남아 있는 로지의 식판으로 향했다가, 그 앞에 앉아 있는 민준으로 옮겨 가더니, 다시 로지에게 돌아왔다. 허공에서 둘의 눈동자가 맞부딪쳤다.

"……."

로지는 급히 검은 눈동자에서 눈을 뗐다. 태어나서 이렇게 당황한 적은 처음이었다. 심장이 마구잡이로 내달리는 탓에 속이 울렁거릴 지경이었다.

"선생님, 저는 이만 가 보겠습니다."

예의 바른 어투로 말한 민준이 재빨리 식판을 챙겨 일어났다. 불편하고 어색한 자리가 될 거라는 걸 감지한 반응이었다. 로지도 민준을 따라 일어나려는데.

"마저 먹어요."

로지 옆에 놓인 의자를 잡아 빼며 태평이 차분하게 만류했다.

"다 먹었어."

빠르게 대답하며 식판을 잡았다. 어서 여기에서 나가고 싶은 생각뿐이었는데 태평의 손이 로지의 식판을 붙잡았다.

"다 먹었다고요?"

느릿하게 되물은 태평은 식판에 달라붙어 있는 로지의 손가락을 그의 손으로 톡, 건드렸다. 불시에 일어난 신체 접촉에 놀라 손이 저절로 식판에서 떨어졌다. 순간 로지의 식판이 태평 쪽으로 미끄러지듯 끌려갔다. 로지는 눈만 굴려 빼앗긴 식판을 훔쳐봤다. 태평이 뭘 하려는 생각인지 몰라 불안에 떨고 있었는데, 그는 서슴없이 식판에 남은 밥을 떠먹기 시작했다. 그것도 로지가 쓰던 수저를 사용하면서.

"헐, 지금 저 여자 쌤이 남긴 밥 먹는 거야?"

"웬일이야. 둘이 뭔 사이길래?"

"저 여자 쌤 누구야? 몇 학년 쌤이지?"

학생들의 목소리가 연이어 날아들었다. 더는 이 상황을 견딜 수가 없어 자리에서 일어나려는데 이상하게도 의자가 밀리지 않았다. 고개를 내려 살피던 로지의 눈에 제 의자를 고정하고 있는 태평의 손이 보였다.

"왜 이래."

바짝 타들어 가는 목소리로 속삭였다. 태평은 로지의 타는 속은 제 알 바가 아니라는 듯 입에 있던 밥만 아주 천천히 씹어 삼켰다.

로지는 멀거니 그의 옆얼굴만 응시했다. 태평의 입술 사이로 들어 갔다가 나오는 수저를 볼 때마다 숨도 제대로 쉴 수 없었다.

"어디 불편해요?"

식사를 마친 태평이 묻은 것도 없는 입가를 손수건으로 정리하며 물었다. 빈 식판으로 시선을 떨군 로지는 아랫입술만 질끈 깨물었 다. 전신 중에 떨리지 않는 건 입술밖에 없었다.

"우리 사이에 새삼스러운 일은 아니잖아요. 예전에도 선배가 남 긴 음식은 모조리 내 차지였는데."

벌겋게 달아오른 얼굴을 천천히 들어 올렸다. 태평은 로지에게 시선을 고정한 채 혀로 입술을 슬쩍 핥았다. 로지의 눈동자가 두툼 한 그의 혀의 움직임을 따라 이리저리 흔들렸다. 이상하게, 아무것 도 닿은 게 없는 제 입술에서 간지러움이 올라왔다. 물고 있던 입술 에 더 힘을 주고 있는데, 태평이 다정한 음성으로 물었다.

"꽃이, 시들 때가 되지 않았나?"

꽃의 안부를 챙긴 그는 검지로 로지의 아랫입술을 살짝 건드렸다.

"……."

기습적인 손길에 놀란 로지가 물고 있던 입술을 놓쳤다. 저릿한 통증이 사라진 입술에서 다시 피가 도는 게 느껴졌다. 순간 로지의 입술을 바라보던 그의 눈에 이채가 서렸다.

"생각할 시간이 더 필요하면 말해요. 꽃이야 매일 사다 바칠 수 있으니까."

그림을 언제 그려 줄 거냐는 질문에 대한 답을, 그는 교묘하게 재촉했다. 로지는 급히 몸을 일으켜 급식실에서 빠져나갔다. 교무실로 돌아가며 지난 시간만 기억하려 애를 썼다. 그림을 향해 끓어오르는 감정을 매장하기 위해 자신을 무장했던 날들을. 태평이 앞으로 제 그림에 대한 집착을 언제, 그리고 어떻게 드러낼지는 상상도 하지 못한 채.

남은 오후를 무슨 정신으로 일했는지 모를 노릇이었다. 종례를 끝내고 교무실로 돌아온 로지는 의자부터 찾아 앉았다. 긴장이 풀리자마자 온몸이 젖은 수건처럼 축 늘어졌다. 멍해진 머릿속에는 태평과 급식실에서 나눴던 대화만 날아다녔다.

'나도 호정고에서 일하게 됐어요. 단기 계약직으로.'

'여기에서 일한다고?'

'마침 조경사를 구한다고 해서 지원했더니, 그 자리에서 계약하자고 하던데요?'

할 말을 잃은 로지는 입만 작게 벌렸다. 민영에게 경력이 화려한 조경사를 채용했다는 소식을 듣긴 했지만, 그게 태평일 줄은 짐작도 하지 못했으니까.

'학교에서 얼굴을 봐야 한다니.'

태평과 마주칠 생각에 눈앞이 캄캄해졌다. 동시에 옛 기억들이 마음을 마구 할퀴어 댔다. 오제근 때문에 태평이 크게 다쳤던 것도, 올리버 앞에서 변명조차 제대로 하지 못했던 자신도, 태평이 영국으로 갔다는 소식에 안도하면서도 서러움에 잠 못 이루던 날도.

떨리는 두 손으로 얼굴을 감쌌다. 늪에 빠진 사람처럼 자꾸만 과거로 빨려 들어가는 자신을 막아 보려는 몸부림이었다.

야차 같은 오제근의 얼굴.

그림을 그리라고 연필을 깎아 주던 엄마.

검은 마스크를 쓰고 나타났던 김동우, 악에 받친 박혜진의 목소리.

탁한 회색빛 구름을 닮은 기억들이 거친 바람을 앞세우고 몰려왔다. 꿈틀대며 몸집을 키운 먹구름은 로지를 둘러싼 온 세상을 새카맣게 뒤덮었다. 끝이 없는 어둠 속에서 모호하게 빛이 서린 곳이 보였다. 무작정 그쪽으로 달렸다. 드디어 빛무리가 쏟아지는 곳에 도착했지만, 로지는 선뜻 그 안으로 들어서지 못했다. 그 빛은 바로 태평과 자신이 쌓아 올린 추억이었다.

아름답지만 섬뜩한 나날들이었다. 그립지만 잊고 싶은 시간이기도 했다. 눈물이 날 만큼 행복하면서도, 눈물조차 흘릴 수 없을 만큼 커다란 슬픔을 겪었기에.

그래서 태평을 떠났다. 이 세상의 유일한 빛이었던 그림이 자신을 옭아맨 사슬이라는 걸 알게 되었던 날, 로지는 그 사슬과 함께 태평을 잘라 냈다.

'그러면, 괜찮아질 줄 알았는데. 잠잠해질 줄 알았는데.'

창백한 얼굴로 눈을 감고 있던 로지의 귀에 문자 알림음이 들렸다. 민영에게서 온 연락이었다.

[로지로지♡ 오늘 6시에 무조건 칼퇴각인 거 알지? 창수가 아르바이트비 받았다고 스테이크 쏜대! 고기 먹을 생각하니까 입이 막 찢어진다. 후훗! 직장인이 학생한테 얻어먹는 게 찔리긴 하지만!]

민영의 문자를 받고 나서야 로지는 오늘 셋이서 같이 저녁을 먹기로 했던 약속을 기억해 냈다. 알겠다고 답을 보내려는데 이 선생이 로지를 찾았다.

"자기야!"

"네?"

휴대폰을 내려놓고 고개를 들자 이 선생이 처음 보는 일지를 건넸다.

"이거 빈칸만 채워서 부장 선생님께 제출 좀 해 줘. 나 오늘 우리 아들 보러 가야 해서 일찍 퇴근할게!"

로지는 말없이 일지를 살폈다. 급한 일도 아닌 데다가 자신이 해야 할 업무도 아니었다. 순간 울컥하는 감정이 솟으면서 종이를 쥐고 있던 손에 힘이 들어갔다. 자발적으로 을이 되려는 애들은 도와줄 필요가 없다고 했던 민준의 말이 귓가를 스쳤다.

'지팔지꼬라니⋯⋯.'

씁쓸한 미소가 절로 지어졌다. 거미줄처럼 얽힌 악연에 과거에도, 그리고 지금도 고통스러워하는 자신이 보였다.

'내 팔자만 꼬았으면 지금보다 나았을까.'

악연에서 벗어나려 몸부림을 치던 제게 손을 내밀어 준 사람의 인생까지 망쳐 버릴 줄 알았다면, 절대로 그 손을 잡지 않았을 텐데.

굳게 다물려 있던 로지의 입술이 천천히 열렸다.

"이 선생님."

파우치에서 립스틱과 거울을 꺼내던 이 선생이 로지와 눈을 맞추었다.

"어?"

"이건 선생님께서 주말에 하시면 될 것 같은데요."

스스로도 놀랄 만큼 차가운 목소리로 로지가 말했다. 이 선생은 반쯤 열었던 립스틱 뚜껑을 다시 닫았다. 그리고 싸늘한 얼굴로 입을 열었다.

"자기야, 나는 자기처럼 여유로운 라이프 스타일을 즐길 수 있는 미혼이 아니야."

"……."

"자기는 애 안 낳아 봐서 모르지? 애 하나 케어하려면 얼마나 바쁜 줄 알아? 내가 큰 거 부탁한 것도 아닌데 이렇게 선을 그어야겠어? 같은 여자로서 좀 이해하고 도와주면 안 돼?"

이 선생을 바라보는 로지의 눈이 차분하게 가라앉았다. 가슴에 박혀 있는 '을'이라는 주홍 글씨를 이제는 떼어 버리고 싶었다.

"제가 여유가 있으면 도와드릴 텐데 이미 저한테 넘기신 일이 너무 많아서요. 학교에서 근무한 지 두 달이 조금 넘었는데 그동안 정시 퇴근을 다섯 번도 못 했어요. 오늘은 저도 선약이 있어서 늦게까지 일할 수가 없고요."

이 선생은 들고 있던 립스틱을 책상 위로 집어 던졌다. 그러고는 특유의 걱정하는 듯한 말투로 쏘아붙였다.

"와, 우리 오로지 선생님이 이렇게 말을 잘하는 사람이었어? 말 대꾸도 따박따박 할 줄 아네? 그동안 나한테 불만이 얼마나 많았으면 이러실까?"

호들갑을 떨 이 선생을 짐작했던 로지는 무심하게 남은 말을 이었다.

"그리고 학생한테 택배 심부름은 시키지 말아 주셨으면 해요."

"……뭐라고요?"

거만스러운 되물음이 날아왔다. 대답 없이 손끝으로 이 선생의 커다란 택배 상자를 가리켰다. 상자 쪽으로 돌렸던 시선을 다시 로지 쪽으로 가져온 이 선생은 깔깔 소리를 내며 웃었다.

"오로지 선생님, 보면 볼수록 재미있는 사람이네. 눈치만 없는 줄 알았더니 염치도 없고. 내가 그동안 자기 일 가르친다고 생고생한 건 기억에 없지?"

기분 나쁜 표정을 대놓고 드러낸 이 선생이 로지의 손에 들린 일지를 거칠게 잡아챘다. 로지는 자신을 노려보는 이 선생에게 성의 없는 목례를 한 뒤 가방과 겉옷을 챙겨 교무실 밖으로 나갔다.

걸음을 떼어 놓을 때마다 로지의 눈빛도 흔들렸다. 봉 매니저의 말이 떠올라서였다. 염치를 알면 가난하게 산다고 했던. 그 말이 옳다는 걸 염치없는 사람이 되고 나서야 비로소 알 것 같았다.

동시에 명치끝이 체한 것처럼 답답해졌다. 친절함보다 불친절함이 통하는 사회도 신물이 나고 학생 입에서 '지팔지꼬'라는 말이 나오게 하는 학교도 싫었다.

"로지!"

현관에서 들려오는 목소리에 로지는 다시 정신을 가다듬었다. 1층 로비에 서 있는 민영이 활짝 웃고 있었다.

"봄은 봄인데 아직 좀 춥다."

학교 밖으로 나가자마자 민영은 로지의 어깨에 팔을 둘렀다. 로지도 빙그레 웃으며 고개를 끄덕였다.

"우리 이러고 있으니까 어렸을 때 생각나. 금요일만 되면 오로지를 어떻게 꼬셔서 놀러 가야 하나 그 생각밖에 없었는데! 안 그러면 화실에 짱박혀서 나까지 그림만 그려야 했으니까."

민영은 당시에 자기 엄마보다 더 무서웠던 사람이 로지였다고 너스레를 떨었다. 친구 때문에 그림 그리는 게 싫어져서 진로를 바꿨다고 덧붙이면서. 로지는 내가 언제 그랬냐며 가볍게 받아쳤다.

"아, 맞다! 우리 자주 가던 분식집 있잖아. 거기 얼마 전에 방송에 나와서 완전 유명해졌대. 언제 한번 가 볼까?"

그러자고 대답하며 운동장을 걷고 있는데 두 사람의 추억 여행에 동참하길 원하는 사람이 한 명 더 생겼다.

"선배님!"

힘찬 음성에 고개를 들어 보니 교문 앞에 서 있는 창수가 보였다. 순간 로지의 눈에 어렸을 적 교복을 입은 창수가 오버랩되었다. 키만 조금 더 컸을 뿐 창수는 예전이나 지금이나 한결같은 민영 바라기였다.

"치이, 한창수 쟤 또 오버한다."

퉁명스러운 말과는 달리 민영은 환히 웃으며 창수를 향해 손을 흔들었다. 로지도 창수에게 인사하려고 팔을 움직였는데.

"……어? 쟤 김태평 아니야?"

창수 옆에 서 있는 남자를 발견한 민영이 짧게 소리쳤다. 로지의 볼에 뜨끈한 열감이 올라왔다. 정상 범주로 돌아왔던 심장도 다시 빠르게 뛰었다. 걸음을 멈춘 두 사람 쪽으로 창수가 달려왔다.

"선배, 태평이도 저녁 같이 먹자고 불렀어요. 선배님도 괜찮으시죠?"

창수의 설명에 로지는 얼떨떨한 표정만 지었다. 오랜만에 만난 사이일 텐데 태평을 친밀하게 대하는 창수가 낯설어서였다. 하지만 놀랄 일은 거기에서 그치지 않았다.

"그래? 로지만 괜찮으면 나는 상관없어."

여상한 민영의 목소리에 로지의 동공이 작은 충격으로 흔들렸다. 창수야 태평과 친구였기에 이해하고 넘어가려 했지만 민영마저 태평을 마치 어제 본 사이처럼 편안하게 받아들일 줄은 꿈에도 몰라서였다.

"싫어? 그럼 우리 둘이 저녁 먹을까?"

민영은 남자들은 빼고 둘이 먹어도 상관없다며 웃었다. 민영의 제안에 다급해진 건 창수 쪽이었다.

"그러지 말고 같이 가세요. 오랜만에 '꽃을 피우자' 동아리원이 다 같이 모였는데."

민영과 떨어져 밥을 먹게 될까 불안해진 창수는 애원 섞인 목소리로 로지를 설득했다. 낯설고 정신없는 상황 속에서 로지의 고개는 의지와 상관없이 위아래로 천천히 움직였다.

"오케이! 오늘은 제 차가 아닌 태평이 차로 이동하겠습니다."

창수의 재촉에 걸음을 옮기던 로지는 멀찌감치 떨어져 있는 태평을 바라보았다. 그는 이렇게 될 줄 알고 있었다는 듯 웃는 낯으로 로지를 마주 보고 있었다.

낮은 한숨이 로지의 입술 사이로 흘러나왔다. 태평과 부딪칠 때마다 어색해서 죽을 것 같았는데, 문제는 자신만 안절부절못하고 있다는 거였다.

'그래, 창수하고 민영이는 아무것도 모르니까.'

태평과 로지가 어떻게 헤어졌는지 전혀 모르는 두 사람이었다.

예전 일에 연연하는 건 자신뿐이라는 걸 확인한 로지는 가볍게 심호흡을 하고 태평의 차에 올랐다. 뒷좌석에 앉은 로지와 민영이 벨트를 맨 걸 확인한 뒤 태평은 천천히 차를 움직였다.

네 사람을 태운 차가 속도를 내자 창밖으로 보이는 가로수도 뒤로 줄달음을 쳤다. 로지가 지나가는 나무만 정신없이 쫓고 있을 때였다. 도로 표지판을 살피던 민영이 창수에게 물었다.

"한창수, 우리 스테이크 먹으러 가는 거 아니었어?"

"그러려고 했는데 태평이가 별로래요."

"그래? 너 고기 안 좋아해?"

운전 중인 태평의 뒤통수에 대고 민영이 물었다. 그의 눈은 자연스레 로지를 비춘 룸 미러로 향했다.

"저는 좋아하는데 로지 선배 입맛에는 안 맞는 것 같아서요."

로지는 갑작스레 튀어나온 제 이름에 놀라 정면을 바라봤다. 웃음기가 묻어 있는 목소리로 태평이 다시 말했다.

"저번에 같이 점심을 먹었는데 스테이크에는 손도 안 대더라고요."

민영이 로지 쪽으로 고개를 틀었다.

"둘이 밥 먹었다더니 스테이크 먹은 거야? 어디에서 먹었어?"

선뜻 대답하지 못하는 로지 대신 태평이 음식점 이름을 말했다. 그 말에 조수석에 앉아 있던 창수도 상체를 돌렸다.

"거기 맛있다고 소문난 곳인데 입에 안 맞으셨어요? 사실 오늘 민영 선배하고 선배님하고 거기에서 저녁 먹을까 했었는데."

호기심 어린 민영과 창수의 눈빛에 로지의 고개가 저절로 떨어졌다. 그만큼 당황하게 한 거로는 모자랐는지 태평이 한마디 더 뱉었다.

"로지 선배하고 오늘 점심도 같이 먹었는데."

"점심? 너 외출했었어?"

민영이 로지와 태평을 번갈아 보며 물었다. 급식실에서 먹었다고 말하려는데 이번에도 태평의 대답이 더 빨랐다.

"로지 선배가 아직 말 안 했나 봐요. 저도 호정고등학교에서 일하게 됐는데. 계약직 조경사로."

"뭐라고?"

두 눈을 커다랗게 뜬 민영이 소리쳤다. 충격을 받은 사람은 민영만이 아니었다. 창수는 원어민 강사로 일하는 줄 알았더니 조경사가 웬 말이냐며 양 눈썹을 이마 위로 치켜올렸다.

"남은 이야기는 들어가서 해요."

커다란 건물 앞에 차를 세운 태평은 대리 주차를 도와주는 직원에게 스마트 키를 건넸다. 차에서 내린 세 사람은 태평을 따라 건물 안으로 들어갔다.

"와, 여기 전체가 다 레스토랑이었어?"

민영은 어마어마한 규모를 자랑하는 레스토랑을 둘러보며 입을 크게 벌렸다. 말쑥하게 유니폼을 차려입은 직원은 네 사람을 엘리베이터로 안내했다. 4층에서 내린 모두는 야경이 한눈에 보이는 프라이빗 룸으로 들어갔다.

"이쪽에 가방과 옷을 보관해 드리겠습니다."

룸으로 따라 들어온 직원이 일행들의 가방과 옷을 받아 수납장에 정리했다. 로지와 민영은 분홍색 작약꽃을 꽂아 놓은 테이블에 나란히 앉았다.

"여기 분위기 정말 좋다. 서울 시내도 한눈에 보이고."

민영의 감상에 창수가 어깨를 으쓱여 보였다.

"그만큼 비싼 곳이거든요. 제 아르바이트비로는 감당할 수가 없어서 오늘 밥값은 태평이가 내기로 했어요."

고맙다는 말을 할 새도 없이 화려하고 고급스러운 음식들이 하나씩 테이블 위로 올라왔다. 그걸 맛보며 민영과 창수는 어색함을 풀어 갔다.

"분위기가 많이 달라진 거 같아. 어렸을 때는 좀 까칠했던 거 같은데. 말투가 달라져서 그런가?"

민영이 조심스럽게 묻자 태평은 싱긋 웃으며 고개를 살짝 기울였다.

"그땐 철이 없었죠. 세상 무서운 줄도 모르고."

"너만 그런 게 아니라 우리 다 그랬지 뭐. 사실 나 창수한테 네 욕 진짜 많이 했어. 말도 없이 영국으로 가 버려서 얼마나 괘씸하던지."

"더 욕하셔도 돼요."

담담한 태평의 대꾸에 민영과 창수는 서로 시선만 짧게 교환했다. 태평은 다시 차분하게 말을 이었다.

"욕먹어도 쌀 짓, 했으니까요."

변명의 여지가 없다는 태평의 말끝에 긴 정적이 따라붙었다. 건조한 그의 목소리가 피치 못할 사정이 있었음을 암시했기 때문이었다. 침묵이 길어질수록 룸 안의 공기도 무겁게 내려앉았다. 민영은 옆에 앉은 로지를 힐끗 바라봤다. 로지는 음식이 서빙된 이후 지금까지 말 한마디 하지 않고 접시에만 시선을 주고 있었다. 고민이 깊어지는 순간이었다. 창수와 오랜 상의 끝에 김태평과 로지의 재회를 돕는 쪽으로 마음을 굳혔지만, 어떻게 도와야 할지 감이 잡히지 않아서였다.

바로 그때, 로지만 보고 있던 태평이 입을 열었다.

"빈털터리가 됐었거든요."

맥락 없이 치고 들어온 태평의 말에 민영이 두 눈을 크게 떴다.

태평은 제 얼굴을 뚫어져라 바라보는 민영에게 눈길을 주었다.

"돌아가신 부모님께 받은 유산을 사촌 형이 제 허락 없이 전부 가져다 썼어요. 돈만 믿고 까불었다가 제대로 벌 받았죠. 김태평이라는 이름을 버리고 이모부 양자가 된 것도 돈 때문이었고요."

할 말을 잃은 민영이 창수 쪽으로 고개를 돌렸다. 창수 역시 처음 듣는 소식이었는지 민영만큼이나 놀란 기색을 숨기지 못하고 있었다. 두 사람 모두 태평의 말만 곱씹고 있었는데.

쨍그랑—.

접시 위에서 들린 날카로운 파열음에 민영이 로지 쪽으로 몸을 틀었다.

"괜찮아?"

들고 있던 나이프를 놓친 로지는 별일 아니라며 테이블 밑으로 허리를 숙였다.

"그냥 두세요."

로지에게 가만히 있으라고 말한 창수가 직원을 호출했다. 새 나이프를 가지고 온 직원의 등장으로 룸 안을 덮고 있던 무거운 분위기가 조금 환기됐다. 민영은 미안한 얼굴로 태평을 위로했다.

"그런 사정이 있는 줄은 몰랐어. 네 마음이 어땠을지 짐작도 안 간다. 사촌 형이라는 사람이 어떻게 그럴 수 있는지. 것도 모르고 창수하고 소주 한잔할 때마다 너를 안주 삼아 잘근잘근 씹었는데. 미안해 죽겠네. 내가 말은 좀 드세게 해도 속정은 깊은 편이거든. 알게 모르게 너한테 정을 많이 줬나 봐. 어쨌든, 김태평 너 오래 살면 내 덕인 줄 알아."

민영의 농담 섞인 사과에 태평이 낮게 웃었다. 태평의 웃는 얼굴을 신기하게 바라보던 창수가 친구의 어깨를 두드렸다.

"그래도 지금이 중요한 거 아니겠어? 영국에서 20대 부자로 뽑힌 기분이 어때? 난 내가 아는 사람이 그런 잡지에 나올 줄은 진짜 몰랐다."

영문을 모르겠다는 태평의 얼굴에 민영이 한마디 보탰다.

"너 '브리티시 위크'에 실린 거 나도 봤어. 사진 잘 나왔던데?"

그제야 태평은 두 사람이 무슨 이야기를 하는지 알았다는 듯 입을 열었다.

"아, 그거 이름만 빌려준 거예요."

미간을 살짝 모은 그는 기사에 자신의 이름이 언급된 사정을 설명했다. 영국에서 기자로 일하고 있는 친구 덕에 20대 부호 명단에 오를 만한 재력은 아니지만 운 좋게 그 안에 들어간 거라고.

"그래도 아무나 써 주는 건 아닐 거 아니야. 그간 상금을 어마어마하게 받았던데?"

창수의 축하 인사에 태평은 말없이 로지에게만 짧게 시선을 뒀다 거두었다. 그 시선을 읽지 못한 민영은 통쾌하다는 얼굴로 태평을 축하했다.

"7년간 너도 고생이 많았겠다. 잡지에 실린 게 사실이건 아니건 뭣이 중하겠어. 가족 같지도 않은 사람들한테 너 성공한 거 보여 준 것만으로도 잘된 일이지. 사촌 형도 그렇지만 이모부하고 이모는 그걸 보고 무슨 생각을 했을까? 나 같으면 부끄러워서 얼굴을 못 들고 다닐 것 같은데."

창수가 냉큼 민영의 말을 받았다.

"그러니까요. 남도 아니고 친척이라는 사람들이 어떻게 그런 짓을 할 수 있는지."

친척이라는 말에 민영의 머릿속에 오래전 기억이 흘러들었다.

"남보다 못할 수 있는 게 가족이지 뭐. 세상에 믿을 사람이 어디 있겠어. 나도 강유준만 생각하면."

무심결에 강유준이라는 이름을 뱉은 민영이 아차 하는 얼굴로 로지를 살폈다. 로지는 조용히 앞접시에 놓인 굴튀김만 포크로 건드리고 있었다.

"다 먹었어요?"

갑작스럽게 던진 태평의 질문에 포크를 들고 있던 로지의 손이 움찔했다.

"……어."

피식 웃음을 흘린 태평은 그의 포크로 로지의 굴튀김을 찍어 올렸다. 놀란 로지가 고개를 들었다. 아니길 바랐지만 장난감처럼 가지고 놀던 굴튀김이 순식간에 태평의 입 안으로 사라졌다.

"천천히, 먹는 중이었어."

자신이 남긴 다른 음식으로 손을 뻗는 태평을 막으며 로지가 변명처럼 덧붙였다.

"그래요?"

고개를 끄덕인 태평은 들고 있던 포크를 내려놓았다. 그러고는 손끝으로 테이블을 두드리며 로지를 빤히 바라봤다. 로지와 태평만 이해할 수 있는 함축적인 의미가 담긴 시선이었다. 그의 앞에서만큼은 음식을 남기지 말라는 뜻이 숨어 있었으니까. 로지는 체념한 얼굴로 접시 위에 남은 빵을 집어 먹었다. 이후 룸에는 서로 안부를 주고받느라 미처 손대지 못했던 음식이 비워지는 소리만 들렸다.

"오늘 정말 잘 먹었어."

건물 밖으로 나온 민영이 태평에게 인사했다. 창수도 태평에게 고맙다는 말을 잊지 않았다. 이윽고 주차를 맡겨 놨던 태평의 세단도 건물 앞에 세워졌다.

"창수하고 나는 따로 갈게. 방향이 같거든."

민영과 함께 움직일 생각이었던 로지는 깜짝 놀란 얼굴로 친구를 바라봤다. 민영은 그런 로지를 모른 척하며 창수의 팔에 팔짱을 꼈다. 창수는 헤벌쭉한 웃음을 지으며 민영의 장단에 맞췄다.

"그래, 선배는 내가 데려다줄 테니까 너는 로지 선배 책임져라."

"그럴게요. 우리도 같은 방향인데 잘됐네요."

로지는 태평의 얼굴로 시선을 옮겼다. 우리도 같은 방향이라니? 의문이 가득한 표정을 짓고 있는 로지에게 태평은 조수석 문을 열어 주며 어서 타라고 눈짓했다. 머뭇거리는 사이 경적 소리가 들렸다. 태평의 차가 빠지길 기다리는 다른 차의 재촉이었다.

"선배님, 빨리 타세요."

창수의 말에 로지는 어쩔 수 없이 태평의 차에 올랐다.

"창문 좀 내릴게요."

운전석에 앉은 태평은 차창을 조금 내리고 핸들을 잡았다. 시원스레 달리기 시작한 차에서는 음악은 물론 그 흔한 라디오 소리도 흐르지 않았다. 로지는 잠에 취한 것처럼 멍한 얼굴로 바쁘게 지나가는 풍경만 보고 있었다. 차 유리창에 머리를 기댄 로지를 곁눈질하던 태평이 지나가듯 물었다.

"그림, 언제부터 그럴까요?"

"싫다고 했잖아."

날카로운 대답에 태평의 눈살이 절로 찌푸려졌다. 그림 이야기를 꺼낼 때마다 참담한 표정을 숨기지 못하는 로지가 영 낯설었다.

'왜지.'

통제된 고른 숨을 뱉으며 태평은 정면으로 시선을 돌렸다. 어디서부터 어떻게 꼬여 버린 걸까. 기억의 실타래를 풀어 내리던 끝에 그는 두 사람이 헤어지던 날을 되짚었다. 극심한 패닉 상태에 빠져 있었던 터라 구멍이 숭숭 난 기억이었지만.

"올리버가 그때 뭐라고 했어요? 내가 병원에 입원했던 날에요."

올리버 때문인 게 분명했다. 로지가 자신을 껄끄럽게 대하는 것도, 그림에 무서우리만큼 냉랭해진 것도.

"기억 안 나."

고민 없이 튀어나온 로지의 답에 태평의 검은 눈동자에 퍼런 불꽃이 일었다. 꽃다발을 든 자신을 알아보지 못하고 무심하게 지나쳤던 로지가 되살아난 탓이었다. 올리버를 향한 혐오와 원망도 걷잡을 수 없이 커졌다.

"기억이 안 난다고요?"

차갑게 읊조린 그는 핸들을 확 꺾었다. 차가 갓길 끝에 급히 멈춰 서면서, 로지의 무릎 위에 올려 두었던 가방도 뒤집혀 떨어졌다. 쏟아진 소지품을 주우려는 그녀 쪽으로 태평이 상체를 틀어 바짝 붙였다.

"왜 이래!"

가까워진 태평의 얼굴에 놀란 로지가 두 손으로 그의 어깨를 막았다. 태평은 그 저항을 비웃듯 제 몸을 더욱 강하게 들이밀었다.

"어떻게 기억을 못 해."

거친 숨소리를 닮은 목소리에 서러움이 섞여 들었다.

"올리버가 그랬어? 내 돈 다 써 버린 게 너 때문이라고?"

바보처럼 착한 오로지였다. 올리버가 쏟아 냈을 역겨운 말도 곧이곧대로 믿을 만큼. 어쩌면 지금도 자신과 올리버의 관계를 걱정해서 입을 다물고 있는 건지도 몰랐다. 그럴 필요가 없다고 말하려는데, 로지가 천천히 눈꺼풀을 들어 올렸다. 가로등 불빛에 비친 로지의 눈은 애처로울 만큼 가늘게 떨리고 있었다. 온기라고는 한 조각도 엿보이지 않는 그 눈빛이 태평을 충격에 빠뜨렸다.

'왜 나를 오제근 보듯 바라보는 건데.'

흐릿한 로지의 눈동자가 신음하고 있었다. 고통과 두려움으로 뒤섞인 그 눈을 태평은 잘 알고 있었다. 아빠에 관해 물을 때마다 로지가 내보인 유일한 반응이었으니까.

"……나한테 왜 이래."

눈가를 붉게 물들인 로지가 입을 열었다. 눈매를 찌푸린 태평은 말없이 그녀의 고운 얼굴만 뜯어보았다.

봄바람에 흩날리는 꽃잎을 한 장씩 모아 온전한 꽃송이로 만든 듯 곱고 예쁜 얼굴이었다. 목련꽃을 닮은 희고 동그란 이마, 기분이 좋으면 벚꽃색으로 물드는 뺨, 뜨거운 바닐라 라테를 마실 때마다 장밋빛으로 붉어지던 입술까지.

손등으로 로지의 뺨을 부드럽게 쓸었다. 그렇게라도 하지 않으면 당장 로지의 입술에 입을 맞추고 싶은 충동을 제어할 수 없을 것 같아서였다. 손끝에서 느껴지는 불규칙한 숨결에 태평의 입가에 보이지 않는 안도의 미소가 떠올랐다.

'이렇게 네가 느껴지는데.'

로지와 눈을 맞추는 상상을 셀 수 없이 해 왔던 태평이었다. 그 소원을 이뤘으니 이젠 그림을 그리는 로지가 보고 싶었다. 그림으로 자기 자신은 물론 태평까지 행복하게 만들었던 로지가 눈물겹게 그리웠다.

"4개월 줄게요. 내 그림 완성할 때까지."

로지에게서 몸을 떼어 내며 말했다. 흐트러진 재킷을 바로잡으며 대답을 기다렸지만 로지는 아무 말도 하지 않았다. 태평은 올렸던 사이드 브레이크를 내렸다.

로지의 원룸 앞에 도착하기까지는 그리 오래 걸리지 않았다. 차를 세운 뒤 그는 로지에게 다시 말을 붙였다.

"거절할 생각은 하지 말아요."

"……."

"거절하면 매그놀리아가 그린 일러스트를 학교에 뿌릴 테니까."

로지는 눈을 크게 뜨고 태평을 바라봤다.

"……그걸 어떻게."

"어떻게 알았는지가 중요한가?"

차게 웃어 보이며 태평은 앞으로의 계획을 설명했다.

"4개월 뒤에 돌아가야 하니까 마감은 그쯤으로 해 두고. 그림을
그리는 데 필요한 건 뭐든 지원할게요. 일단 집부터 옮기는 게 어때요?"

"지금, 날 협박이라도 하는 거야?"

협박이라는 말에 태평의 팔이 로지 쪽 창으로 올라붙었다. 그의
상체에 가둬진 로지는 눈꺼풀만 파르르 떨었다.

"협박이라뇨. 협박은 내가 아니라 선배 특기겠지. 다시 나타나면
죽어 버리겠다고 한 사람이 누구더라?"

지나간 옛일을 꺼내자 로지의 입에서 실소가 터졌다.

"내 그림이 뭐라고 나한테 이래. 7년 전 일로 복수라도 하려는 거
야? 그래서 같은 학교에서 일하고, 민영이하고 창수 환심까지 샀어?"

불안하게 흔들리는 로지의 눈동자를, 태평은 거울을 보듯 바라봤
다. 눈동자에 비친 남자의 얼굴 위로 시커먼 재를 뒤집어쓴 지난날
의 자신이 겹쳐졌다. 로지의 엄마처럼 죽어서 로지에게 절대 잊히
지 않겠다고 절규했던 저 자신이.

'복수라, 차라리 그랬다면 더 쉬웠을 텐데.'

내뱉지 못한 말을 속으로 삭이며 태평은 로지를 가두었던 팔을 내렸다. 몇 초간 멍한 얼굴로 앞만 보고 있던 로지는 이내 정신을 차리고 바닥에 떨어진 소지품을 주웠다. 그걸 물끄러미 바라보던 태평의 눈에 운전석과 조수석 사이에 떨어진 파일이 보였다. 그는 호기심에 파일을 열어 보았다. 그 안에는 그림이 한 장 들어 있었다.

"······민준?"

그림에 적힌 이름을 말하자 로지가 숙이고 있던 상체를 들었다.

"이리 줘."

"그 남학생이 그린 거예요?"

그림을 허공으로 들어 올리며 물었다.

"그래."

대답을 들은 태평은 순순히 로지에게 그림을 건넸다. 그리고 차에서 급히 내리는 로지 뒤에 대고 한마디 더 덧붙였다.

"주말에 시간 비워 둬요."

로지는 차 문을 세게 닫고는 건물로 걸어갔다. 그녀의 방에 불이 켜지는 걸 지켜본 뒤 태평도 시동을 끄고 차에서 내렸다. 굳은 얼굴로 건물에 들어선 그는 지하로 이어진 계단으로 내려갔다.

딸깍, 벽에 달린 스위치를 올리자 반지하 방에 불이 들어왔다. 다 빠지지 않은 역한 도배 냄새에 미간이 절로 찌푸려졌다. 있으나 마나 한 작은 창문을 활짝 열고 방을 둘러봤다.

"진짜 못 봐 주겠네."

신경질이 잔뜩 난 목소리로 중얼거린 그는 매트리스에 앉아 휴대폰을 꺼냈다. 확인해야 할 문자가 제법 많았다.

[존 맥어보이 씨가 데비지스 경매에 지대한 관심을 보이고 있어. 강유준 그림이 나온다고 하니까 어깨를 들썩이더라. 하긴 강유준의 〈사계〉 정도면 누구나 탐을 낼 작품이지. 영국에서 강유준 화가를 알린 그림이니까. 특히 강유준이 네 지인이라고 하니까, 한몫 제대로 잡겠다며 좋아 죽으려고 하던데?]

해리의 문자에 태평은 심드렁한 표정을 지었다.

"역시 우리 이모부가 돈 냄새 하나는 기가 막히게 맡는다니까. 그럼요. 그림만큼 좋은 게 없죠. 비자금도 조성하고 세금도 탈루하셔야 하는데. 일단 그림값부터 마련하셔야겠지만."

해리에게 수고 많았다는 문자를 보내고 다음 문자를 확인했다. 강필승에게서 온 메시지였다.

[박혜진이 내일 판을 벌인답니다. 요즘 도박으로 돈맛 좀 보더니 정신이 반은 나가 있어요. 피붙이도 내팽개치고 판만 찾아다니고 있으니 말 다 했죠. 아들인 김희찬한테 시켜서 오로지 씨에게 돈을 요구해 왔는데 요즘엔 그마저도 잊고 삽니다. 그깟 돈은 도박판에 걸린 돈에 비하면 푼돈이다, 이거겠죠.]

태평은 한숨을 길게 내쉬었다. 저녁을 먹는 내내 로지는 단 한 번도 태평의 눈을 바라보지 않았다. 민영과 창수가 쉴 새 없이 질문을 던질 때도 로지는 자신에게 아무것도 묻지 않았다. 그저 언제든 마음만 먹으면 허공으로 흩어져 버릴 준비가 되어 있는 사람처럼 귀도, 눈도, 입도 닫고 있었다.

가슴 한구석에 스산함이 파고들었다. 지난 7년간 쌓인 피로가 한번에 몰려온 것처럼 고단해졌다. 손만 대면 바스락하고 부서질 것 같은 로지를 마주할 때마다 감정이 제어되지 않았다.

"보지 못해 괴로운 것보다, 눈앞에 두고 괴로운 게 낫지."

복잡한 상념을 털어 내기 위해 몸을 일으켰다. 세면도구를 챙기려고 했는데 휴대폰 진동이 느껴졌다. 창수에게서 온 전화였다.

ㅡ잘 들어갔어?

"어."

ㅡ내가 일부러 민영 선배하고 자리 피해 준 건 아냐?

뿌듯한 친구의 목소리에 태평은 침묵만 유지했다. 공치사한 게 민망했는지 창수는 헛기침을 두어 번 하고 용건을 꺼냈다.

ㅡ아까 말하고 싶었는데 다 같이 있어서 말을 못 했어. 누나들한테 네가 부탁한 일을 말했는데 심사를 거쳐야 한다고 전해 달래. 아무리 내 친구 부탁이라고 해도 어떤 화가의 어떤 작품인 줄도 모르고 기획할 수는 없다고. 누나들 입장에서는 화랑에서 여는 첫 개인 전시다 보니 더 예민할 수밖에 없어. 네임 밸류와 상관없이 누나들의 눈으로 봤을 때, 가치 있는 작품을 찾고 있거든.

미안해하는 창수의 목소리에 태평이 천천히 입을 열었다.

"오로지 그림이야."

—…….

"오로지 그림, 전시할 거라고."

—선배님 그림이라고?

두 번이나 말했지만 창수는 또 되물었다.

"어."

—로지 선배 그림이라니? 전시할 그림이 있단 말이야? 언제 그림을 그리셨는데?

"몇 주 후면 준비될 거야."

—와, 마시지도 않은 술이 확 깨는 기분이네. 그런데 왜 로지 선배한테 비밀로 하라고 했어?

"로지는 모르는 그림이니까."

—선배가 모르는 그림?

"그런 게 있어. 그러니까 계속 비밀로 해."

핏발이 선 태평의 눈동자가 허공을 더듬었다. 로지가 그리고 싶은 그림을 마음껏 그리게 해 주겠다고 약속했었다. 억울하게 빼앗긴 것들은 되찾아 주고 마땅히 누려야 하는 것들은 모두 주겠다고도 굳게 약속했었다.

—너 도대체 무슨 꿍꿍이야. 학교에 취업한 것도 이상했는데, 로지 선배도 모르는 전시회를 준비하다니.

"로지 데리고 한국 떠날 거야."

7년 전에 필사적으로 노력했지만 지키지 못했던 마지막 약속을 내뱉는 순간, 태평의 턱이 경직됐다.

—한국을, 떠난다고? 선배도 같이?

휴대폰 너머로 창수의 숨소리가 길게 이어졌다. 자신을 염려하는 친구의 마음이 침묵 속에 읽혔다.

—네 마음은 잘 알지만 너무 급하게 굴지는 마라. 선배가 널 보는 게 아직 불편해 보이던데. 조금 천천히 다가가는 게 낫지 않겠어? 선배의 마음이 열릴 때까지 기다려 주는 게.

"7년이야."

단칼에 창수의 말허리를 잘랐다.

"더는 못 기다려."

좋은 걸 보지 못하고 험한 것만 보며 산 탓이었다. 로지가 그림을 멀리하는 이유는. 그게 태평이 내린 결론이었다. 그래서 로지를 바닥으로 주저앉힌 것들을 깡그리 치울 생각이었다.

단호한 태평의 태도에 창수는 더 설득하기를 포기하고 전화를 끊었다. 태평은 매트리스에 등을 대고 누웠다. 희끄무레한 빛이 그의 얼굴에 내려앉았다. 쥐구멍에도 볕 들 날이 있다더니, 반지하 방에도 달빛은 스며들었다.

"넌 또 뭐야."

창문을 향해 태평이 중얼거렸다. 창틈 사이로 강아지 한 마리가 턱을 괸 채 그를 말끄러미 바라보고 있었다. 주인집 아주머니가 키운다는 개 같았다. 축 처진 귀를 뒷발로 탈탈 턴 개는 태평에게 흥미를 잃었는지 주둥이를 돌렸다.

"야, 개!"

다급하게 부르는 소리에 개의 고개가 다시 창틈으로 돌아왔다.

"비결이 뭐야."

개는 고개만 갸우뚱거렸다.

"어떻게 웃게 만들었냐고."

진지하게 물었더니 이번엔 개가 콧방귀를 뀌며 코를 핥았다.

"이제 개까지 나를 무시하네."

스스로를 비웃은 태평은 두 눈을 감았다. 살면서 누군가를 부러
워해 본 적이 단 한 번도 없었다. 그런데 처음으로 부러워진 대상이
'개'라니, 아찔할 만큼 지독한 아이러니였다.

3. 그림

토요일 아침, 창가를 비집고 들어온 햇살이 감은 눈을 찔렀다. 로지는 손바닥으로 눈을 가렸다. 밤새 잠을 설친 탓인지 눈두덩이가 푹 꺼진 게 느껴졌다. 조금 더 눈을 붙일 요량으로 돌아누웠는데 현관문을 두드리는 소리가 들렸다.

'누구지.'

찾아올 사람이라고는 주인집 아주머니나 정아밖에 없었기에 못 들은 척했다. 하지만 문밖에 있는 사람은 집요하게 문을 두드렸다. 자리에서 일어나 흐트러진 머리를 하나로 모아 묶고 현관 앞에 섰다.

"누구세요?"

깨워 놓을 때는 언제고 대답이 없었다. 혹시나 하는 마음에 현관문 외시경으로 눈을 가져갔다.

"……어?"

누군가에게 안긴 똥개가 분홍색 혀를 길게 빼고 헤벌레 웃고 있었다. 주인집 아주머니가 개를 맡기러 온 것 같았다. 얼마 전에도 주말에 집을 비운 아주머니를 대신해 똥개를 돌봤던 로지였다.

"잠시만요."

이부자리를 대충 정리하고 욕실로 들어갔다. 빠르게 세수를 끝낸 뒤 카디건도 찾아 걸쳤다. 날이 좋으면 똥개와 산책이라도 다녀와야겠다고 생각하며 문을 열었는데.

"안녕하……."

바닥을 보는 로지의 눈동자가 물결처럼 흔들렸다. 아주머니의 발이라고 하기엔 너무 큰 남성용 운동화가 보였다. 놀란 눈을 천천히 들어 올렸다. 청바지에 후드 티를 입은 태평이 자신을 내려다보고 있었다.

"아침 먹어야죠."

로지는 어색한 얼굴로 똥개를 내려놓는 태평을 응시했다. 방금 씻고 나왔는지 그의 젖은 앞머리 끝에는 물방울이 매달려 있었다. 할 말을 찾지 못해 입술만 뻐끔대다가 복도로 나와 현관문을 닫았다. 집 안을 살피는 듯한 그의 시선을 차단하기 위해서였다.

"……아침이라니?"

불편한 심기를 담아 물었는데 돌아오는 음성은 부드러웠다.

그림 283

"주말에 시간 비워 두라고 한 거, 잊었어요?"

태평은 똥개의 목줄을 내밀었다. 그걸 못 본 척하며 슬며시 인상을 썼다. 주말에는 볼 일이 없어 다행이라고 생각했는데 이렇게 또 만나게 될 줄이야.

대답이 없는 로지를 지그시 내려다보던 그가 목줄을 가볍게 흔들었다.

"얘도 아직 아침 안 먹었는데."

제 말을 하는 줄 알았는지 똥개가 어서 밖으로 나가자고 낑낑댔다. 팽팽하게 당겨진 똥개의 목줄에 구겨 신었던 운동화를 고쳐 신었다. 싫다고 했다가는 더 귀찮은 일이 생길 게 뻔했고, 무엇보다 태평과 한번은 진지하게 이야기를 할 타이밍이었다.

"개가 있으니까 가까운 데서 해결할까요?"

건물 밖으로 나오자마자 태평이 로지 옆에 바짝 따라붙었다. 로지는 아무래도 좋다는 듯 고개만 끄덕여 보였다. 두 사람은 똥개를 사이에 두고 나란히 걸었다.

하늘은 맑고 바람은 선선했다. 봄날의 산책이 좋았는지 똥개는 부지런히 골목을 누볐다. 로지의 눈도 자연스레 똥개의 움직임을 좇았다. 보도블록 틈새에 돋아난 풀 냄새를 맡던 똥개는 그 위에 맺힌 이슬로 목을 달게 축였다. 그러더니 뒷다리를 번쩍 들고 낙서가 뒤덮인 담벼락에 오줌을 찍 갈겼다.

니야아옹―. 똥개가 남긴 영역 표시가 불쾌했는지 담벼락 사이에 숨어 있던 길고양이가 앙칼지게 울었다. 겁을 잔뜩 집어먹은 똥개가 궁둥이를 씰룩대며 로지 쪽으로 달려왔다.

"덩칫값도 못 하네."

로지의 다리 사이로 파고든 똥개가 웃겼는지 태평은 실소를 흘렸다. 로지는 똥개에게 시선을 주고 있는 그의 얼굴을 훔쳐봤다. 쌍꺼풀 없는 눈매가 웃느라 평소보다 더 길어져 있었다.

'무슨 생각을 하는 걸까.'

태평을 따라 걸으며 때아닌 추리에 빠졌다. 예고 없이 교실과 급식실에서 나타난 것도 모자라 이젠 자신의 집 현관문까지 두드리다니. 영국에서 지내는 동안 그에게 새로운 취미가 생긴 게 틀림없었다. 옛 친구를 곤혹스럽게 만드는 악취미가.

"잠깐 여기에서 기다려요."

걸음을 멈춘 태평을 보며 고개를 들었다. 도착한 곳은 집에서 가까운 편의점이었다. 로지에게 똥개의 목줄을 맡긴 태평은 홀로 편의점 안으로 들어갔다. 잠시 후, 제법 불룩한 봉지를 들고나온 그는 턱 끝으로 반대쪽 골목을 가리켰다.

"공원에서 먹죠."

로지는 앞장서서 걷는 태평을 얼떨떨한 눈으로 바라봤다. 자잘한 골목길이 많아 복잡하기로 유명한 동네인데, 이곳 지리를 훤히 꿰고 있는 듯한 그가 조금 당황스러워서였다. 붙박인 듯 제자리에 서 있는 로지를 똥개가 재촉했다. 호기심을 누르고 일단 걸음을 옮겼다.

"개 이름이 뭐예요?"

골목을 걷던 태평이 물었다.

그림 285

"······똥개."

머뭇거리다가 작게 대답했는데, 그가 의심이 가득한 얼굴로 고개를 저었다.

"거짓말."

"거짓말 아니야. 주인집 아주머니가 그렇게 지었어."

안타까운 마음을 숨기지 못하며 대꾸했다. 로지도 똥개가 '똥개'라는 이름을 얻은 게 마음에 들지 않았기 때문이었다. 로지를 보고 있던 태평의 눈이 똥개 쪽으로 옮겨 갔다.

"네이밍 센스 한번 진짜 뭐 같네. 개 이름이 똥개라니."

저를 부르는 줄 알았는지 똥개가 그를 향해 앞발을 들었다. 태평은 가벼운 웃음을 흘리며 똥개의 까만 코를 검지로 툭, 건드렸다. 싱그러운 그의 미소가 묘한 향수를 불러일으켰다.

태평과 함께 저녁을 먹었던 어느 날이었다. 로지가 밥을 크게 떠서 입에 넣자 태평의 입꼬리가 보일 듯 말 듯 올라갔다. 더 환히 웃는 게 보고 싶어서 밥을 한 수저 더 넣었다. 그랬더니 이번에는 눈이 가늘어졌다. 내친김에 한 수저를 더 밀어 넣었다. 양 볼이 터질 것처럼 부풀어 오르고 나서야 태평은 쿡, 하고 웃음을 터트렸다. 그의 웃는 얼굴을 보는 게 좋았다. 그래서 더 많이 먹고, 더 많이 웃고, 더 많이 말하곤 했었는데.

"어이, 똥개."

똥개를 부르는 음성에 퍼뜩 정신을 차렸다. 활기찬 똥개를 따라 걷다 보니 어느새 공원 앞이었다.

"저쪽으로 가요."

봐 둔 자리가 있는지 이번에도 태평이 앞장을 섰다. 무심결에 그를 따라 걷던 로지는 멈칫했다. 그가 찾아낸 벤치 때문이었다. 공원에서 가장 큰 나무 앞에 설치된 벤치는 로지가 속이 답답할 때마다 습관처럼 찾는 장소였다. 늘 낙엽이 쌓여 있어서 사람들이 이용을 꺼리는 곳이기도 했는데.

"물기가 좀 있네요."

벤치를 살펴본 태평은 입고 있던 회색 후드 점퍼를 벗어 벤치에 깔았다. 그러고는 로지에게 그 위에 앉으라고 권했다. 잠깐의 망설임 끝에 그가 벗어 준 옷 위에 앉았다. 딱딱하고 차가워야 할 벤치에서 훈훈한 온기가 느껴졌다.

"날씨 한번 끝내주네."

반소매 티셔츠 차림이 된 태평은 로지 옆에 앉아 기지개를 크게 켰다. 고개를 살짝 틀어 태평을 바라봤다. 어느새 다 마른 그의 머리카락 사이로 봄볕이 흘러들고 있었다. 그 볕은 로지의 얼굴도 빠짐없이 훑어 내리며 따스함을 전했다. 기분이 조금 이상했다. 어쩐지 이번 봄이 지난봄들보다 유난스럽게 느껴져서였다.

"여기요."

로지는 태평이 봉지에서 꺼낸 것들을 물끄러미 바라봤다.

바나나와 두유, 그의 의도가 빤히 보이는 먹거리였다. 복잡한 감정에 망부석처럼 굳어 버린 로지의 종아리를 똥개가 툭툭 건드렸다. 빨리 제게 간식을 달라는 애교였다.

그림 287

"잠깐만."

작게 자른 바나나를 손바닥 위에 올려놓자 똥개가 냉큼 주둥이를 들이밀었다. 복슬복슬한 꼬리를 있는 대로 흔드는 똥개를 보며 로지도 바나나를 한 입 베어 물었다.

그동안 멀리해 왔던 바나나는 예전만큼 부드럽고 달았다. 무덤덤하게 바나나를 씹고 있는데 갑자기 옆얼굴이 따끔거렸다. 고개를 돌려 보니 태평이 스산한 얼굴로 자신을 쳐다보고 있었다.

콜록―. 가슴을 두드리며 작게 기침했다. 채 씹지 못하고 삼킨 바나나가 목에 걸린 탓이었다. 태평은 말없이 두유에 빨대를 꽂아 건넸다. 그에게 받은 두유를 몇 모금 마시고 나서야 로지의 기침이 가라앉았다.

"그동안 어떻게 지냈어요?"

삼각김밥 비닐을 벗기며 태평이 불쑥 물어 왔다. 말문이 막혀 남은 바나나를 마저 입에 밀어 넣었다. 대답할 시간을 벌기 위해서였다.

"……그냥 조용히 살았어."

"조용히 어떻게요?"

이어진 질문에 태평의 얼굴을 쳐다봤다.

어렸을 때와 비슷한 차림이라 그랬는지, 그의 얼굴 위로 고등학생인 그가 겹쳐졌다.

강인한 턱선, 쌍꺼풀 없이 길게 찢어진 눈, 압도적으로 큰 키는 기름종이를 대고 그린 것처럼 변함이 없었는데, 그를 둘러싼 배경에서는 예전과 달리 밝은 기운이 느껴졌다.

'이제 다 괜찮아진 걸까?'

포근한 봄볕을 쬐고 있는 그가 낯설었다. 철판 스테이크를 아무렇지 않게 먹는 것도, 구름 그늘이 없는 탁 트인 공원에 앉아 있는 것도 신기했다. 7년 전만 해도 모두 태평이 싫어했던 것들인데.

"보다시피."

흘리듯 대답하며 고개를 정면으로 돌렸다. 겨우내 앙상한 가지를 자랑하던 나무가 어느새 연둣빛 나뭇잎을 매달고 있었다. 꾸준히 시간이 흐르고 있다는 증거였다. 그걸 태평을 만나고 나서야 새삼 알게 됐다. 그가 트라우마를 극복하고 자유로워지는 동안, 자신은 과거에 예속되어 제한적으로 살아왔다는 걸.

잠시 두 사람이 공유하던 침묵을 태평이 먼저 깼다.

"나한테, 궁금한 거 없어요?"

태평의 질문을 곱씹던 로지는 어제 식사 중에 들었던 그의 말을 떠올렸다. 올리버 오빠와 그의 부모가 태평의 유산을 모두 썼다는 사실이 아직도 믿기지 않았다. 오빠가 태평을 진심으로 아끼고 있다고 생각했는데, 그래서 태평이 영국으로 가길 진심으로 바랐는데……. 그때 자신에게 했던 말들은 다 뭐였던 건지.

시종일관 로지를 응시하고 있던 태평이 다시 입을 열었다.

"나는 4개월 뒤에 영국이 아니라 스페인으로 가요."

시선을 앞에 둔 로지는 태평의 낮고 고요한 목소리에 귀를 기울였다. 그는 경쟁이 치열한 세계에서 고군분투 중인 것 같았다. 지난해까지는 영국 교외에서 개인 정원을 만들어 다양한 식재를 시도하며

그림 289

아이디어를 얻었는데 올해는 스페인에서 스튜디오를 오픈할 계획이라고 했다. 그사이에 반년 정도 휴가를 얻어 한국에 온 거라고.

잠자코 태평의 말을 듣고 있던 로지가 천천히 입술을 뗐다.

"가드너가 될 줄은 짐작도 못 했지만 정말 축하해. 네가 잘된 걸 봐서 마음이 놓여."

진심이 담긴 대답이었다. 자신 때문에 한국에서 끔찍한 일을 겪은 것도 모자라 영국에서도 좋지 않은 일이 있었는데, 그 모든 어려움을 딛고 일어선 태평이 자랑스러웠다. 아니, 어쩌면 태평을 놓아 준 제 결심이 옳았다는 것에 안도하고 있었는지도.

"그래요?"

되묻는 태평을 바라보며 고개를 끄덕였다.

"응, 예전보다 좋은 쪽으로 변한 것도 그렇고."

트라우마를 극복한 것도 축하한다는 말을 두루뭉술하게 돌려 전했다. 그걸 눈치챘는지 태평은 확연히 가라앉은 눈으로 말했다.

"돈도 잃고, 사람도 잃어 보니 믿을 건 나밖에 없었죠. 그래서 악착같이 노력했고."

"……."

"그런데 나만큼, 선배도 많이 변한 거 알아요?"

나직한 그의 음성이 심장을 쿡 찔러 왔다. 변했다는 말이 이렇게 아픈 말이었나. 울적해진 마음에 눈을 내렸는데 굵은 저음이 떨어지는 로지의 시선을 허공에 붙들었다.

"그림, 그려 줘요. 축하 인사도 사과도, 그림으로 받아 줄 테니까."

"뭐?"

로지의 반문에 그는 의미심장하게 웃어 보였다.

"그림밖에 없잖아요. 돈이나 사람처럼 날 배신할 일도 없고, 그린 사람의 애정도 느낄 수 있는 건."

태평은 일상적인 목소리로 말했지만, 순간 두 사람을 둘러싼 공기의 흐름이 달라졌다. 당황하지 않으려 노력하며 로지는 자문하듯 물었다.

"내가 왜?"

"7년 전 일로 나한테 미안해하고 있으니까. 그래서 날 피하는 거 아닌가?"

"……그림 말고 다른 거로 해."

출구 없는 미로에 갇힌 기분을 느끼며 로지가 말했다. 모든 것에는 때가 있는 법이었다. 과거의 태평에게 미안한 마음을 가지고 있는 건 사실이지만 그걸 이제 와서 그림으로 표현할 생각은 전혀 없었다. 입술에 힘을 주고 단호하게 말을 이었다.

"그림은 그리고 싶지 않아. 특히 네 그림만큼은."

태평의 가지런한 눈썹이 일그러졌다. 찌푸린 그의 표정에 로지의 마음은 오히려 차분해졌다. 7년 만에 한국을 찾은 그가 제게 왜 이러는지 더는 헤아리고 싶지 않았다. 미련이든, 원망이든, 집착이든 끝나지 않는 감정의 끝은 악연일 뿐이었으니까.

"끝까지 못 그리시겠다."

태평은 바람 빠진 웃음을 흘렸다. 그의 입술을 비집고 흘러나온

그림 291

뜨끈한 숨결에 로지의 어깨는 긴장으로 뻣뻣해졌다. 자신을 응시 중인 검은 눈동자가 질척하게 젖고 있었다. 어렸을 적에 가끔 보았던 눈빛이었다. 둘이 입을 맞추거나 화실에서 그림을 그리다가 눈이 마주쳤을 때, 태평은 지금처럼 남자의 눈으로 저를 바라봤었다.

'설마, 아직도.'

흔들리는 눈동자를 감추기 위해 태평에게서 시선을 거뒀다. 그가 7년 전 일로 복수 비슷한 걸 하려고 찾아온 줄 알았는데, 제게 또 다른 이유가 있을 거라고는 상상조차 하고 싶지 않았다. 그저 이대로 조용히 정리하고 싶었다. 태평은 어디서든 잘 살아갈 사람이고 자신도 어떻게든 살아야 하는 사람이니까.

"그림이 싫으면."

말을 멈춘 태평이 힘없이 늘어져 있는 로지의 오른손을 잡았다. 본능적으로 잡힌 손을 빼려던 로지는 인상을 썼다. 손목에서 피어오른 찌릿한 고통 때문이었다. 이마를 찌푸린 로지에게 씁쓸한 시선을 꽂아 넣으며 그가 물었다.

"나하고 스페인으로 갈래요?"

로지는 대답 대신 입술만 꾹 깨물었다. 제 손을 잡고 있는 손에 힘이 들어간 게 느껴진 탓이었다. 붉어진 로지의 입술을 낱낱이 눈에 담고 있던 그가 태연하게 내뱉었다.

"그것도 싫으면, 나랑 한번 자든가."

헛것을 본 사람처럼 로지의 눈이 대번에 커졌다. 어이없는 말에 제 귀를 의심하는 로지와 달리 태평의 눈에는 희미한 빛이 어렸다.

"이것도 저것도 못 하겠으면 그려요."

"……."

"무슨 짓을 해서라도 그리고 싶게 만들어 줄 테니까."

로지는 속입술을 깨물었다. 태평에게 붙잡힌 손이 아파서가 아니었다. 무례한 어투로도 숨기지 못한 그의 진심 때문이었다. 애써 자신의 표정을 통제하고 있었지만 태평의 눈꺼풀은 희미하게 떨리고 있었다. 그 떨림에는 이루 말할 수 없는 온갖 감정이 뒤섞여 있었다.

고요했던 마음이 어수선하게 들끓었다. 과거의 상처를 끊어 내기 위해 무던히 노력해 온 자신만큼, 태평도 필사적으로 살아왔다는 걸 느꼈기 때문이었다. 동요를 감추기 위해 서둘러 스스로를 설득했다. 어찌 보면 당연한 결과라고……. 태평과 자신을 포함해 이 세상 누구라도 그런 일들을 겪었다면 멀쩡히 살아갈 수 없었을 테니까.

"집에 가 봐야 할 것 같아."

입을 열고 나서야 로지는 제 입술이 떨리고 있다는 걸 눈치챘다. 그만큼 태평이 던진 말은 엄청난 것이었다. 그는 깊숙이 묻어 두었던 로지의 과거만 끄집어내려는 게 아니었다. 지금의 자신도 무너뜨리려 하고 있었다.

"그래요."

태평은 없는 인내심을 겨우겨우 끌어모은 얼굴로 로지의 손을 놓아주었다. 무게감이 사라진 손등에서 타는 듯한 열기가 일었다. 그 화끈거림은 집에 도착할 때까지 사라지지 않았다.

그림 293

"산책 끝났어. 이제 집에 가야지."

닫혀 있던 로지의 입술은 건물 문 앞에서 열렸다. 똥개가 궁둥이를 땅에 붙이고 들어가길 거부한 탓이었다. 목줄을 당겨도 보고 달래도 봤지만 똥개는 앞다리에 힘을 주고 고개를 외로 꼬았다.

그사이 차에서 쇼핑백을 꺼내 온 태평은 로지와 대치 중인 똥개를 한쪽 팔로 가뿐하게 들어 올렸다. 공중에 떠오른 똥개는 억울한 표정으로 사지를 버둥대며 낑낑댔다.

"들어가요."

어깨로 문을 열어 준 태평에게 고개를 끄덕여 보인 로지는 건물 안으로 들어갔다. 태평은 똥개의 목줄을 계단 난간에 단단히 묶고는 로지를 따라 2층으로 올라왔다.

"받아요."

202호 앞에 선 로지에게 태평이 들고 온 쇼핑백을 건넸다.

"이게, 뭔데."

선뜻 받지 않고 머뭇거리자 그는 로지의 팔을 잡아 쇼핑백 손잡이를 손목에 걸었다.

"사이즈 안 맞으면 알려 줘요."

자기 할 말만 툭 내뱉은 태평은 몸을 돌려 걸었다. 그의 뒷모습이 복도에서 완전히 사라지고 나서야 로지는 현관문을 열고 집 안으로 들어갔다. 바닥에 앉아 쇼핑백을 열었다. 그 안에는 보기만 해도 사랑스러움이 물씬 느껴지는 하늘색 원피스와 구두 상자가 들어 있었다.

'그날 옷에 피가 묻은 걸 봤구나.'

반강제로 받게 된 선물에 예전 기억이 앞다투어 떠올랐다.

하늘색 원피스를 입고 태평을 기다렸던 지하철역도, 그가 준 바나나와 두유로 아침 식사를 대신했던 것도, 코피를 흘리며 쓰러졌던 날 병원에서 눈을 떴던 것도.

잠시 넋을 놓고 있던 로지는 주변을 둘러보았다. 협소한 방에는 이불 한 채와 베개 한 개만 덩그러니 놓여 있었다.

"김태평."

태평의 이름을 소리 내어 불러 보곤 바닥에 누웠다. 밀려오는 우울감에 속눈썹이 축축이 젖어 들었다.

'무슨 짓을 해서라도 그리고 싶게 만들어 줄 테니까.'

로지에게 형벌을 내리듯 태평은 그림을 그리라고 했다. 그림이 싫다면 다른 걸 선택해도 좋다고 보기까지 제시하면서. 하지만 그가 제시한 보기 중에 로지가 고를 수 있는 건 아무것도 없었다. 그림도, 태평도 더는 제 것이 될 수 없었기에. 씁쓸한 감정을 곱씹으며 로지는 젖은 눈을 억지로 감았다.

드르륵—.

바닥을 울리는 진동음에 로지의 몸이 움찔거렸다. 잠에 취한 로지는 그 진동을 무시하려 했지만 휴대폰은 끈질기게 제 존재감을

그림 295

알려 왔다. 실눈을 뜨고 액정을 바라봤다. 발신자가 저장되지 않은 번호였다.

"여보세요."

광고 전화라고 생각하며 받았는데.

─누나.

로지는 단박에 몸을 일으켰다.

"희찬이니?"

─누, 누나. 겨, 경찰 아저씨가 엄마를…….

"경찰? 그게 무슨 말이야. 옆에 어른 있어?"

경찰이라는 말에 놀라 되물었지만, 희찬은 말을 잇지 못하고 엉엉 울기만 했다. 아이를 달래고 전화를 끊은 로지는 지갑부터 찾았다. 태평과 아침을 먹고 돌아서서 잠깐 눈을 붙인 줄 알았는데, 얼마나 잔 건지 벌써 정오였다. 버스와 택시 중 어느 걸 타는 게 빠를지를 고민하며 집 밖을 나섰다.

"주말인데 바쁜가 보네?"

똥개 밥을 주러 나온 아주머니가 1층으로 내려온 로지에게 물었다.

"네."

길게 설명할 틈이 없어 대충 답을 하고 현관문을 열었다. 걸어서 10여 분쯤 걸리는 택시 정류장으로 뛸 준비를 하고 있는데 익숙한 목소리가 들렸다.

"무슨 일 있어요?"

고개를 돌려 보니 마당 구석에 서 있는 태평이 보였다. 로지는 뭐라 해야 할지 몰라 붕어처럼 입만 크게 벌렸다. 왜 그가 아직도 여기에 있는 건지 이해가 되지 않아서였다. 혼란스러워하는 로지를 위아래로 훑은 태평은 심상치 않은 상황이라는 걸 짐작했는지 고개를 끄덕였다.

"기다려요. 키 가지고 나올게요."

대답할 새도 없이 건물 안으로 들어간 그는 잠시 후 자동차 키와 겉옷을 들고 다시 나타났다.

"집에 안 간 거야?"

"일단 차에 타서 묻는 게 낫지 않겠어요? 여기 택시도 잘 안 보이던데."

침착한 태평의 목소리가 흩어지려는 로지의 정신을 붙잡았다. 아무리 급해도 그의 신세는 지고 싶지 않았다.

"별일 아니야."

작게 대꾸하고 골목을 향해 걸음을 옮겼다. 그런데 골목으로 따라 나온 태평이 다시 로지 앞을 막아섰다.

"별일 아닌 것 치고는 상태가 좀."

그의 손가락이 로지의 머리카락과 카디건, 그리고 지갑을 들고 있는 왼손을 차례대로 가리켰다. 로지는 손을 들어 제 머리를 만져 봤다. 헝클어진 머리카락이 손바닥에 고스란히 느껴졌다. 시선을 내려 이번엔 카디건을 살폈다. 한 칸씩 밀려 채운 단추가 보였다. 누가 봐도 집에서 급히 뛰어나온 사람의 차림새였다.

"타요. 급한 일부터 해결해야죠."

그림 297

태평은 골목에 세워 둔 차의 조수석 문을 열었다. 입술만 잘근잘근 씹고 있던 로지는 희찬의 울음소리를 떠올리며 그의 차에 탔다.

"어디로 가야 해요?"

시동을 건 태평이 물었다. 안전띠를 맨 로지는 휴대폰에 저장해 둔 주소를 보여 줬다.

"주말이라 막힐 것 같네요."

내비게이션에 입력된 주소를 보던 로지의 얼굴이 천천히 창밖으로 돌아갔다. 그 짧은 순간에 태평에게 어째서 지금까지 여기에 있었냐고 물으려 했던 생각은 흔적도 없이 사라졌다. 희찬의 입에서 튀어나온 경찰이라는 단어에 정신이 없어서였다. 부디 아이에게 아무 일도 없기를 바라며 로지는 안전띠만 꽉 잡았다.

고속 도로를 벗어난 차가 국도로 빠지자 봉긋하게 솟아오른 산이 나타났다. 한층 좁아진 도로의 양옆에는 파랗게 풀이 나기 시작한 논과 밭이 펼쳐져 있었다. 보얀 흙먼지를 일으키며 달리던 태평의 차는 내비게이션에 찍힌 시간보다 조금 더 빨리 작은 읍내에 도착했다. 차에서 내리자마자 로지는 지나가는 동네 사람에게 희찬의 행방을 물었다.

"희찬이? 그런 이름은 못 들어 봤는데?"

"엄마하고 둘이 살고 있어요. 태권도 학원에 다니고 있고 체형은 많이 마른 편인데."

마음이 급한 탓에 로지는 제 휴대폰에 희찬의 사진이 저장되어 있다는 사실조차 망각했다. 나이가 지긋한 아저씨는 아이 엄마 이름이 뭐냐고 물었다. 박혜진이라고 말하자 그는 눈살을 잔뜩 찌푸렸다.

"그 노름에 빠진 여편네 아들이었구먼? 저기 마을 회관으로 가 봐요. 집이 쑥대밭이 돼서 아마 거기 있을 거요. 으이그, 애만 불쌍하게 됐지."

혀를 끌끌 차는 아저씨의 목소리를 뒤로하고 로지는 희찬을 찾아 달렸다. 돌아볼 새 없이 뛰다 보니 '마을 회관'이라는 나무 간판이 걸린 주택이 보였다.

"희찬아!"

삐걱거리는 대문을 밀어젖히며 아이의 이름을 불렀다. 돌아오는 답이 없어 당황한 로지는 '노인정'이라고 써 붙인 쪽문을 열었다. 퀴퀴한 냄새가 코를 찌르는 방 안에는 초록색 담요와 화투짝 몇 개만 굴러다니고 있을 뿐 아무도 보이지 않았다.

"희찬아, 여기 있니?"

인기척이 없는 방에 대고 외쳤다. 그러자 노인정 구석에 딸린 화장실에서 변기 물을 내리는 소리가 들렸다. 로지와 어느새 그녀를 따라온 태평의 시선이 동시에 그쪽으로 날아갔다. 끼익, 하고 열린 화장실 문틈 사이로 희찬이 얼굴만 빼꼼 내밀었다.

"누나아아아!"

아이는 로지를 보자마자 미처 추켜올리지 못한 바지를 붙잡고 뛰어나왔다.

그림 299

"괜찮아? 엄마는 어디에 계셔?"

무릎을 굽혀 앉은 로지는 희찬과 눈높이를 맞추었다. 아이의 얼굴은 사진에서 봤던 것보다 훨씬 더 상해 있었다. 얼마나 울었는지 뺨에는 눈물이 말라붙은 자국이 가득했고 입가에는 마른버짐이 허옇게 피어 있었다.

"겨, 경찰이 잡아갔어요."

다시 와아앙 하고 울음을 터트린 희찬은 로지의 어깨에 제 얼굴을 비볐다. 아이가 전한 무게에 로지의 몸은 의지와 상관없이 굳었다. 두어 번 얼굴을 본 게 다였을 뿐 희찬과 지금까지 그 어떤 신체적인 접촉도 없었기 때문이었다.

"괜찮아."

일단 아이를 진정시키는 게 우선이라고 판단한 로지는 희찬의 등을 감싸 안았다. 그때였다. 건장한 남자 한 명이 희찬이 나온 화장실에서 나왔다.

"김희찬 누나, 오로지 씨 되십니까?"

허스키한 음성으로 묻는 남자 앞에서 로지는 아이를 더 세게 끌어안았다.

"그런데요."

대답은 로지의 뒤에 서 있던 태평이 대신했다. 곁눈으로 태평을 슬쩍 바라본 남자가 입을 열었다.

"애 엄마가 도박으로 돈만 잃은 게 아니라 동네 인심까지 잃었더이다. 다들 애 엄마만 욕하고 애는 신경도 안 쓰길래."

남자는 희찬의 보호자가 올 때까지 아이를 데리고 있었다고 설명했다. 방금도 희찬이 화장실에 혼자 못 가겠다고 울어서 같이 가 줬던 거라고. 로지는 최소한 마흔은 훌쩍 넘어 보이는 남자의 얼굴을 유심히 바라봤다. 이 동네 사람이 아닌 듯한 그가 어떤 인연으로 희찬을 돌보고 있었는지 알 수가 없어서였다. 한참을 툴툴거리던 그는 자신을 향한 로지의 미심쩍은 눈길을 느꼈는지 말을 돌렸다.

"형사입니다. 저 애 엄마를 경찰서로 넘긴."

남자가 자기 정체를 밝히자마자 로지에게 안겨 있던 희찬이 더 서럽게 울었다.

"내가 데리고 있을게요."

우는 아이를 달래느라 바쁜 로지의 어깨를 태평이 건드렸다. 고개를 돌려 태평과 눈을 맞춘 로지는 그의 의견에 따르기로 했다. 형사라는 남자와 나눌 이야기가 무엇이든 간에, 희찬이 들어 봐야 좋을 리가 없을 테니까. 로지는 희찬의 바지를 제대로 입혀 주며 다정하게 타일렀다.

"형하고 나가서 아이스크림 먹고 있어."

"시, 싫은데. 어, 엄마도 없는데."

울음 섞인 목소리로 투정을 부리는 희찬에게 로지는 입고 있던 카디건을 벗어 주었다.

"아이스크림 먹는 동안 이거 입고 있어. 금방 데리러 갈게."

로지 냄새가 가득한 옷을 입고 나서야 안심이 됐는지 희찬은 태평을 따라 노인정 밖으로 나갔다. 로지는 신발을 벗고 노란 장판

그림 301

위에 앉았다. 형사라고 신분을 밝힌 남자는 헛기침을 여러 번 한 뒤 말문을 뗐다.

"현행범으로 체포됐어요. 애 엄마, 아니, 박혜진이 이 동네에서 빈 사무실까지 빌려 도박판을 벌여 가지고……. 전과도 있어서 이번에는 꽤 오래 살아야 할 겁니다."

"도박이요?"

"'도리짓고땡'을 했는데 판돈만 5천만 원이 넘었어요. 거기에다가 자식을 학대한다는 신고가 여러 번 들어와서."

아이를 학대했다는 말에 로지의 동공이 커졌다. 형사는 혀를 쯧, 차며 말을 이었다.

"애가 올해 아홉 살이 되었는데 박혜진이 작년에 이어 올해도 초등학교 입학을 미루는 신청서를 냈답니다. 아들이 말을 자꾸 더듬는다고, 지적 장애가 있다는 핑계를 대면서요."

"……."

"오늘 내가 보니 지적 장애는 무슨, 아주 멀쩡한 애더라고요. 제 누나 번호를 안다고 나한테 휴대폰을 빌려 달라고 했거든요. 연락하면 돈을 보내 주는 누나가 있다고요. 전화를 끊자마자 눈물을 뚝 그치는 애를 보다가, 어딘지 모르게 께름칙해서 노인정으로 데리고 왔어요. 시골 인심이 좋다는 것도 다 옛말 아닙니까. 흉악한 사건이 터지면 동네 이미지 나빠진다고 쉬쉬하는 세상이니."

넋을 잃고 형사를 보던 로지는 천천히 고개를 내렸다. 경찰 앞이라 그랬는지 죄인이 된 기분이었다. 아이의 보호자라고 달려오기는 했지만 희찬의 정확한 나이도 몰랐던 자신이 부끄러웠다. 희찬이 엄마와 어떻게 살고 있는지 제대로 알아보지 않았던 것도 지독히 후회스러웠다. 형사는 그의 눈을 제대로 보지 못하는 로지에게 자양 강장제 한 병을 내밀었다. 로지는 사양하지 않고 그걸 마셨다. 한약 냄새가 섞인 액체가 식도를 적시자 정신이 조금 돌아오는 것 같았다.

"자식새끼 내팽개치고 잘되는 부모 못 봤어요. 박혜진이 달라질 거라고는 생각 안 하지만 감방에서 고생하다 보면 자기 인생을 한 번쯤은 돌이켜 보겠죠. 무튼, 희찬이라는 애한테는 잘된 일이니 큰 걱정은 말아요."

"……그게 무슨 말씀이신지."

떨리는 로지의 목소리에는 불안과 걱정이 뒤섞여 있었다. 형사는 시계를 흘낏 바라보며 입을 열었다.

"김희찬 고모하고 고모부가 애를 맡기로 했거든요. 자초지종을 말했더니 소송을 해서라도 박혜진한테서 친권을 가져오겠다고 했습니다. 지금 제주도에서 올라오는 중인데 얼추 도착할 시간이 된 것 같네요."

형사는 두 사람을 만나 보겠냐고 넌지시 물었다. 로지는 고개를 빠르게 저었다. 자신의 존재를 모르는 사람들에게 또 다른 혼란을 주고 싶지 않아서였다. 형사에게 어떤 변명을 해야 하나 고민하던 로지가 힘겹게 입을 열었다.

"희찬이하고 제가, 평범한 남매가 아니라서요. 그분들에게는 알리고 싶지 않아요."

그림 303

대강 사정을 설명하자 형사는 더 말하지 않아도 된다는 것처럼 고개를 끄덕였다.

　"그러셨군요. 중간에서 입장이 참, 난처하시겠습니다. 배다른 남매 사이라니. 그래도 하늘이 도왔네요. 천만다행 아닙니까. 박혜진이 아이한테도, 오로지 씨한테도 떨어져 나간 게."

　로지는 대답 없이 형사의 다음 말만 기다렸다.

　"아이 고모하고 고모부도 오로지 씨처럼 박혜진한테 애 양육비를 꾸준히 보냈다고 하더라고요. 조카가 걱정돼서였겠죠. 그런 인정이 있는 사람들이니 잘 키워 줄 거예요. 뭣보다 애가 생기지 않아서 입양까지 고민하고 있었대요. 그러니 아이한테는 그 사람들보다 좋은 부모는 없을 겁니다. 어쨌든 피가 섞인 조카잖아요. 동네 사람한테 건너 들었는데 애 아버지인 김동우가 살아 있을 때만 해도 고모부 내외하고 자주 왕래했답니다."

　갈색 병을 쥐고 있던 로지의 손가락에 힘이 들어갔다. 김동우를 만났던 날이 선명하게 떠올랐다. 로지에게 남동생이 하나 있다고 말하던 그의 얼굴은 기쁨으로 빛나고 있었다. 부모가 죽고 나서도 서로 의지할 수 있는 남매가 있으니 얼마나 좋냐며 너스레를 떨던 목소리도 귓가를 울렸다. 김동우라는 사람이 어떻게 살아왔는지는 모르지만 아들에 대한 애정만큼은 꽤 깊다는 걸 느낄 수 있었다.

　'그 사람이 살아 있었다면 희찬이가 학대를 받는 일도, 마음 따뜻한 고모와 고모부하고 멀어질 일도 없었겠지.'

　스스로를 자책하며 로지는 입술을 꽉 물었다. 희찬에게 아버지를 빼앗은 것도 모자라, 제대로 된 누나 노릇을 못 한 자신이 너무 원망스러웠다.

복잡한 얼굴을 한 로지를 지켜보던 형사가 입을 뗐다.

"그럼, 난 이만 일어나 보겠습니다. 경찰서로 돌아가야 해서."

로지도 자리에서 일어났다. 희찬의 고모와 고모부가 오기 전에 이곳에서 나가는 게 좋을 것 같다는 판단에서였다. 천천히 몸을 일으킨 로지는 형사에게 허리를 깊이 숙여 인사했다.

"정말 감사합니다."

"아닙니다. 그간 동생 때문에 신경 많이 썼을 텐데 앞으로는 마음 놓고 살아요."

숙였던 고개를 들어 올린 로지는 잠시 형사의 얼굴을 바라봤다. 처음 만났을 때부터 그랬지만, 그의 시선과 말투가 어딘지 모르게 제 사정을 다 알고 있는 것처럼 느껴져서였다. 의문을 담은 로지의 눈빛에 형사는 애매하게 입꼬리를 올렸다.

"애가 내 귀에 딱지가 앉도록 누나 이야기를 했어요. 엄마가 잡혀가는 걸 보고 벌벌 떨던 애가 누나하고 통화하더니 뭔 놈의 말이 그리 많던지. 암튼, 전화를 걸 때도 얼마나 망설였는지 모릅니다. 누나가 자기 때문에 돈을 많이 썼다면서, 자기가 전화하면 누나가 또 돈을 써야 하냐고 묻더라고요. 에이그, 애가 무슨 죄가 있다고."

투박하지만 정감 어린 형사의 음성에 로지는 손등으로 눈가를 문질렀다. 울컥하는 감정을 누르기 위해서였다.

"저, 명함 한 장만 부탁드려도 될까요? 제가 나중에 경찰서로

그림 305

찾아뵐게요. 오늘은 너무 경황이 없어서."

나중에 작은 사례라도 할 생각으로 물었는데 그는 단번에 거절했다.

"마음만 받겠습니다. 어서 나가 보세요. 애하고 인사는 하고 가셔야죠."

물질적인 감사 인사는 필요치 않다는 그의 말에 로지는 민망함을 감추고 걸음을 옮겼다. 문을 열고 나가려다가 다시 뒤를 돌아보았다. 다정한 미소를 짓고 있는 형사가 보였다. 망설이다가 한 번 더 물어보기로 했다.

"그러면 성함이라도."

간절한 로지의 얼굴에 형사는 그의 이름을 말해 주었다.

"……강필승입니다."

노인정 바깥으로 나간 로지는 희찬과 태평을 금방 발견할 수 있었다. 두 사람은 마을 회관 마당에 있는 평상 위에 앉아 있었다.

"누나!"

희찬은 언제 눈물을 보였냐는 듯 말끔한 얼굴로 로지를 불렀다. 얼굴을 둘러싼 머리카락이 젖어 있는 거로 보아 태평이 씻긴 것 같았다. 희찬을 보고 있던 로지의 시선이 아래로 떨어졌다.

"웬 고양이야?"

검은 점박이 고양이 한 마리가 희찬의 무릎 위에 앉아 있었다.

"슈, 슈퍼 집 고양인데 여기까지 따, 따라왔어요."

희찬 옆에 앉아 있던 태평은 고양이 등을 쓸어 주곤 자리에서 일어났다. 그리고 차에 가 있겠다며 슬며시 자리를 피해 줬다. 로지는 태평이 내어 준 자리에 앉았다. 고양이를 보고 있던 희찬이 고개를 돌려 로지와 눈을 맞춰 왔다.

"어, 엄마는요?"

"그게."

"엄마가 도, 돈 달래요?"

희찬은 처음으로 로지의 말을 끊고 물었다. 천진난만한 아이답지 않게 걱정이 가득한 어투였다. 엄마보다 자신을 더 염려하는 아이 앞에서 로지는 형사와 미리 입을 맞춘 이야기를 꺼냈다.

"아니야, 돈 달라고 안 했어. 그리고 엄마가 잠깐 여행을 가셨거든? 엄마 오기 전까지 희찬이는 고모네 집에 가 있을 거야."

"고모요?"

동그란 눈을 연신 깜빡이며 희찬이 고개를 갸웃했다. 경찰이 데려간 엄마가 여행을 갔다는 것도, 오랫동안 만나지 못했던 고모를 만난다는 것도 믿을 수 없다는 표정이었다.

"엄마가 여행 갔어요?"

아이는 한 번도 더듬지 않고 또박또박하게 되물었다. 로지는 그렇다고 대답했다.

"어디로요?"

"외국으로 가셨어. 그래서 조금 오래 있다가 돌아오실 거야."

로지의 눈을 줄기차게 바라보는 아이의 눈빛에서 의심이 하나씩 지워졌다. 영민한 아이였다. 로지를 곤란하게 만드느니 알팍하지만

그림 307

선의가 담긴 거짓말에 속는 쪽을 택한 것 같았다.

"고, 고모네 가면 귤 먹을 수 있어요."

제주도에서 귤 농사를 한다는 고모를 희찬은 똑똑히 기억하고 있었다. 로지는 애써 밝은 표정을 지으며 맞장구를 쳤다.

"그래? 잘됐네. 가서 바다도 많이 보고, 귤도 먹으면 되겠다."

희찬은 말없이 고양이 수염만 건드렸다. 느른하게 잠을 청하고 있던 고양이가 희찬의 손길이 귀찮았는지 미련 없이 그의 품에서 벗어났다. 평상에서 뛰어내려 제 갈 길을 가는 고양이를 보던 희찬이 로지를 불렀다.

"누나."

"응?"

"내, 내가 간식 많이 줬는데."

아이는 멀어지는 고양이를 야속한 눈으로 보고 있었다. 간식을 줄 때만 다가왔다가 간식이 없으면 사라지는 고양이가 서운한 모양이었다.

"새침한 고양이인가 봐. 다음에는 간식을 천천히 줘. 희찬이 옆에 오래오래 있도록."

로지의 말을 가만히 듣고 있던 희찬이 살며시 고개를 돌렸다. 로지의 눈을 쳐다보기만 할 뿐 희찬은 쉽게 입을 열지 못했다. 하기 힘든 말이 있는 것 같아 잠자코 기다렸는데.

"내, 내가 문자 보내서 시, 싫었어요?"

어렵게 입을 연 아이는 다소 엉뚱한 질문을 던졌다.

"싫다니?"

"가, 간식 사 달라고 할 때만 무, 문자 보냈는데. 새, 새침한 고양이처럼…… 나, 나도 치킨 머, 먹을 때만."

평소보다 더 더듬는 희찬의 목소리에 로지는 바로 대답하지 못했다. 제게 문자를 보낼 때마다 전전긍긍했을 아이 때문에 가슴이 미어져 터져 버릴 것 같았다. 두 팔을 벌려 희찬을 당겨 안았다. 아이는 기다렸다는 듯 다시 울음을 터트렸다.

"아니야, 희찬이 문자 받을 때마다 너무 좋았어. 매일 문자를 받고 싶었을 만큼."

"나, 나도 누나 목소리 듣고 싶은데. 그, 그러면 누, 누나가 자꾸 돈을 보내야 하니까."

로지는 희찬을 더욱 부둥켜안았다. 마음이 아파 죽을 것 같았다. 눈물과 한숨을 먹고 자랐던 자신의 어린 시절과 희찬이 겹쳐 보인 탓이었다. 눈물이 터지려는 걸 필사적으로 참으며 절대 그렇지 않다고 여러 번 말했다. 얼마나 희찬을 안고 있었을까, 태평이 로지를 불렀다.

"희찬이를 찾는 분들이 온 것 같아요."

희찬을 품에서 떼어 놓은 로지는 눈물범벅이 된 아이의 얼굴을 꼼꼼히 닦아 줬다. 그리고 흐트러진 옷매무시도 정리해 주며 부드럽게 말했다.

"노인정에 들어가 있어. 고모하고 고모부가 희찬이 보러 오실 거야."

"조, 조금만 더 누나랑 있고 싶은데."

그림 309

발걸음을 옮기지 않는 희찬을 보며, 로지는 그에게 단 한 번도 해 주지 못한 말을 해 주었다.

"앞으로는 누나한테 매일매일 문자 해 줬으면 좋겠어."

"……."

"누나도 희찬이한테 매일매일 문자 보낼게."

"……."

"그렇게 해 줄 거지?"

희찬은 로지의 카디건 소매로 눈물을 쓱 훔치고는 고개를 끄덕였다. 로지는 희찬의 등을 노인정 쪽으로 가볍게 밀었다. 하지만 아이는 조금 걷다 말고 뒤를 돌아봤다. 코를 훌쩍이는 희찬에게 손을 흔들어 줬다. 안심한 얼굴로 걸음을 내딛던 희찬은 노인정 문을 닫기 직전까지 로지의 얼굴에서 눈을 떼지 않았다. 아이가 눈앞에서 완전히 사라졌지만 로지는 계속 그 자리를 지키고 있었다. 혹여 희찬이 다시 문을 열지도 몰라서였다.

'누나라는 말이, 뭐가 그렇게 어려워서.'

가슴을 쿵쿵 치며 참았던 눈물을 흘렸다. 희찬이 싫어서 누나라는 말을 아낀 게 아니었다. 그에게 자신이 떳떳지 못한 피붙이였기에 동생에게 도움은커녕 피해를 주는 사람이 될 것 같아 '누나'라는 호칭을 아껴 왔던 로지였다.

"일단 차로 가요."

꼼짝도 하지 않는 로지를 움직인 건 태평이었다. 로지는 한숨을 몰아쉬며 태평의 차로 향했다. 차에 타자마자 마을 회관으로 바쁘게 걸어가는 남녀가 보였다. 부부처럼 보이는 두 사람은 허둥거리며 희찬을 찾고 있었다. 그 모습에 로지는 조금 안도할 수 있었다. 제주도에서 비행기를 타고 단숨에 날아온 사람들이라면 희찬을 믿고 맡길 수 있을 것 같았다.

"자요."

태평은 차가운 생수 한 병을 로지에게 건넸다. 그걸 달게 마시자 그는 카디건 없이 얇은 셔츠만 입고 있는 로지의 어깨에 무릎 담요도 둘러 줬다. 포근한 담요를 두른 로지는 차창에 이마를 댔다. 붉은색 잉크를 풀어 놓은 것처럼 빨갛게 물든 하늘이 보였다. 그 노을을 닮은 먹먹함이 로지의 가슴에도 번져 갔다.

"이만 돌아갈까요?"

우느라 거칠어졌던 숨소리가 조금 편해지자 태평이 물었다. 로지는 고개를 끄덕였고 태평의 차는 천천히 동네를 빠져나갔다.

눈꼬리에 맺힌 눈물을 닦으며 한숨만 흘렸다. 희찬과 진정한 남매가 되었지만 기쁨보다는 슬픔이 더 컸다. 누나와 동생이 서로의 존재를 미안해하는 상황이 서글퍼 하늘이 원망스러울 지경이었다. 부모의 존재를 멍에처럼 지고 사는 게 자신 하나로는 부족했던 걸까.

고속 도로에 진입했을 무렵이었다. 말없이 운전에만 집중하던 태평이 말문을 뗐다.

"많이 변했다고 생각했는데, 변하지 않은 것도 있네요."

로지가 고개를 돌렸다. 딱딱하게 굳어 있는 태평의 옆얼굴이 보였다.

"자기 일보다, 남의 일에 발 벗고 나서는 게 선배 특기였잖아요."

그림 311

"……."

"형사한테 들었어요. 자기 먹고살기도 힘들면서 이복동생을 챙기겠다고 돈을 보내다니. 애한테 가지도 않을 돈을 뭐 하러 보냈어요. 그 돈 다 도박 자금으로 날아갔는데."

쓸쓸하게 뒷말을 맺은 태평은 짙은 한숨을 내쉬었다. 더 험한 말을 하고 싶은 걸 꾹꾹 참고 있는 기색이 역력한 얼굴로.

입을 뗄까 말까 고민하던 로지는 혼잣말처럼 중얼거렸다.

"희찬이가, 밥은 먹잖아. 그것만으로도 좋았어."

박혜진에게 보내는 돈이 전부 희찬에게 갈 리가 없다는 걸 알았지만 군말 없이 보냈다. 희찬이 돈을 보낸 그날 하루만큼은 맛있는 한 끼를 먹을 수 있기 때문이었다.

"나한테 바나나하고 두유를 챙겨 줬을 때의 네 마음을, 나도 느껴 보고 싶었고."

이어진 로지의 말에 태평은 조금 놀란 듯 뺨을 굳혔다. 난감한 표정을 짓는 그에게서 시선을 떼어 낸 로지는 다시 창밖을 바라보았다. 하고 싶은 말들이 많았지만 꾹 눌러 삼켰다. 희찬에게 돈을 보낼 때마다 로지는 태평을 생각했었다. 그가 사 주었던 맛있는 빵과 커피가 한때 자신에게 희망이었던 것처럼, 희찬에게도 작은 희망을 주고 싶었다. 그게 손목이 상하는 걸 알면서도 일러스트를 그려 돈을 보낸 이유였다. 달콤한 바나나와 고소한 두유 한 팩으로도 가슴에 맺힌 응어리가 풀릴 수 있다는 걸, 태평에게 배웠으니까.

태평은 집에 도착할 때까지 아무 말도 하지 않았다. 로지는 그에게 고맙다는 말을 하고 차에서 내렸다. 우느라 기진맥진해진 몸을 이끌고 건물 현관문을 열었다. 라면 상자로 만든 집 안에서 잠을 자던 똥개가 로지를 보자마자 낑낑댔다.

"쉬이, 조용히 해야지."

똥개의 머리를 쓸어 주고 계단을 올랐다. 서너 계단쯤 올랐을까? 나직한 음성이 조용한 복도를 울렸다.

"고맙다는 말 한마디로는 부족하죠."

움직임을 멈추고 몸을 돌려 섰다. 계단 앞에 태평이 우뚝 서 있었다. 로지는 최대한 미안한 표정을 지어 보였다. 밥이라도 사겠다고 해야 하나 고민 중이었는데 그가 두 계단을 한 번에 올랐다. 코앞까지 다가온 얼굴에 놀라 로지의 입술이 저절로 벌어졌다. 당황해서 어쩔 줄 모르는 로지를 바라보며 그가 속삭이듯 내뱉었다.

"말로만 고맙다고 하지 말고, 한번 안아 줘요."

계단을 이용해 로지와 눈높이를 맞춘 태평은 숨을 크게 들이쉬었다. 마치 자신의 체향을 음미하려는 것처럼. 로지는 어슴푸레한 전등 빛이 내린 그의 얼굴을 똑바로 바라봤다. 그것만이 태평의 돌발 행동을 저지할 유일한 방법 같아서였다. 그만큼 두 사람의 거리는 너무 가까웠다. 눈 깜빡할 새에 서로의 입술이 닿아도 이상하지 않을 만큼.

잠시 둘 사이에는 침묵이 흘렀다. 고요한 정적이 길어지면서 로지의 목구멍은 바짝 말랐고, 손바닥에는 식은땀이 잡히기 시작했다.

그림 313

견디기 어려운 긴장감에 무슨 말이라도 꺼내려 했는데 태평이 한 템포 빠르게 입을 열었다.

"똥개도 안아 주고, 애도 안아 줬으면서."

"……."

"왜 나는 안 되는 건데."

달아오른 로지의 뺨에 잠시 시선을 준 태평은, 한쪽 팔로 그녀의 등허리를 와락 감싸 안았다. 놀랄 새도 없이 로지의 몸은 태평의 품 안으로 자취를 감췄다. 남은 손으로 로지의 뒤통수를 감싸며 그가 중얼거렸다.

"보고 싶었어."

"……."

"7년 동안, 매일."

숨소리 하나 내지 못한 로지는 두 눈만 꼭 감았다. 자신의 등을 감싼 태평의 손길이 너무 따뜻해서 가슴이 더 아팠다. 그의 품에서 느껴지는 편안함이 죄스러워 미칠 것 같았다. 뒤엉키는 생각을 멈추려 입술을 깨물어 봤지만, 가슴의 통증은 점점 심해지기만 했다.

'나는, 너한테 해 줄 수 있는 게 아무것도 없어.'

'널 그렸던 그림이 어디에 있는지도 모르고.'

'네가 보고 싶어 하는 그림을 그리는 것도.'

심장을 쥐어짜는 아픔에 로지의 얼굴이 이지러졌다. 그 고통을 잠재우고 있는 건 다름 아닌 잔잔하게 떨고 있는 태평의 몸이었다. 시야가 가로막힌 탓인지 로지의 머리에는 순간, 태평과 자신이 다른 세상에 떨어져 있는 듯한 착각이 일었다. 꿈을 꾸는 것처럼 몽롱한 기분에 취해 그의 허리를 안았다. 그 움직임에 태평은 로지를 옭아매듯 더 강하게 끌어안았다. 그러고도 모자랐는지 그는 로지의 몸을 고쳐 안고, 또 고쳐 안았다. 마치 지금이 아닌 예전의 오로지를 찾아내려 안간힘을 쓰는 사람처럼.

월요일 아침, 평소보다 일찍 출근 준비를 하던 로지는 반가운 사진과 문자를 받았다.

[누나!!! 희찬이에요. 어제 바다에 갔어요.]

제주도의 푸른 바다를 뒤에 둔 희찬은 활짝 웃고 있었다. 속 깊은 아이라 제가 잘 지내고 있다는 걸 누나에게 보여 주기 위해 찍어 보낸 것 같았다.

[너무 예쁘다. 누나는 아직 바다에 못 가 봤거든. 바다 구경 시켜 줘서 고마워.]

그대로 답장을 보내려다가 곰돌이가 함박웃음을 짓고 있는 이모티콘을 덧붙였다. 잠시 후, 희찬은 토끼가 하트를 던지는 이모티콘을

그림 315

보내왔다. 점점 커지는 하트 모양에 가슴이 울컥했다. 그동안 희찬의 문자를 받기만 했을 뿐 답을 주지 않았던 자신이 떠올라서였다.

'이제부터라도 잘하면 되지.'

휴대폰을 내려놓고 머리를 하나로 땋아 내렸다. 무거웠던 몸이 오늘따라 가볍게 느껴졌다. 엄마와 떨어져 우울해하지 않을까 했는데 희찬의 표정이 밝아 마음이 놓였다.

─누나, 이거 내 포, 폰이에요.

어제 들었던 희찬의 목소리를 되새겼다. 새 휴대폰을 샀다며 로지에게 가장 먼저 전화를 한 희찬이었다.

'전화 줘서 고마워. 고모하고 고모부한테 누나가 말한 대로 말씀드렸지?'

로지는 희찬에게 친하게 지내던 교회 누나가 되기로 했다. 희찬의 고모와 고모부가 혹여 낯선 사람과 연락을 주고받는 조카를 걱정하면 어쩌나 싶어 생각해 낸 묘안이었다. 다행히도 두 분은 희찬의 말을 철석같이 믿고 어제저녁 로지에게 따로 연락을 해 왔다.

─우리 조카를 잘 챙겨 주셨다고 들었어요. 정말 고마워요. 희찬이가 비행기에 타서도 누나만 찾았는데.

점잖은 목소리를 가진 부인은 앞으로도 조카와 자주 연락해 달라고 부탁했다.

─남동생이 사고로 죽고 나서 조카 소식을 통 듣지 못해 걱정만 하고 있었거든요. 로지 씨가 우리 희찬이를 친동생처럼 돌봐 줬다는 말에 남편하고 밤새 울었어요.

아니라는 로지의 대답에 그녀는 빈말이 아니라며 과분한 칭찬을 이어 갔다.

―이웃이 사촌보다 낫다는 말이 하나도 틀린 게 없어요. 희찬이 한테는 친엄마보다 이웃집 누나가 더 좋았을 거예요. 애가 우울증이라도 오면 어쩌나 걱정했는데 밥도 잘 먹고 잠도 잘 잤어요. 하늘에 있는 동우도 이제야 마음이 놓였는지 어제 내 꿈에 나왔더라고요. 동생이 그리 허망하게 가지만 않았더라도 희찬이가 이런 생고생은 안 했을 텐데.

철컹―.

어느 집인지는 모르겠지만 현관문이 닫히는 소리가 크게 들렸다. 그제야 정신을 차린 로지는 다시 출근 준비를 서둘렀다. 마음이 급했다. 오늘은 교무 회의도 있고, 교문 지도까지 해야 하는 월요일이 었으니까. 가방을 들고 신발을 신는데, 이른 아침부터 누군가 문을 두드렸다.

"누구……."

"나예요."

망설임 없이 '나'라고 말하는 음성이 익숙했다. 얼굴을 보지 않아도 누군지 알 수 있었기에 더 묻지 않고 문을 열었다.

"드라이어 좀."

태평은 전력 질주라도 한 사람처럼 가쁜 숨을 몰아쉬며 말했다. 하지만 그것보다 더 신경이 쓰인 건 그의 젖은 머리카락에서 떨어지고 있는 물방울이었다. 앞뒤 생각할 틈 없이 방으로 들어가

그림 317

드라이어를 들고 나왔다.

"5분만 기다려요."

드라이어를 받아 든 태평이 뒷걸음질을 치며 외쳤다. 멍한 얼굴로 그를 바라보던 로지는 가슴으로 손을 올렸다.

"……설마, 아니겠지."

복도 끝으로 걸어가 고개를 길게 빼고 아래를 내려다봤다. 태평의 머리카락에서 떨어진 물이 계단을 따라 죽 이어져 있었다. 그 자국은 놀랍게도 지하로 내려가는 계단에도 남아 있었다.

"일찍 출근하네?"

현관문을 열고 나온 주인집 아주머니가 하품을 길게 했다. 퍼뜩 놀란 로지는 다시 방으로 돌아가 가방을 들고 나왔다. 제 시야에서 사라졌다가 나타나기를 반복하는 로지가 장난을 치는 줄 알았는지 똥개가 왈왈 짖었다.

"이놈 새끼야! 조용히 안 해? 집 지키라고 사 왔더니, 아주 그냥 사람만 보면 환장해서 꼬리를 흔들고 지랄이네!"

아주머니의 호통이 온 건물을 쩌렁쩌렁하게 울렸다. 도어 록이 걸리는 소리를 확인하고 1층으로 내려갔는데 똥개가 로지를 보자마자 다시 컹, 짖었다. 아주머니의 잔소리도 다시 이어졌다.

"으이그, 지랄도 풍년이다. 밥 주는 나보다 202호가 더 좋아? 202호! 똥개, 5만 원만 주고 데려가. 안 그래도 동네 개장수한테 확 팔아 버릴까 생각 중인데."

"그러지 마세요. 말도 잘 듣고 순한데."

바쁜 와중에도 흥분한 아주머니를 말리고 있는데 지하에서 계단을 뛰어 올라오는 소리가 들렸다. 그 발소리에 구름이 잔뜩 꼈던 아주머니의 얼굴은 찬란한 해를 마주한 것처럼 밝아졌다.

"어머, 우리 잘생긴 초오옹각! 굿모닝이야!"

처음 듣는 아주머니의 곰살맞은 목소리에 똥개와 로지의 고개가 동시에 돌아갔다. 태평은 좁은 복도를 꽉 채우고 있는 사람들과 개를 훑어보며 무심히 말했다.

"지금 나가야 지각 안 할 것 같은데요?"

지각이라는 말에 로지는 아주머니에게 고개를 꾸벅 숙였다. 건물 밖으로 나가는 두 사람의 등 뒤로 아주머니의 괄괄한 목소리가 따라왔다.

"둘이 아는 사이였어? 202호가 반지하 총각을 우리 원룸에 소개한 거야? 진즉 말하지 그랬어. 내가 월세 5만 원 깎아 준댔잖아! 아니다, 202호! 똥개 데리고 가는 거로 퉁칠래?"

발을 재촉하며 걷던 로지의 어깨를 태평이 잡아 돌렸다.

"차가 저 위에 있어요."

뭐라 대꾸할 새도 없이 태평은 로지의 가방을 뺏어 들고는 골목길을 따라 걸었다. 종종거리며 그를 따르던 로지가 애원하는 얼굴로 속삭였다.

"나는 지하철로 갈게."

태평은 피식 웃으며 로지의 가방을 뒷좌석에 던져 넣었다. 가방을 인질 삼은 그의 협박에 로지는 마지못해 차에 올랐다.

그림 319

"학교에서 이상한 말이라도 나오면 어쩌려고 그래."

심란한 표정을 짓는 로지에게 태평은 걱정하는 일 없게 하겠다며 시동을 걸었다.

"커피나 마셔요."

한 손으로 핸들을 잡은 그가 커피를 건넸다. 따뜻한 병 커피를 받아 든 로지는 태평을 훔쳐봤다. 힐끔대는 시선이 느껴졌는지 전방을 주시 중인 그가 작게 웃었다. 그 미소에 로지의 얼굴은 빨갛게 물들었다.

'왜 이래, 별거 아닌데.'

사소한 일에 예민하게 반응하는 자신이 어찌나 당황스러웠는지, 끝까지 참으려 했던 질문이 입 밖으로 튀어나왔다.

"정말 거기에서 사는 거야?"

"거기, 어디요?"

"반지하 방."

잠깐 차가 멈춘 사이 태평은 대답 대신 고개만 모로 기울였다. 그를 빤히 쳐다보며 로지는 혼자만의 생각을 이어 갔다.

'영국에서 돈을 많이 벌었다더니 어떻게 욕실도 없는 지하 방에 들어온 건지. 지금 타고 있는 이 차만 봐도 이사장 차보다 더 좋아 보이는데. 그 방에서 사람이 죽었다는 말을 해 줘야 하나? 아니지, 정아 말이 사실이 아닐 수도 있는데.'

몰아치는 생각을 지우려 고개를 저었다. 제 방도 아닌데 태평의 방을 신경 쓰고 있는 자신이 왠지 부끄러웠다. 그런 로지의 마음을 읽은 듯 태평이 다시 옅은 웃음을 흘렸다.

"반지하가 어때서요. 눈만 뜨면 보러 갈 수 있어서 좋기만 한데."

목적어를 빠뜨린 그의 대답에 로지의 맥이 빨리 뛰었다. 괜히 물었다며 후회 중인 로지와 대조적으로 태평은 운전하는 내내 어딘지 모르게 조금 들떠 보였다.

"앞으로 같이 출퇴근해요. 체력을 아껴야 그림 그릴 힘도 날 테니까."

학교 주차장에 차를 세운 태평이 가방을 돌려줬다. 로지는 겨우겨우 무표정을 유지하며 조수석 문을 열었다. 로지를 따라 차에서 내린 그는 점심시간에 급식실에서 보자는 말도 덧붙였다. 그것도 거절당할 거라고는 생각해 본 적이 없다는 말투로. 될 대로 되라지, 포기하듯 한숨을 내쉰 로지는 등을 돌려 걸었다.

학교 건물 안으로 들어가 계단을 오르기 시작했다. 3층까지 오른 뒤 평소처럼 호흡을 정리하려는데, 오늘따라 신기할 만큼 숨이 차지 않았다. 인정하고 싶지 않지만 태평 덕분에 지하철과 버스에서 깎였어야 할 체력을 아낀 것 같았다. 가벼운 걸음으로 복도를 지나 교무실 문을 열었다. 아무도 없을 거라 예상했던 교무실에서 인사말이 들려왔다.

"좋은 아침입니다."

"네, 일찍 나오셨네요."

로지는 포트를 들고 있는 수학 선생을 의아하게 바라봤다. 으레

그림 321

교문 지도를 맡은 교사가 가장 먼저 출근 도장을 찍기 때문에 자신보다 먼저 온 사람이 있을 줄 몰랐기 때문이었다.

"처음으로 교문 지도 하시는 날인데 지원군이 필요할 것 같아서요"

수학 선생은 콧잔등에 맺힌 땀을 닦으며 웃었다. 로지에게 손수 커피를 타 준 그는 괜찮다는데도 기어코 로지를 따라 교무실에서 나왔다.

"우리 때만 해도 교문 지도가 진짜 빡빡했잖아요. 안 되는 게 워낙 많았으니까요. 그런데 요즘엔 잡을 게 없어요. 염색도 되고 파마도 되고 액세서리 착용도 되니 지적할 게 있나요? 그냥 교복 재킷 대신 후드 입은 애들하고 자전거 끌고 오는 학생만 잡으면 돼요."

계단을 내려가는 동안 수학 선생은 잠시도 쉬지 않고 떠들었다. 로지는 고개를 수그린 채 그의 말을 듣고만 있었다.

"그거 아세요? 제가 오로지 선생님 오시기 전만 해도 우리 학교 막내였는데."

로지는 시선만 약간 올려 그의 얼굴을 바라봤다. 두꺼운 뿔테 안경을 고쳐 쓴 그는 열띤 목소리로 자기소개를 시작했다.

"제가 고등학교에 다닐 때 축구 시합을 하다가 십자 인대가 파열됐거든요. 군 면제 받아서 친구들보다 일찍 임용에 합격했어요. 이래 봬도 제가 아직 20대입니다."

남자치고는 피부가 좋아 보이지 않냐며 수학 선생은 하하 웃었다. 뭐라 대꾸할 말이 없었기에 로지는 조용히 운동장 쪽으로 눈을 돌렸다.

"저기, 오로지 선생님."

교문 쪽으로 걷는 로지를 수학 선생이 조심스럽게 불렀다.

"네?"

"사적인 질문 같은 공적인 질문인데요. 음, 그러니까 지난주에 급식실에서."

걸음을 멈춘 로지를 따라 제자리에 선 그는 이마를 긁적였다.

"우리 반 애들이 그러더라고요. 오로지 선생님하고 어떤 남자하고 같이 밥을 먹었다고요. 제가 알아보니까 이사장님이 고용한 계약직 조경사라던데. 요즘 애들이 워낙 선생님들의 일거수일투족에 관심이 많은 거 아시죠?"

대답을 망설이는 로지를 보며 그는 땀 때문에 흘러내린 안경을 올려 썼다.

"오로지 선생님을 곤란하게 하려는 게 아니라 애들을 대신해서 물어보는 거예요. 이상한 루머라도 퍼지면 안 되잖아요."

로지는 곁눈으로 제 눈치를 보는 수학 선생의 얼굴을 똑바로 바라보았다. 생각해 주는 척하면서 교묘하게 사생활을 묻는 게 어딘지 모르게 이 선생을 닮은 남자였다. 태평과 급식실에서 밥을 먹었던 날, 이런 날이 올 것이라 짐작했던 로지는 침착하게 준비한 답을 꺼냈다.

"별일 아니에요. 제가 다녔던 고등학교……."

후배예요, 하고 맺으려던 말은 '선배님'을 부르는 목소리에 묻혔다.

"오로지 선배님!"

그림 323

로지와 수학 선생의 고개가 일시에 뒤로 돌아갔다. 예상치 못한 인물이 로지 쪽으로 달려오고 있었다. 적잖이 당황한 로지 옆에 태평이 바짝 붙어 섰다.

"학교 구경 시켜 준다면서요."

말은 로지에게 향했지만, 태평의 눈동자는 수학 선생을 위아래로 훑고 있었다. 로지는 우리가 언제 그런 약속을 했냐는 눈빛만 태평에게 보냈다.

"오로지 선생님, 이분은."

얼굴을 굳힌 수학 선생이 로지에게 물었다. 이번에도 대답은 태평의 몫이었다.

"오로지 선배님과 같은 고등학교에 다녔던 후배 김태평입니다. 지금은 호정고등학교 조경사이기도 하고요."

태평은 지갑에서 명함 한 장을 꺼내 수학 선생에게 내밀었다. 명함을 확인한 수학 선생은 당신이 그 소문의 조경사였냐는 눈으로 태평을 올려다봤다.

"그러셨군요. 저는 수학 교사고 오로지 선생님과 같은 교무실에서 일하고 있습니다."

자기소개를 마친 그는 혼란스러운 얼굴로 나란히 서 있는 로지와 태평을 바라봤다. 태평은 담백한 목소리로 다시 입을 열었다.

"제가 외국 생활을 오래 해서 한국말이 서툰 데다가 낯도 심하게 가려서요. 오로지 선배님한테 많이 의지하고 있어요. 출퇴근도 같이하고, 점심도 같이 먹고."

수학 선생은 뜨악한 얼굴로 태평을 응시했다. 그의 입에서 나온 말을 어떻게 해석해야 할지 고민이 되는 눈치였다.

"그러니까 우리가 붙어 다녀도 이상한 오해 하지 마시라고요."

태평은 '우리'라는 단어에 유독 힘을 주며 말했다. 수학 선생은 태평의 시선을 피해 고개를 틀며 대꾸했다.

"오로지 선생님, 저는 먼저 들어가 볼게요. 아침에 해야 할 일이 있었는데 깜빡했네요. 조경사님도 만나서 반가웠습니다."

수학 선생의 마무리 인사에 로지는 교문 지도를 도와줘서 고맙다는 말밖에 할 수 없었다. 멀어지는 수학 선생을 바라보는 로지의 어깨가 움찔 굳어졌다. 자신을 향한 화를 누르기 위해서였다. 아직도 자신이 태평의 눈에 나약하게 비치고 있다는 게 마음에 들지 않았다. 수학 선생 정도야 언제든 제 손으로 밀어 낼 수 있는데.

"학교에서 꼭 이래야겠어?"

"뭘요?"

담담한 태평의 되물음에 로지는 입술을 꽉 깨물었다.

"민영이 도움으로 얻게 된 직장이야. 내 일은 내가 알아서 하게 내버려 뒀으면 좋겠어. 구설에 오르고 싶지 않으니까."

태평에게 화풀이 아닌 화풀이를 한 로지는 교문 쪽으로 빠르게 걸었다. 걸음을 뗄 때마다 하나로 땋은 머리가 앙증맞게 흔들렸다. 혼자 남겨진 태평은 천천히 팔을 들어 올렸다. 그리고 멀어져 가는 로지의 뒤통수를 허공에서 가만가만 쓸었다.

로지에게 닿지 못한 손끝에서 저릿함이 올라왔다. 꼴사납게 진동

그림 325

하는 손가락을 단박에 말아 쥐며 그는 짓씹듯 중얼거렸다.

"나도 알아. 내가 구질구질한 거."

준비한 포트폴리오를 챙긴 태평은 이사장실을 찾았다.

"어서 와요."

호정고등학교 이사장은 태평을 두 팔 벌려 환영했다. 태평의 눈은 자연스레 이사장실 내부를 훑었다. 넓고 깔끔한 이사장실은 깊은 산사(山寺)에 딸린 암자 같은 분위기를 자아내고 있었다. 한쪽 벽면 전체를 통창으로 낸 덕에 학교 뒤편에 우거진 소나무 숲이 한눈에 보였기 때문이었다.

딸랑, 딸랑—.

어디선가 들려오는 종소리에 고개를 돌려 보니 바람이 불 때마다 창문에 매달린 풍경이 은은하게 울리고 있었다.

"앉아요. 커피 괜찮죠?"

멋스러운 원목 테이블 앞에 놓인 소파에 앉으며 태평이 고개를 끄덕였다. 그리고 준비해 온 세 개의 포트폴리오 중 두 번째 안을 꺼내 들었다. 가장 영국적인 전원(田園) 풍경을 가지고 있다고 알려진 코츠월즈(Cotswolds)에서 영감을 얻어 디자인한 정원이었다. 조경에 관심이 많다는 걸 이사장실 내부까지 이용해 과시하는 사람이라면, 허영심을 채워 주는 디자인이 마음에 들 테니까.

"영국에 가장 아름다운 정원이 많기로 소문난 곳이 코츠월즈예요. 영국의 왕세자는 물론 전 세계적으로 유명한 셀럽들도 그곳에서 살고 있고요. 호정고등학교의 정원도 고풍스러운 학교 건물과 어울리는 브리티시 스타일의 정원으로 꾸몄으면 합니다."

시원한 커피를 마시며 태평은 학교 도서관 앞에 꾸밀 정원에 관해 설명했다.

"자주색 갈대와 회양목을 중심으로 다년초를 무리 지어 식재하려 합니다. 에키나 핑크, 블루 아이리스, 유포르비아를 심어 몽환적인 분위기를 더할 생각이고요."

태평이 가져온 포트폴리오에는 사계절마다 피고 지는 꽃들로 둘러싸인 정원이 그려져 있었다. 이사장은 크게 만족한 얼굴로 껄껄 웃었다.

"벤 맥어보이 씨의 실력이야 이미 검증됐지만, 실제로 보니 더 감탄이 나옵니다. 회양목은 공기 정화에 좋고, 유포르비아라면 우리나라 말로 설악초일 텐데 잎 자체가 흰색 무늬로 뒤덮여 있으니 어떻게 보면 꽃보다 더 아름답겠네요."

이사장은 흐뭇한 눈으로 태평을 바라봤다. '유럽 가드닝 월드컵'에서 세 번의 금상과 '런던 플라워 쇼'에서 두 번의 최고상을 받았다던 실력자를 직접 만나게 된 게 영광스러웠다.

"한국에서 알아보는 사람 없어요? 기자들이 인터뷰하자고 연락해 올 법도 한데."

태평은 겸손한 얼굴로 고개를 저었다.

그림 327

"연락은요. 유럽에서나 조금 알려졌을 뿐 한국에서는 관광 온 외국인이죠."

"하긴, 한국은 아파트가 많아서 조경에 관심을 가질 기회가 적긴 해요. 나도 조경학과를 나왔지만 당시 부모님께서 왜 비싼 돈 들여 농부가 되냐고 반대했으니까. 조경가로 일할 곳도 마땅치 않아서 젊었을 때는 내 전공을 살리지 못했어요. 늦게나마 호정고등학교에서 꿈을 이룬 것에 감사할 뿐이고."

태평과 가벼운 담소를 나누던 이사장은 혹시 매체와 인터뷰를 할 생각은 없냐고 물었다. 호형호제하며 가깝게 지내는 기자가 한 명 있는데 이번 기회에 한국에서도 이름을 알리는 게 어떻겠냐며.

"글쎄요. 가능하면 조용히 지내다가 돌아가고 싶습니다."

인터뷰를 마다하는 태평 앞에서 이사장은 실망스러운 기색을 숨기지 않았다. 호정고등학교도 홍보하고 태평의 명성도 드높일 기회를 놓치고 싶지 않은 마음에서였다.

"혹시 내가 벤 맥어보이 씨를 이용한다고 생각합니까? 그건 절대 아니에요. 우리 학교에 말 그대로 재능 기부를 해 주지 않으셨습니까. 물질적인 보상 말고 다른 쪽으로 도움을 주고 싶어서 그랬어요. 조경이 인지도가 중요한 분야잖아요. 일부러 외신 기자도 섭외했는데. 국내뿐 아니라 국외에도 벤 맥어보이 씨의 선행을 알리고 싶어서요."

이사장의 사설을 흘려듣던 태평의 눈빛이 '외신 기자'라는 단어에 달라졌다. 뜻밖의 장소에서 행운의 여신을 만난 기분이었다. 생각보다 일이 더 재미있게 흘러갈 수 있겠다고 판단한 그는 표정을 정돈했다.

"그런 마음이신 줄은 몰랐습니다. 이사장님의 호의를 무시하려던 게 아니라 제가 그럴 위치가 아니라 그랬어요. 아직 나이도 어린데 분에 넘치는 유명세에 취해 제 본분을 잊고 싶지 않아서요."

이사장은 태평의 얼굴을 재차 뜯어봤다. 그저 잘생긴 젊은 청년 이라고만 생각했었는데, 다시 보니 그의 정수리 위로 후광이 비치 는 느낌이었다. 혈기 왕성한 나이에 수십억이 넘는 상금까지 차지 한 사람이 이렇게 소탈할 수 있다니.

존경의 눈빛을 담아 제 얼굴을 쳐다보는 이사장을 향해 태평이 넌지시 운을 뗐다.

"이미 기자를 부르셨다니, 더 거절했다가는 그게 더 예의가 아닐 듯싶습니다. 정 그러시다면 제가 아니라 저보다 더 자격이 있는 분 들의 인터뷰를 부탁드려도 될까요?"

이사장은 무엇이든 들어주겠다며 흡족하게 웃었다. 태평은 신중 히 말을 고르고 있는 사람처럼 잠시 뜸을 들인 뒤 입을 열었다.

"제가 사실 고아입니다. 그런데 저를 마음으로 길러 주신 분들이 계세요. 영국에 거주 중인 이모와 이모부님이신데, 제가 이만큼 잘 자랄 수 있게 도와주신 분들입니다. 그분들께 제가 얻은 모든 영광 을 돌리고 싶어요. 워낙 겸손한 분들이라 인터뷰를 수락하실지는 모르겠지만요."

마음에도 없는 말이었지만 그럭저럭 포장이 잘 됐는지 이사장의 얼굴은 감격으로 물들었다. 비서를 호출한 그는 태평에게 이모와 이모부의 이름을 물었다. 서면 인터뷰만으로도 충분하다고 했지만

그림 329

이사장은 영국에도 기자는 있다며 큰소리를 쳤다.

"낯은 정보다 기른 정이 더 무섭다더니 벤 맥어보이 씨를 보니 그 말이 딱 맞네요. 이렇게 훌륭한 인재를 키워 낸 분들인데 가능하면 직접 뵙고 인터뷰를 하는 게 좋지 않겠습니까? 아무 걱정하지 말아요. 한 달 안에 영국은 물론 전 세계에서 존 맥어보이 씨와 이윤목 씨의 이름을 모르는 사람이 없게 될 테니까. 내가 이래 봬도 국제적인 인맥 하나는 열심히 관리해 온 사람입니다."

이사장이 비서에게 할 일을 지시하는 동안 태평의 휴대폰에 메일이 날아들었다. 해리가 보낸 메일에는 인터넷 기사가 첨부되어 있었다.

[영국 데비지스 경매에서 강유준의 그림 〈사계〉가 60만 파운드에 낙찰]

무표정했던 태평의 얼굴에 숨길 수 없는 웃음이 번졌다. 한국에서도, 그리고 영국에서도 행운의 여신이 그에게 미소를 짓는 순간이었다.

[오전 중에 시간 낼 수 있으면 보건실로 와.]

출근하자마자 태평에게 문자를 보낸 민영은 식중독 관련 공문부터 해결했다. 전교생과 전 교직원에게 관련 SMS를 보내고 학교 홈페이지에 식중독 의심 증상에 관한 게시글을 올렸을 무렵이었다. 때맞춰 노크 소리가 들렸다.

"들어와요."

문을 열고 들어온 사람은 태평이었다.

"거기 앉아. 아침 안 먹었지?"

의자 하나를 태평에게 내어 준 민영은 냉장고에서 도시락 상자 두 개를 꺼내 테이블 위에 올려놓았다. 그 안에는 샌드위치와 과채 주스, 컵 과일, 견과류, 마들렌이 들어 있었다.

"나도 아침 안 먹고 나왔거든."

뜨거운 커피 두 잔을 내려 태평과 마주 앉은 민영은 어서 먹으라고 손짓했다.

"이런 건 어디에서 팔아요? 카페에서 못 본 거 같은데."

"나도 잘 몰라. 교무 회의 때 간식으로 들어오는 거라던데."

대답이 끝나기가 무섭게 그는 펼쳤던 상자를 다시 곱게 접었다.

"왜 안 먹어?"

"로지 주려고요."

민영은 당황해서 눈만 깜빡였다.

"그냥 너 먹어. 로지는 아침 먹었을걸?"

어설픈 거짓말이 티가 났는지 태평은 흥미로운 얼굴로 민영을 살폈다. 그의 날카로운 시선을 피해 눈을 굴리던 민영은 잠시 숨을 가다듬었다. 아무래도 비밀로 해 달라고 했던 친구와의 약속을

그림 331

어겨야 할 것 같았다.

"그거 로지가 준 거란 말이야. 그러니까 남기지 말고 다 먹어."

작게 한숨을 토해 낸 민영은 오늘 아침에 있었던 일을 회상했다.

[로지로지♡ 출근 잘 했지? 나는 오늘 김태평 얼굴 좀 보려고, 같은 학교에서 일하게 됐는데 보건실 바리스타가 캡슐 커피 한잔 뽑아 줘야지. 콜린 퍼스는 아니지만, 어쨌든 우리한텐 반가운 외쿡인이잖아?]

여느 때처럼 로지에게 아침 문자를 보냈는데 친구는 답장 대신 도시락 상자를 들고 찾아왔다.

'민영아, 이거 둘이 먹어. 내가 줬다고 하지 말고.'

신신당부하던 로지의 목소리를 떠올리며 민영은 속으로 구시렁댔다.

'이 여우 같은 놈! 주면 주는 대로 군소리 없이 먹을 것이지, 왜 그걸 로지한테 가져다준다고 해서.'

분이 풀리지 않아 싫은 소리를 한마디 하려다가 입을 꾹 다물었다. 샌드위치를 바라보는 그의 눈매가 부쩍 온화해진 탓이었다. 예나 지금이나 김태평은 김태평이었다. 로지 이야기만 나오면 흐르는 강물처럼 유하게 변하는 걸 보니. 저도 모르게 희미한 미소를 띤 채 민영이 물었다.

"창수한테 들었는데, 로지하고 같은 건물에 세를 얻었다며? 로지 이웃사촌이 된 소감이 어때?"

태평은 샌드위치를 우물우물 씹어 넘긴 뒤 짤막하게 답했다.

"좋아요."

고개를 끄덕인 민영은 그를 따라 샌드위치를 베어 먹었다. 도시락 상자에 들어 있던 음식이 눈에 띄게 사라졌을 즈음, 테이블에 두었던 민영의 시선이 아주 천천히 태평의 얼굴로 옮겨 갔다. 마주친 두 사람의 눈빛 사이로 어색함이 감돌았다.

"할 말 있어서 부른 거 알아요."

편히 말하라는 그의 말에 민영은 진한 커피로 목을 축인 뒤 입을 열었다.

"예전에 있잖아. 너희 둘이 사귀었을 때, 그때 로지가 먼저 헤어지자고 했다며?"

"로지가 그래요?"

높낮이가 없는 차분한 목소리로 태평이 되물었다. 다행히 기분 나쁜 기색은 느껴지지 않았다.

"그 일로 로지가 너한테 미안한 마음이 큰 것 같아. 그래서 너를 예전만큼 편히 대하지 못하는 걸 수도 있어."

친구를 위한 변명일 뿐 아니라 민영의 궁금증도 담겨 있는 말이었다. 7년 만에 한국을 찾은 김태평이 로지와 구체적으로 어떤 미래를 꿈꾸고 있는지를 알아야 했으니까.

"미안하겠죠."

냅킨으로 입가를 말끔히 닦은 태평이 대답했다. 민영은 잠시 망설이다 물었다.

그림 333

"로지하고 왜 헤어진 거야? 서로 마음이 변해서 헤어진 건 아닌 것 같은데."

태평은 말없이 쥐고 있던 머그잔에 시선을 박았다. 말이 끊긴 보건실에는 다시 정적이 찾아왔다. 그의 침묵을 대답하기 싫다는 뜻으로 이해한 민영은 과거의 일을 더 묻지 않기로 했다. 로지에게 듣지 못했던 일을 태평에게서 들을 수 있을 거란 기대는 애초에 품지 않았으니까. 대신 현재에 집중하기로 했다.

"그래, 두 사람 일은 두 사람만 알겠지만, 내가 당부하고 싶은 건 로지를 너무 몰아가지 않았으면 좋겠어."

태평은 놀란 기색 없이 담담한 얼굴로 민영을 바라봤다. 차분한 그의 반응에 민영이 말을 이었다.

"요즘 네 행동이 도가 지나쳐서 하는 소리야. 로지하고 같은 곳에 살고 같은 직장에 다니다니, 나쁘게 말하면 무슨 스토커 같잖아. 로지가 널 부담스럽게 느끼면 어쩌려고."

"……."

"네가 바쁜 사람인 것도 알고 장거리 연애가 쉽지 않다는 것도 알아. 영국과 한국이 가까운 거리는 아니니까. 그래도 로지에게 시간을 주면 좋겠어. 지금 네게 다 말해 줄 수는 없지만, 로지한테 힘든 일이 많았거든. 특히, 부모님과 관련해서."

무슨 일이었냐고 캐물으면 어쩌나 했는데, 고맙게도 태평은 숨만 크게 들이쉴 뿐 입을 굳게 다물고 있었다. 민영은 제 말이 최대한 객관적으로 들리길 바라며 다시 입술을 뗐다.

"네 마음이 진지하다는 건 창수한테 들어서 알아. 나도 적극적으로 도와줄 테니까 로지하고 자연스럽게 가까워지는 게 어때? 어차피 4개월 뒤에는 다시 돌아가야 한다며. 너야 그곳에서의 삶이 있으니 알아서 잘 지내겠지만, 한국에 남은 사람은……."

"나 혼자 안 가요."

민영은 제 말을 끊은 태평의 얼굴을 바라보았다. 민영의 시선을 피하지 않고 똑바로 받아 내며 그가 다시 말했다.

"로지, 스페인으로 데리고 갈 거니까."

허리를 꼿꼿하게 세운 민영은 기가 찬다는 표정을 지었다.

"그건 진짜 말도 안 되는 소리야. 왜 이렇게 급하게 굴어? 로지를 4개월 뒤에 외국으로 데리고 간다니. 현실적으로도 말이 안 되지만 로지한테 마음의 준비를 할 시간은 줘야지. 옛날처럼 너 좋다고 따라다니던 로지가 아니잖아. 이제 막 새 직장에 적응한 애한테 꼭 그래야겠어? 더군다나 로지는 아직 너를 편히 보지도 못하고 있는데?"

태평은 할 말이 없다는 듯 상자에 있던 주스를 꺼내 뚜껑을 열었다. 얕은 한숨을 흘린 민영은 마들렌 포장지를 벗겼다. 그새 당이 떨어졌는지 손끝이 떨렸다. 오렌지 향이 가득한 마들렌을 입에 넣으려 할 때였다.

"로지 눈이, 죽었어요."

건조한 태평의 대답에 민영의 가슴 한구석이 쿵, 하고 울렸다. 고개를 들어 태평을 바라봤다. 그의 표정에는 지금껏 본 적이 없던 미세한 불안이 섞여 있었다.

그림 335

"죽어 버린 그 눈을 볼 때마다 자제가 안 돼요."

그는 로지 앞에서만큼은 그 어떤 여유도 부릴 수 없다고 고백했다. 잠시라도 눈을 뗐다가는 제게서 도망쳐 버릴 것 같다고. 그리고 이번에 로지를 놓치면 다시는 찾을 수 없을까 봐 무섭다고.

"도와주세요. 로지가 살아야, 나도 사니까."

태평의 짙은 눈동자는 말로 다 하지 못한 질문을 민영에게 던지고 있었다. 로지가 한국에 남는 게 최선이냐고, 지난 7년간 점점 나빠져 온 로지를 보면서도 모르냐고, 다시 그림을 그릴 수 있게 뭐든 해 봐야 하지 않겠냐고.

대답을 잊은 민영은 눈만 천천히 깜빡였다. 머릿속에서는 태평을 설득해야 한다는 생각이 가득했지만, 한마디도 내뱉을 수가 없었다. 숱이 많은 속눈썹 밑에 놓인 그의 검은 눈동자가 유난히 더 어두워 보여서였다. 깊게 잠긴 그 눈에는 민영이 이해하지 못할 감정들이 켜켜이 내려앉아 있었다.

적막이 흐르는 보건실에는 민영의 한숨 소리만 간간이 들렸다. 마음이 진정되기를 기다리며 그녀는 최대한 천천히 마들렌 포장지와 다 마신 주스 병을 치웠다. 테이블이 깨끗해지자, 어지러웠던 생각도 조금 갈무리되었다.

"창수하고 준비 중이라는 전시회는 뭐야?"

자연스럽게 바꾼 화제에 굳어 있던 태평의 얼굴이 조금 풀어졌다. 민영이 그의 든든한 조력자가 되기로 결심했다는 걸 눈치챈 것 같았다.

"로지 개인전이에요."

창수에게 그 이야기까지는 듣지 못했기에 민영은 놀란 표정을 숨기지 못했다.

"로지 개인전이라니?"

태평은 언제나처럼 말을 아꼈다. 아직 어떤 그림인지는 밝힐 수가 없고, 전시회에 와 보면 알게 될 거라고.

"그런 게 로지한테 정말 도움이 될까? 로지가 그림이라면 정색을 하거든. 장난으로라도 뭘 그리는 걸 본 적이 없어. 솔직히 미술 교사로 일하는 것만으로도 감사할 정도라서."

"도움, 이라기보다는 복수에 가깝죠."

민영은 자신의 말을 자른 태평을 응시했다.

"복수? 누구한테?"

의문이 가득한 민영의 눈을 바라보며 태평이 입을 열었다.

"아쉬운 게 하나 있다면 로지 개인전에 꼭 걸고 싶은 그림이 있었는데 그게 사라졌어요. 그것만 있으면 완벽했을 텐데. '브리티시 내셔널 갤러리'에 출품한 그림까지 가로챌 줄이야."

로지의 그림이 없어졌다는 말에 민영의 머릿속은 백지장처럼 새하얘졌다. 하지만 이어진 태평의 말은 앞서 들은 것과는 비교도 할수 없을 만큼 더 충격적이었다.

"강유준밖에 없겠죠, 로지 그림을 훔칠 사람은. 로지의 〈뜨거운 얼음〉마저 베껴서 '브리티시 내셔널 갤러리'에 걸었으니까."

"……누구? 강유준?"

앵무새처럼 그의 말을 따라 하는 민영에게 태평이 말을 이었다.

그림 337

"영국에 로지 그림이 아니라 강유준 그림이 걸려 있었어요. 그것도 내가 그 새끼 화실에서 찢었던 로지 그림의 모작을요. 유치한 새끼, 제목을 〈A Frozen Tree〉라고 짓다니."

"자, 잠깐만."

태평의 말을 끊은 민영은 급히 물컵으로 손을 뻗었다. 차가운 물을 꿀꺽꿀꺽 마시고 나자 모든 생각을 한꺼번에 날려 버릴 만큼 커다란 분노가 찾아왔다. 태평에게 먼저 보여 줘야 한다고 해서 자신은 제대로 감상하지 못했던 로지의 그림이 〈뜨거운 얼음〉이었다. 그림이 찢기는 순간에도 강유준을 보호하기 급급해 제대로 눈길도 주지 못했던 그림인데.

"그러면, 지금 시립 미술관에 걸려 있는 강유준 그림이 로지 그림이라는 거야?"

부들부들 떨리는 민영의 목소리가 무색하게 태평은 대수롭지 않게 대답했다.

"네, 욕심대로라면 로지가 영국으로 보내려고 했던 그림도 후속작으로 발표하고 싶었을 텐데, 차마 따라 그릴 수가 없었을 거예요. 그림의 모델이 나였거든요. 제목도 내가 지었어요. 〈The flames of the fire〉라고. 내 짐작엔 아마 강유준의 개인 금고에 보관 중일 것 같은데, 두고 보면 알게 되겠죠. 어쨌든 오늘 우리가 한 이야기는 로지가 몰랐으면 해요. 자기 그림이 없어진 것도 몰랐던 애니까."

민영은 흐릿한 눈으로 태평을 바라봤다. 그는 강유준을 피떡이 되게 두들겨 팼던 열일곱의 김태평과 같은 인물이라고 여겨지지 않을 만큼 차분하고 고요했다.

"……아아."

뼈아픈 탄식이 민영에게서 흘러나왔다. 강유준이라면 치가 떨려서 그와 관련된 소식은 의식적으로 멀리해 왔는데. 시립 미술관에 가서 그의 그림을 본 적도, 그가 그렸다는 그림을 따로 찾아본 적도 없었다. 그런데 강유준을 세계적인 화가로 발돋움하게 한 〈사계〉는 물론 〈A Frozen Tree〉까지 전부 로지의 그림이었다니. 일이 이렇게 되고 보니 로지가 그림과 연을 끊고 살아온 게 다행이라는 생각이 들 정도였다. 알았다면 우울증에 화병까지 더해져서 한강에 뛰어들었을 테니까.

변화무쌍한 민영의 표정을 관찰하듯 보던 태평이 자리에서 일어났다. 할 말이 끝났으면 이만 나가 보겠다면서. 얼어붙어 있던 민영의 얼굴이 비장하게 바뀐 건 바로 그 순간이었다.

"김태평."

태평이 고개를 내려 민영을 바라봤다.

"이번 주말에 창수하고 같이 우리 집으로 와. 로지한테는 비밀로 하고."

무슨 일로 집으로 찾아오라고 한 건지 짐작도 못 할 텐데, 그는 편안한 얼굴로 고개를 끄덕였다.

"그리고."

"……."

"내가 우리 로지 스페인으로 꼭 보낼 테니까, 너는 강유준 그

그림 339

새끼, 절대로 가만두지 마."

"······."

"코뼈 부러진 거로는 속이 안 풀리는 아주 나쁜 새끼니까."

말을 마친 민영의 얼굴은 분노로 새빨갛게 달아올랐다. 이 순간
만큼은 김태평보다 자신이 더 강유준을 죽여 버리고 싶었다.

오전을 바쁘게 보낸 태평은 느긋한 걸음으로 급식실을 찾았다. 식
판을 챙기던 로지는 그를 보자마자 놀란 토끼 눈이 되어 시선을 피
했다. 다른 때 같았으면 자신을 꺼리는 로지의 태도에 심사가 뒤틀
렸겠지만, 오늘은 아니었다. 기분 좋은 미소를 머금은 그는 배식을
받아 로지 옆에 앉았다. 부지런히 눈망울을 굴리던 로지가 속삭였다.

"학교에서는 모른 척하자니까."

태평은 희미하게 웃으며 로지에게서 시선을 거두었다. 미련할
만큼 독하지 못한 오로지였다. 아침에 제게 면박 좀 줬다고 샌드
위치를 챙겨 민영에게 주고 가다니. 뜨끈해진 이마를 문지르며
급식실을 살펴보는데 그의 눈에 아는 얼굴이 보였다. 지체 없이
반가운 마음을 담아 불렀다.

"준!"

아무 생각 없이 식판을 들고 걷던 준은 저를 부르는 소리에 고개
를 틀었다.

'뭐, 뭐야. 저 남자가 왜 여기에 있어!'

남자와 정면으로 눈이 마주친 준은 떨리는 눈꺼풀을 질끈 감았다가 떴다. 그래도 눈앞의 남자는 사라지지 않았다. 준은 설마 자기를 부른 거냐는 눈빛으로 되물었다.

"……저요?"

그는 친절한 얼굴로 고개를 까딱거렸다.

"왜요?"

가까이 다가와 묻는 준에게 남자는 맞은편 자리를 가리켰다.

"점심 같이 먹자고."

남자와 나란히 앉아 있는 담임 선생님을 조심스러운 눈초리로 바라보던 준이 고개를 격하게 흔들었다.

"내가 왜요? 비싼 밥 먹고 체할 일 있나."

그는 수저와 젓가락을 식판 위에 내려놓았다. 원치 않았지만, 준의 시선은 핏줄이 툭 불거져 나온 그의 손등에 꽂혔다.

"좋은 말 할 때 앉아."

"……."

"그래야 선생님께서 편히 식사하시지."

다정한 음색으로 준을 타이른 남자는 물을 한 모금 마셨다. 그의 목울대가 위아래로 크게 울렁였다. 심장이 빠르게 뛰는 것을 느낀 준은 어기적어기적 두 사람의 앞에 앉았다. 담임 선생님은 왜 학생에게 이상한 걸 요구하냐는 눈으로 남자를 쳐다봤지만, 그는 그 시선을 무시한 채 입을 열었다.

그림 341

"오늘만이 아니라 앞으로 계속 같이 먹는 거야."

준이 반항하듯 허리를 바짝 세워 앉았다.

"전 싫은데요."

"난 좋은데?"

말싸움을 거는 듯한 남자를 보며 준은 수저를 꽉 쥐었다.

"싫다니까요? 그리고 왜 하필 나한테 이러는 건데요?"

피식, 하고 웃은 남자가 대답했다.

"이름을 아는 학생이 너밖에 없거든."

머리 회전이 빠른 준은 말없이 밥만 입에 밀어 넣었다. 맞은편에 앉아 있는 남자에게 제 이름을 알려 준 게 미친 듯이 후회스러웠다.

'야, 너 이름이 뭐야?'

담임 선생님이 코피를 쏟으며 교실에서 나갔던 날, 장미꽃을 들고 나타난 남자가 준의 이름을 물었다.

'민준인데요.'

'성은?'

'성이 민이에요.'

'그래? 그럼 준이라고 부르면 되나?'

그날, 남자는 교실에서 무슨 일이 있었냐고 물었다. 준은 고자질하는 애가 된 심정으로 담임 선생님과 학부모 사이에 있었던 일을 말했다. 말이 끝나기가 무섭게 남자의 표정이 섬뜩해졌다. 그대로 뒀다가는 뉴스 사회면에 등장할 일이 생길 것 같다는 예감이 스칠 만큼.

'제가 담임 선생님한테 피해 없도록 할게요. 학교 익명 게시판이

하나 있는데, 거기에다가 오늘 일을 올리면……'

계획에도 없던 말을 털어놓으며 준은 젠장, 소리를 수도 없이 삼켰다. 자존심이 상해도 너무 상했다. 남자가 눈빛만으로 자신을 가지고 놀았기 때문이었다. 이후로 느낌이 좋지 않은 이 남자와 다시는 마주칠 일이 없을 줄 알았는데, 웬걸 그는 아예 학교에 취업을 해 버렸다. 그러더니 오늘부터는 같이 밥을 먹자고 한다. 보나 마나 이유는 뻔했다.

'나한테 보험이 되라는 거겠지. 언제, 어디서든 오로지 선생님한테 마음 놓고 들이댈 수 있도록.'

연예인들끼리 비밀 연애를 할 때 일부러 매니저를 대동하는 것처럼 남자는 제게 방패막이가 되라고 강요하고 있었다. 비록 눈 가리고 아웅일지라도, 자신이 두 사람 사이에 끼어 있다면 이상한 소문이 나도 변명거리가 생길 테니까.

'빡치네, 누굴 아직 어린애로 보나.'

준은 카레와 함께 나온 깍두기를 으적으적 씹었다. 그래도 솟구치는 짜증은 쉽게 가라앉지 않았다. 식판에 남은 음식을 입에 쑤셔 넣고 있는데 남자가 다시 부르는 소리가 들렸다.

"민준."

준은 대답 없이 고개만 들었다.

"다 먹었으면 나하고 커피 한잔할까?"

양의 탈을 쓴 늑대의 음성이 이런 걸까? 남자의 목소리는 부드럽기 그지없었지만, 그의 눈빛은 소름이 끼칠 만큼 차가웠다. 눈을

그림 343

부릅뜬 준은 밥을 잔뜩 먹어 빵빵해진 배를 쓸어 보며 의지를 다졌다. 담임 선생님에게 듣기로는 저 남자도 20대라고 했다. 자신도 20대였다. 꿀릴 게 전혀 없다는 뜻이었다.

"시, 시원한 커피 사 주면요."

준의 굳은 의지는 슬리퍼를 신은 제 발을 툭, 건드리는 남자의 발 앞에서 허무할 만큼 빠르게 사라졌다. 테이블 밑에 숨긴 그의 다리는 가볍게 까딱거리고 있었지만, 준의 눈에는 그게 마치 건드리면 금방이라도 폭발할 도화선처럼 보였다. 긴장으로 떨리는 턱을 손으로 감추며 준은 꼬리를 내리기로 했다. 남자보다 서열이 낮다는 걸 온몸으로 깨달은 수컷의 생존 본능이었다.

담임 선생님의 식판을 손수 치워 준 남자가 급식실 밖으로 향했다. 복도를 지나던 학생들의 눈이 일제히 남자에게 따라붙었다. 그들의 눈빛에 준의 뺨까지 따끔거릴 정도였는데, 남자는 시선을 정면에만 두고 걸었다. 준은 제 옆에서 걷는 남자를 조용히 관찰했다. 180센티미터인 자신이 올려다봐야 할 정도면 남자의 키는 최소 190센티미터는 된다는 건데, 기다란 팔다리 덕에 그의 몸은 육중하기보다는 늘씬하고 날렵하게 느껴졌다.

남자의 옆모습을 훑던 준의 콧잔등에 주름이 졌다. 그에게서 눈을 떼고 싶어도 떼지 못하는 자신이 한심스러워서였다. 숱이 짙은 눈썹 덕인지, 우뚝 솟은 콧대와 굳게 다물린 입 때문인지, 그것도 아니라면 새까만 눈에서 타오르는 형형한 눈빛 탓인지, 남자는 이성과

동성을 가리지 않고 압도하는 강렬한 무언가를 가지고 있었다.

진정한 '알파 메일(우두머리 수컷)'을 마주한 준이 뼈아픈 열패감에 빠져 있을 때였다. 맞은편에서 걸어오는 여자의 얼굴에 준의 짜증이 배로 늘었다.

"저 인간이 급식실엔 웬일이지? 에잇……."

앞만 보고 걷던 남자가 준 쪽으로 시선을 내렸다.

"누군데?"

"우리 반 부담임인데 저하고 사이가 안 좋아요. 아, 담임 선생님하고도 별로인 것 같던데. 수업 시간마다 담임 선생님을 은근히 까더라고요. 경제적으로 어려운 분이니 상대적 박탈감을 주지 않게 조심하라고 하질 않나, 영어를 못하니까 할 말이 있는 학생은 자길 찾아오라고도 했고. 담임 선생님하고 자기 외모 중에 누가 더 낫냐고 비교질까지 했어요. 와, 내가 진짜 어이가 없어서."

준은 저도 모르게 부담임의 실체를 낱낱이 고했다. 어쩐지 이 남자 앞에서는 솔직하게 말해야 할 것 같아서였다. 준을 내려다보는 남자의 눈이 가늘어졌을 때였다. 평소엔 제게 눈길도 안 주던 부담임이 손을 흔들었다.

「민준, 점심은 맛있게 먹었니?」

웅성거리는 소음을 뚫고 들려온 목소리에 준은 몸을 크게 떨었다. 왠지 느낌이 싸했다.

'왜 갑자기 안 쓰던 영어, 그것도 이렇게 공개된 장소에서 쓰는 거지?'

그림 345

준의 의문은 싱거울 만큼 금방 풀렸다. 얼굴에 홍조를 띤 부담임이 제 옆에 서 있는 남자에게도 영어로 인사를 건넸기 때문이었다. 그녀의 진짜 목적은 준이 아니라 남자에게 있다는 뜻이었다.

「안녕하세요, 우리 학교 조경사로 오신 분 맞죠? 영국에서 지내다가 오셨다고 들었는데. 제 짐작보다 훨씬 더 미남이시네요.」

남자의 얼굴을 더듬는 부담임의 시선에는 은근한 유혹이 묻어 있었다. 준은 속에서 올라오는 구역질을 간신히 참았다. 겉 다르고 속 다르기로 유명한 선생이라 가뜩이나 마음에 들지 않았는데, 남자에게 어필하려 애를 쓰는 모습이 주책을 넘어 추하게 보였다.

「만나서 반가워요. 도움이 필요하면 언제든 연락하고요. 같은 학교에서 일하는 사람들끼리 돕고 살면 좋잖아요. 안 그래요?」

부담임은 악수를 하자는 것처럼 허공으로 손을 들어 올렸다. 콧소리를 내며 요염한 미소까지 짓는 부담임을 보고 있던 준의 눈길이 바닥으로 스르륵 떨어졌다. 그녀와 친한 것도 아닌데 왜 제가 부끄러운지 모를 노릇이었다. 남자가 어떻게 반응을 할까, 숨만 죽이고 있는데 고저 없는 음성이 그에게서 흘러나왔다.

"나, 영어 몰라요."

남자는 고저 없는 목소리로 느릿하게 답했다. 준은 잽싸게 눈만 올려 두 사람을 살폈다. 일말의 동요조차 보이지 않는 남자의 얼굴에서는 언짢음이, 애매하게 입술을 끌어 올리고 있는 부담임의 얼굴에서는 당황이 읽혔다.

"아, 그러세요? 영어를 못하실 줄은 몰랐네요. 저는 이은경이에요.

민준이 반 부담임이고요."

얼굴에서 미소를 지우지 않은 채 부담임은 다시 한번 악수를 청했다. 그녀의 꼿꼿한 손끝에서 이렇게 된 이상 남자의 손을 꼭 한번 잡아 보고 말겠다는 투지가 읽혔다.

「그래서 뭐 어쩌라고?」

영어로 'So what?'이라고 말한 남자는 그대로 부담임을 지나쳐 걸었다. 그 역겨운 상판 좀 내 눈앞에서 치우라고 명령하듯 차갑기 그지없는 목소리로. 준은 남자의 뒷모습을 멍하니 응시했다. 태연하게 걷고 있는 그의 등에서 얼음을 품은 듯한 냉기가 느껴졌다.

"뭐야, 저 사람은."

머리카락을 신경질적으로 터는 부담임의 부산한 움직임에 준도 정신을 차렸다. 망신살이 제대로 뻗친 그녀에게 애도의 묵례를 보내고 준은 빠른 걸음으로 남자를 따라잡았다. 그런데 그는 매점이 아닌 건물 밖으로 나갔다. 준의 다급한 목소리가 그에게 날아갔다.

"저기요, 매점은 1층에 있는데요? 커피 마시자면서요!"

앞서 걷던 남자가 등을 돌렸다. 그러고는 한심한 얼굴로 준을 바라봤다.

"의외로 순진한 구석이 있네."

알 수 없는 남자의 말에 발끈하려던 준은 치미는 말을 눌렀다. 작은 도발에 넘어가는 것만큼 꼴사나운 것도 없으니까.

"따라와."

어린애를 달래듯 말한 남자가 다시 걸었다. 말없이 걷던 그의

그림 347

걸음이 멈춘 곳은 학교 도서관 뒤였다. 준은 자신이 서 있는 주변을 살폈다. 마치 폐허를 방불케 하는 광경이 눈에 들어왔다. 굴착기로 갈아엎은 땅은 온통 붉은 흙으로 뒤덮여 있었고, 잡초들은 자기들끼리 엉켜 뿌리를 드러낸 채 죽어 있었다. 영문을 모르겠다는 얼굴로 주위를 훑고 있는데 남자가 한마디를 툭, 내뱉었다.

"여기에서 편하게 하라고."

준의 눈동자에는 당혹감이 배어들었다.

눈치가 제법 빠른 편이라고 생각했는데 남자가 하는 말의 의도가 도무지 짐작되지 않았다.

"커피보다 담배가 낫잖아."

이어진 남자의 말에 이번엔 준의 이마에 땀이 맺히기 시작했다. 동시에 그의 시선이 분주히 움직였다. 학교 곳곳에 설치된 CCTV가 여기에서는 보이지 않았다.

"그렇긴 한데."

긍정도, 부정도 아닌 애매한 답을 흘린 준은 주머니를 더듬어 담배와 라이터를 꺼냈다. 담배 한 개비를 꺼내 입에 물고 불을 붙이려는데 일회용 라이터가 오늘따라 말썽이었다. 불이 올라오지 않는 라이터를 열심히 흔들고 있을 때였다.

찰칵ㅡ.

코끝에서 열기가 느껴졌다. 준은 제 얼굴 앞에 떠 있는 지포 라이터와 남자의 얼굴을 번갈아 바라봤다. 어서 불을 붙이라는 남자의 눈짓에 물고 있던 담배의 끄트머리를 불꽃에 댔다. 노란 필터를 깊이 빨았다가 숨을 내뱉자 준의 입술 사이로 하얀 연기가 길게 뻗어 나왔다.

"내가 담배 피우는 거 어떻게 알았어요? 학교에서 피운 적 없는데."

니코틴의 힘으로 평정심을 되찾은 준이 남자에게 물었다. 눈을 짓궂게 반짝인 남자는 그의 코를 손바닥으로 가려 보였다.

준은 황급히 교복 셔츠에 코를 묻었다. 시간마다 향수를 뿌리고 샤워도 하루에 두 번씩 하고 있는데, 그래도 담배 냄새를 지우지 못했다니. 머쓱하게 태평을 쳐다보던 준은 에라 모르겠다는 심정으로 허세를 부렸다.

"담배 하나 드려요?"

"필요 없어. 비흡연자라."

준은 믿을 수 없다는 표정으로 남자를 바라봤다.

'지포 라이터는 그럼 왜 갖고 다니는 건데? 장식품인가?'

고개를 절레절레 흔든 준이 마지막 담배 연기를 토해 낼 때였다.

"오로지 선생님, 좋아해?"

갑작스러운 남자의 질문에 준은 잠시 밭은 숨을 뱉어야 했다.

"아닌데요."

"왜?"

얼빠진 준의 시선이 남자의 얼굴에 꽂히자, 그가 친절히 덧붙였다.

"오로지 선생님 예쁘잖아."

준은 담배꽁초를 줍는 척하며 남자의 눈을 피했다. 그리고 불이 완전히 꺼진 꽁초를 휴대용 재떨이에 넣으며 생각을 정리했다.

그림 349

"예쁘시긴 하죠."

일단 남자의 의견에 동의했는데.

"그래?"

되묻는 남자의 눈동자에서 불꽃이 튀었다. 준은 그 즉시, 자신이 커다란 실수를 했음을 깨달았다.

"그렇지만 저는 선생님을 이성으로 생각한 적이 없습니다."

재빨리 정정한 대답에도 남자의 이마에는 깊은 주름이 파였다.

"그런데 왜 선생님 주변에서 얼쩡거려?"

남자가 뿜어내는 숨 막히는 적대감 속에서 준은 마른침만 꿀꺽 삼켰다. 돌이켜 보니 남자가 오해할 만한 상황이 많았다. 처음 그를 학교에서 봤을 때도, 급식실에서 만났을 때도 준은 담임 선생님과 함께였으니까. 입술만 달싹이던 준은 통하지 않을 거짓말로 이 남자의 적이 될 바에야 고해 성사를 하기로 마음먹었다.

"선생님이, 걱정될 때가 있어서요."

제게 시선을 주고 있던 남자의 얼굴에 의중을 알 수 없는 표정이 지어졌다. 준은 다시 담배를 꺼냈다. 남자는 말없이 라이터를 꺼내 불을 붙여 줬다.

필터를 이로 가볍게 물고 담배를 힘껏 흡입했다. 타르 맛 사탕을 삼킨 것처럼 독한 담배 향이 목구멍 안으로 빨려 들어갔다. 담배 한 대를 맛있게 피운 준의 입에서 조금 전과는 다른 심각한 목소리가 흘러나왔다.

"선생님을 보면 우리 엄마가 생각나요."

담배를 발로 비벼 끄자 흙먼지가 아지랑이처럼 피어올랐다. 부옇게 떠도는 먼지를 따라 아픈 기억도 눈앞에서 아른거렸다.

한국에서 살던 준의 부모는 아들이 돌이 되기 전에 이혼을 결정했다. 준은 재일 교포였던 엄마에게 안겨 일본으로 건너갔다. 중학교 졸업 전까지 그는 그런대로 잘 살고 있다고 믿었다. 얼굴도 기억나지 않는 아빠를 그리워한 적도 없었고, 엄마 역시 마음에 맞는 아저씨들과 가끔 데이트를 즐겼으니까.

헤어 숍에서 일했던 엄마는 큰돈은 아니었지만 두 사람이 먹고살 만큼은 벌었다. 그래도 준은 엄마에게 짐이 되고 싶지 않아 돈이 되는 일이라면 뭐든 닥치는 대로 했다. 그중 가장 수입이 짭짤했던 건 '마마카츠'(ママ活 : 젊은 남성이 연상의 여성과 데이트를 한 대가로 돈을 받는 원조 교제)였다. 학생이 벌 수 없는 큰돈을 벌게 된 준은 방학마다 하와이로 어학연수를 갔고, 친구들이 부러워할 만한 명품 시계며 운동화도 마음껏 샀다.

"돈맛에 취해서 엄마가 우울증을 앓고 있다는 걸 몰랐어요. 엄마는 나한테 힘들다는 말을 한 적이 없었거든요."

준이 눈치채지 못할 만큼 엄마는 아주 천천히 변해 갔다. 언제부터인가 친구들과 만나지 않았고, 일을 마치고 돌아오면 잠만 잤다. 안 마시던 술을 마시고 소리를 죽여 놓은 TV 화면만 멍하게 응시할 때도 있었다. 그러던 어느 날, 엄마는 10년 넘게 일해 온 헤어 숍에서 해고를 당했다.

"엄마가 손님하고 싸웠다고 했어요. 믿을 수가 없었어요. 저한테

그림 351

잔소리 한번 안 했던 엄마였거든요. 말다툼하는 것도 싫다고 늘 참고 넘겼었는데."

옆집에 살던 할머니는 엄마가 갱년기라 우울증에 빠진 것 같다고 했다. 준이 크게 걱정하자 그녀는 여자가 나이가 들면 흔히 겪는 증상이라며 여행이나 다녀오라고 대수롭지 않게 말했다. 준은 중학교 졸업 선물을 핑계로 엄마에게 한국에 가자고 졸랐다. 가서 엄마가 좋아하는 간장게장도 먹고 쇼핑도 실컷 하자고.

한국에서 보낸 일주일 동안 엄마는 하루에 열 마디도 하지 않았다. 틈만 나면 바깥만 둘러볼 뿐이었다. 그 모습이 이상하게도 준의 가슴을 쾅쾅 쳐 댔다.

"엄마가 아빠하고 결혼해서 살았던 아파트에 가 보자고 했어요. 내키지 않았지만 그냥 따라갔죠. 엄마가 뭘 하자고 한 건 처음이었거든요. 그런데 거기에서 뛰어내렸어요. 나를 빤히 바라보다가."

정면을 보고 있던 준의 시야가 까맣게 물들었다. 귓가에는 엄마의 비명 소리가 들려왔다. 점점 멀어지던 그 소리는 둔탁한 충격음과 함께 뚝, 멎었다.

"담임 선생님이 수업 중에 창밖을 자주 봐요. 그 눈을 볼 때마다 심장이 쿵쿵 뛰어요. 엄마 눈이랑 너무 똑같아서요. 그때 우리 엄마 눈이 되게 이상했어요. 죽은 생선 눈 같았다고 해야 하나? 눈으로는 나를 보고 있는데, 마음으로는 날 보지 못했으니까."

엄마의 사망 이후, 준은 16년 만에 친아버지를 만날 수 있었다. 재혼을 했던 아버지는 아내에게 이해를 구했다며 준을 자기 집으로 데리고 갔다. 마땅히 갈 곳이 없었던 준은 마지 못해 아버지를 따라 갔다. 걱정했던 것과 달리 새어머니는 이성적이고 현명한 분이었다. 준의 마음을 억지로 열지도 않았고, 당장 화목한 가정을 만들어 보자는 무리수를 두지도 않았다.

"같이 산 지 6개월도 안 돼서 아버지가 사고로 돌아가셨어요. 집에서 나가려고 했는데 새어머니가 고등학교 졸업 전까지는 같이 지내자고 해서 그러고 있고요."

새어머니는 공황 장애를 심하게 앓고 있던 준을 가엾게 여기며 그를 극진히 보살폈다. 준이 새어머니를 단순히 자신을 돌봐 준 보호자를 넘어서 인생의 스승처럼 여기게 된 계기였다.

"정신과 상담 하고 심리 치료를 병행하느라 고등학교 졸업이 2년 정도 늦었는데, 소문에는 제가 유명한 재벌 집의 사생아가 되어 있더라고요. 소문이 사실이면 얼마나 좋겠어요. 그러면 내가 새어머니에게 근사한 집이라도 한 채 사 드렸을 텐데."

긴 이야기를 끝맺은 준은 남자의 얼굴을 힐끔 훔쳐봤다. 담임 선생님을 따라다닌 이유를 말하려다가 엉뚱하게 제 가정사를 까발린 게 조금 민망했다. 남자는 뚜렷한 표정 없이 침묵만 즐기고 있었다. 도대체 무슨 생각을 하는 걸까? 궁금해서 미쳐 버릴 때쯤 남자가 입을 열었다.

"그림 한 장 그리는 데, 얼마나 걸려?"

준은 고개를 확 틀어 남자의 얼굴을 똑바로 바라봤다.

"그림이요?"

그림 353

"선생님께 제출했던 네 그림, 그거 그리는 데 며칠이나 걸렸냐고."

남자는 태연한 얼굴로 준이 수행 평가 기본 점수만 받았던 그림 이야기를 꺼냈다. 준의 목덜미에 잔소름이 일었다.

'말로만 듣던 사이코패스가 이런 사람인가?'

남자에게서 동정이나 연민을 기대하고 엄마의 죽음을 말한 건 아니었다. 그렇지만 최소한 이런 상황이라면 자신에게 힘든 이야기를 해 줘서 고맙다거나, 고생이 많았다는 위로 정도는 건네야 하지 않나?

준은 다시 남자의 얼굴을 하나씩 뜯어봤다. 하지만 아무리 쳐다봐도 남자는 준의 비극적인 가정사를 들은 사람답지 않게 무감하기만 했다.

"몰라요."

혼란스러운 눈동자를 감추며 준이 퉁명스레 답했다. 제 이야기를 개똥 같은 소리로 취급한 남자에게 더는 협조하고 싶지 않았다.

죽은 엄마의 우울증을 미리 알아채지 못한 것도, 지금 자신을 돌봐 주고 있는 새어머니에게도 한없이 미안했는데, 그런 제 속마음을 처음으로 내보였는데…… 어이가 없을 만큼 서러웠다. 할 수만 있다면 통곡이라도 하고 싶은 심정이었다. 그만큼 남자의 무심한 태도는 준의 가슴을 마구 들쑤셨다.

"준."

남자가 준의 이름을 다정히 불렀다. 준은 경계심이 잔뜩 일어난 눈으로 남자를 흘겨봤다.

"돈 안 필요해?"

"돈은 왜요?"

돈이라는 말에 재깍 반응하는 준이 웃겼는지 남자가 빙그레 웃었다. 그걸 자신을 비웃고 있다고 해석한 준은 눈을 치떴다. 공격적인 눈빛에 화를 낼 줄 알았는데, 남자는 한결 가라앉은 눈으로 준을 응시했다.

"너도, 나처럼 일찍 깨달았잖아."

"……."

"돈이 인생의 전부는 아니지만, 돈만큼 중요한 것도 없다는 걸."

예사로운 어투였지만 준의 귀에는 많은 생각을 하게 만드는 명언처럼 들렸다. 그걸 인정하고 싶지 않아 입술만 꿈질대는 준에게 남자가 다시 말을 붙여 왔다.

"사람들은 네가 어떻게 살아왔는지에 관심 없어."

"……."

"그러니까 너도, 네 인생에 별 기대를 할 필요가 없다는 뜻이야."

준은 고개를 돌려 남자를 바라봤다. 차가운 말을 내뱉는 입과 달리, 가늘게 찢어진 남자의 눈은 묘하게 따뜻했다. 그리고 그 묵직한 눈빛은 준이 저 자신에게 해 주고 싶었던 위로를 하나씩 퍼 올렸다.

자식 앞에서 목숨을 끊은 엄마의 일이 별스러운 사건이 아닐 수도 있다고. 누구나 인생에서 겪을 수 있는 일이니 대범해지라고. 세상은 나를 발톱의 때처럼 여기고 있으니, 나도 이 세상을 개무시하며 살면 되는 거라고.

꼬리를 물고 이어진 생각 끝에, 준은 뜻밖의 결론도 하나 얻을 수 있었다.

그림 355

어쩌면 이 남자는 자신보다 더한 고통을 겪으며 살아온 게 아닐까. 그래서 제 무거운 입이 이 남자 앞에서만 열렸던 게 아닐까 하는.

"한 시간 조금 넘게 걸렸어요."

준은 미뤄 왔던 답을 말했다. 남자는 손이 꽤 빠르다며 놀랍다는 눈빛을 보냈다.

"보고 그린 거라서요."

예상치 못한 남자의 반응에 준은 귓불을 붉혔다. 남자는 괜찮은 아르바이트가 있다며 그의 휴대폰을 건넸다. 준은 순순히 남자의 휴대폰에 제 번호를 찍었다.

"그림 그리는 일이에요?"

그렇다는 남자의 대답에 준은 난감한 얼굴로 시선을 내렸다.

"선생님께 배운 거 아니에요. 혼자서 따라 그린 게 다인데."

"그거면 충분하지."

준에게 휴대폰을 돌려받은 남자가 간결하게 답했다. 무슨 일을 하는 거냐고 물으려 했는데 교복 바지 주머니에서 진동이 느껴졌다.

"내 번호."

휴대폰을 꺼낸 준이 남자의 번호를 저장하려다가 물었다.

"뭐라고 불러 드릴까요? 형? 아니면 아저씨?"

남자의 잘빠진 눈썹이 확 찌푸려졌다. 둘 다 마음에 안 든다는 뜻이었다.

"벤."

벤, 이라는 남자의 이름을 머리에 새긴 준은 액정 위로 시선을 떨어트렸다. 손가락을 부지런히 움직여 'Ben'이라는 이름을 입력한 그는, 잠깐의 고민 끝에 '형'이라는 단어도 덧붙였다.

〔오늘은 전국이 대체로 맑고 포근하겠습니다. 하지만 주말에는 봄장마가 시작되겠는데요. 금요일인 20일 밤부터 구름이 많아지면서 주말 내내 비가 내릴 것으로 보입니다.〕

학교로 달리는 태평의 차 안에서 로지는 라디오를 들으며 차창 밖을 바라보고 있었다. 그녀의 시선은 연한 황백색 꽃을 피운 독특한 가로수에 닿아 있었다. 나무에 눈길을 빼앗긴 로지를 지켜보던 태평이 말했다.

"한국 토종 보리수나무예요. 나무의 씨앗 모양이 보리하고 닮아서 '보리수나무'라는 이름을 갖게 됐다는 설이 있는데."

때맞춰 신호가 빨간불로 바뀌자 차를 멈춘 태평이 조수석 쪽 차창을 내려 주었다. 열린 창 사이로 아찔할 만큼 달콤한 향기가 흘러들었다. 두 눈을 감고 숨을 크게 마시고 있는데 설핏 웃는 소리가 들렸다. 고개를 돌려 보니 태평이 제 얼굴을 빤히 보고 있었다.

"가을에 보리수나무 보러 갈까요?"

"……."

"그때쯤 붉은색 열매가 달리는데 맛이 좀 독특해요. 떫기도 하고 달기도 하니까."

그림 357

우리에겐 지금 이 순간만이 아닌, 내일도 있다는 걸 강조하는 태평의 눈동자엔 희미한 열기가 일렁이고 있었다. 그 눈빛에 로지는 언제나처럼 침묵으로 답을 대신했다. 답답할 수밖에 없는 그 침묵을 진득한 인내로 견디고 있던 태평은 다시 차를 움직였다.

　　창밖으로 고개를 돌린 로지는 그에게 하지 못한 말을 마음속으로 했다.

　　'네가 말했던 버터컵 꽃의 색깔이, 저런 노란빛일까 생각하며 보고 있었어.'

　　태평과 함께 출근하고 퇴근하기 시작한 지도 어느새 한 달을 꼬박 채워 가고 있었다. 그사이 하늘은 초봄을 완연한 봄으로 바꾸어 놓았다.

　　길어진 해는 온 세상 구석구석에 빠짐없이 온기를 전했고, 겨우내 죽은 듯 잠들어 있던 땅에서는 연둣빛 풀들이 움텄다. 그 사이로 붉고, 노랗고, 하얀 꽃들이 화려한 색감을 자랑하며 꽃망울을 터트렸다. 초록색 풀과 가지각색의 꽃들이 뒤섞인 봄은 현란하지만 어지럽지는 않았고, 고아하면서도 거만은 떨지 않았다.

　　찬란하고 푸근한 봄볕은 살얼음이 끼어 있던 로지의 마음에도 찾아들었다. 희찬이 고모의 집에서 살게 되면서 로지의 인생에도 비로소 한 줄기의 여유가 생겼기 때문이었다.

　　태평은 그 작은 틈을 능청스럽게 비집고 들어왔다. 처음에는 케케묵은 감정을 앞세워 날카롭게 굴더니, 같은 건물에 살게 된 이후부터 그는 따사로운 봄볕으로 변했다. 마치 나그네의 두툼한 겉옷을 벗긴 건 북풍처럼 찬 바람이 아니라 뜨뜻한 햇볕이었다는 전래 동화를 읽은 사람처럼.

다정해진 태평의 태도는 로지에게 작지만 의미 있는 변화를 일으켰다. 그 변화는 보이지 않는 곳에서 일어나고 있었다. 느슨해진 로지의 마음에는 하루에도 몇 번씩 태평과 쌓았던 추억들이 우르르 쏟아져 내렸다. 그것들을 억지로 막으려고 하면 괴로웠고, 피하려고 하면 태평이 로지 앞에 나타났다. 태평에게서 도망갈 수 있는 퇴로를 차단당한 로지는 자신의 머릿속을 헤집는 그를 내버려 두기로 했다.

오늘도 그런 날 중 하나였다. 로지는 봄기운이 물씬 오른 풍경을 눈에 담으며, 태평과 오토바이를 타고 도로를 누볐던 기억을 더듬고 있었다.

"일찍 도착했네요."

오토바이의 엔진 소리에 취해 있던 로지가 고개를 들었다. 어느새 두 사람을 태운 차가 학교 주차장으로 진입하고 있었다. 무릎 위에 올려 뒀던 가방을 어깨에 메고 내릴 준비를 했다.

"덕분에 편하게 왔어."

"잠깐만요."

태평이 봄바람에 흐트러진 로지의 머리카락을 살짝 건드렸다. 생각지 못한 스킨십에 로지의 몸이 작게 움찔거렸다. 무의식적인 행동이었는데 오해를 샀는지 태평은 한숨을 크게 뱉었다. 봄바람을 닮은 따뜻한 그의 숨결이 로지의 정수리 위에서 흩어졌다.

"이게 붙어 있어서요."

그림 359

그의 손끝에는 작은 풀잎이 매달려 있었다. 로지는 제 얼굴을 내리누르듯 보고 있는 태평의 눈동자를 피해 상체를 움츠렸다. 그 바람에 어깨에 메고 있던 가방이 스르륵 흘러내렸다. 그는 이번에도 아무 거리낌 없이 로지의 가방끈을 잡아 다시 어깨로 올려 주었다.

"……."

느리게 숨을 쉬고 있던 로지가 태평을 올려다봤다. 가방끈에만 머물 줄 알았던 그의 손가락이 연분홍색 니트 위로 드러난 제 목덜미를 스친 탓이었다. 그게 뭐라고, 잠잠했던 가슴이 빠르게 뛰면서 귓가에 울리는 심장 소리도 덩달아 커졌다.

"고마워."

무표정을 유지하며 말했지만 붉게 달아오른 얼굴은 숨길 수가 없었다. 태평의 눈이 돌처럼 굳어 움직이지 못하는 로지의 눈을 가만히 응시했다. 차창으로 비껴든 봄 햇살을 고스란히 맞고 있는 로지의 얼굴이 참, 예뻤다.

푸른빛이 감돌 만큼 깨끗한 흰자도, 숱 많은 속눈썹이 드리워진 동그란 갈색 눈동자도, 보리수나무 열매보다 더 붉고 달콤한 입술도. 할 수만 있다면 눈길이 닿는 곳마다 입술로 누르고 싶었다. 그 욕망은 곧바로 혈관을 타고 온몸으로 퍼져 갔다. 몸 어딘가에서 신체적인 흥분이 일어나는 게 느껴졌다. 그걸 감지하자마자 그의 검은 눈동자가 열기를 띠기 시작했다.

'네가 환히 웃는 걸 다시 보고 싶어. 내 옆에서 그림을 그리는 것도.'

언젠가 반드시 찾아올, 아니, 반드시 찾아오게 만들 날을 떠올리며 태평은 불이 막 붙기 시작한 욕망의 불씨를 진화했다.

"점심시간에 봐요."

"알았어."

조금 묘한 얼굴로 태평을 바라보던 로지는 가방에서 두유 한 팩과 에너지 바를 꺼내 그에게 내밀었다. 조수석 문이 닫히자마자, 태평의 입가에는 한숨인지 웃음인지 모를 것이 흩어졌다. 자신의 말한마디에 경계심을 풀고 순진무구한 얼굴을 되찾은 로지가 귀여워서 미칠 것 같았다. 게다가 아침까지 챙겨 줄 줄이야.

"달다, 참기 어려울 만큼."

나른해진 눈매를 느리게 접으며 태평은 두유를 한 방울도 남김없이 마셨다.

평안해진 일상과 달리, 로지의 학교생활은 중간고사를 앞두고 정신없이 돌아가고 있었다.

"오로지 선생님!"

노트북으로 '미술과 학습 활동 과정안'을 작성 중이던 로지가 고개를 들었다. 교무실 앞문 쪽에 앉아 있는 교사가 손을 들었다.

"밖에 선생님 찾는 애들이 와 있어요."

"저를요?"

의자에서 일어난 로지는 교무실 밖으로 나갔다. 시험 문제 출제

그림 361

기간에는 학생들의 교무실 출입을 엄격히 제한 중이었기에 학생과 교사의 만남도 교무실 밖에서만 이루어져야 했다.

"나를 찾아왔다고요? 무슨 일 때문인지."

로지는 자신 앞에 서 있는 세 명의 학생을 바라봤다. 모두 처음 보는 얼굴이었다.

"오로지 선생님, 갑자기 찾아와서 죄송한데요. 20분 정도만 저희 한테 시간 내 주시면 안 될까요?"

간절한 목소리로 부탁하며 학생들은 로지를 포위하듯 에워쌌다. 뭔지는 몰라도 복도에서 할 이야기는 아닌 것 같은 느낌에 일단 상담실로 가자고 손짓했다.

"시험 기간이라 다행히 아무도 없네요. 거기 앉아요."

로지의 안내에 학생들은 원형 테이블에 자리를 잡고 앉았다. 그리고 예의 바르게 자기소개부터 시작했다.

"저희는 '호정고등학교 소식지 편집부'인데요. 오로지 선생님을 인터뷰하고 싶어서요."

"나를요?"

갑작스러운 인터뷰 요청에 로지는 어색한 표정을 지었다. 그런 로지의 반응을 예상이라도 한 것처럼 동그란 안경을 쓴 여학생이 캔 커피 하나를 냉큼 내밀었다. 마른 목을 커피로 축인 뒤 로지가 다시 입을 열었다.

"나 말고 다른 선생님께 부탁하는 게."

고개를 내젓는 로지 앞에서 학생들은 두 손을 모으고 애원했다.

"이번 학기에 새로 부임한 선생님이 오로지 선생님밖에 안 계시거든요. 저희 고문 쌤이 꼭 오로지 선생님을 인터뷰하라고 했어요. 다른 쌤들은 전부 '고인 물'이라서 인터뷰해 봤자 건질 게 없다고요."

목적이 분명한 눈빛들이 로지의 얼굴로 하나둘 모여들었다.

"알겠어요."

마지못해 한 허락에 학생들의 얼굴은 단박에 밝아졌다. 그리고 로지의 마음이 변하기 전에 일을 해치우려는 것처럼 A4 용지 한 장과 펜을 번개처럼 들이밀었다.

"선생님, 정말 너무너무너무 감사해요. 저희 선생님 아니었으면 진짜 죽을 뻔했어요."

"가까이에서 보니까 더 예쁘시다. 1학년 애들 사이에서도 선생님 완전 유명해요."

"1학년 미술도 가르쳐 주시면 안 돼요? 선생님 수업 듣고 싶은데."

정신없이 속닥거리는 학생들 틈에서 로지는 질문지를 집어 들었다.

Q : '오로지 선생님'에 대해 잘 모르는 호정고등학교 친구들을 위해 간단한 자기소개를 부탁드려요. (ex. 나이, 출신 학교, 담당 과목, 담당 학년 등)

Q : 미술 선생님이 되신 이유는 무엇인가요?

Q : 타임머신을 타고 다시 고 1이 된다면 선생님은 뭘 하고 싶으신가요?

생각보다 많은 질문에 놀랐지만 로지는 성심성의껏 답안을 작성했다. 슥슥, 경쾌하게 움직이던 볼펜이 뒷장에 인쇄된 질문 앞에서

그림 363

멈췄다.

Q : 호정고등학교 조경사 '벤 맥어보이'와 선생님이 고등학교 선후배라
는 소문이 있는데 사실인가요? 사실이라면 그의 학창 시절은 어땠는지?
Q : 실례가 안 된다면 '벤 맥어보이'의 정확한 키, 몸무게, 나이를 알려
주실 수 있을까요? (여자 친구 유무도?)

로지는 천천히 숨을 들이켰다. 학생들이 자신을 찾아온 까닭을
그제야 알 것 같았다. 확연하게 달라진 로지의 분위기를 눈치챘는
지, 시끄럽게 떠들던 세 명의 학생 기자들은 일제히 입을 다물고 고
개를 내리 숙였다.

"이 질문은 나한테 할 게 아닌 것 같은데요."

감정이 실리지 않은 목소리였지만, 학생들의 앙큼한 수작을 지적
하려는 뜻은 명확히 전달된 것 같았다. 토마토처럼 얼굴을 붉힌 학
생들은 로지의 눈치만 봤다. 로지는 침묵을 무기 삼아 그들의 답을
기다렸다. 먼저 입을 열라고 서로에게 시선을 찔러 넣던 그들은 거
의 동시에 입을 열었다.

"기분 나쁘게 해 드려서 죄송해요. 그런데 그분 때문에 선생님을
찾아온 건 절대 아니에요."

"고문 쌤이 선생님 인터뷰하고 그분 인터뷰를 다 따 오라고 하셨
는데, 민준 선배님이 그분한테 가까이 가지도 못하게 해서."

"선생님하고 그분이 같이 점심 먹는 걸 봤거든요. 그런데 선생님

인상이 워낙 친절해 보이셔서……. 부탁하면 들어주실 것 같아서요."

자신을 찾아온 이유를 구구절절 털어놓는 학생들 앞에서 로지는 가벼운 한숨을 내쉬었다. 학생들에게 무슨 죄가 있나 싶었다. 죄가 있다면 남들 눈에 띌 만큼 잘난 태평과 민준에게 있고, 그런 두 사람과 매일 밥을 먹는 자신에게 있었으니까.

"다림예술고등학교에 다녔어요. 나이는 나보다 두 살이 어리고요. 졸업은 안 해서 졸업 앨범에 사진이 없을 거예요. 고등학교 1학년 때 영국으로 이민을 갔거든요."

학생들의 시선이 일제히 로지의 얼굴로 꽂혀 들었다.

"다림예고요? 와, 거기 완전 유명한 명문고 아니에요? 강유준 화가도 거기 나왔다고 하지 않았나?"

"맞아요. 그때도 키가 컸고 인기도 많았어요. 영어도 잘하고 운동도 잘했거든요."

로지가 화라도 내면 어쩌나 긴장했던 학생들은 언제 그랬냐는 듯 손뼉을 치며 호들갑을 떨었다. 로지는 학생들에게 알려져도 문제가 되지 않을 정보만 골라 신중히 말을 이었다.

"학교 정원을 관리하는 동아리에서 활동했어요. '꽃을 피우자'라는 동아리였는데."

특별한 이야기가 아니었지만 학생들은 태평이 한국에서 고등학교에 다녔다는 사실 하나만으로도 특종을 잡은 것처럼 크게 흥분했다.

"정말 고맙습니다. 소식지 나오는 대로 연락드릴게요."

배꼽 인사를 하는 학생들에게 로지도 가볍게 머리를 숙였다.

그림 365

차례대로 상담실에서 나가는 학생들의 뒷모습을 보고 있었는데.

"선생님."

문을 닫으려던 학생이 잡지를 건넸다. 로지는 그걸 물끄러미 바라봤다. 문화 예술 분야에 관심이 있는 사람들이 가장 즐겨 보는 〈The Art World〉였다.

"거기에 그분 기사가 있어요. 고문 쌤이 인터뷰 못 하면 그 잡지 기사라도 참고하라고 했는데 선생님도 한번 읽어 보시라고요."

"그래요?"

"네, 그런데 건질 건 별로 없었어요. 선생님이 해 주신 이야기가 훨씬 더 재미있고 좋았는데! 진짜진짜 감사합니다."

기쁜 표정을 한가득 지은 학생은 다시 한번 로지에게 인사를 하고 밖으로 나갔다. 상담실에 홀로 남겨진 로지는 천천히 잡지를 펼쳤다. 반질반질하게 코팅된 페이지를 한 장씩 넘길 때마다 심장이 콩닥콩닥 뛰었다. 얼마 지나지 않아 태평의 기사를 발견한 로지는 허리를 세워 앉았다.

서정적인 자연의 숲을 재현 중인 가드너를 키워 낸 사람들,

존 맥어보이와 이윤목 부부

식물과 나무가 가진 고유한 색과 형태를 살려 정원을 설계하는 디자이너가 있습니다. 그래서 그가 손을 댄 정원은 사계절 내내 아름답다는 공통점도 가지고 있습니다. 현재 유럽에서 자연주의 플랜팅 트렌드를 이끌고 있는 '벤 맥어보이(Ben McAvoy)'가 바로 그 주인공입니다.

화려한 그의 성과에 비해, 벤의 사생활에 대해 알려진 바는 거의 없습니다. 그 이유는 벤이 어렸을 적에 겪은 비극적인 사건과 관련이 있습니다. 벤의 친부모가 화재 사고로 목숨을 잃었던 날, 어린 소년이었던 벤도 영혼을 잃었기 때문입니다.

본지에서는 절망에 빠져 있던 소년을 다시 일으킨 분들과 독점 인터뷰를 했습니다. 과거에는 벤의 이모와 이모부였고, 현재는 그의 양부모가 된 '존 맥어보이(John McAvoy)'와 '이윤목(Yun Mok McAvoy)' 부부입니다.

기사 내용은 온통 태평의 이모와 이모부를 향한 찬사로 도배되어 있었다. 로지는 눈에 띄게 굳은 얼굴로 계속해서 기사를 읽어 내려갔다.

Q : 벤 맥어보이 씨를 입양하고 양육하셨을 때의 심경이 어떠셨는지요?

—존 맥어보이 : 아이라는 존재는 부모에게 천사와 다름없지요. 벤을 입양한 건 우리 가족에게 천사 한 명이 더 생긴 것과 같았습니다. 실제로 벤이 우리 막내가 된 이후, 가정에 좋은 일만 생겼거든요.

—이윤목 : 사랑하는 내 쌍둥이 언니가 남기고 간 자식이 벤이에요. 그 아이를 내 아들로 삼은 건 당연한 일이었죠. 벤이 어렸을 적에 상당히 예민했거든요? 그래서 친아들인 올리버보다 벤에게 더 많은 정성과 사랑을 쏟았어요. 올리버가 질투할 만큼요. 지금은 둘이 친형제보다 더 가까이 지내요. 하늘로 간 언니에게 부끄럽지 않은 동생이 되기 위해 최선을 다한 덕인 것 같습니다.

그림 367

Q : 벤 맥어보이 씨가 가드너가 된 이유로 양부모님을 꼽았는데, 이에 대해 어떻게 생각하시나요?

—존 맥어보이 : 벤이 가드너가 된 게 너무나 자랑스럽습니다. 사실 예술적인 감각이 남다르게 발달한 아이라는 걸 진작 알아챘어요. 그래서 우리 부부가 벤의 교육에 더 힘을 썼지요. 등록금이 상당히 비싼 예술 고등학교에 진학시켰으니까요. 제가 한 거라고는 벤이 학업에만 온전히 정신을 쏟을 수 있도록 도운 것밖에 없어요. 벤이 열여섯 살이었을 때 제가 목숨을 건 수술을 받았는데 벤에게 일부러 연락하지 않았습니다. 이미 친부모의 죽음으로 큰 상처를 입은 아이였기에 나만큼은 상처가 되고 싶지 않았거든요. 그때 꼭 살아서 우리 아들을 다시 보겠다는 각오로 수술대에 누웠죠.

—이윤목 : 벤이 가드너가 된 게 저희 덕분이라고 했다니, 너무 기뻐서 눈물이 나려 해요. 사실 우린 벤이 그저 건강하게만 자라 주었으면 했거든요. 아이가 가진 마음의 상처를 치유해 주고 싶어서 미술관에 데리고 다녔어요. 신체적으로도 건강했으면 해서 넉넉하지 않은 형편에도 벤의 취미 생활에는 아낌없이 투자했고요. 그게 벤을 유럽에서 가장 주목받는 가드너로 만든 원동력이었던 것 같아요. 벤을 행복한 아이로 키우고 싶었을 뿐인데 우리 바람보다 벤이 훨씬 더 멋지게 자라 줘서 감사한 마음뿐입니다.

Q : 앞으로 벤 맥어보이 씨에게 바라는 점이 있다면요?

—존 맥어보이 : 글쎄요. 이미 우리 부부에겐 과분한 아들이라 바라는 게 없어야 하는데, 소원이 하나 있다면 벤이 좋은 짝을 만나

행복하면 좋겠어요. 아들이 둘이나 있는데 둘 다 여자 친구를 단한 번도 집에 데려온 적이 없거든요. 조만간 올리버든 벤이든 여자 친구 좀 집에 데리고 오면 좋겠습니다. 근사한 와인 한 병을 마시며 온 가족이 축하해 줄 수 있도록요.

—이윤묵 : 저는 벤이 아니라 이 잡지를 보게 될 분들에게 부탁을 드리고 싶은 게 있어요. 지금보다 많은 분이 저와 우리 남편처럼 벤이 만든 정원을 보며 예술적인 영감을 얻었으면 합니다. 사실 그림의 '그' 자도 몰랐던 게 우리 남편인데, 최근 벤 덕분에 예술의 가치를 알아보기 시작했거든요. 그래서 얼마 전에는 강유준 화가의 그림도 한 점 소장하게 됐고요. 그리고 입양한 아이를 키우고 있는 수많은 부모에게 우리 부부가 좋은 예시가 되었으면 해요. 한국 속담에 '자식 농사만큼 어려운 게 없다'라는 말이 있는데, 남편과 제가 다른 농사는 몰라도 그거 하나만큼은 잘 해냈으니까요.

기사의 말미에는 네 사람이 함께 찍은 가족사진도 실려 있었다. 로지는 색이 바랜 사진에서 눈을 떼지 못했다.

'몇 살 때 찍은 사진일까?'

올리버의 허리춤 정도 오는 태평은 커다란 미소를 그리고 있는 가족들 틈에서 감흥 없는 눈으로 카메라 렌즈를 보고 있었다.

로지는 떨리는 손가락으로 사진 속의 태평을 어루만졌다. 이모와 이모부 이야기만 나오면 반감을 드러내던 태평이 기억났다. 최근에는 올리버와 그의 부모가 태평의 전 재산을 다 써 버렸다는 소식도

그림 369

전해 들은 뒤였다.

가슴에서 무언가가 왈칵, 치밀어 올랐다. 무표정한 태평의 얼굴이 어딘지 모르게 너무 슬퍼 보였다. 보이는 게 전부가 아니라는 걸 알고 있는 로지의 눈에는 그의 삭막한 눈빛이 되레 말할 수 없는 고통과 통증을 감추고 있는 듯 보였다.

지익ㅡ. 로지는 태평의 사진이 실린 페이지를 조심스레 찢어 냈다. 그리고 사진에 구김이 가지 않게 잘 접어 주머니에 넣었다.

열려 있는 상담실의 창문 너머로 새들의 노랫소리가 선명하게 넘어왔다. 그들의 부름에 응답이라도 하듯 자리에서 일어나 창가로 다가갔다. 인조 잔디가 아닌 천연 잔디가 깔린 운동장이 보였다. 그걸 보며 남은 커피를 마시려 할 때였다.

멍한 시야에 학교 도서관 건물 앞에 서 있는 태평이 보였다. 그의 옆에는 준도 함께였다. 준은 신이 난 얼굴로 열심히 떠들고 있었다. 언제부터인가 부쩍 가까워진 두 사람이었다. 창가 쪽으로 조금 더 몸을 붙였다. 상담실이 있는 건물과 학교 도서관이 마주 보고 지어진 탓에, 태평의 얼굴을 자세히 들여다볼 수 있었다.

'태평이가 저렇게 생기기도 했구나.'

늘 태평을 올려다봤었기에 그의 정수리를 보고 있는 게 조금 낯설었다. 준의 이야기에 열중하고 있던 그는 공사가 한창 중인 정원으로 가서 인부에게 무언가를 지시했다. 이마에 맺힌 땀을 닦는 태평을 보며 로지는 조용히 숨을 들이켰다. 어디선가 불어온 봄꽃 내음이 코를 간질였다.

여울져 퍼져 나가는 향기를 음미하며 두 눈을 느리게 뜨고 감았다. 눈꺼풀이 깜빡깜빡하고 움직일 때마다 태평의 얼굴이 사진처럼 담겼다. 그의 눈은 예전처럼 지금도 아름답게 타오르고 있었다. 한순간에 지독한 열기를 뿜어낼 수 있는 불꽃을 숨긴 채.

'그래서, 매일 그리고 싶었어.'

로지는 태평을 관찰하느라 시간의 흐름을 잊곤 했던 지난날의 자신을 떠올렸다. 뱃속에서 부글부글 끓어오르는 감정을 그림으로 토해 내지 않고는 잠을 잘 수 없었던 나날들을.

치익―.

어디선가 탄산이 터지는 소리가 들렸다. 고개를 내려 보니 캔 맥주를 들고 있는 태평이 보였다. 로지는 그제야 자신이 한참 전부터 그의 시야에 담겨 있었다는 걸 인지했다.

온 얼굴이 불이 붙은 것처럼 뜨거워졌다. 몸을 숨겨야 한다고 생각했지만, 누가 발에 못이라도 박아 둔 것처럼 꼼짝도 할 수 없었다.

2층 창가에 서 있는 로지를 올려다보며 그가 물었다.

"거기에서 뭐 해요?"

아무 말도 뱉지 못하고 그의 눈길만 고스란히 받아 냈다. 눈싸움을 하는 게 재미있었는지, 문득 태평의 명료한 눈빛에 웃음기가 어렸다. 냉랭했던 표정을 걷어 낸 그의 미소에 심장이 아우성을 치듯 격렬하게 뛰었다.

"선생님, 저도 커피 사 주세요!"

태평 옆으로 다가온 준이 뭐라고 말하는 게 보였지만, 로지의

그림 371

귀에는 웅웅거리는 소음이 되어 들릴 뿐이었다. 그만큼 모든 생각이 딱, 멈추어 버렸다. 할 수 있는 거라고는 눈 부신 해를 배경 삼아 그보다 더 환히 웃고 있는 태평을 바라보는 것뿐이었다. 어째서인지 온 감각이 그에게만 열려 있는 기분이었다.

'한 달이 넘게 아침, 저녁으로 꼬박꼬박 얼굴을 봐 왔는데, 왜 그동안은 보이지 않았던 걸까.'

태평과 시선을 마주하는 것 자체가 버거웠다. 그림을 그려 달라는 부탁을 거절할 때마다 불쾌감을 드러내던 그를 피하고만 싶었다. 그만큼 7년 만에 나타난 태평은 어렸을 적과 달라도 너무 달랐다. 도대체 무엇이 그의 피를 그토록 뜨겁게 달궜다가 차갑게 식히는 건지 이해하기 어려웠는데. 티끌 한 점 없는 태평의 미소가 혼탁한 로지의 마음을 맑게 비워 냈다.

'이제야…… 네가 보여, 아주 또렷하게.'

로지는 태평에게 시선을 고정했다. 그리고 입가에 옅은 미소를 올렸다.

"어? 우리 선생님 웃는 거 처음 본다!"

자신을 놀리는 듯한 목소리가 들렸지만, 로지는 웃는 걸 멈추지 않았다. 제 마음이 태평을 또다시 아프게 만들지도 모른다는 슬픈 예감이 엄습했지만, 그래도 꿋꿋이 웃었다. 매일 로지 앞에서 미소를 짓던 그의 마음을 그 누구보다 잘 알고 있었으니까.

태평은 로지에게 질 수 없다는 듯 더 힘껏 웃었다. 온 마음을 담아 만든 그의 미소는, 7년 만에 로지가 찾은 태평의 진짜 미소였다.

4. 전시회

　세면대 앞에 선 태평은 찬물을 받아 얼굴에 끼얹었다. 후끈거리던 뺨의 열기가 빠르게 식었다. 앞머리에 묻은 물기를 대충 털어 낸 뒤 욕실 밖으로 나갔다.

　녹슨 철제 계단을 내려가야 나오는 어두컴컴한 반지하 방과 달리 지금 그가 서 있는 빌라는 온 집 안이 불을 켜지 않아도 환했다. 거실의 와이드 창을 통해 쏟아져 들어온 햇살 덕이었다. 따가운 햇볕을 피해 주방으로 걸어간 그는 냉장고에서 생수 한 병을 꺼냈다. 벌컥벌컥 물을 들이켜고 있는데, 문자 알림음이 들렸다.

[방금 준이도 픽업했어. 30분 뒤에 도착할 것 같아.]

창수의 문자였다. 빈 생수병을 쓰레기통에 버리고 거실로 걸음을 옮겼다. 최신식 가전제품이 빌트인으로 되어 있는 주방이 모던한 느낌이라면 거실은 한층 안락하고 편안해 보였다. 곳곳에 배치된 가구와 원목 책장 덕이었다. 태평은 시선을 내려 제 앞에 있는 분홍색 소파를 바라봤다. 이윽고 그의 손끝이 보드라운 촉감을 자랑하는 소파를 느릿하게 쓸었다. 어딘가 애정이 듬뿍 느껴지는 손길이었다. 이 집에서 그가 직접 구매한 건 이 소파와 침실에 있는 킹 사이즈 침대뿐이었기에.

소파를 보던 눈을 떼어 내고 주변을 둘러보았다. 창수가 오기 전까지 뭘 하며 시간을 보낼까 고민하던 그는 입꼬리를 살짝 휜 채 마스터 룸 옆에 있는 비밀의 방으로 걸었다. 본래 금고를 비롯한 귀중품을 보관하기 위해 만들어진 방은 현재 그 목적에 충실하고 있었다. 방문 앞에 서서 지문 인식 도어 록에 검지를 댔다. 자동으로 문이 열린 방 안은 빛을 완벽히 차단해 매우 어두웠다. 스위치를 건드려 조명을 밝혔다.

⟨The flames of the fire⟩

보스니아산 호두나무로 만든 이젤 위에는 아름다운 흑백 영화의 한 장면 같은 그림이 놓여 있었다. 태평이 그토록 보고 싶어 했던,

그리고 애타게 찾아 왔던 로지의 그림이었다.

그는 그림 속의 제 얼굴을 뚫어져라 바라봤다. 깊은 잠에 빠진 소년은 별다른 표정을 짓고 있지 않았음에도 경건하고 우아한 분위기를 자아냈다. 이유는 소년을 둘러싸고 있는 검은색 불길 때문이었다. 버드나무를 태워 만든 목탄으로 그린 불꽃에는 생동의 빛이 감돌았다. 한때 목탄이 살아 숨 쉬는 나무였을 때의 삶을 투영하는 것처럼.

그 누구도 따라 할 수 없는 화가의 유일무이한 힘과 자신감이 느껴지는 그림이었다. 죽은 나무에 불과한 목탄으로 시뻘건 불길이 보이게 하고, 군더더기 없는 스케치만으로 약동감을 줄 수 있는 건 오로지만 가진 재능이었으니까.

눈을 감은 태평은 뻐근한 눈가를 손끝으로 꾹꾹 눌렀다. 미약한 통증과 함께 한 달 전의 일이 떠올랐다. 창수와 같이 민영의 집을 찾았던 날이었다.

'이 그림이 네가 찾는 그림 같아.'

민영은 방에서 그림 한 점을 가지고 나왔다. 보관한 지 2년 정도 된 로지 그림인데 그간 단 한 번도 포장을 뜯지 않았다고 말하면서.

'보건실에서 너하고 만난 다음 날, 내가 보관하고 있던 이 그림이 어떤 그림이었는지 알아냈어. 정민하 선생님한테 연락했거든.'

기억에 없는 선생님 이름이었기에 태평과 창수는 아무 대답도 하지 않았다. 민영은 너희가 잘 모를 수밖에 없는 선생님이라며 차분하게 말을 이었다.

'로지를 예뻐했던 3학년 미술 담당 선생님이셨어. 그 선생님이 이 그림을 보관하고 있다가 나한테 전해 주셨고. 나는 이게 로지가 영국으로 보내려고 했던 그림인 줄은 몰랐어. 그냥 학교에서 그린 그림인 줄 알고, 아무 생각 없이 가지고 있었는데.'

선생님과 긴 통화 끝에 민영이 알아냈다는 사실은 아무도 예상하지 못했던 사건이었다.

정민하 선생님은 로지가 학교에서 사라졌을 당시, 영국 예술 문화원으로부터 뜻밖의 소식을 전해 들었다. 학교를 그만둔 학생은 '브리티시 내셔널 갤러리'에 작품을 걸 수 없다는 거였다. 그리고 문화원에 보냈던 로지의 그림도 학교로 되돌아왔다.

그림을 어떻게 해야 하나 고민하던 선생님은 로지의 아버지에게 연락을 해 봤지만 아무 소식도 들을 수 없었다. 그러던 중 어떤 남자 둘이 학교로 그녀를 찾아왔다. 강유준 화가의 문하생이라고 소개한 그들은 오로지 학생의 그림을 영국에 전시할 수 있도록 도와주겠다며 문화원에 제출했던 그림을 달라고 부탁했다. 강유준 화가가 로지를 대단히 아끼고 있다는 걸 수차례 강조하면서.

'선생님은 그게 말이 안 된다고 생각하셨대. 문화원에서 거절한 작품을 개인이 어떻게 걸겠나 싶어서. 그것도 그렇고 로지의 그림 전시가 취소됐다는 게 알려지자마자 찾아온 것도 마음에 걸렸다고.'

의심을 거두지 못한 선생님은 결국 선의의 거짓말을 했다. 그들에게 로지의 아버지가 이미 학교로 찾아와 그림을 받아 갔다고 둘러댄 것이다. 그리고 로지의 그림을 개인 창고에 보관하기로 했다.

마침 그녀가 기간제 교사를 그만두고 네덜란드로 유학을 가게 되었기 때문이었다.

'수능이 끝난 뒤에 선생님이 나한테 연락을 하셨다는데, 그걸 못 받았어. 그맘때 내가 집에서 독립했거든. 전화번호고 뭐고 다 바꾸는 바람에. 그러다가 2년 전에 SNS로 연락이 돼서 저 그림을 내가 보관하게 된 거야. 선생님이 지금 네덜란드에 계시는데 당분간 한국에 돌아올 계획이 없다고 하셔서.'

고마운 사람들의 도움과 노력으로 그림을 되찾았던 날, 태평은 로지를 향해 품었던 크고 작은 원망을 모두 버렸다. 지저분한 감정을 깨끗하게 비워 낸 자리는 다시 로지로 메워 나갔다. 그의 일거수일투족은 전부 로지를 위한 것이었다. 출퇴근길에 로지가 편히 졸수 있도록 더 조심히 운전했고, 급식실에서는 로지가 좋아하는 반찬을 일부러 많이 받아 왔다. 학교에서 일하다가도 틈만 나면 로지의 기분이 어때 보이는지 준에게 묻기도 하면서.

타인의 눈에는 사소한 것처럼 보일 수도 있지만, 태평에게는 그 무엇과도 비할 수 없는 소중한 일상이었다. 7년 전, 그가 지켜 주고 싶었던 로지의 평온한 삶이 바로 이런 거였으니까.

띵동—.

길게 이어진 현관문 벨 소리에 태평이 몸을 돌렸다. 기다리던 손님들이 도착한 모양이었다. 방에서 나온 그는 인터폰 모니터에 시선을 주지 않고 곧장 현관으로 향했다. 손수 문을 열어 준 태평을 보자마자 창수가 활짝 웃었다.

"집이 아니라 무슨 스튜디오 같은데? 세대별로 엘리베이터가 따로 있다니, 근처에 혹시 연예인도 살아?"

창수의 뒤에 서 있던 민영도 미소 지었다.

"그러게, 이런 빌라를 놔두고 반지하가 웬 말이니. 천하의 김태평이 그런 데서 살 줄은 몰랐다."

민영을 따라 들어온 준도 질 수 없다는 듯 한마디 보탰다.

"와, 형! 이거 자가 아니죠? 이런 빌라는 월세가 얼마나 하지?"

신발을 벗자마자 세 사람은 각자 알아서 집 구경을 하기 시작했다. 태평은 피식 웃으며 주방으로 걸었다. 찬장을 열어 커피 캡슐 네 개를 꺼낸 그는 아이스 아메리카노 넉 잔을 만들어 거실로 가져갔다.

"시럽은 없어요."

테이블에 쟁반을 내려놓은 태평이 탄력감이 좋은 가죽 소파 위에 앉았다. 그를 따라 자리를 잡고 앉은 세 사람은 잠시 향이 진한 커피를 음미했다. 배려가 몸에 밴 친구답게 창수는 모두의 커피가 반쯤 비워지길 기다렸다가 본론을 꺼냈다.

"전시회 일정은 정확히 언제로 잡을까? 팸플릿이랑 포스터 준비를 슬슬 해야 해서."

태평은 즐거운 얼굴로 대답했다.

"4월 23일부터 25일."

날짜를 말하자마자 창수와 민영이 당황한 표정을 지은 반면, 준은 환호성을 질렀다.

"형, 날짜 한번 대박적으로 잡았네요. 우리 학교 봄방학이랑 딱, 겹치네! 학교 애들도 다 데리고 갈까요? 사람은 많으면 많을수록 좋은 거 아닌가?"

안타깝게도 준의 질문에 답해 줄 사람은 없었다. 태평의 얼굴을 빤히 바라보던 민영이 심각하게 물었다.

"일정을 조정하는 게 낫지 않겠어? 23일부터 25일까지라면 〈월드 아트 페어〉가 열리는 기간이잖아. 그러면 로지 그림이 완전히 묻힐 텐데. 기자건 관람객이건 그쪽에만 몰릴 거 아니야."

창수도 민영의 의견에 동의한다는 듯 고개를 끄덕였다. 두 사람의 우려는 당연했다. 〈월드 아트 페어〉는 4년마다 전 세계 도시 중한 곳을 선별해 열리는 초대형 축제였으니까.

'미술계의 월드컵'이 개최되면 각국의 미술계를 주도하는 갤러리 관장과 컬렉터들이 전세기를 타고 모여들었다. 이들은 행사 기간 내내 은밀한 파티를 열었다. 돈으로 환산하기 어려운 고급 정보를 교환하기 위해서였다. 그 정보는 대개 소장 가치가 있는 작품을 탐색하거나, 후원할 만한 작가를 찾는 것에 집중되었다.

이런 의미에서 〈월드 아트 페어〉는 현존하는 모든 아티스트들이 죽기 전에 꼭 한번은 참여하고 싶은 행사였다. 회화와 조각뿐 아니라 폭넓은 장르의 예술품을 전시하는 〈월드 아트 페어〉가 기성 화가에게는 명예의 전당이자, 신인 화가에게는 제 이름을 알릴 수 있는 등용문이었다.

"일부러 그 날짜로 잡은 거예요."

덤덤한 태평의 대답에 창수와 민영의 고개가 삐딱하게 기울었다.

"일부러라고? 왜?"

창수의 되물음에 태평의 입꼬리가 길게 휘었다.

"〈월드 아트 페어〉에 강유준이 나타날 테니까."

강유준이라는 이름에 이번엔 준이 놀라 물었다.

"강유준이요? 요즘 내가 만나고 있는 그 강유준 말하는 거예요?"

준의 질문에 안색이 하얗게 질린 창수가 대뜸 물었다.

"준, 너 강유준을 알아? 설마 둘이 친분이라도 있는 거야?"

준은 제가 말실수라도 한 건 아닌가 싶어 태평의 눈치만 슬슬 봤다. 그런 두 사람을 번갈아 바라보던 창수가 긴장한 목소리로 말했다.

"그림을 좋아하는 학생이라고 했잖아. 집 근처에 다닐 만한 화실이 없다고 유채 화랑 화실을 빌려 달라고 하더니. 우리 화랑에 들락거리던 준이 강유준을 만나고 있다고? 태평아, 너 도대체 무슨 꿍꿍이야? 우리 누나들이 준을 얼마나 예뻐하고 있는데."

정신없이 따져 묻는 창수의 목소리에 태평이 눈살을 찌푸렸다. 자세히 설명하는 게 귀찮아 대충 말해 뒀던 게 친구에게 큰 혼란을 준 것 같았다. 그 원인이 제게 있기에 바로잡아야 할 사람도 자신밖에 없었지만.

"준, 네가 설명해."

만사가 귀찮았던 태평은 준에게 제 할 일을 미뤘다. 아직 이 사태를 정확히 파악하지 못한 준은 어깻짓을 하며 입을 열었다.

"3주 전이었나? 벤 형이 저한테 강유준 특강에 다녀오라고 시켰어요."

준은 스케치북을 들고 서울의 한 예술 대학에서 주관한 〈세상을 바꾼 화가 : 강유준 특강〉에 참석했다. 그리고 태평이 주문한 대로 강연이 끝난 후 강유준을 따로 찾아갔다. 그의 앞에서 준은 자신을 고졸 출신의 피자 배달원이라고 소개했다.

"강유준한테 내가 그린 그림 좀 봐 달라고 했어요. 그림 같은 건 배워 본 적이 없지만, 앞으로 그림으로 밥벌이를 할 수준이 되는지 알고 싶다고 하면서요."

말을 멈춘 준은 커피를 꿀꺽 마셨다. 그 잠깐도 참기 어려웠는지 민영이 뒷말을 재촉했다.

"그래서? 강유준이 뭐라고 했는데?"

준은 태평 쪽을 힐끔 보며 대답했다.

"힘들겠다고 하던데요? 기본기도 부족하고 개성도 없는 그림이라고요. 그냥 하던 일이나 계속하라고 했어요."

긴장한 표정으로 준의 목소리에 집중하고 있던 민영이 투덜거렸다.

"뭐야, 무슨 대단한 일이라도 꾸미고 있는 줄 알았더니. 김태평! 강유준 근황이 알고 싶었으면 나한테 말하면 되지. 뭐 하러 학생한테 염탐까지 시켜? 우리 이모한테 전화해서 알아봐 달라고 했으면 되는 문제를."

준은 두 손을 크게 흔들며 고개까지 저었다.

"아니에요. 벤 형이 예상한 그대로 흘러갔어요. 강유준이 처음에는 제 그림을 후려칠 거라고 했거든요. 그러면서도 번호는 물어볼 거라고요. 근데, 진짜 제 번호를 물었어요. 와, 나 그때 진짜 소름 돋았는데."

아직 본론은 시작도 하지 않았다는 준의 말에 창수마저 관심을 보였다.

"그래서? 강유준한테 연락을 받았어?"

당시의 일이 떠오르기라도 했는지 준은 한 손으로 입을 가리고 키득거렸다.

"벤 형이 밀당을 좀 하라고 해서요. 폰 죽여 놓고 한 3일 정도 잠수를 탔거든요? 그리고 전원을 켰는데 부재중 전화만 30통이 뜨고 문자는 50개가 넘게 와 있더라고요."

"말도 안 돼. 강유준이 너한테 그렇게 많이 연락했다고?"

민영의 놀란 목소리에 준이 다시 낄낄댔다.

"네, 벤 형이 잠수를 오래 타면 탈수록 연락이 많이 올 거라고 했는데 진짜 그랬어요. 나한테 전화해서 그러더라고요. 제가 미술에 재능은 없지만 열정은 그 누구보다 큰 것 같아서 인상 깊었대요. 그래서 자기가 도와주고 싶다고 하더라고요. 대학 학비를 대 줄 테니까 열심히 공부해서 고등학교 미술 선생님이 되라고 했어요. 제가 가진 재능이 딱, 그 수준까지라고 말하면서요."

"으응? 강유준이 학비를 대 준다고 했다고? 김태평! 너 설마 준이 이용해서 강유준한테 삥이라도 뜯은 거야? 겨우 몇백 받아 내려고 준한테 그런 짓을 시켰어?"

강유준을 가만두지 말라고 했던 민영은 고작 그 푼돈 때문에 학생을 이용했냐고 소리쳤고.

"인마! 강유준이 후원하겠다고 나선 걸 보면 준 실력이 제법인가 본데, 그러면 다른 교수한테 연결해 줘야지. 왜 강유준한테 보냈어? 너, 정신이 어떻게 된 거 아니야?"

바른 생활 사나이 창수는 준의 앞날을 가장 먼저 걱정했다. 두 사람의 원성에도 태평은 한가롭게 침묵만 유지했다. 그제야 사태의 심각성을 깨닫게 된 준이 날카롭게 물어 왔다.

"뭐예요? 형! 나한테 뭔가 다른 역할이 있었던 거예요? 내가 한 게 그냥 알바가 아닌 것 같은데?"

두 눈을 갸름하게 뜬 준은 태평의 얼굴을 샅샅이 훑었다. 창수도 질세라 준을 거들고 나섰다.

"태평아, 사람 좀 그만 바보로 만들어라. 이만하면 우리 모두 충분히 놀라고 당황한 거 아니야? 오늘 할 이야기가 있다고 부른 건 너잖아."

친구의 진지한 책망에, 태평이 비식 웃으며 입을 열었다.

"준, 네가 누구 그림을 강유준한테 보여 줬다고 생각해?"

묻기는 준에게 물었는데, 창수와 민영의 얼굴이 돌처럼 굳었다. 두 사람 모두 짐작도 못 했던 게 분명했다. 준이 강유준에게 제 그림이 아닌, 다른 사람의 그림을 보여 줬다는 사실을. 창수와 민영의 표정 변화까지 살필 여유가 없던 준은 멀뚱한 얼굴로 대답했다.

"재능이 엄청 뛰어난 무명 화가 그림 아니에요? 유명한 화가 거면 강유준이 금방 알아봤을 테고, 실력이 없는 사람의 그림이라면 나한테 연락을 안 했을 테니까. 아, 말이 나와서 말인데 저 이번에 진짜 힘들었어요. 형이 준 그림, 누가 그린 거예요? 역대급으로 따라 그리기 어려웠단 말이에요. 기교 문제가 아니라, 뭐랄까, 감성이 남다르다고 해야 하나? 특히, 그 그림이요! 오토바이하고 장미꽃 그림! 내가 고흐 그림도 두 시간 만에 복사할 수 있는데, 그건 24시간도 모자랐다고요.”

준은 아무래도 아르바이트비를 더 받아야 할 것 같다고 궁시렁댔다. 어느 순간부터 준의 목소리를 흘려듣고 있던 민영이 허공에 두었던 시선을 천천히 태평 쪽으로 돌렸다. 그리고 준의 수다를 가로막으며 말했다.

“……로지, 그림이구나.”

순식간에 네 사람을 둘러싸고 있던 공기의 흐름이 일제히 멈췄다. 무겁게 내려앉은 정적 속에서 태평은 미소를 떨어트리지 않은 얼굴로 말했다.

“네, 열아홉 살 때 그렸던 그림이었어요.”

태평을 바라보는 세 쌍의 눈동자가 춤이라도 추는 것처럼 심하게 흔들렸다. 바보 같은 표정을 짓고 있는 사람들에게 그는 삐딱한 말 한마디를 덧붙였다.

“강유준을 잡으려면 당연히 오로지 선배를 미끼로 던져야죠.”

창수는 해괴한 생명체를 보듯 태평을 바라봤고 민영은 머리가 아픈지 손끝으로 관자놀이만 세게 눌렀다. 두 사람의 예사롭지 않은 반응에 준이 한껏 높아진 목소리로 소리쳤다.

"잠깐만요. 그 사진 속 그림이 선생님 그림이라고요? 그럼 내가 우리 선생님 그림을 베껴서 강유준한테 팔아먹은 거예요? 이런 뭣 같은!"

태평은 말없이 창밖으로 시선을 던졌다. 이 자리에 모인 사람들에게 앞뒤 상황을 이해할 시간이 필요하다는 판단에서였다. 늦은 오후였지만 집에서 바라본 하늘은 아침에 봤을 때처럼 화창하고 맑았다. 마치 로지와 처음 만났던 그날처럼.

"왜 대답을 안 해 줘요. 답답해 미치겠네! 내가 어쩌다가 우리 선생님 그림을 강유준한테 배달했냐고요!"

준이 재차 물었지만 태평의 입은 꿈쩍도 하지 않았다. 곧 숨이 넘어갈 것처럼 씩씩대는 준을 위로한 건 창수였다. 그는 준의 어깨를 가볍게 두드리며 과거에 있었던 일을 설명했다.

"오로지 선배님, 아니, 선생님이 고등학생 때, 강유준의 화실에 다녔어. 그때 강유준이 선생님의 그림에 허락도 없이 손을 댄 적이 있었거든. 그것뿐만이 아니라 선생님이 그린 그림을 베껴서 자기 그림인 것처럼 발표했고."

잠시 뜸을 들인 창수는 민영의 얼굴을 훔쳐봤다. 시립 미술관에 걸린 강유준의 그림 〈A Frozen Tree〉도 로지 선배의 그림이라는 걸 민영은 최근 태평에게 들어 알게 됐다. 그날 창수와 민영은 사귄 이후 처음으로 말다툼이라는 걸 했었다. 창수가 여태껏 그 사실을 비밀로 해 왔다는 것에 민영이 큰 배신감을 느꼈기 때문이었다. 창수는 자신이 왜 그걸 말하지 못했는지를 처음부터 끝까지 설명해야 했다.

'나도 작은누나가 시립 미술관에서 일하지 않았다면 몰랐을 거예요. 내 돈과 시간이 아까워서라도 강유준 그림이라면 피해 다녔으니까. 〈A Frozen Tree〉를 보게 됐던 날도 긴가민가했어요. 태평이가 찢어 버린 로지 선배 그림이 어떤 그림이었는지 제대로 기억나지 않았거든요. 그냥 빨간색 태양이 서너 개 정도 떠 있는 그림이라고만 알고 있었는데, 강유준 그림에 태양 수십 개가 별처럼 찍혀 있어서.'

그래도 민영의 오해는 쉽게 풀리지 않았다. 답답하고 억울했던 창수는 끝까지 숨기고 싶었던 마음까지 다 말해 버렸다.

'과거로 돌아가도 나는 누나한테 끝까지 비밀로 했을 거예요. 말해 봤자 뭐 하겠어요? 로지 선배 일이라면 늘 마음 졸이는 누나 가슴만 찢어졌을 텐데. 그러면 내 가슴도 멀쩡하지 않았겠죠. 강유준 뺨 한 대도 제대로 때릴 수 없는 내 처지를 비관하면서요.'

조금 언성을 높이기는 했지만 결과만 놓고 보면 두 사람에게는 꼭 필요했던 싸움이었다. 격렬한 다툼 뒤에 나누는 포옹만큼 뜨겁고 달콤한 게 없다는 걸 처음으로 알게 된 날이었으니까.

짧은 회상을 끝낸 창수는 준에게 현재 시립 미술관에 걸려 있는 강유준의 그림도 오로지 선생님의 그림이라고 설명했다.

"알고 있는지 모르겠지만 강유준의 인생에는 단 두 점의 그림밖에 없어. 그를 혜성처럼 등장시킨 〈사계〉와 화가로서 절정을 맞게 해 준 〈A Frozen Tree〉. 두 그림 다 오로지 선생님의 그림인 〈모성애〉와 〈뜨거운 얼음〉이라는 작품을 모방한 거야. 그런데 그걸 증명할 원작이 없다는 것과 지금 네게 말해 준 이 사실을 여기에 모인 우리만 알고 있다는 게 비극이지."

한동안 말을 잊고 있던 준이 자리에서 벌떡 일어났다.

"형! 강유준이 왜 나한테 연락했을까요? 내가 보여 준 게 선생님 그림이라는 걸 알아본 거 아니에요? 만약 그런 거라면."

"아니."

팔짱을 낀 채 밖을 보고 있던 태평은 준의 추측을 단박에 잘랐다. 드디어 말문을 뗀 그에게 세 사람의 시선이 일제히 날아들었다. 그중 민영의 입이 가장 먼저 열렸다.

"강유준한테 로지의 어떤 그림을 보여 준 거야? 강유준도 알고 있는 그림을 보여 줬어? 경고라도 하게? 누군가는 당신이 지난날에 한 일을 알고 있다고?"

민영은 제게 녹취 파일이 하나 있다며 태평을 돕겠다고 나섰다. 지금이라도 로지의 그림을 훔쳐 간 사람을 응징할 수만 있다면 뭐든 하겠다면서.

태평은 천천히 고개를 흔들었다.

"아직은 그럴 필요 없어요. 강유준은 모르는 그림이니까."

"모르는 그림? 선배가 학교 다닐 때 그린 그림이라며. 강유준 화실에서 그린 거 말고 다른 그림이 있었어? 준이 사진을 보고 그렸다더니, 네가 직접 찍은 거야?"

시선을 내리깐 태평은 친구의 질문에 그렇다고 대답했다. 로지가 그린 거라면 뭐든 사진으로 찍어 두었던 그였다. 땅바닥에 끼적인 낙서도, 카페에 앉아 그린 스케치도, 자신의 집에서 완성한 수채화와 유화들도. 그중 몇 점을 골라 준에게 그리라고 지시했다. 로지의 아이디어는 살아 있지만 로지가 그린 그림이라는 건 숨기기 위한 전략이었다. 그래야 영악한 강유준이 한 치의 의심 없이 달려들 테니까.

"그런데 강유준이 왜 뜬금없이 그림에 욕심을 내는 거지? 이미 화가로서는 생명이 끝난 사람이잖아. 작년엔가? 이모한테 듣기로는 교수 생활에 만족하고 있다던데. 학생들이 워낙 착하고 순수해서 강유준을 무슨 아이돌 가수 바라보듯 한다나 봐."

민영의 중얼거림에 창수도 고개를 끄덕였다. 그도 그럴 것이 〈사계〉와 〈A Frozen Tree〉 이후 발표한 강유준의 작품은 전작보다 못하다는 혹독한 평가를 받았고, 그는 자연히 대중의 관심에서도 멀어졌다. 예술가로서의 명성과 상품성을 잃은 강유준은 반강제로 은퇴를 선언한 뒤 대학 강단에 서고 있었다. 그것만이 그의 마지막 남은 자존심을 지킬 유일한 방법이었다.

태평은 편안한 자세로 소파에 등을 기댄 채, 모두를 향해 입술을 열었다.

"욕심을 버리지 못했으니까, 미대 교수가 됐겠죠. 도둑질이라는 게 원래 처음이 어렵지, 두 번은 쉽잖아요?"

강유준이 제2의 로지를 찾기 위해 교수가 된 거 아니겠냐는 태평의 말에 경악에 찬 시선들이 그의 얼굴 위로 들러붙었다. 본격적인 이야기를 시작하기에 앞서 태평은 무릎 위에 팔꿈치를 얹고 손깍지를 꼈다.

"판을 깔아 줬어요. 그것도, 여기저기에서."

잠시 말을 끊은 그는 숨을 죽이고 있는 사람들의 얼굴을 차례대로 쳐다본 뒤 말을 이었다.

"영국에서는 '구작'인 〈사계〉가 다시 주목받게 만들어 줬고, 한국에서는 과거의 영광을 되찾게 해 줄 '장밋빛 신작'을 안겨 줬고."

허공에서 네 사람의 시선이 빠르게 맞부딪쳤다.

"판을 깔아 줬다고?"

의아한 얼굴로 태평의 말을 되뇌던 창수의 눈이 대번에 커졌다. 최근 읽었던 강유준 관련 기사가 머리를 스쳤다.

"데비지스 경매 말하는 거야? 〈사계〉가 12억에 팔렸다던?"

창수의 외침에 그를 보고 있던 민영의 시선이 태평의 얼굴로 옮겨졌다. 얼떨떨한 그녀의 표정에는 설마 태평이 그 경매 건과 관련되어 있냐는 의문이 드러나 있었다.

"우리 이모부가 샀어요."

테이블에 시선을 주고 있는 태평 앞에서 세 사람은 낭패감이 어린 표정만 지었다.

"존 맥어보이 씨가, 똥인지 된장인지를 찍어 먹어 봐도 모르는 위인이거든요. 얼마 전부터 아테크에 미쳐 살더니 강유준 그림에 투자했더라고요. 그것도 전 재산을 다 털어서."

창수와 민영은 그들의 시선을 태평의 얼굴에 박은 채 눈만 깜빡였다. 김태평이 강유준의 심장에 칼을 겨누고 있다는 건 알았지만, 강유준 뒤에 그의 이모부까지 세워 두었을 줄은 꿈에도 몰랐다.

"형 이모부요? 큰일 났네. 빨리 연락해야 하는 거 아니에요? 그런 똥 덩어리를 어떻게 12억씩이나 주고 사요!"

염려 섞인 말을 내뱉는 준에게 창수는 조용히 하라는 눈짓을 보냈다. 준은 제가 나설 자리가 아니라는 걸 깨닫고는 조용히 자리에 앉았다.

자연스레 거실에는 다시 적막이 찾아왔다. 초점이 흐려진 태평의 시야에 존 맥어보이와 이윤목의 얼굴이 떠올랐다. 어린 조카의 유산으로 꺼져 가는 생명도 구하고, 부도 직전에 몰렸던 사업도 살려 낸 사람들의 얼굴이.

'멍청한 올리버 새끼. 어차피 망할 사업, 그냥 내버려 뒀으면 되는 건데.'

태평은 입 안의 살점을 짓씹어 피를 냈다. 비릿한 액체를 삼킨 그는 소리 죽여 웃었다. 맥어보이 부부가 자신의 유산까지 털어 넣은 사업체를 정리했던 날이 생각났다. 아둔함만큼은 막대한 돈으로도 구제할 수 없다는 걸 증명한 부부는 그들의 무능함을 나라 탓으로 돌렸다.

「경기가 안 좋으니 대기업만 살아남을 수밖에 없지. 이왕 이렇게 된 거 남은 돈으로 런던에 집을 한 채 삽시다. 부동산만큼 돈을 불리기에 좋은 방법이 또 어디 있다고. 두고 봐요! 올림픽이 끝난 뒤에 우리 집이 과연 몇 배로 뛸지.」

일확천금을 노린 투기였지만 20억을 주고 샀던 집은 올림픽이 끝난 뒤 정확히 반 토막이 났다. 영국과 EU와의 관계가 파탄 난 탓이기도 했지만 이미 거품이 잔뜩 낀 집을 매매한 그들의 멍청함이 초래한 결과였다. 맥어보이 부부는 피눈물을 흘렸다. 그러면서도 재기하겠다는 야망을 버리지 않았다. 늘 그래 왔듯 '최소한의 투자'로 '최대한의 결과'를 꿈꾸면서. 헛바람만 잔뜩 든 맥어보이 부부에게 〈사계〉라는 그림은 그야말로 하늘이 내려 준 기회였다. 그들은 기꺼이 전 재산과 다름없는 10억짜리 집을 담보로 대출을 받았다. 그림을 그린 화가가 눈에 넣어도 아프지 않을 막내아들의 학교 선배였기 때문이었다.

「강유준이 벤의 지인이라면서요? 저는 둘이 그렇게 막역한 사이인 줄 몰랐어요. 벤하고 얼마 전에 통화했는데 조만간 강유준이 신작을 발표한다고.」

벤의 오랜 친구이자, 영국의 저명한 방송국 기자라고 밝힌 해리의 말 한마디는 그들에게 마음 놓고 투자해도 된다는 보증 수표와 다름없었다.

「그래요? 어쩐지, 우리 아들이 말도 없이 한국에 가서 놀랐는데.」

맥어보이 부부는 해리의 말을 아무 의심 없이 믿었다. 7년 전 영국으로 돌아온 벤이 유산 문제를 가지고 그 어떤 것도 문제 삼지 않았던 걸 되새기며. 전 재산을 다 털리고도 끽소리 하나 내지 않는 양자가, 그들에겐 급할 때만 찾게 되는 신보다 훨씬 더 믿음이 가는 존재였다.

말없이 얼음만 씹는 태평을 힐끔대던 창수가 조심스럽게 물었다.

"그 경매 건으로 강유준이 화제가 된 건 사실이지만 〈월드 아트 페어〉에 나타나긴 힘들지 않을까? 그동안 실적이 없어도 너무 없었잖아. 전 세계에서 고작 50명 정도만 참가할 수 있고 심사도 그만큼 엄격하다고 들었는데. 이미 참가 신청 기간도 끝났을걸? 게다가 준의 그림, 아니, 로지 선배의 그림을 또다시 자기 그림이라고 우긴다고? 그것도 전 세계 명사가 모인 자리에서? 불가능한 계획이라고 생각하지만, 그게 실현된다고 해도 걱정이다. 진짜 피가 거꾸로 솟을 것 같은데."

창수의 얼굴에는 우려가 가득했다. 강유준을 〈월드 아트 페어〉로 끌어내지 못한다면, 그리고 그가 로지 선배의 그림을 그려서 나오지 않는다면 허사가 되고 말 계획이기 때문이었다. 그 마음을 이해한다는 듯 민영이 테이블 위에 올려 둔 창수의 손을 가볍게 잡았다. 포개진 손에서 느껴진 떨림에 창수가 고개를 틀어 민영을 바라봤다. 민영은 잠시 말을 고르고 입을 열었다.

"나는 김태평이 세운 계획이 완벽에 가깝다고 봐. 이번 〈월드 아트 페어〉를 시립 미술관에서 주관하잖아. 시립 미술관 관장하고 강유준 어머니의 친분이 보통이 아니거든. 지금까지 강유준 어머니가 관장한테 보낸 가방값만 해도 수십억이 넘을걸? 뭣보다 강유준 그림이 지금 시립 미술관에서 전시 중이라니 더 소름이 끼친다. 그림이 그려지잖아. 시립 미술관의 간판 아티스트가 시립 미술관에서 주최하는 전 세계적인 행사에서 신작을 발표한다고 하면……."

태평은 테이블에 유리잔을 내려놓으며 냉소했다. 민영은 아직 모르는 듯하지만 그녀의 새아버지가 익명으로 〈월드 아트 페어〉에 가장 많은 후원금을 내놨다는 것까지 알게 되면 어떤 반응을 보일지.

그 순간 준의 흥분한 음성이 거실을 울렸다.

"저기요!"

모두를 주목시킨 준은 더는 못 참겠다는 얼굴로 말을 이었다.

"다들 제 존재를 잊으신 것 같은데, 저 여기에 있거든요? 설명 좀 해 달라고 하면, 하도 징징대는 애 취급을 해서 제가 알아서 이해를 해 봤어요. 정리해 볼 테니까 정정할 게 있으면 알아서 태클 걸어 주세요."

준은 태평을 마주 볼 용기가 없었는지 민영과 창수를 보며 웅얼거렸다.

"그러니까, 강유준이 오로지 선생님의 그림을 두 번이나 훔쳐서 그렸어요. 그걸로 우리나라를 대표하는 화가가 돼서 전 세계적으로 유명해졌고요. 그런데 우리 선생님이 그림을 끊는 바람에 강유준도 찌그러진 거죠. 베껴 그릴 그림이 사라졌으니까. 어떻게 이 위기를 극복할까 하다가 교수가 되기로 해요. 미대생 중에서 오로지 선생님 같은 원석을 발견할 수 있지 않을까, 기대하면서요. 그러다가 〈사계〉가 12억에 팔리면서 강유준이 화제의 인물로 떠올랐는데, 기가 막힌 타이밍에 〈월드 아트 페어〉가 열리게 된 거죠. 그것도 강유준의 지인이 운영하는 미술관에서요. 자, 말 그대로 판이 제대로 깔렸어요. 강유준에 대한 사람들의 관심이 하늘을 찔러요. 그간 강유준 엄마가 시립 미술관 관장한테 찔러준 명품 가방으로 입장권도 얻을 수 있어요. 이야, 이제 턱시도를 입은 강유준이 파티에 가서 짜잔 하고 그림을 보여 주면 꿀을 빨 텐데! 어라? 들고 갈 그림이 없네?"

자신이 없던 준의 음성에 서서히 힘이 실렸다. 그를 바라보는 창수와 민영의 따뜻한 시선 때문이었다. 기특하다고 칭찬이라도 보내는 듯한 두 사람의 눈빛에 준의 배에 없던 힘이 들어갔다.

"바로 그때 강유준의 눈앞에 피자 배달원을 가장한 메시아가 나타난 거죠. 그리고 피자가 아니라 그림을 배달했어요. 그냥 그림도 아니고, 눈이 돌아갈 그림을요. 보기만 해도 전율하게 되는 천재가 그린 그림을! 와아악! 내가 이런 알바를 하게 될 줄이야! 여자 꼬시는 것보다 더 짜릿하네!"

말을 채 마치기도 전에 준이 소리를 질러 댔다. 태어나서 이렇게 스릴 있고 통쾌한 순간은 처음이라며.

"강유준이 〈월드 아트 페어〉에서 하늘 높이 날아오르게 된 날, 그 자식이 베껴 그린 우리 선생님의 원작이 창수 형 화랑에서 전시되는 거잖아요! 와, 천국에서 지옥으로 한순간에 떨어지는 기분이 어떠려나? 이 엿 같은 새끼! 다른 사람도 아니고 감히 우리 선생님 그림을 훔치다니! 이건 단순한 절도가 아니죠! 한 사람의 영혼을 훔친 건데!"

창수는 이성을 잃고 날뛰는 준을 진정시킨 뒤 태평에게 한 소리를 잊지 않았다.

"그래도 이런 일에 학생을 끌어들인 건 너무했어. 준이 스무 살이라고는 하지만 아직 고등학생이잖아. 학생한테 그런 부도덕한 일을 시키다니 제정신이야? 차라리 나한테 부탁을 하지 그랬냐?"

창수의 훈계에 태평은 쯧, 하고 짧게 혀를 찼다.

"도덕 같은 소리 하고 있네."

"뭐?"

"도덕이란 편파적인 개새끼일 뿐이야. 누구나 따라야 한다고 주장만 해 놓고, 누구에게나 옳은 결과를 돌려주지는 않으니까."

태평의 이죽거림에 준은 '옳소'를 외쳤고, 창수와 민영은 서로의 시선을 교환하며 고개를 절레절레 흔들었다.

그 뒤로 네 사람은 마저 세워야 할 계획을 세운 뒤 소파에서 일어났다. 창수와 민영 그리고 준을 현관문 앞에서 배웅한 태평은 다시 거실로 돌아왔다.

"후우……."

숨을 최대한 길게 마시고 느리게 뱉었다. 긴장을 풀기 위해서였다. 계획대로 일이 진행되고 있었지만, 그는 이유 모를 불안감을 느끼고 있었다.

'강유준이 죗값을 치르게 된다면, 로지도 그림을 그릴 마음을 먹겠지.'

목련꽃처럼 희고 눈부셨던 로지를 떠올리며, 태평은 거치적거리는 불길한 감정들을 눌렀다. 부디 자신이 도덕 대신 택한 이 길이 로지를 옳은 곳으로 인도하기를 바라며.

샤워를 마친 로지는 수건으로 젖은 머리를 감싸고 화장실에서 나왔다. 얼굴에 로션을 바르자마자 라디오부터 찾아 틀었다. 졸음을 쫓기 위해서였다. 온몸이 피로로 절어 있었지만 오늘 안에 해야 할 일이 많았다. 저녁에 해야 할 일을 곰곰이 생각 중이었는데 시선이 방바닥에 놓여 있던 휴대폰에 닿았다. 씻는 동안 왔는지 미확인 메시지가 여러 개 떠 있었다.

[효자요양병원입니다. 어제 오제근 환자가 발작을 일으키고 자살 시도까지 했습니다. 위급한 상황은 넘겼지만 정신을 차릴 때마다 따님을 불러 달라고 애원하십니다. 오제근 환자에게 가족은 오로지 씨밖에 없지 않습니까? 바쁘시더라도 꼭 한번 시간을 내 주시어…….]

로지의 얼굴빛이 눈에 띄게 어두워졌다. 휴대폰을 들고 있는 오른손도 덜덜 떨렸다. 최근 몇 달 사이 요양원에서는 하루가 멀다 하고 문자를 보내오고 있었다. 내용은 같았다. 오제근과 로지가 부녀지간이라는 걸 강조하며 자식 된 도리를 해 달라는 게 요지였다.

'나한테 도대체 뭘 바라고 이러는 건지. 그것도 하필 지금.'

어느샌가 꽉 조여든 로지의 미간은 풀어질 기미가 보이지 않았다. 한 치 앞도 모르는 게 인생이라고는 하지만, 이런 뜻밖의 전개가 제 눈앞에서 펼쳐질 줄은 몰랐다. 한집에 살았을 때도 얼굴 한번 제대로 보기 어려웠던 사람이 시도 때도 없이 자신을 찾고 있다니.

로지는 자신의 무심함을 은근하게 꼬집는 문자를 여러 번 읽었다. 오제근이라는 이름 위로 시선이 미끄러질 때마다 온몸이 공포로 떨려 왔다. 마치 누가 혈관에 맹독을 주사한 것처럼 두려운 감정이 피를 타고 역류하는 기분이었다.

오제근 앞에서 무력했던 자신을 자책하던 마음이, 엄마를 죽음에 이르게 한 사람을 향한 원망으로 이어졌다가, 마지막엔 분노로 끝이 났다. 붕대를 감고 침대에 누워 있던 태평의 얼굴이 떠오르면서.

"그만."

로지는 경련을 일으키는 오른손을 주물렀다. 그리고 자신의 생각은 물론 몸까지 마비시키는 문자를 삭제했다. 그러자 기다렸다는 듯 다음 메시지가 떴다. 이번에는 납골당에서 온 문자였다.

[유재희 님의 안치 기간 만료가 임박하여 알려 드립니다. 기간 연장을 원하신다면 아래의 번호로 연락 부탁드리겠습니다. 연장비는……]

머리에 감겨 있던 수건이 풀려 바닥으로 떨어졌다. 축축한 수건을 주워 든 로지는 멍한 눈으로 허공만 더듬었다. 같은 날, 같은 시간에 받게 된 부모의 소식에 머리가 텅 비어 버린 기분이었다. 하얗게 표백된 머릿속에는 오직 한 가지 생각만 자리 잡고 있었다.

'그 사람이 죽으면, 끝이 날까.'

회색빛을 띤 우울감이 밀려오고 있을 때였다. 세 번째 문자가 날아왔다.

[똥개, 납치 중!]

로지는 액정만 빤히 응시했다. 발신자가 태평이라는 걸 확인하자마자 곧바로 사진이 한 장 더 전송됐다. 1층 복도에서 배를 드러내고 누워 있는 똥개 사진이었다. 제가 납치된 줄도 모르고 똥개는 그 어느 때보다 해맑게 웃고 있었다.

[산책하러 가요. 안 나오면 똥개, 밤새 묶어 놓겠음.]

가만히 입술을 깨물었다. 지난 한 달 내내 태평은 똥개를 이용해 밤마다 로지를 불러내고 있었다. 그런데 오늘만큼 그의 연락이 반가운 적은 없었다. 눈은 똥개의 사진을 보고 있었지만 로지의 마음은 어느새 태평을 그리기 시작했다. 안정감이 느껴지는 중저음의 목소리와 가까이 다가서면 맡을 수 있는 시원한 체향도 빠짐없이 그림으로 옮겼다. 그림을 완성하자 조금 전까지 목을 조르고 있던 두려움이 서서히 꼬리를 감추며 사라져 갔다.

서둘러 자리에서 일어나 니트 스커트로 갈아입고 카디건을 걸쳤다. MP3도 주머니에 넣었다. 현관문을 여는 순간 로지의 머리에는 평화로운 산책에 대한 기대만 가득했다.

1층으로 내려가는 계단 앞에서 아래를 흘낏 바라봤다. 칙칙한 시멘트 벽에 태평과 똥개의 그림자가 길게 늘어져 있었다.

"야! 내 말 잘 들어. 그래야 개명시켜 줄 거야."

퉁명스럽게 던진 태평의 말에 똥개는 거친 숨소리만 흘렸다. 로지는 가벼운 걸음으로 계단을 내려갔다. 한 계단씩 내려갈 때마다 발끝만 보이던 그가 한 뼘씩 더 커졌다.

"가만히 있으라니까."

태평이 다시 똥개에게 주의를 줬다. 로지의 걸음 소리에 똥개가 제자리에서 뱅글뱅글 돈 탓이었다. 잔뜩 꼬여 버린 똥개의 목줄을 풀어 주던 그가 로지를 힐끗 돌아보며 물었다.

"머리, 안 말렸어요?"

로지의 발이 마지막 계단 앞에서 멈칫했다. 태평은 숙였던 허리를 펴고 로지 앞으로 성큼 다가왔다. 한 계단 더 높은 곳에 서 있었지만 로지의 시선은 겨우 그의 아래턱에 걸려 있었다. 새삼 태평의 키가 크다는 걸 실감하며 똥개를 살피는 척 시선을 떨어트렸다. 그를 마주 볼 때마다 붉어지는 얼굴을 감추기 위해서였다.

"······흐음."

내리깐 눈으로 로지의 젖은 머리를 훑어 내리던 태평이 갑자기 입고 있던 후드 티를 벗었다. 그리고 그 옷은 순식간에 로지의 머리를 통과해 어깨를 덮었다.

"팔 들어요."

두 눈만 동그랗게 뜨고 있던 로지는 얼결에 후드 티에 팔을 꿰어 넣었다. 옷에서 느껴지는 무게감에 고개를 내렸다. 태평의 옷은 제 손등을 감춘 것도 모자라 무릎 위로 내려올 만큼 길었다. 그리고 훈훈했다. 마치 따뜻한 물이 받아진 욕조에 들어간 것처럼, 온몸이 포근함에 녹아내리는 기분이었다.

"나쁘지 않네."

무심한 듯 다정한 태평의 어투에 로지의 귀 언저리가 붉어졌다. 부끄러움을 감추며 왼손을 내밀었다.

"오늘은 내가 산책시킬게."

소매 끝으로 삐져나온 로지의 손가락에 핏, 웃음을 터트린 태평이 감당할 수 있겠냐고 물었다. 고개를 끄덕이자 그는 한 달 동안 자신이 담당했던 똥개의 목줄을 로지에게 넘겨줬다.

"오늘은 저쪽으로 가요."

건물 밖으로 나간 태평이 경사가 급하지 않은 골목을 가리켰다. 로지는 여느 때처럼 조용하고 차분하게 걸음을 옮겼다. 분명 이때 까지만 해도 평소와 다름없는 산책이 될 줄 알았는데 똥개가 난생 처음 가 보는 골목에 들어서자, 문제가 발생했다.

"천천히 가야지. 달리지 말고!"

미지의 세계를 만난 똥개는 난리 법석을 떨었고, 그런 똥개를 달 래는 로지의 목소리도 점점 다급해졌다. 태평은 쩔쩔매는 로지를 비웃은 것도 모자라 똥개를 응원했다.

"잘한다, 내 새끼!"

태평의 추임새에 똥개는 없던 기운까지 짜내며 펄펄 날았다. 목줄을 잡은 손에 힘을 주었지만 이미 흥이 오를 대로 오른 똥개를 말리기엔 역부족이었다. 태어난 지 20주 만에 20킬로그램이라는 몸무게를 달성한 똥개는 말 그대로 폭풍 성장 중이었다. 앞으로 얼마나 더 클지 상상하는 게 무서울 정도였는데, 설상가상으로 똥개는 이제 막 '개춘기'에 접어든 터였다. 로지는 질풍노도의 시기를 겪고 있는 똥개에게 정신없이 끌려다녔다.

"엄마야!"

모퉁이를 돌자마자 전력 질주를 시작한 똥개 때문에 로지의 몸이 크게 휘청였다. 태평은 재빨리 목줄과 로지의 손목을 거의 동시에 잡아챘다. 그 덕에 중심은 되찾았지만, 로지의 두 눈은 질끈 감겼다. 그에게 붙잡힌 오른쪽 손목이 아파서였다.

"다쳤어요?"

차분한 목소리와 다르게 태평의 시선은 로지의 얼굴에 날카롭게 꽂혔다. 당황한 로지가 잡힌 손을 비틀었다. 하지만 그는 로지를 놔주는 대신 잡은 손을 제 쪽으로 잡아당겼다. 얼굴 가까이 다가온 상체에 로지는 황급히 입을 열었다.

"아니야, 그냥 좀 놀라서."

거짓말이 아니었다. 태평이 내쉬는 날숨이 이마를 간질이는 느낌에 욱신대던 손목의 아픔은 금방 잊혔으니까. 괜찮다는 말에도 안심이 안 됐는지 그는 무릎을 굽혀 앉았다. 스커트를 걷어 올려 발목을 살피는 손길에 로지는 저도 모르게 숨을 참았다.

"아프면 말해요."

심각한 음성이 조용한 골목을 울렸다. 시선을 살짝 내린 로지의 눈에 쭈그리고 앉아 있는 태평의 정수리가 보였다. 갑자기 심장이 이상한 속도로 뛰기 시작했다. 어찌나 긴장이 됐는지 로지는 제 발목을 조심스레 감싸 쥐는 그의 손바닥에 땀이 맺혀 있다는 건 눈치채지 못했다.

"무리라고 했잖아요."

부드럽게 로지를 타박하며 태평이 몸을 일으켰다. 로지는 말없이 제 옆에 다가와 낑낑대는 똥개의 등만 쓸어 주었다. 천천히 손만 움직이고 있는 로지에게 그가 뭔가를 내밀었다.

"이거, 먹어요."

로지는 손바닥 위에 올려진 사탕을 바라봤다. 7년 전에 자신이 태평에게 수시로 주었던 민트 맛 사탕이었다. 사탕을 입에 넣었다. 숨을 들이마실 때마다 목구멍에서 시원한 바람이 불었다.

다시 이어진 산책은 평화롭기 그지없었다. 목줄을 잡은 사람이 바뀐 걸 알자마자 급격히 성숙해진 똥개 덕분이었다. 그 바람에 로지도 비로소 제 몫의 산책을 즐길 수 있었다.

좁다란 골목은 먹을 갈아 붓기라도 한 것처럼 캄캄하게 물들어 있었다. 시야가 까맣게 먹히자 신기하게도 귀가 활짝 열렸다. 골목 여기저기에서는 다양한 목소리가 길게 울려 퍼지고 있었다. 저녁을 먹으라고 소리치는 어머니의 잔소리, 노인이 내뱉는 컬컬한 기침

소리, 누군가의 발길에 챈 깡통 소리에 놀라 우는 고양이 울음소리가 어두운 골목을 소란하게 만들었다.

그 가운데 태평의 걸음 소리도 또렷하게 들렸다. 로지는 제 옆을 따라 걷고 있는 발을 바라봤다. 그의 발끝에서 뻗어 나온 커다란 그림자는 로지의 그림자를 완전히 뒤덮고 있었다. 농도가 진해진 그림자에 문득 기분이 이상해졌다. 그리고 태평에게 붙잡혔던 오른쪽 손목에서 통증이 아닌 묘한 열기가 피어올랐다. 어떻게 하면 이런 기분과 느낌을 멈출 수 있을까 고민하고 있는데, 계단을 오르던 태평이 걸음을 세웠다.

"여기예요. 내가 찾아낸 놀이터."

고개를 든 로지는 소리 없는 탄성을 질렀다. 후미진 골목 끝에 세워진 토담 너머로 시내가 한눈에 내려다보였다. 조금 더 걸음을 옮겨 토담 앞에 섰다. 산 정상에 올라 아래를 내려다보고 있는 것처럼 온 시내가 감감하고 아득하게 다가왔다. 밤 풍경에 눈을 빼앗긴 로지의 뺨을 봄바람이 쓸고 지나갔다. 바람에 실린 향기에 고개를 돌리자 태평이 어딘가를 가리켰다.

"저쪽이요."

향기의 출처는 로지와 멀지 않은 곳에 있었다. 황토로 쌓아 올린 담 너머로 여러 나무의 꽃가지가 늘어져 있었다.

"라일락이네. 다른 꽃들은……."

"라일락, 수수꽃다리, 고려 담쟁이요."

알고 싶었던 나무 이름을 줄줄이 읊는 태평에게 잠깐 시선을 준 로지는 다시 담으로 고개를 돌렸다. 어두운 밤을 희붐하게 밝히고 있는 꽃들이 어여뻤다. 태평은 미리 봐 두기라도 한 것처럼 담 앞에 나란히 놓여 있는 장독대에 앉으라고 권했다.

"앉아도 될까?"

장독대가 깨지지는 않을지, 주인이 알면 기분 나빠하는 건 아닐지 걱정하는 로지의 어깨를 태평이 잡아끌었다. 모양만 장독대인 의자라고 설명한 그는 원래 담 너머가 전통 찻집이었는데 망해서 돌보는 사람이 없다고 덧붙였다. 장독대에 앉자마자 로지는 태평이 왜 이곳을 '놀이터'라고 표현했는지 조금은 알 것 같았다. 예전에 자신이 살았던 아파트의 놀이터와 비슷한 분위기가 느껴졌기 때문이었다. 낡고 고장 난 것들만 모여 있어 찾는 사람은 없지만, 밤에 보면 더 예쁜 꽃이 피어 있었던.

"그래서 이렇게 가지가 늘어져 있구나."

로지가 고개를 젖혔다. 사람의 손을 타지 않아 제멋대로 자란 나뭇가지가 보였다. 똥개에게 간식을 챙겨 준 태평은 로지 옆에 앉아 팔을 들어 올렸다. 그의 손에 잡힌 꽃가지 몇 개가 로지의 머리 위로 드리워졌다. 라일락 향이 흠뻑 쏟아져 내렸다. 하지만 로지에게 더 강렬하게 감지된 향기는 태평에게서 풍기는 시원한 냄새였다. 꽃향기를 압도한 그의 향기에 로지는 잠시 생각에 잠겼다. 섬유 유연제도 아니고 체취도 아닌 것 같은 이 향기의 정체가 뭔지 궁금했다.

"사탕 먹었어?"

입 안에 남아 있는 민트 향을 닮은 냄새라는 걸 깨닫고 태평에게 물었다. 그걸 사탕을 더 먹고 싶다는 뜻으로 받아들였는지 태평이 주머니를 더듬었다.

"아니, 너도 민트 맛 사탕 먹었냐고."

"아니요."

"그래? 그런데 왜 너한테 민트 향이 나지?"

고개를 갸웃거리는 로지를 보며 태평이 옅게 웃었다.

"샤워하고 와서 그런가 봐요. 샴푸하고 클렌저가 전부 그 향이라. 아, 그러고 보니……."

뒷말을 기다리며 눈만 느리게 깜빡이고 있는데, 그가 로지의 코에 입김을 후, 하고 불었다.

"치약도 민트 맛이네요."

마시는 숨에서 느껴진 진한 민트 향에 머릿속이 빙글빙글 돌았다. 그에게서 멀어지려 고개를 뒤로 뺐는데, 태평의 커다란 손바닥이 로지의 뒤통수를 급히 감쌌다. 놀라 벌어진 입술에서 떨리는 목소리가 흘러나왔다.

"뭐, 하는 거야."

흔들리는 로지의 눈동자에 태평이 턱으로 등 뒤의 담을 가리키는 게 보였다. 민망한 사실을 깨닫는 데는 그리 오래 걸리지 않았다. 그의 행동이 단순히 제 머리가 담벼락에 부딪칠 뻔한 걸 막기 위해서였다는 걸. 얼굴에 다시 열이 올랐다. 그걸 감출 수 없어 눈만 내렸는데, 얼핏 시선 끝에 태평의 입꼬리가 올라가는 게 보였다.

"조심해요. 그러다 또 혹 생기면 어쩌려고."

내렸던 눈을 올려 태평의 얼굴을 빤히 쳐다봤다.

'또 혹이 생긴다고⋯⋯?'

옛 기억 하나가 번뜩 로지의 머리를 스쳤다. 놀이터에서 태평과 시소를 타다가 떨어졌던 날이. 이제 기억이 났냐는 듯 그는 설핏 웃음을 흘렸다.

"아."

말문을 떼려던 로지가 급히 입을 닫았다. 언제 고개를 내렸는지 태평의 얼굴이 말 그대로 코앞까지 다가와 있었다. 긴장으로 숨이 멎을 것 같았다. 이어질 상황이 불을 보듯 뻔해서였다. 키스라도 당하면 어떻게 해야 하나 싶어 고개를 돌리려는데, 그가 낮은 목소리로 속삭였다.

"그때도 지금처럼, 뭔가를 하고 싶었는데."

묘한 분위기에 목이 바싹 말라 왔다. 태평도 갈증을 느꼈는지 그의 툭 불거진 목울대가 느리게 위아래로 움직였다. 느슨하면서도 힘이 있는 움직임에 절로 시선을 뺏기고 있었는데, 그 긴장감은 툭, 하고 물건이 떨어지는 소리에 끊어졌다. 로지의 고개가 돌아가면서, 그녀의 뒤통수에 대고 있던 태평의 손도 떨어졌다. 바닥에 떨어진 건 로지가 챙겨 온 MP3였다.

숨을 깊게 들이쉰 로지는 자연스럽게 이어폰 줄 하나를 태평에게 건넸다. 잠시 후 이어폰에서는 고요한 골목과 어울리지 않는 경쾌한 밴드 음악이 흘러나왔다.

You say you wander your own land.

(너는 네 세상에서 잘 살아간다 말하지.)

But when I think about it I don't see how you can.

(하지만 너 혼자 변하지 않고 사는 건 불가능해.)

You're aching, you're breaking.

(넌 고통받고 있고, 부서지고 있어.)

And I can see the pain in your eyes.

(그리고 나에게는 네 눈에 담긴 고통이 보여.)

― *Everybody's changing, Keane* ―

노래 한 곡을 처음부터 끝까지 듣고 난 후, 로지가 입을 열었다.

"영국에서 어떤 정원을 만들었어?"

"듣는 것보다, 직접 보는 게 낫지 않겠어요?"

입술 끝을 작게 올리며 태평이 장난스럽게 물었다. 로지는 귀에서 이어폰을 빼며 어색하게 미소 지었다.

"최대한 손을 대지 말자는 느낌으로 디자인했어요. 여기 이 나무들처럼 자라고 싶은 대로 자라도록요. 사람이 가꾸는 정원이 한결같이 아름답다면, 자연이 가꾸는 정원은 내가 가지고 있던 아름다움의 기준 자체를 바꿔 놓을 때가 많으니까요. 내버려 둘수록 더 아름다워지는 정원을 만드는 게 내 목표예요."

정원에 심을 식물뿐 아니라 설치물과의 조화도 신경 써야 하기에 목수나 벽돌공과도 작업했다는 태평의 말을 경청하며 로지는 하늘을 올려다봤다. 늘 보던 밤하늘이었지만 인위적인 조명이 없는 곳에서 본 하늘은 평소보다 그 어둠이 더 진했다. 그리고 까만 하늘에는 별 몇 개가 돋아나고 있었다. 봄을 품은 별들은 마치 은을 녹여 뿌린 것처럼 아름답게 반짝였다.

"신기해."

신기함을 넘어 경이로움을 느끼며 로지가 혼잣말을 중얼거렸다.

'내버려 둘수록 아름다워지는 정원이 있다니.'

태평의 말을 곱씹으며 로지는 이 골목처럼 오랫동안 방치해 온 자신을 들여다봤다. 산산이 부서져 폐허가 된 제 마음에도 꽃나무가 있는지, 지금 보고 있는 저 찬란한 별빛이 내리고 있는지를. 이런저런 생각을 하다 무심결에 태평 쪽으로 고개를 돌린 로지는 잠시 눈만 깜빡였다.

함께 별을 보고 있을 줄 알았는데 그는 넋을 놓은 얼굴로 자신을 응시하고 있었다. 뭐가 묻었나 싶어 손으로 얼굴을 더듬었다. 손끝에 살짝 부푼 뺨이 느껴졌다. 별을 보는 동안 자신도 모르는 새 웃고 있던 모양이었다. 당황한 기색을 감추기 위해 급히 입을 열었다.

"어렸을 때보다 잘 웃는 거 같아."

태평은 미간만 살짝 좁혔다.

"보기 좋다는 뜻이었어."

로지는 입술을 지그시 물었다. 어색한 분위기를 깨려고 생각해 낸 화제가 고작 그의 미소라니. 순발력이라고는 찾아볼 수 없는 자신이 답답했다.

"나라도 웃어야죠."

생각 없이 던진 말에 태평은 진지하게 답했다. 내렸던 시선을 다시 끌어 올리자 약하게 미소를 짓고 있는 그가 보였다.

"웃어야 할 사람이, 웃질 않으니까."

빤히 바라보는 시선이 부담스러워 눈을 피하려는데, 그가 다시 말을 이었다.

"또 궁금한 거 없어요?"

고개를 젓는 로지를 향해 그는 한숨을 내쉬었다.

"나한테 물어볼 게 그렇게 없나. 똥개한테는 아침, 저녁으로 뭐 먹고 싶냐고 물어보면서."

태평의 넓두리에 꾸벅꾸벅 졸던 똥개가 번쩍 눈을 떴다. 시계추처럼 고개를 좌우로 흔들며 두 사람을 쳐다보던 똥개는 제 말을 하는 게 아니라는 걸 알았는지 다시 자리를 잡고 드러누웠다. 그 모습에 희미한 미소를 짓던 로지는 그간 신경이 쓰였던 걸 물어보기로 했다.

"하나 있기는 한데."

입을 떼자마자 그의 눈이 기대에 차서 반짝였다.

"존댓말을, 왜 나한테도 쓰는 거야?"

가끔 반말이 섞이긴 했지만 태평은 로지에게 어릴 때도 하지 않았던 존대를 하고 있었다. 적당히 예의를 차리는 말투가 싫은 건 아니었지만 조금 낯설었다.

"그러게요. 내가 왜 안 하던 짓을 할까."

그답지 않은 모호한 대답을 내놓으며 태평은 봄바람에 어지럽게 날리는 앞머리를 쓸어 올렸다.

"어렸을 때, 내가 반말해서 헤어지자고 했나 싶어서요. 그것 말고는 잘못한 게 없지 않나?"

로지는 입이 붙어 버린 것처럼 아무 말도 할 수 없었다. 그는 굳어 버린 로지의 얼굴을 살피며 느리게 덧붙였다.

"반말 말고도 마음에 안 드는 게 있으면, 뭐든 말해요. 버릴 수 없는 건, 고쳐 써야죠."

"……."

"이젠 싫다고 해도 안 놔줄 거고, 꺼지라고 해도 안 꺼지고, 떠나겠다고 하면 악착같이 더 들러붙을 거니까."

말을 채 끝내기도 전에 태평이 로지의 눈을 깊이 들여다봤다. 시선을 피할 타이밍을 놓친 로지는 그의 눈을 마주 보았다. 젖어 있는 그의 눈동자가 더욱 짙은 색으로 물들고 있었다. 마치 골목에 내려앉은 어둠을 모조리 빨아들이려는 것처럼.

로지에게 눈을 떼지 않은 채 태평은 진한 한숨만 흘렸다. 공기에 퍼진 그의 숨결이 어쩐지 쓰게 느껴졌다. 심장이 빠르게 뛰었다. 쿵쿵, 울리는 박동이 귓가에 들릴 때마다 손끝이 저렸다. 주먹을 쥐었다가 폈다. 저린 느낌은 줄었지만, 가슴 깊은 곳에서 떠오르기 시작한 감정들은 점점 그 부피를 더해 가고 있었다. 긴 머뭇거림 끝에 로지가 천천히 입을 열었다.

"내 원망 많이 했어?"

태평은 로지를 향해 눈을 가늘게 떴다. 날카로운 그의 시선에 로지의 생각은 길을 잃고 말았다. 마구 뒤섞이기 시작한 말 중 어떤 걸 먼저 꺼내야 할지 판단이 서지 않았다. 그래서 전혀 예상하지 못했다. 평생 비밀로 하고 싶었던 말을 가장 먼저 내뱉게 될 줄은.

"네 반말 때문도 아니고, 올리버 오빠 때문에 그런 것도 아니었어."

턱을 매섭게 굳힌 태평은 로지의 시선을 강하게 얽어 왔다. 무슨 말이든 다 해 보라는 그의 눈빛에 천천히 말을 이어 나갔다.

"그것 때문에 너한테 헤어지자고 했던 게 아니야. 올리버 오빠 말이 제대로 들리지 않을 만큼, 너를 아주 많이 좋아했으니까."

밀려오는 기억에 로지는 엷게 웃었다. 태평과 처음 만났던 날이 떠올랐다.

'넌 사는 게 그렇게 즐겁냐?'

삐딱하게 물어 오던 그의 얼굴이 지금도 또렷했다. 그 질문을 듣고서야 알았다. 자신이 낯선 남자애 앞에서 바보처럼 보일 만큼 많이 웃었다는 걸.

"올리버 오빠가 그랬어. 네가 가진 돈을 내가 다 써 버렸다고. 그런 말을 들었는데도, 너를 포기하겠다는 생각은 안 했어."

이별의 이유가 올리버도, 돈 때문도 아니었다는 로지의 말에 태평의 눈이 동요를 일으켰다. 불꽃처럼 일렁이는 그의 눈동자를 보며 로지는 묵묵히 말을 이었다.

"네 돈보다, 너한테 준 내 마음이 더 컸으니까. 네게 받은 것들을, 언젠가 내가 전부 돌려줄 수 있다고 믿었으니까."

돈 따위와 어떻게 비교할 수 있을까. 그래, 그랬던 때가 있었다. 태평의 눈에 비친 자신이 이 세상의 그 무엇보다 가치 있다고 믿었던 시절. 그래서 웃을 수 있었다. 도처에 널려 있는 아픔도 잊고, 그림 말고는 도피처가 없었던 자신의 처지도 망각한 채.

"올리버 때문이 아니라면 왜?"

태평은 태연하게 물었지만 로지를 보고 있는 그의 눈에는 초조함이 담겨 있었다. 잠시의 정적 뒤에 로지는 힘없이 말을 뱉었다.

"나는 여전히 오제근이 무서워. 나도 나지만, 우리 엄마가 그 사람 때문에 한평생을 고통스럽게 살다가 죽었으니까. 죽으면 모든 게 끝인데, 죽어 버리면 아무것도 할 수 없잖아."

"……."

"엄마가 죽었다는 소식을 들었던 날부터 매일 같은 꿈을 꿨어. 꿈속에서 엄마는 멀쩡히 살아 있었어. 사실은 죽은 척을 하고, 집에서 도망쳤던 거야. 처음에는 도망가는 엄마를 붙잡고 나도 데려가라고 울었는데, 몇 달 뒤에는 울지 않고 엄마가 짐을 싸는 걸 도와줬어. 차라리 그편이 낫다고 생각했거든. 엄마가 날 버려도 좋으니까, 제발 살아 있기만 해 달라고 빌었어. 내가 모르는 곳에서 마음 편히 웃고 살았으면……."

로지의 눈앞이 천천히 흐려졌다. 엄마를 잃은 뒤 괴로움에 몸부림쳤던 기억에 가슴이 막혀 왔다. 계절별로 입을 옷이 정리되어 있던 옷장에는 여름옷과 겨울옷이 마구 뒤섞이기 시작했다. 학교에 가기 전에 대충 던져 놓았던 물건들은 집에 돌아왔을 때도 계속

어질러져 있었다. 투정을 부리고 싶어도, 학교에서 있었던 일을 말하고 싶어도 들어 줄 사람은 그 어디에도 없었다. 홀로 있는 시간을 견디다 못해 그림을 그렸다. 하지만 아무리 그림을 그려도 가슴에는 아물지 않는 흉터만 늘어 갈 뿐이었다.

"살다 보면 좋은 날도 오는데. 내가 너를 만난 것처럼."

투명한 물막이 어리기 시작한 로지의 눈동자에 교복을 입은 소년의 얼굴이 맺혔다. 그 소년은 우울함보다는 분노를, 공허함보다는 처절한 절망을 택했던 사람이었다. 그래서 그가 좋았다. '삶'이 곧 '체념'이었던 자신에게 '삶'이란 '좌절'의 다른 말이라는 걸 알려 줬으니까. 살아 있다는 것 하나만으로 좌절을 극복 중인 태평이 로지에게는 희망, 그 자체였다.

로지는 정면을 보고 있던 얼굴을 옆으로 돌렸다. 한시도 제게서 눈을 떼지 않고 있는 태평이 보였다.

"그런데, 네가 병원에 누워 있었어. 내 무거운 가방을 가볍게 들고, 지하철에서 내가 다른 사람에게 치이지 않도록 막아 줬던 네가. 강유준처럼 못된 짓을 하는 사람에게 주먹을 날릴 수 있는, 건강하고 힘이 셌던 네가 죽을 뻔했어. 그것도 한때 내 아빠였던, 오제근이라는 사람의 보복으로."

태평의 손이 붉어진 로지의 눈가에 스치듯 닿았다. 울음 섞인 목소리가 기다렸다는 듯 입 밖으로 튀어나왔다.

"엄마의 죽음은 그림으로 버텨 냈는데. 너는, 그림으로도 버틸 수가 없을 것 같았어. 안 보고는 살 수 있어도, 없이는 못 살 것 같아서."

눈물이 막 떨어지려 할 때였다. 태평의 커다란 손이 로지의 등과 어깨를 감쌌다. 로지는 달의 인력이 잡아당기는 바다가 된 것처럼 그의 품으로 부드럽게 빨려 들어갔다. 풍성한 로지의 머리칼 사이로 태평의 손가락이 감겨 들어왔다. 로지는 단단한 그의 가슴에 옆얼굴을 붙였다. 자신의 심장보다 조금 더 빨리 뛰고 있는 박동이 들렸다.

"보고 싶었어. 살아서 못 보면, 죽어서라도."

가장 먼저 해 주고 싶었던 말을 가장 마지막에 하게 된 순간, 로지의 눈꼬리에 맺혔던 눈물이 뺨을 타고 흘러내렸다. 태평은 아무 말 없이 로지를 꽉 끌어안았다. 침묵이 짙어질수록 로지를 안고 있는 그의 팔에도 더 힘이 실렸다. 맞붙은 상체 사이로 두 사람의 숨소리만 들렸다. 얼마나 시간이 흘렀을까, 태평이 희미하게 열이 오른 목소리를 냈다.

"영국에서 잘 살았어."

"……."

"잘 자고, 잘 먹으면서."

"……."

"이제 등신처럼 폭죽 앞에서 벌벌 떨지도 않아."

로지의 상체를 덮고 있던 태평의 몸이 천천히 떨어졌다. 떨리는 눈꺼풀을 들어 올리자 깊어진 그의 눈이 보였다. 태평은 힘줄이 퍼렇게 돋은 손으로 로지의 볼을 부드럽게 감쌌다. 간지럽고 따뜻한 느낌에 로지의 입술이 작게 떨렸다. 미안하다는 말을 깜빡한 것 같아 서둘러 그 말도 하려 했는데.

"그러니까 사과받을 일 없어."

로지의 속말을 가로챈 태평이 그녀의 입술에 제 입술을 묻었다. 포개진 입술 위로 뜨끈한 체온이 느껴졌다. 갑작스러운 입맞춤에 놀란 로지의 손이 그를 밀어 냈지만, 태평은 고개를 틀어 입술을 더욱 깊숙이 겹쳤다.

긴장으로 떨리는 로지의 숨결을 달게 삼켰다. 잇새로 새는 그녀의 숨 한 조각도 놓칠 수가 없었다. 이런 날이 오지 않을까 봐, 로지가 영영 제게 마음을 열어 주지 않을까 봐 전전긍긍했던 나날들이 스쳐 지나갔다.

그 절박한 마음을 알아 달라는 것처럼, 그의 입술은 애달피 울며 로지의 입술을 건드렸다. 입술이 닿는 곳마다 녹아내릴 것처럼 뜨거웠다. 그 열기를 이기지 못하고 그의 혀가 조심스레 입술 사이를 가르며 들어갔다. 말랑해진 그녀의 혀를 찾아 어르고 쓸어내리자 누구의 숨인지 모를 녹진한 숨결이 흘러나왔다.

"……태평아."

맞물려 있던 입술이 떨어지자마자 로지가 태평의 이름을 중얼거렸다. 자신을 말리려고 꺼낸 말이었겠지만, 안타깝게도 그건 태평의 마지막 남은 절제력을 앗아 가는 주문과도 같았다. 젖은 로지의 입술에 제 입술을 붙이며 그가 속삭였다.

"한 번 더 불러 봐."

"태……."

이름을 채 듣기도 전에 그는 로지의 붉은 입술을 다시 삼켰다. 뭉근하게 짓눌린 입술을 정성스럽게 핥고 빨자 로지의 목에서 가느다란 신음이 울렸다. 제게서 빠져나가려는 그녀의 허리를 한 팔로 감싸 안으며 그는 로지의 입 안을 유영하듯 부드럽게 헤집었다. 희미하게 피어오르던 흥분이 선명하게 인지될 무렵, 조금 더 혀를 밀어 넣었는데.

"그, 그만."

입술을 떨어트린 로지가 받은 숨을 내쉬었다. 진한 입맞춤에 놀랐는지 그녀는 미간을 찌푸리고 있었다. 찡그린 그 얼굴마저도 그를 단숨에 무너뜨릴 수 있다는 걸 전혀 모르는 채. 끓어오르는 애욕을 억누르며 태평은 손으로 로지의 상기된 얼굴을 매만졌다. 붉어진 눈가와 도톰한 입술을 쓸고 지나가는 그의 손길에는 로지를 향한 순정과 음험한 욕망이 한데 엉켜 있었다.

'그렇게 쳐다봐도, 멈출 수 없는 날이 조만간 올 것 같은데.'

긴장이 깃든 로지의 갈색 눈동자를 바라보던 태평은 그녀를 당겨 안았다. 끈적한 욕망을 누르자 잊고 있던 꽃향기가 다시 느껴졌다. 천천히 고개를 내려 로지의 목덜미에 얼굴을 묻었다. 아련한 추억한 자락이 떠올랐다. 화실로 쓰던 그의 방에서 키득거리며 웃고 있는 두 사람이 보였다. 그렇게 정신없이 장난을 치며 놀다가도 로지는 그리고 싶은 게 생길 때마다 이젤 앞으로 달려가곤 했었다. 부드럽고 풍성한 갈색 머리칼을 찰랑거리면서.

"로지."

노래하듯 로지의 이름을 길게 부르며 태평은 그녀의 등을 부드럽게 쓸었다.

"단 한 순간도 잊은 적 없어. 너도, 그리고 네 그림도."

한숨을 섞어 뱉은 고백에 로지의 몸이 움츠러드는 게 느껴졌다. 작아진 로지의 몸을 꽉 안았다. 조금 전까지만 해도 환각 상태에 빠진 것처럼 붕 떠 있던 마음이, 어렸을 때보다 반 뼘이나 줄어 버린 로지의 몸을 느낀 순간 무겁게 가라앉았다.

중간고사 기간 내내 로지는 평소보다 배는 더 일해야 했다. 오전에는 시험 감독을 하고, 오후에는 일찍 퇴근한 교사들이 남긴 일을 대신해야 했기 때문이었다. 정신없이 일하던 로지가 여유를 되찾은 건 시험 마지막 날이었다. 종례를 끝내고 교무실로 돌아와 뭉친 어깨를 두드리는데 이 선생이 불렀다.

"자기, 잠깐 나 좀 봐."

"네?"

무슨 일인가 싶어 고개를 돌렸더니 노트북 화면에 얼굴을 박고 있는 이 선생이 보였다. 업무 관련 파일인 줄 알고 화면을 본 로지는 아랫입술을 살짝 물었다. 화면 상단에는 '제주도 렌터카' 예약 사이트가 떠 있었다. 금요일인 오늘 몇몇 교사들이 제주도에서 단합 대회를 한다고 하더니 여행 계획을 짜고 있는 것 같았다. 어깨

너머로 로지의 시선이 느껴졌는지, 이 선생이 탁, 소리를 내며 노트북을 닫았다.

"자기야, 내가 누누이 말했던 거 잊었어? 수업 중에는 수업에만 충실하라고 했잖아."

"예? 그게 무슨 말씀이시죠?"

어깨에 올렸던 손을 내리며 로지가 되물었다. 고개를 비딱하게 기울인 이 선생은 뜬금없이 로지의 수업 태도를 문제 삼았다.

"수학 선생님이 지나가다가 봤는데 교탁에 텀블러 놓고 수업했다며? 수업 중에 의자에도 앉고. 자기 진짜 왜 그러는 거야? 고상 떨며 수업하고 싶었으면 학교 교사가 아니라 과외 선생을 했어야지. 어떤 교사가 수업 중에 물을 마시고, 의자에 앉아?"

로지는 저도 모르게 어이가 없다는 눈으로 이 선생을 쳐다봤다. 목소리가 갈라져 물을 마시고, 학생이 제출한 그림을 보기 위해 잠깐 의자에 앉았던 게 교사의 직업 윤리를 저버린 행동이 될 줄이야. 무엇보다 이런 훈계를 시험 기간에 조기 퇴근을 하고 개인적인 용무를 보고 있는 이 선생에게 듣고 있다는 게 믿어지지 않았다. 자존심이 상해 절로 입이 다물렸다. 그러자 이 선생은 대답이 없는 로지를 가지고 꼬투리를 잡았다.

"이제 내 말이 말 같지도 않아? 왜? 억울해서? 억울하면 또 따져! 자기, 나한테 따지는 거 잘하잖아."

로지는 자신을 도발하려는 이 선생의 발언을 묵묵히 듣고만 있었다. 화가 나는 마음이야 당연했지만 내색하지 않았다. 이런 사소한 일로 이 선생에게 말려들고 싶지 않았다.

"주의하겠습니다."

"그럼요, 주의하셔야죠."

로지의 말투를 따라 한 이 선생이 덧붙였다.

"연애 중인 건 알지만, 그래도 공과 사는 구분하면서 일하는 거 잊지 마시고요."

로지는 쓴웃음을 물었다. 최근 태평과 자신을 보는 그녀의 시선이 곱지 않다는 걸 알고 있어서였다. 더 말을 섞고 싶지 않아 몸을 일으켰다. 할 말이 남았는지 이 선생이 입술을 움찔거렸지만, 모르는 척 교무실 밖으로 나갔다.

하교가 끝난 뒤라 그런지 복도는 한산했다. 심호흡을 하며 복도를 걷던 로지는 화장실로 들어갔다. 차가운 물로 손을 씻으며 심란한 마음도 같이 흘려보내고 있었는데, 문득 웃음이 새어 나왔다. 오늘 태평과 저녁을 먹기로 한 약속이 떠올라서였다.

'백화점에 들러서 희찬이 선물부터 사고, 저녁은 근처에서 먹으면 되겠지?'

오늘은 태평에게 맛있는 저녁 한 끼를 꼭 사겠다고 다짐하며 다시 화장실 밖으로 나왔을 때였다. 반갑지 않은 목소리가 등 뒤에서 들려왔다.

"오로지 선생님!"

떨떠름한 표정을 숨기고 뒤를 돌아보았다. 뿔테 안경을 쓴 수학 선생이 로지 옆으로 빠르게 걸어왔다.

"오늘 회식에 오실 거죠?"

로지와 나란히 복도를 걷던 그가 다정히 물었다. 제주도로 가기 전에 회식 비슷한 걸 한다더니 자신도 참석할 거라 믿는 눈치였다.

"아니요."

고개를 젓는 로지를 보고 수학 선생은 호들갑스러운 설득을 이어 갔다.

"에이, 단합도 안 가면서 회식도 빠지겠다고요? 그러지 말고 밥만 먹고 가요. 오늘 시험도 끝났고, 불금인데 저녁 정도는 같이 먹을 수 있잖아요. 우리 술 먹이고 그런 분위기 아니에요. 이러다가 진짜 오로지 선생님 환영회하고 송별회를 같은 날에 하게 되면 어쩌려고요."

로지는 교무실 문 앞에서 걸음을 멈췄다. 그리고 표정을 지운 채, 수학 선생의 얼굴을 빤히 바라보았다. 싫다는데도 질척대는 그의 태도에 편안했던 속이 불편해졌다.

"선약이 있어서요."

이쯤 하면 알아들을 줄 알았는데, 수학 선생은 끈질긴 구석이 있었다.

"선약이요? 누구하고, 설마 남자 친구?"

로지의 눈빛이 단번에 가라앉았다. 불쾌한 기색을 담아 쏘아보자 그는 어깨를 크게 으쓱였다.

"뭘 그렇게 정색해요. 동료끼리 그 정도도 못 묻나? 그간 한 번도 회식에 안 와서 해 본 말이었어요. 너무 우리를 피하니까 다들 오로지 선생님에 대해 이상한 오해를 하고 있거든요. 내가 다 억울해서 그래요. 오로지 선생님이 잘못한 것도 없이 욕을 먹고 있는 게."

자신을 생각하는 척하는 수학 선생의 말에 로지는 더욱 거북함을 느꼈다. 험담을 하는 사람이나 그걸 전하는 사람이나 다를 게 없어서였다.

"수학 선생님."

무표정한 얼굴로 로지는 그의 말을 차갑게 잘랐다.

"……예?"

갑자기 불어닥친 냉랭한 분위기에 수학 선생의 얼굴이 긴장으로 굳었다. 조금 높아진 목소리가 로지의 입에서 또박또박하게 흘러나왔다.

"동료면, 동료답게 처신하세요. 제게 사적인 질문도, 사적인 연락도, 사적인 선물도 하지 마시고요."

수학 선생은 충격적인 소식을 들은 사람처럼 두 눈을 꽉 감았다가 떴다. 그러고도 진정이 되지 않았는지 그의 얼굴은 점점 벌겋게 변했다. 짧은 침묵 후에 그는 허탈함과 실망감이 뒤섞인 어투로 말했다.

"내가, 오로지 선생님한테 뭘 했는데요? 사귀자고 한 것도 아니고, 결혼하자고 한 것도 아니잖아요. 같은 학교 동료끼리 좋은 게 좋은 거니까 잘 지내 보자고 한 걸 가지고."

"앞으로는 그런 노력 안 하셔도 돼요. 저는 지금 이대로가 좋거든요."

끝까지 온기 없는 얼굴로 대꾸한 로지는 그대로 교무실 문을 열고 들어갔다. 로지가 자리로 돌아가서 앉자마자 이 선생이 기다렸다는 듯 캐리어를 들고 일어섰다.

"선발대 먼저 출발합니다. 다들 30분 안에 식사하러 오실 거죠? 미리 주문해 놓을게요!"

명랑한 이 선생의 목소리에 교사들은 소풍을 앞둔 학생들처럼 웅성거렸다. 로지도 서둘러 남은 일을 마무리하려는데 이 선생이 어깨를 건드렸다.

"자기야, 자기 폰 저기 있어."

책꽂이 앞에서 자신의 휴대폰을 발견한 로지는 의아한 눈으로 이 선생을 쳐다봤다. 분명히 서랍에 넣어 두었던 휴대폰이 어째서 꺼내져 있는 건지. 이 선생은 살갑게 웃으며 휴대폰에 손을 댄 이유를 설명했다.

"너무 시끄럽게 울리길래 내가 소리 좀 죽여 놓느라고. 앞으로 저것도 주의 목록에 넣을 거지?"

로지의 어깨를 탁탁 두드린 그녀는 다른 교사들과 함께 교무실 밖으로 나갔다. 로지는 서둘러 휴대폰을 집어 들었다. 희찬에게 급한 전화라도 왔나 싶었는데 출판사에서 온 문자 한 통이 다였다.

[안녕하세요, magnolia 님. 편안히 잘 쉬고 계시죠? 다름이 아니라 이번에 저희와 함께 일하게 된 작가님께서 magnolia 님과 꼭 작업하고 싶다고 하셔서요. 일정 조율이 가능하실까요? 마감 기한이나 작업비도……]

로지는 정중하고도 짧은 문자로 지금은 일을 맡기 어렵다는 답을 보냈다. 휴대폰이 무음 모드인 걸 확인하고 다시 서랍에 넣으려는데 손바닥에서 진동이 느껴졌다. 액정에 뜬 이름에 로지의 도톰한 입술이 기분 좋게 휘어졌다.

[끝나면 연락 줘.]

태평에게 30분 후에 퇴근할 거라고 답한 뒤 로지는 하던 일을 빠르게 마무리했다.

"천천히 쇼핑해. 나도 다른 곳 둘러보고 있을 테니까."

백화점 엘리베이터 문이 열리자 태평이 말했다. 알겠다고 고개를 끄덕인 로지는 5층에서 내렸다. 평소 퇴근 시간보다 세 시간이나 빨리 학교에서 나왔지만 백화점은 이미 많은 사람으로 붐비고 있었다. 아동복 숍으로 들어가 진열대에 걸린 옷을 눈으로 훑었다.

"남자아이 옷 보고 계세요?"

혼자 옷을 보고 있는 로지에게 점원이 다가와 물었다.

"네, 동생 옷을 보고 있어요."

"그러세요? 부모님이 늦둥이를 보셨나 봐요. 동생이 몇 살인데요?"

로지는 희찬을 품에 안았을 때를 찬찬히 그려 보며 체구를 설명했다.

직원은 요즘 아이들에게 가장 인기가 좋다는 최신상 옷 몇 벌을 보여 줬다. 마음에 드는 옷을 골랐지만 로지는 가격표만 만지작거리며 구매를 망설였다. 고른 옷마다 어지간한 성인 옷값을 웃돌았다.

"저기, 저쪽에 이월 상품 할인 코너가 있는데 가서 보실래요?"

가격 때문에 고민 중인 로지를 눈치챈 직원이 다른 코너를 가리켰다. 민망함에 작게 웃어 보인 로지는 그녀를 따라 세일 중인 옷이 있는 쪽으로 걸었다.

"이걸로 주세요."

꽤 오랜 시간을 고민한 로지는 청바지 두 벌과 민트색 맨투맨 셔츠를 골랐다. 직원은 얇은 부직포로 옷을 예쁘게 포장한 뒤 쇼핑백에 담았다.

"자매나 형제하고 달리 남매는 우애가 좋기 힘들던데, 동생이 정말 좋은 누나를 뒀네요."

방긋 웃으며 던진 직원의 말에 로지의 뺨이 붉어졌다. 희찬과 자신의 관계를 다른 사람의 입을 통해 들으니 기분이 조금 묘했다.

─누나, 나 학교 간대요. 초, 초등학교는 아니고요, 대안 학교요!

얼마 전 희찬이 학교에 간다는 소식을 듣던 날, 로지는 동생에게 처음으로 맛있는 한 끼가 아닌 옷을 선물하기로 했다. 몸에 맞는 예쁜 옷을 입은 희찬이 학교생활에 잘 적응했으면 하는 마음에서였다.

"좋은 친구도 많이 사귀면 좋을 텐데."

자연스레 민영의 얼굴을 떠올리며 걷던 로지는 태평에게 문자로 어디에 있냐고 물었다. 2층에 있다는 답이 1초 만에 날아왔다.

에스컬레이터를 타고 2층으로 내려가자 명품 주얼리 숍 사이에 서 있는 태평이 보였다. 그를 부르려던 로지는 낯선 여자들의 목소리에 멈칫했다.

"저 남자 분위기 대박이다! 모델인가? 누가 마네킹이고 누가 사람인지 모르겠어."

"진짜네. 와, 전광판에 있는 외국 모델보다 저 남자 비율이 더 좋은데?"

평소라면 낯선 사람들의 대화를 귀담아듣지 않았겠지만, 태평을 말하고 있다는 걸 알아서였는지 그들의 말은 하나도 빠짐없이 로지의 귀로 파고들었다.

"가서 말이라도 걸어 볼까? 번호라도 알려 달라고?"

휴대폰을 꺼내며 묻는 여자를 다른 여자가 나무랐다.

"꿈 깨! 괜히 망신당하지 말고. 저 얼굴하고 키에 좋다는 여자가 한둘이겠어?"

"또 모르지. 너무 완벽해서 여자들이 쉽게 접근하지 못할 수도 있잖아. 아, 저런 남자는 진심 공공재로 남겨 둬야 하는데."

푸념 섞인 여자들의 말에 로지는 눈만 살짝 올려 태평을 바라봤다. 휴대폰을 보느라 고개를 숙이고 있었지만 그는 어느 각도에서 봐도 확실히 잘생긴 남자였다. 190센티미터라는 신장과 타고난 신체 비율, 그리고 귀티가 나는 외모 때문이기도 했지만, 그것보다 태평을 더욱 돋보이게 하는 건 그만이 가진 독특한 분위기였다. 그건 바로 그의 관록이 넘치는 눈빛에서 뿜어져 나왔다. 깎아지른 듯한 절벽에서 비스

듬히 뻗어 자란 노송을 닮은 그의 깊은 눈빛은 누군가에게는 오만함일 수도 있지만, 또 다른 이에게는 거부할 수 없는 매력이기도 했으니까.

로지의 얼굴에 보일 듯 말 듯 한 미소가 떠올랐다. 바보 같지만 요즘 태평만 생각하면 웃음이 나왔다. 물론, 그 웃음의 끝이 오늘처럼 씁쓸할 때도 더러 있었지만.

"전화 왜 안 받아?"

정수리 위에서 떨어지는 목소리에 고개를 들었다. 휴대폰을 보느라 바빠 보였던 태평이 어느새 제 옆에 다가와 서 있었다.

"……전화했었어?"

가방에 넣어 둔 휴대폰을 꺼내려는 로지의 손을 태평이 잡았다. 그 사소한 행동에 아까부터 태평을 주시 중이던 여자들의 눈이 일제히 로지의 얼굴로 날아들었다. 온몸을 훑어 내리는 사람들의 시선에 몸 둘 바를 모르던 로지는 제 왼쪽 손목을 단단히 쥐는 느낌에 고개를 내렸다.

"무슨 일이라도 생긴 줄 알았잖아."

가라앉은 목소리로 중얼거리며 그는 손끝을 바쁘게 움직였다. 잠시 후 찰칵, 소리가 나더니 로지의 손목에 가느다란 팔찌가 채워졌다. 은은한 로즈 골드 색을 띠고 있는 팔찌는 재미있게도 육각형으로 된 벌집 모양으로 이어져 있었다.

"수갑이라도 채우는 줄 알았어."

반짝거리는 큐빅이 번갈아 박혀 있는 팔찌를 보며 로지가 속삭였다.

"마음에 들어?"

로지는 팔찌에서 눈을 떼지 못하며 고개를 끄덕였다.

"응, 너무 예뻐. 어디에서 샀어?"

태평은 백화점 복도에 설치된 행사 진열대를 가리켰다. 그쪽으로 걸음을 옮기려는데 그가 급히 로지의 손을 잡았다.

"어디 가?"

"민영이 것도 하나 사려고."

로지에게 머물러 있던 그의 눈길이 행사 진열대를 훑었다. 뭔가 말하기 곤란한 게 생겼을 때 드러나는 태평의 사소한 습관이었다.

"됐어, 밥이나 먹으러 가."

어딘가 재촉하는 듯한 말투에 로지는 설명이 필요하다는 눈으로 태평을 올려다봤다. 짧게 한숨을 쉰 그는 로지가 들고 있던 쇼핑백을 부드럽게 뺏어 들었다.

"그게 마지막 팔찌였어. 가 봤자 못 사."

로지는 아쉬운 표정을 숨기지 못하며 태평을 따라갔다. 엘리베이터에 탄 그는 저녁을 먹기로 했던 백화점 식당가가 아닌 지하 4층을 눌렀다.

"저녁은 집에 가서 먹자. 영국에서 올 전화가 있어서."

"그래? 나는 아무래도 좋아."

밝은 목소리로 대답하며 로지는 정면을 바라봤다. 내색하지는 않았지만 태평에게 말할 수 없이 큰 미안함이 일었다. 바쁜 사람을 백화점까지 끌고 온 것도, 맛있는 저녁을 사 주지 못하게 된 것도.

두 사람을 태운 차가 백화점 주차장을 매끄럽게 빠져나왔다. 로지는 차창 밖으로 하늘을 살폈다. 노을이 지기 시작한 붉은 하늘 곳곳에 먹구름이 잔뜩 내려앉아 있었다.

"주말에 비가 온다더니 오늘 저녁부터 오려나 봐."

말이 떨어지기가 무섭게 빗줄기가 자동차 유리를 두드렸다. 에어컨을 약하게 튼 태평은 라디오도 켰다. 비가 내리는 날씨와 잘 어울리는 서정적인 클래식을 감상하고 있었는데 그가 질문을 던졌다.

"아까, 무슨 생각을 그렇게 열심히 했어?"

"생각? 언제?"

"2층 에스컬레이터 앞에서."

가만히 기억을 더듬던 로지의 입가에 아슬아슬한 미소가 걸렸다. 곁눈으로 로지를 관찰 중이던 태평이 재차 물었다.

"쇼핑할 때 재미있는 일이라도 있었나?"

"아니, 그냥."

로지는 입술을 살짝 물었다가 놓았다. 태평을 보며 수군거리던 여자들 틈에서 느꼈던 감정의 정체를 이제야 알 것 같았다. 달콤하게 시작한 웃음 끝에 왜 쓴맛이 머물렀는지도.

"질투 중이었어. 벨 소리도 듣지 못할 만큼 심하게."

"……."

"지나가던 여자들이 네 얘기 중인 걸 엿들었거든. 모델보다 멋있는 남자라면서 네 번호를 물어보고 싶다고."

제 목소리에 귀를 기울이는 태평을 느끼며 로지는 잠시 말을 멈췄다. 태평이 멋진 사람이라는 건 알고 있었지만, 그에게 점점 빠져들고 있는 자신의 눈에만 더 근사해 보이는 줄 알았다. 하지만 그가 뭇 여성들의 눈에 띌 만큼 매력적인 남자라는 걸 확인한 순간 로지의 눈은 자신을 비추고 있는 쇼윈도로 향했다.

　낯선 여자가 보였다. 어깨를 펴라고 말해 주고 싶을 만큼 그 여자는 잔뜩 움츠러들어 있었다. 그 모습이 꼭 그리다 만 그림처럼 보였다. 물을 잔뜩 섞은 물감으로 대충 찍어 그린.

　"질투를 해 보니까 몰랐던 것도 알게 되고, 궁금하지 않았던 것도 궁금해졌어. 네가 다른 여자한테도 웃어 줬을까, 하는."

　머리를 거치지 않은 말들이 제멋대로 튀어나왔다. 그걸 깨닫자마자 로지는 급히 입을 다물었다. 차 안은 찬물을 끼얹기라도 한 것처럼 조용해졌다. 살며시 고개를 돌려 태평을 살폈다. 그는 말없이 적색 신호로 바뀌는 신호등만 바라보고 있었다. 로지의 뺨도 신호등을 따라 붉게 물들었다.

　"방금 한 말, 신경 쓰지 마."

　애써 떨어지지 않는 입을 열었다. 못난 자격지심을 내보인 게 뒤늦게 후회가 됐다. 태평과 떨어져 지냈던 시간이 무려 7년이었다. 그동안 그가 누구를 만났건, 무엇을 했건 상관할 바가 아닌데.

　부끄러운 감정을 열심히 정리 중인 로지의 고개가 강제로 돌려졌다. 목덜미를 단단히 떠받친 힘에 놀랄 새도 없이 태평이 입을 맞춰 왔다. 눈꺼풀이 저절로 감겼다. 입술 선을 따라 혀로 느릿하게 핥는 느낌에 로지의 가슴은 방망이질을 치기 시작했다. 짧지만 의미심장한 입맞춤을 끝낸 뒤, 태평이 중얼거렸다.

"신경을 쓰지 말라니."

곧이어 그는 로지의 이마에 자신의 이마를 마주 댔다. 로지는 감았던 눈을 떴다. 너무 가까운 거리였기에 그의 짙은 눈동자만 보일 뿐 태평이 어떤 표정을 짓고 있는지 읽을 수가 없었다.

"그러면 내가 서운하잖아."

대답을 할 여력이 없었기에 로지는 호흡만 참았다. 그가 말을 할 때마다 서로의 젖은 입술이 닿았다가 떨어진 탓이었다. 신호가 바뀔 타이밍을 감지한 태평이 천천히 맞닿아 있던 이마를 떼어 냈다. 그제야 로지는 참았던 숨을 조용히 내쉬었다.

한 손으로 머리를 쓸어 넘기며 그는 로지를 새삼 예뻐 죽겠다는 눈으로 쳐다봤다.

"입을 찢어도 다른 여자 앞에서는 안 웃을 거니까, 쓸데없는 걱정은 말고."

"……."

"내 영어 이름이 왜 벤인 줄 알아?"

"아니."

"그것도 모르면서, 질투는 무슨."

로지의 손을 잡으며 태평이 피식 웃었다. 민망해진 로지는 창밖을 바라봤다. 거세지는 빗줄기에 사람들의 발걸음이 바빠지고 있었다. 한참을 멍한 얼굴로 바깥을 보던 로지가 허리를 세웠다. 서서히 속도를 줄인 차가 멈춰 선 곳은 익숙한 건물 앞이 아니었다.

"집에서 밥 먹자고 하지 않았어?"

뒷좌석으로 상체를 돌리고 있는 태평에게 물었다. 우산과 로지의 쇼핑백을 챙긴 그가 대수롭지 않게 말했다.

"어, 여기도 우리 집이야."

"뭐?"

태평을 따라 차에서 내린 로지는 주위를 둘러보았다. 적막한 정취를 자아내는 단층 빌라들이 길을 따라 길게 늘어서 있었다.

"하필이면 오늘 지하 주차장을 쓸 수가 없어서."

로지 쪽으로 우산을 기울여 준 태평이 볼멘소리를 했다. 주차장이 페인트칠 중이라 차를 밖에 세워야 했다고 설명한 그는 로지를 데리고 정문 쪽으로 걸었다. 한눈에 봐도 육중해 보이는 철문이 덜컹, 소리를 내며 자동으로 열렸다. 조붓조붓 나 있는 돌담길이 아름다운 정원에 들어서자마자 로지의 입에서는 연거푸 예쁘다는 말이 흘러나왔다. 그러면서도 주위를 둘러보는 그녀의 눈빛은 미안함과 허탈함으로 짙어졌다.

"이런 집이 있었으면서, 왜 지하에서 살아."

태평은 일단 들어가서 이야기하자며 걸음을 재촉했다. 두 사람은 바람 때문에 사선을 그리며 떨어지는 비를 피해 빌라 안으로 뛰듯 들어갔다.

"잠깐만."

검은색 우산을 접어 현관 바닥에 세워 놓은 태평이 어디론가

바쁘게 사라졌다. 잠시 후 다시 나타난 그의 손에는 분홍색 수건
이 한 장 들려 있었다.

"고마워."

태평이 씌워 준 우산 덕분에 비를 거의 맞지 않았지만 로지는 부
드러운 수건으로 이마와 목덜미를 가볍게 눌렀다. 그리고 센서 등
이 하나씩 켜지는 복도를 걸었다.

"배 많이 고파?"

빌라의 내부를 둘러보느라 바쁜 로지에게 태평이 물었다.

"아니, 별로."

"그럼 샤워하고 나와서 저녁 만들어 줄게."

빠르게 말을 마친 그는 갈아입을 옷을 챙겨 욕실로 들어갔다. 집
에 돌아오자마자 씻는 습관은 여전한 것 같았다. 어깨에 걸친 가방
을 내려놓고 로지는 자신이 서 있는 공간을 찬찬히 살폈다.

층고가 높은 빌라의 내부는 밝고 아늑했다. 조명 탓인가 싶어 천
장을 바라보려는데 소파 하나가 눈길을 끌었다. 모던하고 세련된
인테리어와 조금 어울리지 않는 분홍색 소파였다.

"되게 귀엽다."

홀린 듯 그쪽으로 걸어간 로지는 포근한 소파에 앉아 고개를 돌
렸다. 슬라이딩 도어 너머로 조금 전에 제대로 보지 못했던 정원이
보였다. 드문드문 심겨 있는 관상수와 비바람에 흩날리는 꽃잎을
보고 있는데 태평이 부르는 소리가 들렸다.

"파스타 괜찮아? 집에 먹을 게 없어서."

검은색 트레이닝복으로 갈아입은 태평이 젖은 머리를 탈탈 털며 물었다.

"어, 나 파스타 좋아해."

만족스럽게 웃어 보인 그는 곧장 주방으로 걸어갔다. 고개를 비틀어 태평이 서 있는 주방을 관찰했다. 벽에 블랙 타일을 깔아 더 깔끔해 보이는 주방에는 기역자 조리대와 아일랜드식 테이블이 놓여 있었다.

"재료가 너무 빈약한데."

냉장고를 연 태평은 몇 가지 재료를 꺼내 테이블 위에 올려놨다. 분주하게 움직이는 그를 보던 로지가 퍼뜩 몸을 일으켰다. 뭐라도 도와야 할 것 같은 마음에서였다. 주방으로 걸어간 로지는 싱크대 앞에 섰다.

"나도 도와줄게."

로지가 손을 씻는 동안 그는 높이가 제법 있는 냄비를 하나 꺼냈다. 그리고 냄비에 물을 넉넉히 부어 가스 쿡탑 위에 올렸다. 은색 냄비 밑으로 새파란 불꽃이 일었다.

"인덕션은 안 쓰는 거야?"

조심스레 태평에게 물었다. 고화력을 자랑하는 가스 불 앞에 서 있는 그가 아직도 적응되지 않아서였다.

"뭐, 있는 대로 쓰는 거지. 평생 살 집도 아닌데."

싱겁게 대답한 태평은 찬장 문을 열었다. 그리고 치즈 그라인더를 꺼내 조각 피자 모양의 치즈를 썩썩 갈아 내렸다. 눈처럼 수북이 쌓이는 치즈가 로지의 호기심을 자극했다.

"그건 무슨 치즈야?"

"양젖으로 만든 치즈, 이름은 페코리노 로마노."

치즈를 곱게 간 태평이 냄비 쪽으로 눈을 돌렸다. 냄비 뚜껑이 달각거리는 소리를 내고 있었다. 물이 펄펄 끓는 걸 확인한 그는 소금 한 티스푼과 파스타 면을 냄비에 넣었다.

"거기 집게 좀 줄래?"

태평의 부탁에 로지는 냉큼 집게를 챙겨 냄비 앞에 섰다.

"이건 내가 할게. 넌 다른 거 준비해."

보글보글 끓는 물을 뚫어져라 보고 있는데 태평이 턱으로 로지의 정수리를 콕, 찍었다.

"왜?"

고개를 돌리자마자 키를 낮춘 그가 로지의 입술에 쪽, 소리를 내며 입을 맞췄다.

"뽀뽀하자고."

입가를 부드럽게 휜 태평을 흘겨본 로지는 기다란 집게로 파스타 면이 붙지 않게 저었다. 그사이 그는 넓은 팬을 냄비 옆에 있는 화구 위에 올렸다.

"후추는 조금 굵게 갈고."

레시피를 확인하듯 낮게 중얼거린 그는 통후추도 꺼내 갈았다. 로지는 달궈진 팬에 올리브유를 두르고 후추를 볶는 태평을 신기한 눈으로 바라봤다. 어렸을 때 둘이 자주 밥을 먹곤 했지만 그가 직접 요리를 하는 건 처음 보는 모습이었다.

띵—.

불시에 들려온 타이머 소리에 놀란 로지가 두리번거렸다. 입가를 느슨히 푼 태평은 타이머를 끄고 로지가 쥐고 있던 집게를 뺏어 들었다.

"앉아 있어. 다 됐으니까."

"싫어, 뭐 만드는지 나도 볼래."

침을 꿀깍 삼킨 로지는 계속해서 태평의 주위를 기웃거렸다. 면이 알맞게 익었다는 걸 확인한 태평은 파스타를 건져 팬에 넣었다. 갈아 놓은 치즈를 면 위에 뿌린 그는 면수도 한 국자 넣고 재빨리 섞었다. 오일과 치즈가 면에 달라붙듯 버무려지면서 큼큼하고 고소한 치즈 냄새가 콧속을 간질였다.

서랍에서 포크와 수저를 챙겨 식탁 의자에 앉은 로지는 잠시 옛 생각에 빠졌다. 태평과 마주 앉아 배달 음식을 먹었던 지난날이 떠올랐다.

'발라 줄게.'

치킨을 먹을 때마다 태평은 늘 로지에게 닭고기 살을 발라 주었다. 귀찮은 일은 질색하던 그가 발라 준 살코기는 그 어떤 것보다 더 맛이 있었다. 그때도, 지금도 태평의 섬세함에는 변함이 없었지만, 이젠 불 앞에서 요리까지 직접 하다니.

"또 질투 중이야?"

부드러운 태평의 물음에 로지가 고개를 들었다. 그는 눈으로 로지 앞에 놓인 푸른색 접시를 가리켰다.

"어, 고마워. 잘 먹을게."

포크를 들고 15분 만에 완성된 파스타를 바라보았다. 동그랗게 말려 담긴 면에는 매콤한 후추 알갱이가 알알이 박혀 있었다.

"보기보다 뜨거우니까 천천히 먹어. 물은 탄산수밖에 없다."

로지는 행복에 겨운 미소를 지으며 포크로 파스타 면을 돌돌 말았다.

"이런 파스타는 처음 봐."

"같이 살던 룸메가 알려 준 거야. 해리라는 친구인데 어머니가 이탈리아인이거든."

태평은 파스타 이름이 '카초 에 페페'라고 알려 줬다. 이탈리아어로 카초가 치즈, 페페는 후추라면서.

"그렇구나."

너무 정직한 이름을 가진 파스타가 로지의 웃음을 불렀다.

"다음 주에 한국에 올 거야. 너도 소개해 줄게."

뜻밖의 소식에 로지의 눈이 동그래졌다. 태평을 보러 한국까지 올 친구라면 창수만큼 친한 친구일 것 같아서였다. 로지가 무슨 생각을 하는지 다 안다는 것처럼 태평이 피식 웃었다.

"나 보려고 오는 건 아니고, 일하러 오는 거야. 걔 직업이 기자거든."

"……아."

기자라는 말에 환히 웃고 있는 올리버의 얼굴이 떠올랐다.

'기자셨어요?'

'예, 한국에서 할 수 있는 일이 나한테는 기자밖에 없더라고요.'

아직도 기억 속에 생생한 그의 따뜻한 미소에 형언할 수 없는 감정이 밀려들었다. 그리고 가슴 한구석도 선득해졌다. 태평과 자신이 다시 만나고 있다는 걸 그도 알고 있지 않을까 싶어서였다. 심각한 표정으로 포크를 움직이고 있던 로지는 식탁을 두드리는 소리에 고개를 들었다.

"식으면 맛없어."

어서 먹으라는 태평의 재촉에 들고 있던 포크로 시선을 떨어트렸다. 적당한 크기로 말려 있을 줄 알았던 파스타 면이 어느새 눈덩이처럼 크게 불어나 있었다. 아무 생각 없이 포크를 돌돌 돌린 탓이었다. 면을 조금 덜어 낼까 하다가 그냥 입에 모두 넣었다.

"음."

안개처럼 퍼지는 진한 치즈 향에 탄성이 절로 나왔다. 탄수화물과 치즈의 조합이 느끼할 줄 알았는데 후추 향이 덧입혀진 올리브유가 산뜻한 맛을 더했다.

"먹을 만해?"

볼을 한껏 부풀린 로지에게 태평이 물었다. 로지는 입술이 벌어지지 않게 잔뜩 힘을 준 채 고개만 끄덕였다. 아니, 그것만으로는 부족해서 양손의 엄지도 번쩍 들었다.

"진짜, 맛있어."

웅얼대는 중에도 로지의 입은 부지런히 움직였다. 그래도 입 안을 가득 채운 파스타는 쉽게 줄지 않았다.

"죽겠네."

웃음기가 섞인 목소리에 눈을 들었다. 재미있는 장면이라도 본 듯 태평이 그림처럼 웃고 있었다.

"오로지가, 점점 더 예뻐 보여서."

낯 뜨거운 말에 얼굴을 빨갛게 물들인 로지를 태평은 조금 더 짙어진 눈으로 바라봤다.

제 얼굴에서 떨어질 줄 모르는 시선에 로지는 재빨리 화제를 돌렸다.

"사실 오늘 저녁은 내가 사려고 했었는데. 너한테 매일 얻어먹기만 하는 거 같아. 어렸을 때야 말할 것도 없고, 요즘도 그렇고."

"그래서 싫어?"

태평이 빙긋 웃으며 의자에서 등을 떼어 냈다.

"아니, 그런 뜻이 아니라 미안하기도 하고, 고맙기도 해서."

"깊이 생각할 거 없어. 생물학적 본능이니까."

"생물학적 본능?"

대답에 앞서 태평은 물을 먼저 마셨다. 물을 삼키는 순간에도 그의 시선은 정확히 로지의 얼굴에 꽂혀 있었다.

"마음에 드는 암컷을 발견하면 수컷이 구애의 춤을 추잖아. 먹이를 잡아다 주기도 하고, 크고 튼튼한 집을 짓기도 하면서."

로지는 입을 꼭 다문 채 눈만 깜빡였다. 그 모습을 지그시 응시하던 그가 턱을 괴며 물었다.

"설마 모르는 건 아니지?"

"뭘?"

"내가, 너 유혹 중인 거."

마주 보고 있던 눈이 서서히 내려가더니, 그는 정확히 로지의 입술에 시선을 찔러 넣으며 덧붙였다.

"……특히, 키스할 때마다."

묻지도 않은 예시까지 든 태평은 기다란 눈꼬리를 살짝 접었다. 그의 눈빛에서 읽힌 성적인 암시에 로지의 입에서 결국 기침이 터졌다. 그는 번개처럼 일어나 콜록대는 로지 쪽으로 다가왔다.

"천천히 먹으라고 했잖아."

다정하게 속삭이며 그는 등을 부드럽게 쓸었다. 체한 아이의 배를 어르는 듯한 손길에 기침은 금방 멎었지만, 로지의 입에서는 떨리는 음성이 흘렀다.

"괜찮아, 가라앉았어."

태평은 짓궂은 미소를 지으며 그녀의 귀에 입술을 바짝 붙였다.

"다행이네. 넌 잘 먹을 때가 제일 예쁘거든."

로지는 말없이 파스타 면만 입에 넣었다. 더 말을 시켰다가는 그의 입에서 또다시 상상도 못 한 폭탄이 쏟아질 것 같았다. 고맙게도 태평은 식사를 마칠 때까지 더는 사레가 들릴 이야기를 꺼내지 않았다. 파스타를 다 먹고 탄산수로 입가심을 하고 있을 때였다.

띠링―.

거실 소파 위에서 들려온 휴대폰 벨 소리에 태평이 인상을 살짝 찌푸렸다. 일 때문에 영국에서 연락이 올 거라더니, 아마 그 전화인 것 같았다.

"한 시간이면 끝날 거야. 거실에서 TV라도 보고 있어."

자리에서 일어난 태평은 거실에 있던 휴대폰을 집어 들었다. 그리고 영어로 통화하며 거실과 가장 가까이에 있는 방으로 들어갔다. 방문이 닫히자마자 로지는 참았던 숨을 크게 몰아쉬었다. 빨갛게 달아올랐던 뺨이 그제야 조금 식는 느낌이었다.

'태평이가 변한 건지, 아니면 내가 변한 건지.'

로지의 속눈썹이 가늘게 떨려 왔다. 어렸을 때야 가끔씩 짙어졌던 태평의 눈을 모른 척 넘길 수 있었지만 지금은 달랐다. 진득한 욕망을 그대로 내보이는 그의 눈을 더는 무시하기 어려웠다. 하지만 그보다 더 믿을 수 없는 건 자신의 몸이었다. 과감하면서도 자연스러운 태평의 말과 스킨십에, 얼굴은 물론 몸 안쪽 어딘가도 뜨겁게 달아올랐으니까.

흐린 눈으로 허공을 보고 있던 로지는 황급히 몸을 일으켰다. 그리고 싱크대로 걸음을 옮겼다. 설거지라도 하며 정신을 차리려고 했는데 아쉽게도 수세미와 세제가 보이지 않았다. 태평에게 물어볼까 하다가 고개를 세차게 저었다. 지금 그의 얼굴을 마주 봤다가는 심장이 또다시 쿵, 하고 떨어질 게 뻔했다.

'세수라도 해야겠다.'

분홍색 소파 옆에 둔 가방에서 파우치를 꺼내 욕실로 들어갔다. 가볍게 세수를 한 뒤 양치도 하려고 했는데 선반 위에 놓여 있는 칫솔이 눈에 들어왔다.

"……이건."

포장도 뜯지 않은 새 칫솔은 남성용이라고 보기 어려운 분홍색이었다. 정면에 있는 거울을 왼쪽으로 밀었다. 거울 뒤에 달린 수납장에는 아까 태평에게 빌려 썼던 수건과 같은 소재로 만들어진 분홍색 샤워 가운이 개켜져 있었다. 로지는 반 뼘 정도 열려 있는 욕실 문틈 사이로 거실에 시선을 주었다. 무채색 가구와 가전제품으로 가득한 공간에서 분홍색 소파가 뚜렷한 존재감을 자랑하고 있었다.

　가지런했던 눈썹이 흐트러지면서 로지의 입술에 미소가 걸렸다. 착각일 수도 있지만, 분홍색 물건들이 모두 자신을 위한 것처럼 느껴져서였다. 들고 온 칫솔이 아닌 새 칫솔의 포장을 당당하게 벗겼다. 분홍색 칫솔모 위에 태평이 쓰고 있는 치약을 넉넉히 짰다. 민트 향이 나는 거품을 한가득 머금었다가 입을 여러 번 헹궈 냈다.

　상쾌한 기분으로 거실로 돌아온 로지는 다시 분홍색 소파에 앉았다. 천장을 둘러보던 눈에 몰딩 대신 간접 조명이 설치된 게 보였다. 테이블 위에 있는 리모컨으로 메인 조명을 껐다. 낮처럼 환했던 실내에 은은한 어둠이 깔렸다.

　'아직도 통화 중인가?'

　태평이 들어간 방 쪽으로 귀를 기울였다. 급한 통화는 끝냈는지 방에서는 탁탁거리는 기계식 키보드 소리만 들리고 있었다. 리모컨으로 TV를 켜고 볼륨을 빠르게 낮췄다.

　무심히 채널을 돌리던 로지의 손이 연예·문화 뉴스 화면에서 움직임을 멈췄다. 그와 동시에 화면을 보던 눈은 긴장감으로 파르르 떨렸다.

〔한 주간의 문화 소식을 전해 드립니다. 〈월드 아트 페어〉 개막이 드디어 일주일 앞으로 다가왔는데요. 현저한 예술적 성취를 이룬 화가들의 작품이 시립 미술관에서 대거 전시될 예정입니다. 그중 우리나라는 물론 전 세계가 주목하고 있는 신작이 있습니다. 바로 현대 한국 미술사를 아름답게 수놓은 강유준 화가의 그림입니다.〕

깜빡임을 잊은 로지의 눈동자 위로 강유준의 사진이 흘러들었다. 손바닥에 잡힌 끈적한 땀을 니트 스커트에 천천히 문질러 닦았다. 강유준 소식을 직접 들은 건 거의 7년 만이었다. 창수에게 언뜻 교수로 일하고 있다는 것만 전해 들었는데.

〔강유준 화가가 동면에서 깨어났다는 것에 미술 관계자들과 컬렉터들은 반색하고 있습니다. 최근 강유준 화가의 그림 〈사계〉가 데비지스 옥션에서 12억에 낙찰됐다는 소식도 전해 드렸었는데요. 이번에 발표할 신작은 어둡고 묵직했던 〈사계〉와 달리 밝고 가벼운 그림이라고 하네요. 〈사계〉에 이어 〈A Frozen Tree〉라는 역작을 발표했던 강유준 화가가 이번에는 어떤 작품으로 우리의 마음을 훔칠지 기대가 큽니다.〕

망연히 화면을 응시하고 있던 로지는 TV를 껐다. 〈월드 아트 페어〉가 열린다는 건 알고 있었지만, 강유준의 이름을 그 전시회와 연관 짓게 될 줄은 몰라 당황스러웠다.

TV 소리가 끊긴 거실에는 규칙적으로 떨어지는 빗소리만 들렸다. 한숨이 비어져 나오려는 입술을 질끈 깨물었을 때였다.

"TV, 왜 껐어?"

등 뒤에서 낮은 목소리가 들려왔다. 태평을 등지고 앉아 있던 로지는 고개를 돌리기 전에 이부터 악물었다. 혼란스러운 마음을 그에게 내비치고 싶지 않아서였다.

"볼 게 딱히 없어서."

복잡한 생각으로 엉켜 있는 머릿속과는 달리 로지의 목소리는 덤덤했다. 미동 없이 로지를 주시하고 있던 태평이 천천히 걸음을 옮겼다.

"그래? 재미없으면 영화라도 보지 그랬어."

다정한 그의 목소리 끝에는 피곤함이 묻어 있었다. 로지는 조금 충혈된 태평의 눈을 바라보며 일은 다 끝낸 거냐고 물었다.

"급한 불만 껐어."

로지 옆에 앉으며 태평이 고개를 끄덕였다.

"영국에서 하던 일이야?"

제 손에 있던 리모컨을 가져가는 태평에게 로지가 다시 물었다. TV를 켤 줄 알았더니, 태평은 리모컨을 테이블 위에 던지듯 내려놓고 모로 누웠다. 로지는 제 허벅지를 베고 누운 그를 황당한 눈으로 내려다봤다.

"쿠션, 저기 있는데."

자신의 아랫배가 태평의 뒤통수에 닿을까 조심하며 로지는 가죽 소파를 가리켰다. 비좁은 분홍색 소파보다는 널찍한 소파가 편하지 않겠냐고도 말하려 했는데.

"싫어, 쿠션보다 네가 더 편해."

그는 마치 로지의 마음을 읽은 사람처럼 설득당하기를 거부했다.

"뭐?"

"나도 어렸을 때 네 무릎베개 많이 해 줬잖아."

졸음이 무겁게 매달려 있는 목소리로 태평이 말했다. 조용히 미소만 흘리던 로지는 어린 시절의 은혜를 갚는 심정으로 잠깐의 불편함을 감수하기로 했다.

"알았어. 잠깐 눈 좀 붙여."

허락이 떨어지기가 무섭게 그는 로지의 손을 잡아 제 머리 위에 올렸다. 그리고 이미 반밖에 뜨고 있지 않은 눈을 반달로 휘며 투정처럼 들리는 말들을 뱉어 냈다.

"무릎베개뿐인가, 에어컨만 틀면 춥다고 해서 잘 때마다 네 이불 역할도 하고, 화실에서 그림 그리다가 잠들면 침대까지 안아서 옮겨 주기도……."

"저기!"

힘없이 오르내리던 그의 눈꺼풀이 로지의 다급한 목소리에 잠시 움직임을 멈췄다. 일단 그의 말을 끊는 데 성공한 로지는 머릿속을 떠다니는 말 중 아무거나 내뱉었다.

"전화가, 어디에서 온 거야? 학교 일 말고 다른 일도 하고 있어?"

"응, 올해 하반기부터 같이 일하기로 한 스튜디오에서 연락이 와서."

자연스레 화제가 바뀐 걸 기뻐하며 로지는 질문을 이어 갔다.

"하반기 일을 지금부터 준비해야 해?"

"투자한 만큼 뽑겠다는 거지."

태평은 지금 이 집과 차를 스튜디오에서 마련해 준 거라고 했다.

"대표하고 미팅을 했는데, 일 시작하기 전에 6개월 정도 안식년이 필요하다고 했더니. 내가 간을 보고 있는 줄 알았나 봐. 한국에서 지내는 동안 필요한 경비를 다 부담하겠다고 해서 그러라고 했지."

"와, 너 진짜로 성공했구나."

속물처럼 들릴 수도 있겠지만 로지는 태평에게 다시 한번 축하 인사를 건넸다.

"이 정도로 성공은 무슨, 내가 관에 들어갈 때라면 모를까."

시선을 태평의 옆얼굴에 둔 로지는 눈만 깜빡였다.

"올해보다 내년에 더 벌 거야. 내년보단 그다음 해에 더 벌 거고. 그러니까 축하는 내가 숨넘어가기 전에 해. 그때 내가 가진 돈이 가장 많을 테니까."

자신감을 넘어서 허풍에 가까운 태평의 말에 로지의 입에서 웃음이 터졌다. 그 웃음소리에 태평이 눈을 가늘게 떴다.

"웃지 마, 진심이니까."

"웃으라고 한 소리 아니었어?"

"나, 잘난 놈인 거 너는 알잖아."

"……."

"겸손을 떠는 게 가식적일 만큼, 날 때부터 잘난 놈."

"……."

"그래서 그림으로 그리고 싶었던 거 아니야?"

어깨까지 떨며 웃던 로지는 천천히 웃음을 그쳤다. 그리고 백화점에서 봤던 태평의 모습을 돌이켰다. 다른 장점을 드러낼 필요도 없이 외모만으로 낯선 여자들의 시선을 한 몸에 받던 태평이었다. 그뿐 아니라 그는 영국에서 자신이 가진 재능을 마음껏 꽃피우는 중이었다. 그런 태평이 이렇게 좋은 집을 놔두고 자신을 따라 지하방에서 지내고 있었다. 어렵게 얻은 휴가도 제대로 즐기지 못하고, 어울리지 않는 곳에서 일해 가며.

잠시 말을 잃은 두 사람 탓에 거실에는 거세진 빗소리만 들렸다. 태평은 선잠이 들기라도 했는지 고른 숨을 뱉었다. 로지는 그의 머리를 가만히 쓸었다. 곧게 뻗은 머리카락에서 기분 좋은 탄력감이 느껴졌다.

'어른이 되면 네게 해 줄 수 있는 게 많을 줄 알았는데.'

생각에 잠긴 로지의 얼굴에 괴로움 한 자락이 떠올랐다. 떨치려고 해도 떨칠 수 없는 우울함이었다. 바로 그때 자는 줄 알았던 태평이 로지의 손을 쥐었다.

"로지야."

그의 부름에 로지는 바로 답하지 못했다. 코끝이 시큰해진 탓이었다. 이유는 정확히 몰랐다. 제 손을 더듬는 손길이 너무 따뜻해서였는지, 제 이름을 부르는 목소리가 너무 다정해서였는지는.

"오로지."

대답이 없는 로지를 한 번 더 부르며 그가 모로 누워 있던 몸을 반대쪽으로 돌렸다. 어둠에 익숙해진 두 사람의 눈이 허공에서 조용히 얽혔다.

"학교 일만 끝나면 나하고 스페인으로 가자."

"……."

"스페인이 싫으면 다른 나라도 상관없어. 유럽이면 어디든 갈 수 있으니까."

"……."

"화실도 제대로 만들어 줄게. 푸른 바다가 보이는 집에다가."

태평은 잡고 있던 로지의 손을 자신의 얼굴 쪽으로 당겼다. 그리고 작은 손바닥에 그의 입술을 깊이 묻었다가 떼어 냈다. 손바닥에서 느껴지는 뜨뜻한 열감에 로지는 아무 생각도 할 수 없었다. 제 심장 소리가 빗소리보다 더 크게 들린 탓이었다.

"천천히, 생각해 볼게."

답을 미루며 태평에게 잡힌 손을 슬며시 뺐다. 계속 잡혀 있다가는 손바닥에 불이 붙을 것 같아서였다. 그는 느릿하게 상체를 일으켜 로지 옆에 앉았다. 로지는 고개를 돌리지 않고 정면만 응시했다. 차마 그의 눈을 제대로 볼 수가 없었다.

"생각하지 마."

침착한 태평의 목소리가 거실을 울렸다.

"그럴 틈, 내가 안 줘."

목소리가 가까워진 느낌에 고개를 돌리려는데 그의 손이 먼저 로지의 어깨를 잡았다. 상체가 돌아간 건 순식간이었다.

"태……."

평, 이라는 이름은 그의 입술 사이로 단번에 빨려 들어갔다. 로지의 뺨을 조심스레 감싼 그는 이어서 그녀의 윗입술과 아랫입술을 차례대로 머금었다. 순간, 놀라서 크게 뜨고 있던 로지의 눈이 스르륵 감겼다.

온몸이 녹아내리는 것 같은 키스였다. 실제로 태평은 사탕이라도 녹여 먹는 것처럼 로지의 작고 앙증맞은 입술을 굴리듯 핥았다. 얇은 피부에서 퍼지기 시작한 야릇한 쾌감에 로지는 몸을 작게 떨었다.

"으음."

상체를 지탱하고 있던 힘이 서서히 풀려 갔다. 허물어지는 로지의 허리를 휘감은 태평은 고개를 비틀어 입을 맞추었다. 결합이 깊어지면서 키스는 더욱 집요해졌다.

유혹을 당하는 게 이런 느낌인 걸까.

태평의 어깨에 팔을 두른 로지는 저도 모르게 단단한 그의 몸에 매달리듯 안겼다. 그러지 않고서는 자신이 이대로 흔적도 없이 사라질 것 같았다. 풀어질 때로 풀어진 혀끼리 얽혀 들면서 타액이 교환되었다. 호흡도 점점 가빠졌다. 몸을 비틀어 봤지만 태평에게 결박된 상체가 꼼짝도 하지 않았다. 산소가 모자란다고 폐가 비명을 지를 무렵, 태평이 그녀의 입술을 간신히 놓아주었다.

"나도, 지금 질투 중이야."

귓가에 끈적하게 들러붙는 그의 음성에 로지는 가쁜 숨만 골랐다.

"네 질투하고는 비교도 안 될 만큼 추잡하게. 난 사람만이 아니라, 네 눈길이 닿는 모든 것에 화가 나니까."

눈꺼풀을 들어 올려 태평을 바라봤다. 살짝 찡그리고 있는 그의 눈은 목소리만큼 강렬한 흥분을 숨기지 못하고 있었다.

"지금처럼 네가 나만 보고, 나한테만 흥분하고, 내 팔에만 매달리게 만들고 싶을 만큼."

감춰 왔던 욕망을 드러낸 태평 앞에서 로지 역시 차분함을 잃었다. 희미하게 떨리는 입술이 그 증거였다. 하지만 그건 태평이 무섭거나 두려워서가 아니었다. 오히려, 정반대라고나 할까. 귀를 간지럽히는 그의 숨결에도, 부쩍 낮아진 목소리에도, 제 허리를 감싼 단단한 팔에서도 로지는 지금껏 경험해 보지 못했던 큰 자극을 느끼고 있었다.

가느다란 로지의 목덜미에 태평이 입을 맞췄다. 연하고 보드라운 피부에 퍼붓는 키스에 어깨를 움츠렸는데, 그가 다시 중얼거렸다.

"하고 싶어."

말문이 막힌 로지는 떨리는 눈으로 그의 끓어오르는 눈동자만 응시했다. 얼굴을 로지의 코앞까지 가져온 태평은 제 입술을 핥으며 유혹하듯 속삭였다.

"너하고 엉망이 될 때까지."

고막을 파고드는 느릿한 중저음의 목소리에 로지의 숨이 다시 가빠졌다.

목덜미는 물론 온 얼굴까지 발갛게 물들인 채 로지는 말을 더듬었다.

"……나, 나는 아직 준비를 못 했는데."

픽, 웃음을 터트린 태평은 그녀의 귀를 아프지 않게 깨물었다. 로지의 입에서 비명 비슷한 신음이 터졌다. 그의 손길과 입술에 흥분이 된다는 건 알고 있었지만 단단한 이에도 신경이 자극될 수 있다니.

"로지야."

마치 악마의 속삭임 같은 그의 부름에 로지는 마른침만 삼켰다. 태평을 더 알아 가고 싶은 건 사실이었지만 이렇게 분위기에 휩쓸리면 안 된다는 이성이 자신에게는 남아 있었다. 아니, 남아 있다고 믿었다. 흥분에 젖은 태평의 목소리를 듣기 전까지는.

"나는 이미 오래전에 준비를 끝냈고, 너도 준비가 된 것 같아."

"……."

"우리 몸에서 체온이 가장 낮은 부위가 귀인데, 지금 네 귀가 제일 뜨겁거든."

비밀을 전하듯 낮은 목소리로 속삭인 그는 로지의 작은 귀를 다시 입술로 물었다. 예민한 살점을 건드리는 느낌은 온몸의 솜털이 일어날 만큼 자극적이었다. 미약한 흥분이 묻은 신음이 로지의 입에서 터졌다.

"으읏."

로지의 흥분에 동조한 태평이 그녀의 입술을 진하게 덮쳤다. 그 와중에 그의 손은 로지가 걸쳐 입은 얇은 니트 속으로 파고들었다. 허리와 옆구리를 쓸어내리는 그의 손길에 로지는 두 눈을 꽉 감았다. 그러자 온몸에서 피어오르기 시작한 감각이 더욱 생생히 느껴졌다. 그의 손바닥이 스치고 지나간 피부마다 찌릿한 전류가 흘렀다. 뒤이어질 상황을 예감한 몸은 준비라도 하려는 듯 화끈, 달아올랐다. 그때 허스키한 목소리가 다시 귓가에서 울렸다.

"싫으면 말해. 죽을힘을 다해 멈출 테니까."

"······."

"부드럽게 안겠다는 약속은 못 하겠지만."

"······."

"처음이라, 나도 내가 어떻게 반응할지 장담할 수가 없어서."

무엇이든 생각해 보려 했지만 로지의 머리는 생각을 멈춘 지 오래였다. 남은 건 몸이 보내는 신호뿐이었다. 다리 사이에 고이기 시작한 열기를 인지한 로지는 떨리는 입술을 천천히 열었다.

"나도, 너를 원해."

태평은 망설임 없이 로지의 입술을 덮었고, 로지는 자연스레 그의 목을 감싸 안았다. 밀어 넣은 두 사람의 혀끝 사이로 민트 향이 섞인 숨이 달라붙었다. 달아오른 태평의 혀가 정신없이 로지의 혀를 얽어 왔다. 그것만으로는 성마른 열기를 달랠 수 없었는지 그는 로지의 몸에 제 상반신을 뭉개듯 붙였다. 그 바람에 균형을 잃은 로지가 소파에 길게 누웠다. 태평은 그녀의 쇄골에 입술을 파묻으며 중얼거렸다.

"로지."

로지는 아무 말도 할 수 없었다. 자신을 무릎 사이에 가두고 상체를 세운 그가 양팔을 교차시켜 트레이닝복을 벗어 던진 탓이었다. 로지의 동공이 눈 부신 태양을 바라볼 때처럼 한껏 작아졌다. 그만큼 근육으로 빼곡하게 짜인 그의 상반신은 지독히도 색정적이었다. 움직일 때마다 도드라져 보이는 상처마저 자신을 유혹하는 것처럼 보일 만큼.

열기에 들떠 흐릿해진 눈으로 태평을 바라보던 로지가 간신히 입을 열었다.

"몸의 상처가."

"……상처?"

"상처가, 더 늘었어. 예전보다."

흐트러진 앞머리에 가려진 태평의 이마에 주름이 팼다. 툭, 건드리면 눈물을 쏟아 낼 것 같은 로지의 눈빛에 환장할 것 같았다. 이 상황에 제 몸에 생긴 흉터 따위를 걱정하고 있다니. 지금 자신은 금방이라도 폭발할 수 있는 활화산처럼 들끓고 있는데.

마른 입술로 혀를 훑어 내리며 그가 갈라진 목소리로 속삭였다.

"나보다 낫네. 그런 쓸데없는 생각을 할 여유도 있고."

로지의 위로 무너져 내린 그는 입술을 포개고 허겁지겁 입을 맞췄다. 웅크리고 숨어 있는 혀를 찾아내 빨아들이자 끈적하고 달콤한 타액도 넘어왔다. 그걸 달게 삼킬 때마다 그를 채우고 있던 불길도 점점 거세졌다. 입맞춤이 길어지자 숨이 모자랐는지 로지의 고개가 살짝 비틀렸다.

"하아……."

로지가 흐트러진 호흡을 정리하는 순간도 태평은 그냥 흘려보내지 않았다. 그는 로지의 목덜미를 혀로 길게 핥아 올린 뒤 턱 끝에 입을 맞췄다. 그러면서 그의 손은 숨을 쉴 때마다 오르락내리락하는 그녀의 배를 조심스레 쓸었다. 크림처럼 부드러운 살결이 손바닥에 감기자 정신이 어질어질했다.

쪽, 하고 로지의 뺨에 입을 맞춘 후, 그는 로지의 갈색 머리카락에 손을 집어넣으며 상체를 천천히 내렸다. 곧이어 그의 다른 손은 니트 아래에서 작은 굴곡을 만들고 있는 로지의 가슴을 그러쥐었다. 커다란 손등 위로 굵은 핏줄이 거칠게 돋아났다.

"예뻐, 미쳐 버릴 만큼."

로지는 밭은 숨만 흘리고 있었다. 그 숨결을 음미하듯 마시며 붉어질 대로 붉어진 로지의 입술을 삼켰다. 가슴을 어루만지는 그의 손길에 로지의 몸이 제멋대로 꿈틀거렸다. 육체가 정신적인 통제를 거부하기 시작한 건 태평도 마찬가지였다. 터질 듯 부풀어 오른 하체가 그에게 어서 빨리 이 짐승 같은 욕정을 해소하라고 명령하고 있었다.

태평은 제 밑에 누워 있는 로지의 허리에 손을 넣어 그녀를 조심스럽게 일으켰다. 그리고 로지의 뒷목을 감싸며 이마를 맞댔다. 서로의 한층 더 뜨거워진 체온이 이마 사이로 느껴졌다. 조용히 시선만 얽던 그가 발톱을 숨긴 맹수처럼 물었다.

"그림, 그려 줄까?"

발갛게 상기된 얼굴로 로지는 두 눈을 크게 떴다.

"나도 널 그려 보고 싶은데. 이왕이면 누드화로."

"……뭐?"

"침실 옆이 화실이야. 자고 나서 그릴까, 자기 전에 그릴까?"

농담 반, 진담 반으로 던진 질문이었다. 어서 침실로 가자는 말을 돌려서 하려는 뜻도 있었지만, 로지의 나신을 그림으로 그려 보고 싶은 것도 사실이었으니까.

"침실로 가자, 가면서 구경해."

소파에서 일어난 태평은 로지를 단번에 들어 올렸다. 그새 다시 긴장을 했는지 로지의 몸이 작게 동요하는 게 느껴졌다. 그 작은 떨림마저도 돌아 버릴 만큼 귀여웠다. 침실로 걸어가면서도 태평은 그녀의 작고 귀여운 귓불을 연신 지분거렸다. 뜨거운 그의 숨이 로지의 뺨으로 옮겨 가려 할 때였다.

"다음에."

로지의 볼에 입을 맞추려던 그가 멈칫했다.

"다음이라니?"

태평에게 안겨 있던 로지는 부자연스럽게 그의 시선을 피했다. 로지를 내려놓은 그는 그녀의 턱을 잡아 제 쪽으로 올렸다. 억지로 바라본 로지의 눈동자에는 긴장감과 다른, 알 수 없는 감정들이 떠다니고 있었다. 그의 목울대가 위아래로 크게 움직였다.

"내가 실수한 거라도 있어?"

로지가 불편해한다면 멈추는 게 옳았지만, 너무 갑작스러운 거부라 그 역시 당황을 감출 수가 없었다. 짧은 정적이 흐른 뒤 로지가 입을 열었다. 귀를 기울이지 않으면 들리지 않을 만큼 아주 작은 목소리였다.

"화실을, 다음에 보고 싶다고."

열기에 들떠 있던 태평의 눈에 이채가 서렸다. 섹스가 아닌 화실

구경을 미루고 싶다는 답이 반가워야 했는데, 이상하게도 그의 심장은 알 수 없는 불안감으로 바짝 조여들었다.

"……왜?"

눈빛을 달리하고 물었다. 그만큼 화실을 둘러보는 건 고민의 여지가 없는, 어려운 일이 아니었기 때문이었다. 로지는 대답 대신 까치발을 들고 태평의 턱에 입을 맞췄다. 어서 이 분위기를 이어 가자는 신호였지만 그의 내리뜬 눈은 조금 더 매서워졌다.

가만히만 있어도 예쁜 로지가 무방비한 상태로 자신 앞에 서 있었다. 단정했던 머리카락이 잔뜩 헝클어진 채. 항상 침착하던 갈색 눈동자에는 숨길 수 없는 열기도 어려 있었다. 그의 손길에 착실하게 쌓인 흥분의 증거였다. 욕망을 누를 수 없는 건 태평도 마찬가지였다. 태어나 단 한 번도 맛보지 못했던 성적 자극을 로지와 경험해 보고 싶다는 충동이 그 어느 때보다 강렬했으니까.

'그런데 왜, 꼼짝도 할 수가 없지?'

딱딱하게 부푼 하체와 달리, 태평의 눈빛은 서늘하고 고요하게 가라앉았다. 착각이었으면 좋겠지만 무언가 어긋난 기분이 들었다. 본능까지 멈칫하게 한 이 경고를 절대 무시해서는 안 된다는 공포도 밀려왔다.

순간 플래시가 터진 것처럼 시야가 환해졌다. 이어서 우르릉거리는 천둥소리가 들렸다. 번개가 치는 찰나의 순간에도 태평은 로지의 얼굴에서 눈을 떼지 않았다. 빛이 내리칠 때 언뜻 보인 로지의 갈색 눈동자는 극심한 침잠에 빠져 있었다. 물속에 잠긴 듯한 그 눈빛에 태평은 깊이를 가늠할 수 없는 절망감마저 느꼈다. 7년 만에 보았던 로지의 눈동자가 스냅 사진처럼 선명히 떠오른 탓이었다. 영혼이 빠져나가 죽어 버렸던 그 눈이.

천천히 고개를 내린 그는 전혀 상처받지 않았다는 얼굴로 입을 열었다.

"오늘은 안 되겠네."

마주 보고 있는 로지의 어깨를 감아 자신 쪽으로 당겨 안았다. 그리고 로지의 목덜미에 얼굴을 묻었다. 포근한 체향이 그가 숨을 마시고 내뱉을 때마다 돌아왔다가 사라지기를 반복했다.

"처음이라 긴장했나."

긴장했다는 태평의 말에 로지는 아무 말도 하지 않았다. 그저 태평의 품에 갇혀 숨만 짧게 쉬고 있을 뿐이었다.

창을 두드리는 빗소리가 요란했다. 그 소리에 집중하며 혼란스러운 생각을 가라앉히고 있는데 로지가 숨을 고르는 게 느껴졌다. 뭔가 할 말이 있는 것처럼. 하지만 그의 기다림이 무색하게 로지는 끝내 입을 열지 않았다. 태평은 제 품에서 점점 작아지는 로지를 온몸으로 끌어안았다.

"사랑해, 오로지."

그의 입에서 오랫동안 눌러 왔던 마음 한 자락이 터져 나왔다. 왜 하필 이런 순간에 고백한 건지는 자신도 이해할 수 없었다. 그저 지금이 아니면 안 된다는 절박함이 그를 무슨 말이든 내뱉도록 내몰았다는 것밖에는. 고맙게도 로지는 그의 자백에 가까운 고백을 비웃지 않았다. 한참 동안 태평을 안고 있던 그녀의 입에서 물기 어린 목소리가 흘렀다.

"……나도 같은 마음이야."

이어진 그녀의 말은 커다란 파도가 되어 태평의 가슴을 휘몰아쳤다.

"너한테 지지 않을 만큼, 나도 너를 사랑하고 있어."

머리가 핑 돌 만큼 현기증이 일었다. 덜컥거리는 심장을 간신히 부여잡고 태평은 로지의 정수리에 입을 맞췄다. 뭔가 놓친 게 있지는 않았을까, 너무 쉽게 간과한 건 없었나, 로지의 말문을 틀어막은 건 뭐였을까, 잡초처럼 무성하게 돋아났던 의심들이 이 순간만큼은 보이지 않았다. 로지를 끌어안고 있던 그가 꽉 잠긴 목소리로 말했다.

"집에 가자."

로지의 뺨에 입을 맞춘 뒤 벽 쪽으로 시선을 돌렸다. 시계가 11시 30분을 가리키고 있었다.

와이퍼를 최대 속도로 움직여야 할 만큼 대단한 폭우였다. 도로 위가 온통 뿌연 안개가 서린 것처럼 빗물이 정신없이 튀고 있었다. 태평은 조수석 창에 비친 로지의 창백한 얼굴을 훑었다. 선명해진 정신 사이로 신경을 거스르는 무언가가 느껴졌다.

'그림을 그리는 걸 피하는 다른 이유가 있는 게 분명한데.'

로지와 소파에서 뒹굴 때만 해도 아무 문제가 없었다. 태평이 '화실'을 입에 올리기 전까지는 그녀도 그와 마찬가지로 서로의 몸을 탐하기에 바빴다. 로지의 눈동자가 잿빛으로 물들기 시작한 건 화실

쪽으로 이동했을 무렵이었다. 태평의 깊은 생각은 건물 근처에 도착할 때까지 끊이지 않았다.

"나 좀, 먼저 내려 줘."

주차할 곳을 찾던 태평은 로지의 부탁에 건물 앞으로 차를 돌렸다. 평소 같았으면 차를 세우고 같이 가자고 했겠지만, 로지 말대로 건물 근처에 내려 주는 게 지금 날씨에는 최선이었다.

"현관에서 기다려."

고개를 끄덕인 로지는 급한 일이 생긴 것처럼 우산을 챙겨 차에서 내렸다. 태평의 시선이 그녀의 뒷모습을 쫓았다.

"……!"

로지가 뛰듯 달려간 곳은 마당에 있는 똥개의 집이었다. 똥개는 제 덩치보다 한참 작은 개집에 고개만 넣고 궁둥이는 빼고 있었다. 천둥소리가 무서워 벌벌 떨고 있는 것 같았다. 똥개를 챙기느라 고생할 로지 생각에 태평은 차를 댈 곳을 찾아 바쁘게 눈을 돌렸다. 다행히 건물과 멀지 않은 곳에 차를 한 대 세울 공간이 보였다.

"하늘에 구멍이라도 났나."

시동을 끄자마자 우산을 펼쳐 들고 차에서 내렸다. 얼마 걷지 못해 신고 있던 운동화가 빗물에 흠뻑 젖었다. 로지의 신발도 젖지 않았을까 걱정하며 건물 앞에 도착했을 때였다. 그의 눈앞에서 똥개가 로지에게 달려들었다.

"로지야!"

부리나케 달렸지만 로지의 몸은 똥개의 무게에 밀려 이미 뒤로 크게 넘어간 뒤였다. 로지는 땅바닥에 손을 짚으며 힘없이 쓰러졌다.

"괜찮아?"

"어."

로지를 일으키기 위해 그녀의 오른팔을 힘주어 당겼는데, 고통스러운 비명이 빗소리를 뚫고 들려왔다.

"아악!"

태평은 잡은 손을 급히 놓았다. 당황한 그의 눈에 전기에 감전된 것처럼 덜덜 떨리는 로지의 오른손이 보였다. 재빨리 팔이 아닌 로지의 허리를 부축해 일으켰다.

"일단 들어가. 개는 내가 데리고 들어갈 테니까."

로지를 먼저 들여보내고 태평은 똥개의 목줄을 풀었다. 천둥이 울릴 때마다 개는 온몸을 크게 떨며 낑낑거렸다. 안아 달라고 달려드는 개를 들어 현관문을 열고 건물 안으로 들어갔다.

"감기라도 걸리면 어쩌지? 털이 다 젖었는데."

로지는 흙탕물을 뒤집어쓴 똥개를 걱정스러운 눈으로 살폈다. 태평은 똥개의 목줄을 계단에 묶으며 말했다.

"옷 갈아입고 나와. 병원 갈 거니까."

오른손을 등 뒤로 감추며 로지가 고개를 저었다.

"괜찮아, 파스 붙이면 돼."

눈썹을 세운 태평이 무섭도록 낮아진 목소리로 말을 이었다.

"……괜찮지 않아, 내가."

입술을 지그시 깨무는 그녀를 태평의 검은 눈이 뚫어질 듯 응시했다.

로지는 어쩔 줄 몰라 하는 얼굴로 작게 중얼거렸다.

"넘어져서 다친 거 아니야. 식당에서 아르바이트할 때 오른손을 많이 써서 그래. 쉬면 낫는다고 했어."

이미 의사에게 진료를 받은 적이 있다는 로지의 말에 태평은 이마를 감싸 쥐었다. 그간 그녀에게 느꼈던 위화감의 실체가 뭔지 이제야 알 것 같았다.

젓가락 대신 포크를 자주 사용하던 모습도, 손을 잡을 때마다 슬며시 찌푸리던 얼굴도, 그림을 그리라고 할 때마다 격렬히 거부했던 것도.

'치료할 수 없을 만큼 망가진 건 아니겠지.'

부정적인 생각을 지운 그는 다정함을 가장한 미소를 지었다.

"그래, 일단 오늘은 푹 쉬어. 병원은 내일 아침에 가자."

로지는 안심한 표정으로 고개를 끄덕이고 계단을 올랐다. 로지를 현관문 앞까지 바래다준 태평은 다시 1층으로 돌아왔다. 똥개가 기다렸다는 듯 그의 다리 사이로 파고들었다.

"간식 없어."

계단을 의자 삼아 앉은 태평이 똥개의 머리를 가볍게 쓰다듬었다. 천둥 때문에 눈물이라도 흘렸는지 눈곱이 잔뜩 낀 똥개의 눈에는 아쉬움이 가득했다.

"나중에 사 줄게."

똥개는 자길 혼자 여기에 두고 가지 말라는 것처럼 태평의 다리에 턱을 괴었다. 그 바람에 바지가 엉망이 되었지만 그는 크게 신경 쓰지 않았다. 똥개에게 고마운 마음밖에 들지 않아서였다.

"너한테 진 빚은 갚아야지."

똥개는 끼잉, 소리를 내며 그의 손에 주둥이를 비볐다. 새카만 코에서 축축한 콧물이 느껴졌다.

"춥나?"

묻기가 무섭게 똥개가 재채기를 크게 했다. 한숨을 내쉰 그는 똥개의 목줄을 풀었다. 집에 데리고 가서 털이라도 말려 줘야 할 것 같아서였다. 진짜 감기라도 걸렸다간 로지가 열 일을 제쳐 두고 똥개 간호에만 매달릴 테니까. 몸을 일으킨 태평은 로지에게 메시지를 보냈다.

[오전 8시까지 데리러 갈게.]

알겠다는 답장이 금방 날아왔다. 파스타가 정말 맛있었다며 배가 빵빵하게 부푼 토끼 이모티콘을 보낸 로지의 문자에 태평은 너그럽게 웃었다. 그의 기분이 좋아진 걸 눈치챈 똥개가 꼬리를 더 크게 흔들었다. 그는 제 관심을 구걸하는 똥개를 물끄러미 내려다봤다.

"너, 평생 충성할 수 있어?"

"……"

"오로지 말 잘 들을 거냐고."

"……"

똥개는 말없이 입맛만 쩝쩝 다셨지만 태평은 그걸 대답으로 인정했다. 지갑에서 5만 원짜리 지폐를 꺼낸 그는 그걸 반으로 접어 주인집 아주머니네 현관문 틈에 끼워 놓았다.

"들어와."

똥개를 데리고 집으로 간 태평은 마른 수건을 물에 적셨다. 똥개의 얼굴과 발을 닦아 주기 위해서였다. 간단하다고 여겼던 일은 드라이어로 똥개의 젖은 털을 말리기 시작하면서 건잡을 수 없는 큰일로 번졌다.

"끝!"

더러워진 수건을 집어 던지며 태평이 똥개를 흘겨봤다. 한 시간이나 걸려 씻겼는데 똥개는 고맙다는 말 한마디 없이 그가 깔아 준 보송한 타월 위에 냉큼 누웠다.

"야!"

"……."

"양심이 있으면 그만 좀 커!"

주인으로서 내린 첫 명령이었는데, 똥개는 뒷발로 귀를 탈탈 털더니 눈을 감았다. 속으로 씩씩대던 그가 다시 휴대폰을 꺼냈다.

ㅡ여보세요?

잠기운이 없는 목소리로 로지가 전화를 받았다.

"아직 안 잤어?"

ㅡ응, 방금 씻고 머리 말렸어.

벽에 등을 기대고 앉아 있던 태평은 어이없는 웃음을 흘렸다. 똥개 뒤치다꺼리를 하느라 흙투성이가 된 자신이 한심스러워서였다.

—근데 왜 전화했어?

"똥개 이름 좀 바꿔 달라고."

—똥개 이름을?

"어, 오늘부터 내가 키우기로 했어."

—……정말?

"응."

—음, 전부터 생각했던 건데, 율무라는 이름을 지어 주고 싶었어.

"율무?"

—털 색이 율무차 색이잖아.

태평은 그새 코를 골기 시작한 똥개를 힐끗 쳐다봤다. 율무는 무슨, 정체를 알 수 없는 색의 털을 가진 개가 보였다.

"좋네, 율무."

스피커 너머로 좋아서 웃는 소리가 넘어왔다.

—네가 키운다니까 너무 마음이 놓여. 나는 키우고 싶어도 여유가 안 돼서 못 하고 있었는데.

똥개가 율무라는 이름으로 개명한 게 좋았는지 로지의 목소리는 확연히 들떠 있었다. 오래전에 로지와 통화할 때마다 들었던 밝고 사랑스러운 음성처럼. 잠시 감상에 젖어 있던 그는 서둘러 통화를 마무리했다.

"빨리 자. 내일 일찍 일어나려면."

—알았어, 너도 잘 자고.

로지는 잘 자라는 말을 잊지 않고 전화를 끊었다. 그 인사에 태평의 입술이 느슨하게 풀렸다. 어렸을 적 수십 번은 넘게 들었던 말이었는데, 그때보다 지금이 더 듣기 좋아서였다.

"좋은 건, 좋은 건데."

방을 둘러보던 태평의 얼굴에서 차츰 표정이 지워졌다. 한참을 침묵하던 그는 무겁게 가라앉은 목소리로 읊조렸다.

"커터 칼을, 아직도 버리지 못한 건 아니겠지."

자기 몸에 상처를 내면서 더 큰 고통을 덮었던 게 로지였다. 정확히 언제부터 오른손이 아팠던 건지는 모르겠지만, 내색하지 않았던 이유가 7년 전과 같지 않기를 바랐다.

그는 손바닥으로 눈가를 지압하듯 지그시 눌렀다. 일주일만 더 버티면 된다고 스스로를 다독이면서. 일주일 뒤에는 로지와 자신을 옭아맸던 과거를 깨끗하게 청산하게 될 테니까.

〈3권에 계속〉